中央文史研究馆馆员文丛

张胜友 著

记 忆

——张胜友散文集

中华书局

图书在版编目（CIP）数据

记忆:张胜友散文集/张胜友著. —北京:中华书局,2021.4
(中央文史研究馆馆员文丛)
ISBN 978-7-101-15121-3

Ⅰ.记… Ⅱ.张… Ⅲ.散文集-中国-当代 Ⅳ.I267

中国版本图书馆 CIP 数据核字(2021)第 048379 号

书　　名	记忆——张胜友散文集	
著　　者	张胜友	
丛 书 名	中央文史研究馆馆员文丛	
责任编辑	许旭虹	
出版发行	中华书局	
	(北京市丰台区太平桥西里38号　100073)	
	http://www.zhbc.com.cn	
	E-mail:zhbc@zhbc.com.cn	
印　　刷	北京瑞古冠中印刷厂	
版　　次	2021 年 4 月北京第 1 版	
	2021 年 4 月北京第 1 次印刷	
规　　格	开本/920×1250 毫米　1/32	
	印张 14¼　插页 2　字数 258 千字	
国际书号	ISBN 978-7-101-15121-3	
定　　价	86.00 元	

目　录

代序：我的书房

我的书房，我晚年快乐的一方天地：书房与客厅相通，十几平米空间，一张书桌，桌上一台电脑，一排贴墙书柜，柜里存列着我自己的作品和我喜欢读的书籍。我退休以后，除了偶到楼下草地、小径休闲散步，就是终日呆在我的书房里，不论晨昏昼夜，读书，上网，写作，思考……虽足不出户，却能眼观六路，耳听八方。一个书房宛如一个微缩世界，山川湖海尽收眼底，其乐融融也。

提起"书房"这个话题，内心难免翻涌起一丝淡淡的酸楚的记忆，百感交织，感慨万千。1982年春，我从复旦大学中文系毕业分配到《光明日报》社当编辑、记者，这是恢复高考后的首届大学毕业生，我们新分配来的大学生八个人挤在报社的一小两居集体宿舍里，架床叠屋才能勉强住下，遑论书房了。

上世纪80年代，是物质贫乏但全民喜好读书的好年代。白天喧闹了一整天的报社大楼，晚上复归寂静，对于我们这些住报社集体宿舍的大学生们来说,却是天上掉馅饼、偷着乐的好事儿。我们把办公室当作各自的书房,各间办公室透出荧荧的灯光,我们读书,写作,高谈阔论,惬意极啦。记得以后被选入高中语文教材的报告文学《飞到联合国总部的神奇石块》和被各种散文选本反复遴选的《记忆》,都是这一时期在"办公室书房"完成创作的。

几年后,有幸报社给分配了一套位于团结湖的小一居住宅,尔后女儿张然出生,尔后母亲从福建农村老家千里迢迢赶来北京帮忙照看孩子,十余平方米的小屋一下子得住四个人,大人床、婴儿床、彩电冰箱、橱柜板凳、锅碗瓢盆等一应家什挤得满满登登,书生自有书生的自嘲玩法,反复用缩小比例的纸版在一张平面图上沙盘推演,却再也挤不下一张书桌了。读书人怎能没有一张书桌呢? 办法总是人想出来的:买一张可折叠的小桌,平素折叠起来靠在墙角边也不占什么地方,吃饭时打开可当饭桌,饭后直接推靠在门后则成了我的书桌,偶有朋友、同事造访敲门,我赶紧连声应道:稍等,稍等,随手就把刚摊开在桌面上的书籍、纸笔、文稿收拾干净,合上小桌,才能开门迎客,此一窘迫也;另一方面,晚十点一过,妻儿老小都睡下了,我还在屋内熬油点灯的,显然不孝不敬也。我突然想到屋外的天地,对呀,此刻长长的通道走廊早已空寂无声,更少有行人走动了。于是乎,我立马把小桌搬到通道上,同时把台灯接上长长的电线也牵出去。夏夜,蚊虫叮咬,就多点上几盘驱蚊剂;隆冬,北风呼号,就披上厚厚的军棉大衣御寒。

现在回想起来，我文学创作进入自觉期和井喷期，很多散文、报告文学作品，包括声誉鹊起的影视政论片作品，都是在"通道书房"上写就的。由于写作上小有名气，偶遇境外记者先生、女士声言要来参观我家书房并采访我，我忙不迭编造出种种理由和托词，加以婉言谢绝之。

古语云："人生七十古来稀。"我已渐入老境，回望人生坎坎坷坷、点点滴滴，毫无疑问首推阅读是大快乐事。青春年少时多读中外古今经典名著，犹如站立在前辈巨人的肩膀上窥探世界，万花缤纷，风景无限，受益往往追随着你的终生路径；走向社会开拓创业时有的放矢多读些专业书籍，对于提升你的劳动技能、竞争实力、创新潜质，几乎可收立竿见影之功效；人要乐呵，当然也可以适当翻翻消遣类图书，解闷是也。

我们祖宗先贤一贯遵奉"读万卷书，行万里路"，让人生变得丰盈而饱实。环顾当下，全球进入知识经济新时代，中国人民正以矫健的步履迅跑在中华民族伟大复兴的大路上，为实现"中国梦"美妙前景而砥砺前行。前路正长，动员全民阅读、学习至上，大力倡导经典阅读和专业阅读，实乃国家发展之文化大战略也！

（原载于 2018 年 5 月 14 日《人民日报》第 24 版）

一、岁月留痕

闽西石榴红

从著名的古田会议所在地古田村西行 20 多里,便来到了上杭县蛟洋山区。在这峰峦绵亘、林木佳秀的山山水水之间,留下了毛泽东以及老一辈无产阶级革命家的脚印,留下了中国革命史上的壮丽篇章。高高的文昌阁,便是历史的见证。

据传说,文昌阁始建于乾隆六年(1741),迄今已有230 多年的历史。它由主阁和两侧廊房组成,主阁五层,悬柱结构,底层呈四方形,顶层呈八角形,每层飞檐都泥塑精雕着雄峙的翘角,塔尖安有独具风情的葫芦顶。石拱大门两旁,鼎立着六根朱红木柱。整座楼阁建筑富于闽西客家特有的色调:古朴,庄重,雄奇。

穿过门前的石榴树和花丛,沿着青石铺砌的台阶,拾级而上,是二层楼正厅。正厅悬挂着一面绣有铁锤镰刀的鲜红的党旗,党旗两旁贴着马克思、列宁的石印肖像。主席台上陈列着一块黑板,大厅里并排摆着六行整齐的红漆木桌长椅。这就是毛泽东当年亲自指导召开中共闽西第一次代表大会的会场。

1929年，大雪初霁的新春，毛委员、朱军长、陈毅主任挥师下井冈，率领年轻的红四军挺进赣南闽西，以迅雷不及掩耳之势，首战长岭寨，三打龙岩城，先后歼灭土著军阀郭凤鸣、陈国辉两个混成旅共5000余人，用钢枪和大刀开创了以龙岩、永定、上杭为中心的闽西革命根据地。闽西山水，顿时生辉，真个是"闽赣路千重，春花笑吐红"。为了总结斗争经验，进一步巩固和发展刚刚形成的红色苏区，毛委员应闽西特委邀请，作为红四军前敌委员会的代表自龙岩来到蛟洋，亲自指导闽西特委，召开了具有历史意义的中共闽西第一次代表大会。

那是一个骄阳艳丽的晴日，满山石榴盛开着火焰般的花朵。毛委员沿着翠竹掩映的山路，风尘仆仆来到了文昌阁。红四军四纵队的代表、闽西各县县委、区委的代表共五六十人，冲破敌人的重重封锁线，跋山涉水前来，汇集到毛委员身边。文昌阁呵，敞开胸襟迎接了闽西的优秀儿女。

毛委员首先指导大会主席团用了一个多星期的时间，就政治、土地、党务、武装、组织、妇女以及物价、洋货侵入、工农业破产等项专题，向代表们进行了广泛周密的调查。每日清晨，当习习的山风吹散薄薄的雾纱，曙光照耀着群山和汀江，毛委员就伴随山溪流泉，信步来到镇水塘边，与代表们促膝攀谈，细心询问苏维埃政权的建设和乡村开展土地革命的情形;每逢黄昏,当落日的余晖尽染山岗茂密的松柏与竹林时,毛委员就领着代表们走出一家家贫雇农的土楼、茅房,踩着阡陌小径,一路畅谈唤起百万工农、创建革命武装的重要性;每当夜幕笼罩山村,毛委员在一盏泥瓷油灯下,时而伏案疾书,时而神思专注地审阅大会的每一份文件和资料,思谋着"争取江西,同时兼及闽西、浙西",进而开辟中央苏区的宏伟图景,一直辛劳工作到月落星稀……

1929 年 7 月 20 日,中共闽西"一大"在文昌阁二楼正式开幕了。代表们胸佩鲜红证章,庄重地步入会场。毛委员神采焕发,站在主席台上,详细周密而又精辟地论述了国内外政治、军事形势,并热情赞扬了闽西党在斗争中发动群众、组织群众、引导广大群众投入土地革命所取得的成绩。同时,毛委员又明确指出闽西党今后的基本任务就是巩固和发展闽西红色根据地。说到这里,毛委员挥动大手,横空一劈,向与会代表高声问道:能不能巩固?

代表们异常振奋,豪情满怀地齐声回答:能!

毛委员又侧着头,进一步亲切地问道:有什么条件?

这一问,把大家都问住了,代表们深深地思索,会场上一片寂静。

这时,毛委员拿起粉笔,就在主席台的黑板上,刷刷刷写下六个条件。毛委员指出,闽西各县有了共产党,苏区已拥有 80 万暴动起来的群众,而且普遍建立了红军、赤卫队,闽西的粮食可以自给,地形险要,便于与敌人周旋作战,加之反动派内部矛盾重重,这些,都是有利的条件啊!

接着,毛委员满面笑容,又板起指头,形象地讲述了巩固根据地和发展根据地的基本方针。毛委员指出,要巩固和发展根据地,必须深入进行土地革命,彻底消灭民团土匪,发展党组织,发展工农武装,建立红色政权,有阵地地波浪式地向外扩展。

毛委员的演讲,方向明确,深入浅出,道理通晓易懂,就像一股春风,驱散了天空中的迷雾,就像一泓甘泉,注入了代表们的心田。毛委员的话音刚落,整个会场发出了热烈的掌声。这掌声同阵阵竹啸和松涛汇合在一起,如春雷震响苍穹,在闽西大地久久回荡……

7月29日,代表们经过认真而热烈的讨论,一致通过毛委员亲自修订的《政治决议案》,确定了"坚决的领导群众,为实现闽西工农政权的割据而奋斗"的总任务和各项斗争方针。在一片欢声笑语中,会议胜利闭幕了。

从此,毛委员魁伟的身姿,时时萦绕在代表们的脑际;毛委员谆谆的教诲,时时回荡在闽西人民的心头。从此,盘盘闽山路,印遍了毛委员的脚印:苏家坡村传马列,新泉整训练雄兵,古田灯下写《决议》,才溪河畔调查忙……闽西大地,旌旗漫卷,星火燎原,闽西100多万工农,挺起胸膛,举起刀枪。"收拾金瓯一片,分田分地真忙。"在那艰苦卓绝的斗争岁月,多少人仰望文昌阁,格外怀念毛委员。老苏区人民唱道:

　　七月石榴红艳艳,工农大众掌政权,

文昌阁里播火种,山山水水红光闪……

历史的烽烟飞越 48 载春秋。闽西儿女跟着毛主席,前仆后继,谱写下多少壮美的诗篇。今天,我怀着无限的崇敬和深切的忆念,又一次来到蛟洋文昌阁,登上楼台,极目远眺,昔日遍地烽火的红色故乡,正呈现出一派花团锦簇春光明媚的新气象。

又是一年一度石榴红。文昌阁在翘首眺望,汀江水在深情欢唱:毛主席啊,您永远活在闽西人民的心坎里……

(原载《人民日报》1977 年 12 月 26 日战地副刊,
入选《中学生课外阅读文选》第三册)

古田礼赞

从龙岩乘车往古田，100华里柏油马路盘亘于群峦幽谷之间；将至古田镇，汽车驶过一排排长青树。蓦地，采眉岭下，一片墨绿、深绿、淡绿的繁荫中，托出"古田会议永放光芒"八个鲜红大字，啊，这就是举世瞩目的古田。

古田镇位于武夷山脉东麓，四周诸峰耸拔，一条山溪淙淙汩汩横贯村镇，山色秀丽，映碧叠翠。1929年，毛主席在这里主持召开了创建新型军队的古田会议，古田便成为中国革命史上的一座丰碑。我们首先参观了红四军前敌委员会和政治部旧址——1929年12月下旬，红四军经过"新泉整训"之后，在前敌委员会书记、党代表毛泽东和军长朱德、政治部主任陈毅的统率下，从连城新泉浩浩荡荡开赴古田镇。其时，毛泽东和陈毅就住在这座房子里。毛泽东住在后楼左厢房，陈毅住在后楼右厢房。清晨，朝阳初起，毛泽东偕同陈毅穿过寒霜薄薄的草坪，并肩来到50步远的红四军司令部——也是朱德军长的住处，召开各级党代表和支部书记、宣传委员、组织委员联席会议。这是古田会议前的准备会。毛主席认真讲述了召开这次会议的意义并与朱德军长、陈毅主任分别深入到各小组具体指导。傍晚，当采眉岭收去最后一抹余晖，满山浓黛消融在细细的溪流里，毛委员、朱军长、陈毅主任从云杉林间、荷花池畔散步归来，又一道登临政治部二楼。在一盏白底蓝花泥瓷油灯下，三位红军首领胸怀坦荡，神采飞扬，共同磋商革命大计。在毛泽东住室，我们还看到一口为革命作出过不朽贡献的大铁锅。当时，古田突然下起一场几十年罕见的鹅毛大雪。窗外瑞雪飞飘，锅里炭火熊熊，毛泽东就着铁锅烤火取暖，正全神贯注起草我建党建军的纲领性文件——《关于纠正党内的错误思想》。毛泽东铺开稿纸，挥洒羊毫，奋笔疾书……夜深了，毛泽东用冷毛巾擦擦脸，点燃一支烟，在阁楼长廊上踱步、沉思，忽明忽暗的烟火，映出他兴奋、坚毅的面容。油干了，灯灭了，毛泽东又点起一支支竹片和松明扎成的火把，孜孜不倦地继续工作。就这样，毛泽东夜以继日地进行着大量的思想准备工作和组织准备工作。12 月 28 日，中国共产党红军第四军第九次代表大会终于在古田镇曙光小学隆重开幕了。

　　我们怀着敬仰之情走进曙光小学。这里的一切都恢复了当年的会场布设，显得庄严、肃穆、简朴：会议厅北墙上贴着闽西列宁书局印制的马克思、列宁的石印画像，上方是绣有金色锤镰的鲜红的党旗，主席台上并立着两张杉木方桌，桌上放有闽西农家的泥瓷茶碗，会场并排五行整齐的桌椅,红漆木柱上留下了当时用毛边纸书写的各色标语,三合地板上烤火的痕迹也依稀可辨,大厅墙壁上的一架老式挂钟,准确地记录下了这一历史性时刻。

这一天,朝阳喷薄,毛委员、朱军长、陈毅主任踏着皑皑白雪走来了,当他们跨过红军桥,步入会场时,120多位与会代表全体起立,向他们报以雷鸣般的掌声。毛委员满面春风,向代表们频频挥手致意。这是风云际会的岁月啊!当时,蒋介石正发动对闽西革命根据地"三省会剿"。一时烽烟漫漫,枪弹呼啸,大有乌云压城城欲摧之势。然而,面对险恶局势,毛委员指挥若定,胸中自有雄兵百万。

毛委员登上讲台开讲了。毛委员精辟地阐述了党的组织问题、党内教育问题、红军宣传工作问题、士兵政治训练问题……毛委员洪亮的声音,回荡在整个会场,代表们聆听毛委员的声音,似乎在吮吸着无穷无尽的智慧和力量……奇寒的土地温暖了,跳跃的篝火欢笑了。整个古田洋溢着春的气息,春的活力。

大会还听取了朱德军长关于军事问题的报告。朱军长头戴八角帽,身穿灰布军装,脚蹬草鞋,站在主席台上,显得那么高大魁伟。最后,陈毅传达了周恩来代表党中央给红四军的"九月来信"精神。陈毅仪容潇洒,磊落光明,他豪爽地宣布:"有毛委员作为我们的统帅,红军必定越打越强,百战百胜!"12月30日,在欢呼声中,一致通过了毛泽东的政治报告《中国共产党红军第四军第九次代表大会决议案》,具有历史意义的古田会议胜利闭幕了。

当晚,古田溪畔,游艺坪上,点燃起一堆堆篝火,客家山歌对唱此起彼伏。红四军指战员与古田群众举行了盛大的新年联欢晚会,尽情欢呼古田会议胜利召开,欢呼战斗的30年代的第一个新年的到来……

历史飞越了半个世纪。多么自豪与骄傲呵,今天,我们在革命圣地古田又见到了敬爱的毛委员。毛委员身披大衣,挥动双臂,正从红四军政治部健步走来:也许,毛委员将走进曙光小学,抚摸古田会议会址的每一件文物,回望红军走过的金戈铁马的征程;也许,毛委员将走遍老苏区的每一座工厂、田庄、军营,决策新长征的进军路线;毛委员正向我们招手,向我们微笑——于是,在鲜花簇拥的毛主席塑像前,我奉献上了汀江儿女的《古田礼赞》……

(原载《文汇报》1978年7月30日)

重返才溪乡

这是一个久远的故事,然而,却鲜活得令人怦然心动……

1956 年的春天,毛泽东风尘仆仆地行走在南粤大地,身体力行他一贯倡导的调查研究。当陪同调研的中共中央办公厅机要局副局长李质忠提出想回才溪老家看看时,肯定触动了毛泽东内心深处那一根柔软的神经……他老人家沉吟良久,尔后饱含深情地说:"你回去代我向才溪人民问好吧,才溪人民确实光荣啊!百分之八十的青壮年男子上了前线,上千人为革命流血牺牲了……光荣亭一定要重新修建好啊!"

随即,毛泽东挥毫写下了"光荣亭"三个遒劲的大字。

才溪乡位于中央苏区县——福建省龙岩市上杭县西北部,汀江流经境内,是著名革命老区。

才溪乡何以在毛泽东的心中有着如此沉甸甸的分量呢?

1955 年 9 月 27 日中国人民解放军首次授衔时，才溪籍的军人就有 10 位开国将军和一大批师职军官，才溪乡因而享有"九军十八师"之美誉，被称为"将军之乡"；当年仅有 1.6 万人的小山乡，有 3762 人参加红军，占全乡青壮年男子的 80%，其中 1192 人牺牲在疆场，又被称为"英烈之乡"。才溪乡的光荣是无与伦比的：一家两人当红军的有 200 户，三人当红军的有 46 户，四人当红军的有 7 户，五六人当红军的各 1 户，夫妻同去当红军的有 9 户……

才溪乡为什么能够创造苏区一等的工作呢？

时任中华苏维埃共和国临时中央政府主席的毛泽东，曾盛赞才溪乡为"全苏区第一个光荣的模范"和"争取全中国胜利的坚强的前进阵地"。

从 1930 年 6 月到 1933 年 11 月，毛泽东于戎马倥偬期间，九赴上杭，三进才溪，分别在乡苏维埃政府和列宁堂，召开了工人代表、农民代表、耕田队长等各种类型的调查会。代表们围坐在中厅的长条猪腰形桌旁，每一次调查会都开得笑语欢声，其乐融融。

毛泽东事先会列出详细的调查提纲，诸如扩大红军、优待红属、生产支前、文化教育等等，口问手写，有问有答，有交流有讨论，并不时地起身给与会的群众发卷烟，倒茶水……当群众谦让时，毛泽东风趣地笑着说："我请你们来，你们就是我的先生，学生对先生理应恭敬嘛！"

毛泽东一再告诫说，向群众求师调查，要有眼睛向下的决心,还要有放得下臭架子甘当小学生的精神。

　　某日,毛泽东踩着田塍土路前去访问一户红军家属。

　　毛泽东指着光荣匾和"红军家属优待证",问起了优待情况。当家媳妇高兴地答道:"好处多着呢。挂着证章看戏,可坐在最前排;拿着证件买东西,不仅可以先买、买足,手头紧时还可以赊账,也可用米、豆来代还;看病药价也可降低些。平时,党团员会来做'礼拜六',逢年过节,政府前来慰问,连柴米油盐都送来了。"

　　毛泽东转身微笑着对乡苏维埃主席说:"你们的工作做得很周到呀!只有密切了苏维埃干部与民众的关系,民众才会全心全意支持苏维埃的工作啊。"

　　这时,越聚越多的群众把屋子挤得满满的。于是,毛泽东建议把调查会搬到屋外。他大声问道:"大伙的日子过得还好吗?"群众异口同声地答道:"好呀!现在每片田塍都种上了杂粮,大伙还上山造田呢。以前整年做牛做马,还是衣食无着落。自从红军来了分了田地,我们的柴米油盐都不用愁了。"毛泽东越听越兴奋,他又继续问道:"合作社好吗?""合作社最好!方便了大伙,又节省了劳力,我们还可自愿入股,赚了钱大家分呢。"群众你一言我一句,争着抢着回答。

　　毛泽东来到俗名叫"衰坑"的村庄调查,说这个名不好呀,我们苏区应该兴旺发达,我看叫"发坑"吧。从此,发坑的名字叫响了,这个村庄兴旺发达起来了,直到现在,也是全县的富裕村。

才溪乡的青壮年男人们都当红军上前线打仗了，留守的妇女们和老人们便组织起来，扛起了后方生产支前的全部重担。

乡苏维埃政府设立了"拥军优属""查田""选举""土地""劳动""山林""逃兵归队"等专门委员会；成立了包括木匠、泥水匠、纸业工人、挑担工人的总工会和其他群众团体，如"贫农团""妇女会""儿童团"等，把广大革命群众紧紧地团结在苏维埃政府周围；同时，还成立了群众自愿参股的布匹合作社、粮食合作社、油盐肉合作社、豆腐糖果猪子合作社、贩米合作社、犁牛合作社等14个消费合作社，货物紧缺时优先照顾红军家属；组织各种形式的慰劳队，洗衣队、运输队、看护队、耕田队、草鞋队等，红军驻扎或路过才溪时，他们就送柴、送米、送肉、送菜、送草鞋、送药材，为红军洗衣、补衣、送信带路。1932年红军攻打漳州时，才溪组织了运输队、担架队、救护队等，随红军参加运送弹药、抢救和护理伤病员。据当年的《红色中华》报道，从1929年到1934年，才溪妇女为红军做布鞋两万多双，交红军公粮70多万斤，垒碉堡、送情报则不计其数。

俗话说："耳听为虚，眼见为实。"毛泽东在才溪乡目睹了一幕苏区民主建政、群众当家做主的生动场景——

选举大会，为着选举事前开的会很多：工会、贫农团、妇女会、互济会与反帝同盟分别开动员大会，儿童团、少先队也都开了会，党团员开支部会；刷标语、分发小册子等，选举宣传普及面广,深入人心,大多数人都晓得选举的意义。

宣传队到各村宣传,白天讲演,夜间演戏。

候选人名单张榜公布,一村贴一张,群众可在各人名下批注意见,有批注"好""不好"等,也有批注"同意"或"消极"的,有一人名下批注着"官僚"二字;受到墙报批评的约 20 多人,主要批评意见有:只顾自己生活、不顾群众利益、工作表现消极等;还有通过诗歌的方式,批评乡苏政府对纸业问题解决得不好。

选举开始了,候选人背朝选民站在主席台前,每个候选人的身后都放着一只瓷碗,识字不多的选民们依次走上前去,往自己中意的候选人身后的瓷碗丢下一粒黑豆,瓷碗里黑豆多的人当选……

今日,我们看到的这座破旧的泥土房,厅堂内有些零乱且不整洁,四面老墙上的石灰粉剥落后尤其显得斑驳而古旧,褪了漆的门窗、桌椅……然而,它们却默默地向人们展示着一段凝固的历史。

连续十多天的调查、走访,一桩桩一件件,毛泽东心潮激荡,久久难以平复。1933 年 11 月 26 日,夜沉沉,一盏马灯闪着亮光,陪伴毛泽东伏案疾书:一、行政区划,二、代表会议,三、此次选举,四、乡苏下的委员会,五、扩大红军,六、经济生活,七、文化教育……曙色微明,毛泽东撂下羊毫毛笔,踱步走出门坎……名震一时的《乡苏工作的模范——才溪乡》(收入《毛泽东选集》第一卷时,篇名改为

《才溪乡调查》),就在这座古旧的泥土房内问世了……

毛泽东一贯主张从实际出发,注重调查研究,问政于民,问计于民,问需于民。

毛泽东深入农村调查时,经常是一张桌子、几把凳子,参加调查的人或坐或站,简朴而又融洽。在中央苏区那段风雨如磐的岁月,毛泽东还先后写下了《寻乌调查》《兴国调查》和《长冈乡调查》。

1930 年 8 月 21 日,中共闽西特委曾把毛泽东反对教条主义的文稿《调查工作》翻印成小册子,这本小册子便在红四军和闽西根据地广泛传播开来。人们烂熟于心的"没有调查,就没有发言权","调查就像'十月怀胎',解决问题就像'一朝分娩'","一切结论产生于调查情况的末尾,而不是在它的先头"等经典名言,均出自《调查工作》这本小册子。

关于《调查工作》(又名《反对本本主义》)这本小册子,还有一个颇感人的传奇故事:小册子在战争年代意外地丢失了,毛泽东为此多次惋惜地表示:"想念这篇文章就像想念自己的孩子一样啊。"

奇迹出现了——1961 年 1 月,党的八届九中全会刚刚闭幕,田家英从中央政策研究室发现一本发黄的石印本《调查工作》小册子,立即呈送到毛泽东手上。毛泽东喜形于色,连连说道:"失散多年的孩子终于回到身边了!"

事情的原委是,上杭县茶地乡官山村一位老共产党员赖茂基,在红军长征撤离苏区后,冒死将《调查工作》及一些苏维埃政府文件用油布纸包好,装在一个小木箱里,把小木箱藏匿在自己睡觉房间的一个墙洞里,才躲过了国民党反动派的一次又一次搜查。

毛泽东甚感欣慰,盛情邀约与他同庚的赖茂基前来北京见面一叙,遗憾的是,赖茂基老人却早在一年前辞世了。

1933 年毛泽东在长汀福音医院疗养期间,又写下了《关心群众生活,注意工作方法》这篇重要文章。1934 年 1 月 27 日,在江西瑞金召开的第二次全国工农兵代表大会上,毛泽东谆谆告诫与会代表们说:"革命战争是群众的战争,只有动员群众才能进行战争,只有依靠群众才能进行战争","真正的铜墙铁壁是什么? 是群众"。因此,毛泽东要求苏区的所有干部,"应该深刻地注意群众生活的问题,从土地、劳动问题,到柴米油盐问题……"

历史曾记录下这庄严的一幕:1931 年 11 月 7 日—20 日,中华工农兵苏维埃第一次全国代表大会在江西瑞金召开,正式宣告成立中华苏维埃共和国临时中央政府,选举毛泽东、周恩来、朱德等 46 人为中央执行委员,毛泽东为主席。

毛泽东首创建设、巩固农村革命根据地,动员起千千万万的民众,开辟了"农村包围城市,最后夺取全国政权"的中国革命胜利道路!

　　我们重返才溪乡,重温老一辈共产党人一贯奉行的"群众路线",欣逢中华民族正描绘一幅伟大复兴的中国梦的今天,任重道远,心中应该永远葆有一个坚定的信念:为广大人民谋福祉!

　　　　（原载《人民日报》2013 年 9 月 18 日第 12 版）

红旗跃过汀江

1929年2月11日大柏地伏击战,堪称中国工农红军的一场绝地反击。

离开莽莽井冈山已近一月了。

自1929年1月14日毛泽东、朱德、陈毅率领一支年轻的红军——中国工农红军第四军主力向赣南崇山峻岭挺进,实施"围魏救赵"的军事战术以来,国民党军阀部队前堵后截,穷追不舍,红四军一路奔袭而五战皆告失利,损兵折将,人困马乏,几乎陷入绝境。

大柏地距离瑞金县城以北约30公里,两侧山头树林密布,正是诱敌深入、聚而歼之的绝佳战场。毛泽东、朱德商议在此打一场伏击战,以彻底扭转被动挨打局面。

这年大年初一拂晓,细雨蒙蒙,山路泥泞,红军且战且退,将孤军深入的国民党赣独立七师刘士毅部两个团,全部引入红军预设的"口袋阵"。朱德军长一声令下,埋伏于两侧山头的红军将士,如猛虎下山猛扑向前,杀声震天。

粟裕大将曾回忆说"与敌在血泊中挣扎",几经拼杀,从下午三时一直激战至次日正午,终于歼敌大部,俘虏八百余人,缴获枪支八百多支(挺)。

时隔四年,1933年夏日,中华苏维埃共和国临时中央政府主席毛泽东因指导苏区查田运动而重返大柏地,面对"当年鏖战急,弹洞前村壁"这一旧战场,抚今追昔,当即口占小令:"装点此关山,今朝更好看。"

对于大柏地的胜利,陈毅感慨系之:"红军成立以来最有荣誉的战斗。"且欣然赋诗云:"闽赣路千重,春花笑吐红。铁军真是铁,一鼓下汀龙。"

军事斗争形势一直既凶险又严峻。

留守井冈山的彭德怀红五军,终因寡不敌众,被迫撤离井冈山根据地。

此时的红四军正艰难地沿着闽赣两省交界处迂回挺进,时而江西,时而福建,以避敌追兵……正巧遇邓子恢派专人送来闽西军情报告。毛泽东、朱德当即决定:挥师入闽。

1929年3月14日,红四军入闽首战告捷。

长岭寨一役,仅三个小时即全线击溃国民党福建省防军第二混成旅,击毙少将旅长郭凤鸣,歼敌两千余人,缴获两千多支步枪、三门迫击炮及大批武器弹药。坊间老百姓奔走相告:"活该郭麻子死期到啦!"人们争相传说:平日郭麻子骑着高头大马耀武扬威欺压百姓横行乡里,今晨那匹大白马就是死活不肯出征,郭麻子一气之下只好换乘轿子抬着上前线,结果挨一枪子就呜呼哀哉上西天啦⋯⋯

红四军浩浩荡荡开入千年古城汀州。

这是自井冈山会师创建"朱毛红军"以来取得的第一个大胜利。红四军士气高昂,在长汀南寨广场举行了第一次阅兵式,贺子珍、康克清等英姿勃发的女兵们坐在缴获来的一辆国民党破吉普车上,着实让汀州民众大开眼界。

汀州为闽西富庶之地。

古城枕一江活水,船舶相接,商贾云集。史籍记载:"上三千,下八百",形象地记述了每日汀江上游航行着三千条小船,下游则有八百条大海船接货转运的繁忙图景。

红四军在汀州城云骧阁成立了闽西第一个县级红色政权——长汀县革命委员会。

发动群众打土豪筹粮款,第一次筹集到5万块银元,除秘密送去上海两万块银元资助中共中央机关的活动经费外,还赶制了4000套列宁式军装,红四军全体官兵第一次穿上崭新的统一军服,军容焕发,斗志昂扬。

红四军第一次拥有了自己的医院——福音医院,还创办了红军被服厂、红军斗笠厂、苏区合作供销社。

在日后的中央苏区时期,汀州作为苏区经济中心被誉为"红色小上海"。宁化则被称作苏区的乌克兰,为后勤、保障、兵源等供给基地——共同支撑起了中央苏区艰苦卓绝的对敌斗争。

1929年3月20日,红四军在汀州辛耕别墅召开了前委扩大会议。其后,毛泽东致信中共中央:"前敌委员会决定四军、五军及江西红军第二、第四团之行动,在国民党混战的初期,以赣南、闽西二十余县为范围,用游击战术,从发动群众以至于公开苏维埃政权割据,由此割据区域以与湘赣边界之割据区域相连接。"

显而易见,伫立在清风习习的汀江畔,驻足于别具客家风韵的辛耕别墅,毛泽东在闲庭信步之中,心中已清晰地勾勒出全国苏维埃运动的"大本营"和中央苏区武装割据这一宏伟蓝图。

朱德军长与女游击队长康克清还在辛耕别墅喜结良缘。

时隔八年之后,虽经历了漫漫二万五千里长征路,朱德在延安回首往事时,这位"红军之父"面对美国记者、著名传记作家艾格尼丝·史沫特莱,仍然深情款款地说道:"汀州,果然是中国革命历史上的一个转折点啊!"

随后,爆发蒋桂军阀混战。毛泽东、朱德审时度势,率领红四军二度入闽,开辟闽西根据地。

1929年5月19日,长汀县濯田镇水口村码头山欢水笑。一杆中国工农红军第四军战旗插立船头,迎着江风猎猎飞飘。随着军号声响起,32条粗壮的胳膊划动16根丈二长的竹篙,8条乘满红军的木船劈波斩浪直指汀江对岸……如此美妙的景致,让人浮想联翩:它莫非就是二十年后人民解放军"百万雄师过大江"的战术预演么……从晌午直至傍晚,红旗招展,众声喧哗,三四千名红军官兵和几十匹战马全部顺利渡过了汀江。

龙岩为闽西重镇。国民党福建省防军第一混成旅陈国辉主力正远赴广东参加军阀混战,龙岩城防务空虚。

5月23日拂晓,红四军一举攻克龙岩城,歼敌两个营大部,俘虏三百余人,随即主动撤离龙岩而进驻永定;6月3日,红四军突然从永定回师龙岩,敌溃不成军逃往漳平永福,红四军再次撤离龙岩;6月19日,待陈国辉率主力回援,红四军从南、西、北三面包抄,第三次突袭龙岩,歼敌2000余人,旅长陈国辉仓皇潜逃,龙岩守敌全军覆灭。

"三打龙岩"——堪称红军早期战争史上的成功战例,凸现出毛泽东灵活机动的战略战术思想,几乎可以视作日后红军长征途中"四渡赤水"的一次前期彩排!

至此,驻防闽西的郭凤鸣、陈国辉两支土著军阀部队已全部被歼。闽西民众欢欣鼓舞,闽西子弟踊跃参军,闽西地方武装上升为红军正规部队,整编为中国工农红军第四军第四纵队,张鼎丞任党代表,傅柏翠任司令员。

红四军挥师入闽时,全军建制为三个纵队,总计兵力约3600人;"三打龙岩"战役之后,红四军已扩充到近6000人,兵强马壮,军威大振。

与此同时,以龙岩、永定、上杭为中心区域,延伸至连城、长汀、武平等县的闽西革命根据地初具规模,且很快与赣南革命根据地连成一片,形成红色割据的中央苏区。

由此,也留下了毛泽东脍炙人口的诗句:"风云突变,军阀重开战。洒向人间都是怨，一枕黄粱再现。红旗跃过汀江，直下龙岩上杭。收拾金瓯一片，分田分地真忙。"

（原载《人民日报》2011 年 4 月 27 日第 12 版）

古田, 1929

福建省龙岩市上杭县古田镇,八十年前曾是梅花山南麓莽莽群山环抱下一个默默无闻的山乡小镇,而这座廖家祠堂也在风雨中飘摇矗立了百余年。然而,在历史的转瞬之间,却见证了一个神奇而伟大转折……如果当年红军第四军从未曾在这里驻留,如果毛泽东、朱德、陈毅未曾在廖家祠堂召集了一个会议,中国革命之道路会去向何方? 如果那些历史故事的瞬间未曾在这里闪现,未来之中国又会是怎样的景象……

20 世纪 20 年代的中国,国家内忧外患,民族积贫积弱,风雨如晦,世事苍茫。

南昌城头呼啸的枪声、秋收暴动撼天的号角,以及南粤广州揭竿而起的旌旗……中国共产党——这个六年前刚刚诞生于东方地平线、肩负国家民族大义、以解放天下劳苦大众为己任的新兴无产阶级政党,从血泊中挺起了脊梁,第一次拥有了真正属于自己的革命武装——红军。

1927 年 9 月 29 日，一个漆黑的深夜，江西罗霄山脉
中段九龙山脚下，悄悄地行进着一支队伍，这支秋收起义
的工农革命军，刚刚遭遇攻打长沙失利和 20 多天异常惨
烈的激战，由 5000 人之众锐减至 800 余人，后勤供给消耗
殆尽，在日夜兼程的急行军中，队伍早已疲惫不堪，士气低
落。率领这支工农革命军的指挥员，正是崛起于湖南韶山
冲、胸怀天下雄才伟略的毛泽东。

江西省永新县三湾村，这棵千年枫树见证了一个伟人
的震撼人心的气魄与胸襟："我毛泽东干革命，图的是天
下劳苦大众得解放。愿意跟我走的，此行前去，山高水长，
任重道远……"

正是在毛泽东的统领下，一支幼年的工农革命军在三
湾村得到了短暂的休整，在这里，毛泽东提出了自己未来
中国革命的初步构想，打造一支未来新型之革命军队，开
始对部队进行了著名的"三湾改编"。

"三湾改编"确立了"支部建在连上"的制度：班排有
党小组，连队建党支部，营、团设党委，连以上各级党组织
书记任党代表。这就在红军中建起严整的组织体系，为党
从思想政治上建设和掌握部队，提供了可靠的组织保证。

井冈山，逶迤莽莽，这个方圆不足五百里、人口不满两
千、产谷不满万担的崇山峻岭，成了中国革命第一块农村
革命根据地。1928 年 4 月 28 日，随着朱德、陈毅率领南
昌起义和湘南暴动的另一支红军队伍的加入，当时全国红
军中队伍最大、战斗力最强、建设得最好的部队"朱毛红

军"由此而诞生。改编后的中国工农红军第四军,毛泽东任党代表,朱德任军长,陈毅任士兵委员会主任,从此踏上了军威赫赫、名扬四海的征途。

1928 年底,彭德怀也率领平江起义部队来到了井冈山。一时间山上红旗招展,兵强马壮,开荒种田,打土豪分田地,军民齐心,先后建立起遂川、宁冈、永新、莲花等七个县工农兵政府,全盛时期人口达 50 万人,总面积 7200 多平方公里。

此时,毛泽东创建中央苏区构想的序曲"工农武装割据"初见端倪。

革命根据地迅速壮大,问题却随之而来:"每天每人只有五分大洋的油盐柴菜钱,还是难以为继";"这样天冷了,许多士兵还穿两层单衣"。

在随时都可能战死的频繁战斗中,在物质生活如此菲薄的条件下,红军指挥员和战士们生活在一起,朱德军长以身作则与士兵们一样穿着两层单衣,一样吃五分钱伙食,一样领两吊钱"伙食尾子",新来的小战士常常误把他当成老伙夫。

正是"老伙夫"的榜样作用,让红四军官兵保持着高度的凝聚力和满腔的革命热忱。

此刻,远隔万里之遥的苏联莫斯科近郊兹维尼果罗德镇"银色别墅",正在召开中国共产党第六次代表大会。共产国际书记布哈林对新生的中国红军的前途和命运表现出极大的关注。布哈林并不了解中国红军已开创了在农村建立根据地的革命道路,而是以他极有限的情报来源和离奇的想象力,给中国红军在农村建立根据地描绘了可恶又必然失败的前景。

而此时的"朱毛红军"已离开井冈山,实施"围魏救赵"的军事行动,辗转于闽赣交界处,面对前有冰雪不化的山岭阻路,后有凶恶敌军轮班追击围剿,时时处于危险境地……直至1929年农历正月初一日,在瑞金城北大柏地设伏,毛泽东终其一生唯一一次亲自端枪冲锋在前,彻底击溃尾随之敌国民党赣军独立第七师刘士毅部,俘敌800余人,才扭转被动挨打局面。

正巧一封闽西地下党送来的军情报告,让毛泽东、朱德放弃了返回井冈山的计划,当即决定:挥师入闽。

闽西,地处福建省西部山区。与粤北、赣南交界,山高林密,沟壑纵横,交通阻隔,为千百年来中原士庶南迁之客家祖地。

此时的闽西,犹如布满干柴的火药桶。1928年3—6月,龙岩后田、平和长乐、上杭蛟洋、永定金砂等四大暴动风起云涌,一拨又一拨农民赤卫军攻城略地,势如破竹;尤以郭滴人、邓子恢、罗怀盛、朱积垒、傅柏翠、张鼎丞、卢兆西、阮山等一批共产党人,早在1926年,从毛泽东主办的广州农民运动讲习所带回来革命火种,播洒在闽西大地,并燃起遍地烽火……至1928年7月,中共闽西临时特委正式宣告成立,下辖县委5个、区委8个、特支1个、支部72个、党员755人。11月邓子恢任闽西特委书记。闽西的斗争与转战在井冈山、赣南的"朱毛红军"遥相呼应——闽西,正敞开宽阔的胸怀迎接中国革命高潮的到来!

其时,闽西春寒料峭,长汀城外的长岭寨山风萧萧,黎明时分,一行急匆匆的脚步声打破了山野的宁静。踏着拂晓的微光,红四军指战员迅速进入了阵地,红军入闽后的第一场战斗即将打响。

事有蹊跷,这一天国民党福建省防军第二混成旅少将旅长郭凤鸣也起得特别早,做好出发前的准备,郭凤鸣走向随他征战多年的大白马,平时驯服的坐骑却脾气异常暴躁,无论如何不让郭凤鸣上马,一气之下郭凤鸣改乘小轿出发了……

战斗在清晨打响,经过三个小时的激战,红军全线击溃郭凤鸣旅,击毙旅长郭凤鸣,歼敌两千余人,缴获两千多支枪、三门迫击炮及大批武器装备。

红四军雄赳赳开进了千年古城汀州,这是红军创建以来取得的一次大胜利。

长汀,枕江水依山势而筑城,阡陌街巷,商贾云集,是闽西地区富庶殷实之地。若干年后,长汀成为中央苏区经济重镇——"红色小上海",乃实至名归。进入长汀的红四军,迅速成立了闽西第一个县级红色政权——长汀县革命委员会。委员会最为重要的任务是解决土地分配问题,闽西的分田地政策打破了以往只分给贫农的界限,同时分给地主、富农、中农,为中国革命争取到了最大限度的社会各界支持。

新的土地政策极大地调动了当地民众支持革命的积极性。首次筹集 5 万银元的大宗款项和物资，赶制了 4000 套军装，第一次让红四军全体官兵穿上崭新的统一军服，第一次给红军官兵"发了饷"……全军焕然一新，斗志昂扬。

1929 年 3 月 20 日，红四军前委在长汀辛耕别墅召开了前委扩大会议。毛泽东在致中央的信中，明确表示："前敌委员会决定四军、五军及江西红军第二、四团之行动，在国民党混战的初期，以赣南、闽西二十余县为范围，从游击战术，从发动群众以至于公开苏维埃政权割据，由此割据区域以湘赣边界之割据区域相连接。"显而易见，毛泽东绘制的创建中央苏区的宏伟蓝图即将铺陈开来。

这一天，长汀辛耕别墅里里外外被打扫得干干净净，朱德与长着一双浅褐色杏仁眼的游击队女队长康克清喜结良缘。为了祝贺这对新人，战士们拿出从敌人那缴获的罐头，可是战士们怎么也打不开这些铁皮家伙，在欢声笑语中历史进入了崭新的一页……

正是这个乍暖还寒的早春，红四军接到了来自中共中央的"二月来信"，明白无误地发出指令：为保存实力，朱毛红军、彭德怀红军、贺龙红军等各地红军，把队伍分散藏匿于群众中，随后毛泽东、朱德、贺龙等著名的红军领袖离队，以隐匿红军的目标。

毛泽东表示面对目前斗争形势，红军不仅不应当分散,而且各部应聚集力量创建革命根据地以发展队伍。

彭德怀、贺龙也分别去信中央,不赞成中央的取消主义。由于红军主要部队的抵制,中央的分散红军的错误策略没有得到普遍执行。

天赐良机,蒋、桂军阀混战爆发。毛泽东利用这大好时机,审时度势制定"争取江西,同时兼及闽西、浙西"的战略方针,朱毛红军二度入闽,乘势开辟闽西革命根据地。

这是一幅何等壮阔的图景——

1929 年 5 月 19 日,长汀县濯田镇水口村汀江渡口。

一面中国工农红军第四军火红的战旗插立船头,迎着江风猎猎飞飘,嘹亮的军号响彻云霄,32 条粗壮的胳膊挥动 16 根丈二长的竹篙,8 条乘满红军的木船乘风破浪直指江东岸……从晌午直至傍晚,红旗招展,众声喧哗,山欢水笑,三四千名红军官兵和几十匹战马全部顺利渡过了汀江。尔后,挥师直指龙岩。

龙岩,古称龙岩州,距今已有 1600 多年历史。东与泉州、漳州接壤,西与赣州交界,南与梅州毗邻,北与三明相衔,既为闽粤赣三省边陲之重镇,又为闽西政治、军事、文化之首府。

5 月 23 日,红四军首次攻克龙岩后主动撤离转而进驻永定;6 月 3 日,红四军突然从永定坎市回师龙岩,敌守军溃不成军仓惶逃往漳平永福,红四军再次撤离龙岩;6 月 19 日,待国民党中将旅长陈国辉率主力从广东回援龙岩时,红四军从南、西、北三面包抄,第三次突袭龙岩,歼敌

2000余人，旅长陈国辉仓惶遁逃，龙岩守军全军覆灭。

这就是红军早期著名的战斗"三打龙岩"，收放自如，巧布奇兵，似乎让人们联想到若干年后，长征途中红军"四渡赤水"的神妙之处。

红军的节节胜利，以龙岩、永定、上杭为中心区域延伸至连城、长汀、武平等县的闽西革命根据地初具规模——这是继井冈山之后，毛泽东、朱德于如火如荼的革命斗争中重新开创的新的农村革命根据地。

而且，党领导的闽西地方武装也上升为正规红军，整编为红四军第四纵队，傅柏翠任纵队司令，张鼎臣任党代表。

如果说，第一次国内革命战争失败之后，毛泽东在武汉召开的"八七会议"上，慷慨陈词："须知政权是由枪杆子中取得的"，第一次明确提出了"枪杆子里面出政权"的军事思想，那么，今日之毛泽东，显然已完成了由创建并固守井冈山的公开割据，向创建更大规模的根据地的战略思想飞跃！

此刻，毛泽东在马背上吟成的《清平乐·蒋桂战争》，十分生动、形象、绘声绘色地再现了当年革命与战争的恢宏气象：

　　风云突变，军阀重开战。洒向人间都是怨，一枕黄粱再现。　　红旗跃过汀江，直下龙岩上杭。收拾金瓯一片，分田分地真忙。

革命的道路往往是一波三折艰难前行的。

　　1929 年 5 月，一位中央特派员辗转来到红四军，他就是刚从苏联红军高级射击学校留学归国的刘安恭。他的到来受到了红四军的热烈欢迎，并任命他为红四军临时军委书记兼政治部主任。

　　此时的刘安恭是带着共产国际的精神和落实中央精神来到红四军的。而当时的中共中央未能客观、准确地估量全国的斗争形势和红四军的斗争实际，悲观地要求红四军将武装力量分散到各乡村中去，朱、毛即刻离开部队，到中央以隐匿大目标。刘安恭的到来，仿佛注定要让这支年轻的军队经受更大的意志的磨炼。

　　为了解决党内的争论和部队中存在的各种错误思想，1929 年 6 月 22 日，中国共产党红军第四军第七次代表大会在龙岩公民小学"兴学祠"开幕。

　　会议由陈毅负责筹备并主持召开。年仅 28 岁的陈毅力争统一党内意见，停止争论而不致分裂，但随着刘安恭等人"大家努力来争论"的号召，争论进一步扩大、升级。

　　萧克印象深刻："会场空气紧张激烈，有什么意见都可以讲……结果大家的思想没能统一。"

　　粟裕则回忆说："党中央对红四军七大有批评，指出'你们关着门吵架是不对的！'"

　　陈毅也回忆说，毛泽东完全表现出一个政治家的鲜明态度："我现在不辩，将来事实总会证明的！"

　　会后，毛泽东被迫离开红四军的主要领导岗位，在贺子珍的陪伴下到地方指导闽西特委工作；陈毅当选新一任红四军前委书记,拥有革命远见和责任大义的陈毅意识到问题的严重性,8月下旬,写了一份详细的报告发往上海中共中央,后连夜启程,沿秘密交通通道,经上杭、龙岩抵达厦门,转道香港乘英国轮船,经昼夜波涛航行去往上海。

正所谓历史的无奈,黑夜中茫茫的波涛,昭示着中国工农红军的前途命运乃至中国革命的航向,于漆黑的夜晚正艰难地探索前行……

1929年8月29日,中央政治局主席向忠发,政治局委员李立三、周恩来、项英、关向应等,专门听取了陈毅的详细汇报,主持汇报工作的是时任中共中央政治局常委、秘书长,同时兼任组织部长、军事部长的周恩来。

显然,周恩来在复杂的时局中独具慧眼,对于红军和农村根据地的斗争形势格外关注,尤其对毛泽东所创立的建党建军原则制度及红色政权理论深表赞同。

9月1日,遵照中央要求,陈毅凭着惊人的记忆力秉烛疾书,呈报了五个书面材料:《关于朱德、毛泽东军的历史及其状况的报告》《关于朱、毛红军的党务概况报告》《关于朱、毛争论问题的报告》《关于赣南、闽西、粤东江工农运动及党的发展情况的报告》以及《前委对中央提出的意见——对全国军事运动的意见及四军本身的问题》。

无论口头报告或书面报告,陈毅力求客观、公允、准确,充分凸现了陈毅作为一个政治家襟怀坦白、磊落无私的思想品格。

　　经过一番深思熟虑之后,周恩来明确指出了红四军七大政治上的错误,责令刘安恭立即返回中央。并代表中央郑重宣布:要巩固红四军团结,维护朱德、毛泽东的领导,仍由毛泽东继续担任红四军前委书记。

　　不幸的是,刘安恭在当年10月红军出击东江的战斗中英勇牺牲了。

　　10月底,北上上海的陈毅带回了中共党史上著名的"九月来信"。"九月来信"充分肯定了党对军队的领导制度,明确指出:红军由前委指挥,党的一切权力集中于前委指导机关,这是绝对不能动摇的原则。

　　陈毅及时向红四军前委传达了中央指示精神。久别重逢的朱德、陈毅彻夜长谈,两颗金子般闪光的心,以及政治家宽阔襟怀与高风亮节展露无遗:追求真理,服膺真理!

　　朱德当即提议马上请毛泽东回前委主持工作。

　　此时,因为恶性疟疾发作,辗转到永定金丰大山中养病的毛泽东,接到朱德请他回来重新主持前委工作的来信,虽重病缠身,但他还是被担架抬着从永定一路跋涉来到了上杭城。

　　上杭临江楼曾是"广福隆"货栈旧址,三层两进,白墙平顶,拱形廊檐,临江而立。楼前,一棵百年大榕树,撑起如云华盖。

　　毛泽东入住风光如画的临江楼,在当地名医吴修山的精心治疗下,病情渐好。时逢重阳节,俯看江水如碧,庭院菊花怒放……毛泽东一扫落魄心境,欣然命笔填词一首

《采桑子·重阳》：

> 人生易老天难老,岁岁重阳。今又重阳,战地黄花分外香。 一年一度秋风劲,不似春光。胜似春光,寥廓江天万里霜。

中国革命蹚过山岙又见平川。

1929年11月中旬,朱德、陈毅率领红四军从东江返回闽西;11月23日,红四军再次占领汀州城;11月26日,毛泽东乘坐担架急匆匆从上杭蛟洋赶赴汀州,于暮色苍茫中,三位老战友见面万分欣喜:"朱毛,朱毛,朱不离毛,毛不离朱,朱毛不分家呵!"

11月28日,红四军前委扩大会议决定:正式召开红四军党的第九次代表大会。

红四军"九大"的筹备工作忙碌、紧张而有序地展开。

1929年12月3日,红四军大部队开赴连城新泉,进行著名的"新泉整训":毛泽东和陈毅负责主持政治整训,朱德负责主持军事整训。

"新泉整训"始终贯彻一个宗旨,围绕一个目标:党管军队,努力锻造政治更加合格、纪律更加严明、作风更加文明的红四军。

此时,形势突变,国民党第二次"三省会剿"直逼闽西苏区,赣敌金汉鼎部已攻占长汀,正向新泉奔袭而来。

12月中旬,为确保会议顺利而安全召开,红四军移师上杭古田。

据闻,彩眉岭下有一丘田形似"田"字,乡村雅士云

"古垦之田",遂称之为"古田"。古田地处上杭、龙岩、连城三县交界,山多地险,宜于军事攻守。

红四军前委、政治部和司令部均设在八甲村,四个纵队则分别布防于周边的赖坊、竹岭、溪背、荣屋等村落,形成犄角拱卫之势。

工人调查会、农民调查会、士兵调查会,以及各支队、纵队党代表联席会议……大家敞开心扉,畅所欲言,气氛活跃,大胆、尖锐地揭露党内、军内存在的各种非无产阶级思想及其表现,讨论各种错误思想产生的根源、危害,并探求克服的途径与办法……最终,红四军官兵的思想逐渐统一到了"红军是一个执行革命的政治任务的武装集团"、"军事只是完成政治任务的工具之一"这样一种全新的认识上来。

毛泽东紧张、忙碌而辛劳。白天,参加各种调查会、座谈会,与大家促膝谈心;晚上,听取汇报收集意见挑灯疾书,从新泉的"望云草室"到古田的"松荫堂",一灯如豆,笔走惊雷……12月26日,当洋洋洒洒的《中国共产党红军第四军第九次代表大会决议案》最后收笔,推窗眺望,天边已微露黛青色晨曦,才蓦然记起今日正是自己的生日,人生已走过风风雨雨的36个春秋啊……

1929年12月28—29日,中国共产党红军第四军第九次代表大会,如期在古田廖氏宗祠隆重召开。

其时,漫天飞雪,挥洒苍茫。这座始建于清末、后由红军改名为曙光小学的廖氏宗祠,厅堂上一堆堆噼啪炸响的木炭火，悄悄溶解着天井里厚厚的积雪和坚冰，顿时升腾起暖融融的春意。

出席大会的代表共 120 多人，除各级党代表外，特别强调选举一定数量的青年代表、战士代表和军事干部代表。

红四军党代表、前敌委员会书记毛泽东，军长、前委委员朱德，政治部主任、前委委员陈毅共同主持了大会。

大会气氛热烈，空前和谐团结，一致通过了《中国共产党红军第四军第九次代表大会决议案》（即"古田会议决议"），并选举毛泽东、朱德、陈毅、李任予、黄益善、罗荣桓、林彪、伍中豪、谭震林、宋裕和、田桂祥等 11 人为前委正式委员；杨岳彬、熊寿祺、李长寿等 3 人为候补委员；毛泽东重新当选为前委书记。

历史迎来了 20 世纪 30 年代的第一个元旦。

入夜，廖氏宗祠南侧的大草坪上万头攒动，人声鼎沸，火把高擎，鞭炮炸响……军民联欢庆贺新年；而威武雄壮的阅兵式，更昭示一支经历了古田会议洗礼的红军浴火重生！

《古田会议决议》在红四军得到了全面认真实行，并被中共中央确定为全国各地红军必须执行的纲领性文件。

1930 年 1 月 5 日，古田会议一周之后，距离廖氏宗祠仅一公里之遥的"协成店"一楼厢房，毛泽东夜不能寐，思接千古神游万仞，挥毫写就了著名的《星星之火，可以燎原》。文章深刻简述了中国革命必须走一条"农村包围城市,最后夺取全国政权"新道路。文章的最后,毛泽东满怀革命浪漫主义激情,诗兴大发:"中国革命高潮之快要到来……它是站在海岸遥望海中已经看得见桅杆尖头了的一只航船,它是立于高山之巅远看东方已见光芒四射喷薄欲出的一轮朝日,它是躁动于母腹中的快要成熟了的一个婴儿……"

1930年1月3日,朱德、陈毅率领红四军一、三、四纵队先期撤离古田,经连城、清流、宁化出击外线,转战江西。

毛泽东则率领红四军二纵队阻击从龙岩方向来犯之敌刘和鼎部,奋力掩护主力外线作战;直至1月7日才离开古田,经连城姑田、清流林畬、归化林家山、宁化安远,尔后快速挺进江西宁都,与朱德、陈毅部队会合。

朱德、毛泽东两路大军分头出击,调动敌军如无头苍蝇疲于奔命,最终彻底击溃了国民党的所谓第二次"三省会剿"。

红军千里奔袭,气势如虹。其情其状,正如毛泽东在马背上所吟诵的——

　　宁化、清流、归化,路隘林深苔滑。今日向何方?直指武夷山下。山下山下,风展红旗如画。

时序演进到1955年9月27日,北京中南海怀仁堂。

中国人民解放军建军史上最为辉煌的盛典:此刻,将星闪耀,军乐齐鸣,毛泽东主席正为开国十大元帅授衔,周恩来总理则为开国十大大将授衔。

　　当年参加古田会议的代表朱德、陈毅、林彪、罗荣桓等四人被授予元帅军衔；粟裕、谭政、罗瑞卿等三人被授予大将军衔；萧克、赖传珠、陈士榘、杨志诚、赵尔陆、朱良才、张宗逊、邓华、郭天民等九人被授予上将军衔；郭化若、毕占云、赖毅、韩伟、曹里怀、聂鹤亭、欧阳毅、张令彬、杨梅生、王紫峰等十人被授予中将军衔；叶青山被授予少将军衔；当年参加保卫古田会议的红军战士刘显宜也荣膺少将军衔。

　　历史就这样选择了古田——犹如历史同样选择了遵义，选择了西柏坡。

　　纵观波澜壮阔的中国革命史册，从古田会议到遵义会议再到党的七届二中全会，从制定建党建军纲领、探索中国革命道路，到确立党和军队的领袖地位再到奠基共和国大厦——一路烽火连天，一路金戈铁马，一路欢歌庄严的历程……

（原载《解放军报》2009 年 12 月 22 日）

长征第一山

汽车在中央苏区腹地——红都瑞金飞驰。

时值阳春,清风送爽。车窗外掠过一片杜鹃花,又一片杜鹃花……啊! 漫山遍岭,一簇簇迎春怒放的红杜鹃,红得艳丽,红得迷人,宛如燃烧着的团团火焰,与天际彤云辉映溢彩。大地红了,扑面驶来的峰峦,敞露出赭红色的胸脯。我神思飞越,不禁肃然起敬:红都——红军的故乡,红军的心脏。当年,毛泽东和他的战友们曾在这块红色的土地上,谱写下多少威武雄壮的历史活剧呵。

凭窗凝望,我让思绪插上翅膀,陷入久远而动情的遐想。突然,听见一声呼喊:"到了——云石山!"我旋即回转头,高天碧空群峰拱卫中,威严俊逸,银辉熠熠,胜似一幅工笔淡墨的山水彩绘。我不胜感叹大自然的魅力:岁月悠悠,天长地久,屡经风化剥蚀,不知从哪个年代起,这座山峰的石灰岩竟各显其态,绰约有姿,远观犹若缕缕云霞漂泊在天边,故而留传下这么美丽的名字:云石山。

下了车，我们踩着光洁的石阶，穿越茂林翠竹，一步一步拾级而上。刚巧，当我们走完第一百道阶梯，眼前云石环抱，一阜崛起，在疏密有致的阔叶桐繁荫掩映中，影影绰绰显露出一幢青砖瓦屋，这就是当年毛泽东的旧居。

旧居原来是一座古庙，宽敞而轩朗。据老红军回忆，完全按旧貌复原。台阶前苍松密密，屋宇后流泉淙淙，一道土墙傍山而筑，枝叶铺展，疏疏落落，别有一番潇洒的风情。这里的一草一木，一山一水，都是历史的见证人，它们伴同毛泽东度过了一百多个艰辛而又不凡的朝朝夕夕。

思绪切切，步履轻轻，我们步入了毛泽东的卧房兼办公室。这是一间不足二十平方米的落地厢房。室内摆设十分简朴：一张四方木桌（办公桌兼饭桌），一条江西常见的土制竹椅，两条长凳架起一块杉木床板，桌上放着油灯、砚台、墨笔和苏区自产的毛边纸；东墙上挂着从井冈山就已跟随主人的灰布米袋，蓝布九层公文袋和红漆油纸雨伞；墙根摆着竹叶斗笠、宽边草鞋。透过窗棂，我们还看到屋后林间空地上有一方石桌，四条石凳。每日清晨，当云石山迎来第一束黎明的微光，毛泽东便踏着薄薄的寒霜，登临这里看书、读报、批阅文件，思索中国革命的前途大计。这一切，形象地再现了风烟滚滚的1934年秋——红军长征前夕，中华苏维埃共和国临时中央政府主席毛泽东在云石山的全部生活内容。

揭开悠长的历史帷幔，可以纵观当年艰苦卓绝的斗争历程。

当时,王明机会主义路线统治着党中央,疯狂排挤毛泽东的正确领导,招致第五次反"围剿"的失败。根据地在失陷,人民在流血,土地在燃烧……红军向何方? 苏区向何方? 中国革命呵,濒临着沉沦与夭折的深重危机!

在这干戈寥落、风雨如磐的岁月,广大红军战士、苏区群众企盼高天北斗,忧心如焚。云石山上的毛泽东再也忍无可忍,拖着病体,置个人安危于度外,冒着纷飞弹雨,亲赴前线调查,总结历次反"围剿"战争的经验与教训,与王明"左"倾机会主义路线展开了针锋相对的斗争。

入夜,云石山笼罩在浓重的暮色中。四山汹涌的松涛声伴和着炮弹炸裂的隆隆声,猛烈摇撼着这座紧联苏区百万军民命运的土屋。更深夜阑,烛光灼灼,投射下毛泽东的身影——他时而临窗伫立,久久沉思;时而伏案疾书,笔滚雷霆——他病癯的脸上,红润的笑靥消失了,他的心在燃烧着仇恨,对国民党蒋介石的仇恨,对王明机会主义路线的仇恨;他肩负着国家和民族的存亡,肩负着党和红军的安危,他在思索,在探求,在谋划如何驾驭中国革命的战舰绕过险滩暗礁,驶向光明胜利的彼岸!

然而,就在这戎马倥偬的战争年代,我们的毛主席在生活上又是如此含辛茹苦,经受了多么艰难的煎熬啊! 一位老赤卫队员双手捧起住室墙角的一只泥瓷瓦钵,深蕴着感情的双眼老泪横流,泣声告诉我们:毛主席生活十分俭朴,自己连蚊帐也舍不得用,却把它送给俺苏区老表。每夜,主席就用这只泥瓷瓦钵,熏烧警卫员从云石山上采来的辣子草,一遍一遍驱赶成群的山蚊。然后,毛主席忍受着呛人的烟草味,时时工作到鸡啼……听着,听着,我们的心激起了感情的瀑布,一层飞沫,一层浪花。我们异常庄重地从毛主席的床前轻轻走过。是呀,毛主席床上没有蚊帐,只铺着很旧的白布床单和薄薄的被褥毛毡。而且,在这里我们还看到,房里凳子很少,为了便于会见苏维埃政府干部和红军指战员,毛主席还特意把床铺搭在房间中央,四面不靠墙,他和来访的老表和同志们坐在一道,盘膝围靠在床板的四周,畅谈革命的前途与理想……

革命在迎接血与火的洗礼。

1934年10月的一个深秋,朔风呼号,天色垂暮,铅灰色的云块翻滚奔涌。决定党和红军命运的战略大转移——震惊中外的二万五千里长征,从云石山迈出了第一步。毛泽东身披军大衣,脚蹬草鞋,立足云石高峰,四顾红都大地,青山如黛,赣水苍茫,群峦逶迤足下——他举起了手,稍停,又轻轻地放下,于是乎,他的步伐一步一步踩上千回百转的光洁的石阶,踩上中央苏区红色的土地,踩上万水千山……从此,云石山——长征第一山,彪炳于绚烂多彩的中国革命史页上了。

"长征第一山"——我一遍又一遍呼唤着这一不寻常的名字。迢迢征途有多少险关隘口,然而,你踏出了第一步,你是胜利的起点——多么光荣的称号呵!

啊!春风一笑花千树。今天,我们站在这"长征第一山"之巅,抚今追昔,展望祖国前景,任重道远,前路正长!

　　我禁不住轻声吟诵起毛主席在长征路上的壮丽诗篇——雄关漫道真如铁,而今迈步从头越……

　　　　　　（原载《解放日报》1978 年 6 月 18 日）

二、故土言说

故乡的街市

在我的记忆里,故乡的街市是一幅灰色调的油画。

几座用一根根木桩竖立在泥巴地上、用一块块松板横架于木桩顶端、再铺上油毛毡或干稻草的长廊式的草棚,空落落地躺卧在光秃秃的山脊下,风侵雨淋,木桩灰蒙蒙的,松板灰蒙蒙的,草棚灰蒙蒙的,连孤寂的山脊也变得灰蒙蒙的;一条长不足百米的黄土路,路面坑洼连着坑洼,黄土盖着黄土,炎阳暴晒,独轮车"呀呀"驶过,自行车"铃铃"驶过,拖拉机"突突"驶过,尘埃飞扬,一瞬间,天空也变得灰蒙蒙的了。

然而,故乡的街市原本是充溢着绿色生机的。

据老人们讲,在从前,每逢农历四、九日,便是约定俗成的墟日。四乡八邻的乡亲们推着鸡公车(一种木轮车),挑着时鲜货,赶着小猪娃,牵着大水牛,也有空着双手的姑娘、大嫂们,穿着挺括、头发梳得油亮的小伙后生哥,人流如潮水般涌向街市赴墟(赶集)。草棚虽简陋,能遮阳,能避雨,能设摊,能供乡亲们头碰头地洽谈生意,交换土产、山货。货出手,捏着一大把票子的大婶、大嫂们,扯上几尺花格子洋布,在草棚下抖抖开,嘻嘻哈哈地比赛着漂亮;老哥们则热衷于割上两斤鲜肉,沽上一筒家酿米酒,再在地摊火锅炒上两盘小菜,蹲在草棚下喝酒吃肉拉家常,有时兴致来了,还划上两拳"全福寿""满堂红";而相亲的后生哥、大妹子,则一双双、一对对,悄然隐入山脊后的绿树丛中。那时节,满山满坡都是松树、杉树、樟树、大榕树,枝丫攀着枝丫,树叶牵着树叶,密密匝匝,正是相对象、搞恋爱的好场所呢(到了大炼钢铁时节,全民动员,刀劈斧砍,一夜工夫就把满山的树木都席卷光了)……在老人们的追忆与叹息声中,昔日故乡街市的兴隆景象,已变成异常遥远的旧事了。

　　我是在史无前例的岁月回到故乡插队务农的。上面下来一道指令:街市是产生资本主义尾巴的温床。于是,满街游弋着臂挂红袖标、手执双色棒的民兵们,旨在用"红色风暴"荡涤街市的每一座草棚、每一块角落。一日,一个令人战栗的消息传来:我儿时的好伙伴洲仔被"红袖标"们押在街市上"割尾巴"了。我怀着惊恐的心绪,急匆匆赶往街市。只见洲仔被五花大绑罚站在一截土墩子上,炎阳煎烤,他满头满脸大汗淋漓,一旁的"红袖标"们历数他的"滔天罪行",满嘴唾沫飞溅;尔后,"红袖标"们又令洲仔敲响一面破锣,从街东头游走至街西头,再罚站在土墩上低头示众。如是周而复始,依样画葫芦……我细一打听:洲仔因老母患病在床,他无钱为母抓药治病,便偷偷把自家喂养的一口小猪娃赶到街市上去卖,于是乎,小猪娃被没收了,洲仔也成了该千刀万剐的"资本主义的尾巴"。突然,围观的人群一阵骚动,很快闪开一条人缝,一副担架急如星火地抬过来了——原来洲仔的老母经不住惊吓,一口恶气闷在心中上不来,昏死过去了,乡邻们正手忙脚乱地抬着老人家往公社医院送呢。罚站在土墩上的洲仔看见了,猛地扔掉破锣,"扑通"一声跪在老母的担架前……

以后,故乡的街市便经常上演一幕幕令人心悸的活剧:挂牌、游街、批斗、戴高帽的人群在那条黄土路上川流不息……我悄悄离别了故乡,带着一颗痛楚、失落的心。

今年春节,我从京都返乡度假,没想到公路已一直延伸至故乡的街口。我兴冲冲跳下车,啊,眼前的故乡的街市,已教我认不出昔日的容颜:一幢幢新建的砖房瓦屋代替了草棚,一条新铺柏油大马路代替了黄土路,满山新栽的婆娑绿树、婀娜翠竹,经冬不衰,一派生机盎然。恰逢墟日,乡间公路上,石板小路上,田埂土路上,走来一群群肩挑手提的父老乡亲,有卖香菇、笋干、银耳的,有卖鲜鱼、大葱、春蒜的,有赶着小猪娃、牵着大水牛的,人人都喜滋滋地涌往街市,一瞬间,整条街市万头攒动,市声嘈嘈。老人们给我追述过的故乡街市的升平景象,在我的眼前重现了;不,比老人们追述的更繁荣、更昌盛啦!

我儿时的好伙伴、那曾饱经忧患的洲仔,如今已被乡亲们推选为乡长了。我见到洲仔时,他欣喜地告诉我:

"你回来得正巧,今年元宵节,要到街市上闹龙灯。"洲仔的老母依然健在,她张开没齿的嘴,乐呵呵地说:"得去看看哪,俺庄稼人也富了,过上好日子了,闹农家乐哩!"正月十五闹龙灯,是故乡的传统风俗,种田人劳作一年,丰收了,过大年,乐乐陶陶闹元宵。可惜,我也只是听老人们说说而已,从没经见过。

终于盼来了正月十五元宵节。响晚,月华皎皎,八村十里鼓乐喧天。各庄各村的龙灯队伍出发了,每村均由十几个膀圆腰粗的后生哥举着龙灯开路,穿红挂绿的乡亲们一溜长串尾随其后,欢天喜地涌向街市。街市上的一扇扇窗门敞开了,每一扇窗门都伸出一串长长的鞭炮,"噼噼啪啪"迎接四方龙灯的到来。刹那间,整座街市人山人海,几十条火龙在翻飞舞动,几百串鞭炮在同时燃放,好一派国泰民安、万众欢庆的景象呵。只见洲仔特别忙乎,他站在高高的土墩上,手握电动高音喇叭,指挥、调度着一路路队伍。我随着人潮缓缓流动,神思飞越。虽然,我在京都曾观赏过万花纷呈的节日焰火,曾跻身于百万群众的游行集会,然而,今夜故乡街市上的龙灯盛会,却那样令人赏心悦目,那样令人心醉神迷。

故乡的街市啊,终于赶上了龙腾虎跃、五彩缤纷的好时光!

（原载《文艺报》2004 年 6 月 24 日）

故乡的桥

　　故乡，多么温馨的字眼，而故乡的桥，则引起我更多的思情与眷恋。

　　每当我从喧闹的大都市回到故乡，踏上故乡桥，乡情的呼唤，童年的回忆，便涌上我的胸间。故乡福建永定，毗邻粤境，系客家祖地，一座座圆土楼散落山间，点缀着一幅幅画山绣水——双峰对峙，夹一湾碧水，一泓流泉，绕盘盘绿树；清清的水，有如优美的抒情诗，长长的桥，又似淡雅的水墨画。孩提时代，我和我的小伙伴们，在溪边戏水，在桥下捉鱼，于是，一道道竹桥、木桥、石板桥，便在我们的梦幻里，织成了春日的歌、七彩的虹。而梦牵魂萦给我留下最多神奇传说的，则莫过于故乡的高陂桥。

　　高陂桥坐落于永定河坡高路险、悬崖峭壁之间（永定河流注汀江，尔后汇入韩江奔向南海），故得名高陂桥。这是一座单孔石砌廊桥，桥面长百余米，由72块石板铺成，两边垒石柱36根，桥上盖有一座青砖铺顶的凉亭，远观如一客家篷篷船,或泊于江中,或行于浪上,独具风韵;整座桥仅一个拱洞,半轮隐入水中,半轮跃出水面,高20余丈,结构雄奇,蔚为壮观。

相传很久很久以前,这里只有一座简陋的木桥。那年端午,洪水猛涨,一怀孕少妇行至河边,水已漫上桥面;其时,河边聚集一群行者,见水势汹汹,个个面有难色,裹足不前。少妇因归家心切,毫不犹豫踏上桥去,众人见了,也都壮起胆尾随其后;他们每走过一个桥墩,"哗啦"一声,洪水便冲垮一段桥板,待他们走到对岸,洪水也恰巧将整座木桥冲得荡然无存。众人回望滔滔洪峰,个个吓得面如土色。此刻,一群大雁掠空飞过,雁声嘹亮,听来分明直呼:"王大人——王大人——"

行人中一秀才恍然顿悟,大喜道:"敢问列位诸君,哪位姓王?"众人频频摇首。秀才转向少妇:"敢问夫家尊姓?"答曰:"亡夫小姓王。"

众人听罢,一起朝少妇长揖到地:"恭喜大嫂,今日全托贵公子洪福。贵公子将来一定前程无量!"少妇慌忙跪下还礼:"倘若果有他日时,一定在此造一石桥,答谢父老乡亲!"

后来,少妇生一子,取名王见川。见川自幼勤奋攻读,学业精进;三十而立,金榜题名,被录为翰林学士。年复一年,王母视儿廉洁奉公,亦喜亦忧——喜则见川官声日隆,不负众望;忧则孩儿虽身居显位,却无半点积蓄;临终之日,只能含泪将当年许下的诺言告知见川。

王翰林得悉此事,遂辞官返乡,在永定河畔办起一座太平学馆,并创办"汲古文会",广招四方弟子,编志讲学。一日黄昏,落霞飞彩,秋风习习,王翰林信步走到河边,见断桥残墩独立江中,转身问众弟子:"天有缺,炼石以补之。补天者谁?"众曰:"女娲氏也!"又问:"地有陷,架桥以渡之。架桥者谁?"众皆愕然,无以对答。王翰林折下一截柳枝,俯身大书四字:"吾辈诸君!"

于是,众弟子慷慨解囊,八方乐助;永定河畔锤声叮当,大兴土木,翌年建成了这座驰誉闽粤的高陂桥。高陂桥落成之日,车水马龙,四乡同庆,王翰林欣欣然题写了一副楹联:"一道飞虹人在青云路上,半轮明月家藏丹桂宫中。"

此后,每逢正月十五元宵节,乡亲们都汇集高陂桥上,举行闹龙灯盛会——双龙戏珠,百鸟朝凤,孔雀开屏,采茶扑蝶,狮子滚绣球……组成了火树银花的夜世界。据闻,有一年一盏荷花灯不慎从桥上飘落下去,直至端午节祭屈原龙舟竞渡,少男少女击鼓举桡,从桥下拱洞穿过时,才恰巧接住。这些美丽的传说,寄托了故乡人们和睦相处、耕读传家、追求美好生活的强烈愿景。

此刻,我漫步在高陂桥上,犹如翻阅一部乡村典籍,在我眼前铺展开曼妙的画页。举目四顾,"丹桂宫中"一幢幢新楼鳞次栉比,袅袅炊烟,泱泱旭日,为故乡大地抹上一层绯红的色泽,分外妩媚诱人啊……

(原载《人民日报海外版》2011 年 8 月 2 日
第 7 版,选入现代文〔文学类〕阅读文选)

故乡的土楼

每当朋友问起我的故乡在哪里,我总会习惯性地面带得意之色双手比画着"有圆圆土楼的地方",对方往往"噢噢噢"连声赞叹,可见故乡的土楼早已名满天下呵。

故乡的土楼原本"养在春闺人未识"。在故乡永定和整个闽西地区,民间流传着一则极为搞笑的故事:话说上世纪东西方对峙冷战年代,美国间谍卫星掠过福建西南部上空时,骇然发现一片又一片的深山密林间掩藏着一座座硕大无朋的圆形建筑物,像地下冒出来的"蘑菇",又如同自天而降的"飞碟",或隐没于山岙,或突兀于溪畔,疏密错落,排列有序,蔚为壮观,一度被美国联邦调查局(FBI)神经质地判定为"核反应堆"或"导弹发射井"……接下来,更加荒腔走板的闹剧上演了,有神秘人士悄悄潜入这片山林,实地拍摄了一大沓照片,却啼笑皆非地发现了另一片新大陆:原来这些庞然怪物是世界上独一无二的山区大型夯土民居建筑,客家先民披荆斩棘,垒土成楼,耕读传家,于此安居乐业久矣!

何谓客家? 时序上溯千年,自东晋以降,北方游牧铁骑屡屡南侵,中原板荡,战祸频仍,黄河流域汉民生灵涂炭,颠沛游离,"人慌慌而游走,风飒飒以南迁",客家先民历经多次大规模辗转徙迁,择河谷,逐水草,遂于闽赣粤边界安营扎寨,并逐渐形成客家民系社会。

显然,客家是汉族的一支特殊民系。客家人自诩为汉族正宗,客家话是古代汉语的活化石,客家文化传承了中华古老的汉文化。在民族学和社会学范畴中,"客家族群"系基于地域特征和文化传袭而形成的"原生性"社会群体。

俗话说"深山藏瑰宝",这些古朴雄奇的客家土楼,被西方游客称誉为"东方古城堡"。有学者论述为人类建筑史上的三次革命:一曰石材,以欧洲哥特式教堂为代表;二曰木材,以北京紫禁城故宫为代表;三曰生土,以福建客家土楼为代表。据考察,永定境内现存各式客家土楼2.3万余座,其中圆土楼360座。客家土楼肇始于唐代,元末明初蔚成风气,有方形、圆形、八角形、交椅形和椭圆形,并随着客家人的播迁足迹遍布闽西、赣南、粤东等地区。客家人喜好聚族而居,每座土楼都居住着十几户甚至几十户宗族人家,几十个、上百个房间环形排列,厅堂、水井、粮仓、畜舍、厕所、澡房、私塾、讲堂等一应俱全,自成体系,既有节约、坚固、防御性强等特征,又系极富美感、壮观的高层民宅,可谓"一楼一世界,一户一乾坤"。

其中,被誉为"土楼王子"的振成楼,空间配置妙不可言:以一个圆心为起始,层层向外伸展,环环互为相扣,"楼中有楼"为内通廊圆形结构,"楼外有楼"呈苏州园林设计布局,整体造型又依稀可辨古希腊建筑艺术之遗风,堪称中西合璧的建筑典范。于是乎,在 1985 年美国洛杉矶世界建筑模型展览会上,北京的雍和宫、天坛和永定的振成楼,令金发碧眼的西洋人大开眼界,叹为天物。

振成楼大门石刻对联开宗名义:"振纲立纪,成德达材"。厅堂两侧楹联颇含哲思:"振作那有闲时,少时壮时老年时,时时须努力;成名原非易事,家事国事天下事,事事要关心"——几乎可视作客家人文化心理和家国情怀的权威诠释。

客家土楼大放异彩、震惊世界,是在加拿大魁北克城第 32 届世界遗产大会上。

2008 年 7 月 7 日 6 时 30 分,对于全球客家人来说,无疑是一个盛大的节日。

来自全球 41 个国家的 47 个候选项目展开激烈角逐。强烈传递出客家文化信息的中国"福建土楼"建筑群光耀夺目,倾倒与会一众评委:东方血缘伦理关系与聚族而居传统文化的历史见证,世界上独一无二的大型生土夯筑的建筑艺术成就,具有"普遍而杰出的价值"。

最终,"福建土楼"毫无悬念地一致性地获得世界级认可,被正式列入《世界遗产名录》。

故乡的土楼,当之无愧地成为客家文化的符号——

"圆楼"与"方楼"的言说,不正是蕴含着中国传统哲学的通融豁达、天地万物的对称与和谐么?!

我想象着镜头升上高空,俯瞰故乡葱葱郁郁的大地与绿水,悠远、静谧的山林、廊桥、土楼、田畴点缀其间,禁不住诗兴大发,特作《土楼宣言》曰:傍溪涧涓涓森列,依山崖步步登高,闻书声琅琅飘落,有农家怡乐陶陶。客自中原来兮,筚路蓝缕;万里迁徙路兮,水寒风萧。家从创业兴,耕商读而骄;文脉承孔孟,根基发舜尧……

啊,故乡的土楼,我心中永远的梦境!

（原载《人民日报》2017 年 2 月 1 日第 8 版）

故乡的"雕版"

　　心灵的震撼,往往是不期而遇的。

　　20世纪的最后一个冬天,我以作家代表团副团长的身份,出席"中国作协闽西冠豸山文学创作生活基地"挂牌仪式,连城县的东道主安排我们参观了四堡乡古雕版印刷基地。作家们都被眼前所见深深震撼了,包括在闽西出生长大的我都不知道位于祖国的南边陲、福建的西南部、偏僻的连城山区,几百年前的明清时期竟然会是中国雕版印刷基地。这是一块了不起的文化瑰宝,它的文化价值、文献价值、历史价值和新闻价值都是不可估量的,那种浩大的普及和时间的久远让作家们惊讶不已。

　　史料表明,四堡的雕版印刷业起源于南宋末年,自明代中后期起,经历了两百年草创与发展,在清代乾隆、嘉庆年间进入鼎盛时期。当时,五百户人家的四堡就有书坊三百间,出版物"垄断江南,行销全国,远播海外",出版总量仅次于北京、汉口,排名全国第三,"书业甚盛,致富者累相望"。然而,清代咸丰同治以后,由于西方先进的铅印技术传入,在我国引起印刷业的一场革命;加上家庭作坊的手工操作既不可能造就庞大的生产规模,也不可能形成原始的资本积累,四堡雕版印刷业从此一蹶不振。让人惊叹的是,由于地域的相对闭塞,加上当地文化气氛浓厚,四堡的雕版印刷文物保存比较完整,成为全国明清四大雕版印刷基地唯一的幸存者。

在那次采风活动中,吴尔芬就问我,为什么一直没有出现以客家文化为背景的重大作品?我回答他,客家聚集地在南方,南方山川秀丽、气候温润,可以产生比较好的散文和诗歌,小说创作则始终处于弱势。我们客家文化里面还没有产生具有代表性的作品,实际上是没有产生表现客家人历史和奋斗的长篇记叙。如果以古雕版印刷为背景创作长篇小说或拍摄影视作品,那将是很可读也很可看的。吴尔芬告诉我,他正在搜集资料做长篇小说的创作准备。

这块文学空白如此之快就被弥补,这是始料不及的。作家出版社刚推出连城籍女作家项小米的长篇小说《英雄无语》,我们又读到了吴尔芬寄自连城的《雕版》。《雕版》讲述了一个英国遗孤在闽西雕版世家求生存的故事,作者虚构了一个符合艺术真实的"四宝",以逃亡的少女竹烟和她的故事进入。竹烟以自己的雕版绝技被唐家所收留,命运使她怀上了传教士麦高温的儿子。义和团谋杀洋人后，竹烟为了混血儿能够在四宝立足，失去了永远的光明；为了雕版印刷后继有人，舍身扑向无边的黑暗。混血儿唐嗣有毕生雕刻书版、守护雕版，梦想融入养父的家族中，获得承认与爱。但是，对文化精髓的牢牢把握改变不了他的外貌与血液，环境残酷地拒绝了他。正当他以雕版为家，习惯孤独与歧视时，事情却起了质的变化。正如作者在题记中所说，"雕版就是梓，梓就是故乡，所以，他们以雕版为家园"。

在《雕版》的叙述中，吴尔芬沿袭了先民根深蒂固的文化记忆，祭祀、出殡、婚礼、族会、墟期、走古事都不同程度地再现了最初的本土印象。浓厚的客家文化尤其融会贯通于雕版印刷的流程，极具客家特色的族谱情结留下了关于战乱与灾荒的血泪史。如何让今天的年轻人看到祖辈的生活轨迹，让老者重温自己的生命历程，同时为学者提供一本生动的雕版印刷的珍贵史料，成了吴尔芬挥之不去的神圣责任。《雕版》情节跌宕，人物众多，跨越百年，从故事中我们可以体察到作家对客家生活的谙熟和对人性敏锐的观察力。这部长篇可以说是以客家祖传的精锐文化，与时代的强劲脉搏砰然相遇所碰撞出来的艺术辉煌。作为客家的后代，作者让我们看到了客家人当年的步态，看到了当今风俗的源流所系，使我们能够寻觅风俗流变那不可逆转的规律。

四堡古雕版印刷基地是特别的、丰富的、无可匹敌的旅游资源。《雕版》是改革时代在开放条件下的重要作品,意义在于它的奇特、精致和可读性。它像传递故乡记忆的一束亮光,震撼着每个读者的心灵。

（吴尔芬长篇小说《雕版》序作家出版社 2002 年版）

价值连城

山之大美，平地兀立，不连岗自高，不托势悠远，故谓伟岸而雄奇。

水之大美，石门中开，水转绕山走，山回水中行，堪称曼妙而幽静。

时光穿越千年、万年、亿万年，穿越亘古……地老天荒，沧海桑田，谋型造势，水退山现，既蕴含着虚幻也蕴含着历史，直至这一幅恢宏壮丽的长卷铺展在世人面前。

啊，这就是天造地设、阴阳合璧，被列入国家地质公园和国家自然遗产名录的连城冠豸山……

连城地处福建西部，隶属龙岩市，建县于南宋绍兴三年（1133），闽江、汀江、九龙江三江流走于此，土沃林密，是一个纯客家县，为客家人最早聚居地和发祥地之一。

客家源自中原南迁栖身闽粤赣的汉族族群——史家称"五胡乱华，衣冠南渡"。

客家人自诩为汉族正宗，客家话不啻古代汉语的活化石。

　　筚路蓝缕,披荆斩棘,客家先人不惧林荫沟壑,不畏猛兽肆行,拓荒垦殖,开基创业,耕读传家,历千年薪火相传,终于孕育了这一片"世外桃源"。

　　当你走进连城,犹若走进了客家人的沧桑历史和客家文化的博物馆。

　　冠豸山主峰酷似古代御史大夫的獬豸冠,故而得名,寓刚正廉明之意。

　　冠豸山集"山、水、岩、泉、林"为一体,呈"雄、奇、幽、秀、绝"之大成,世界自然保护联盟专家(IUCN)蒂姆·柯斯盖,赞美它在地球价值观和美学观上都是一颗璀璨的明珠。

　　冠豸山驰名于世久矣!可追溯至宋元祐年间,乡绅雅士在石门湖筑亭建阁,植以松竹,文人骚客戏水而聚,看花命酒,诗句唱和,其乐陶陶然焉!此风长盛不衰,历代遗存的摩崖石刻、楼台亭阁、书院等人文景观,拾步可见。今尚存有半云亭、松风亭、东山书院、修竹书院、灵芝庵等,最为珍贵者首推林则徐登临冠豸山时手书的横匾"江左风流"(现悬挂于东山草堂内)以及乾隆年间饱学之士纪晓岚题写的"追步东山"真迹。正可谓"山不在高,有仙则名"。

　　与冠豸山粗犷雄奇相映成趣的,是点缀于石门湖的三叠潭、桃榔幽谷、翠鸟观澜、生命之门等景观的宁静致远,超凡脱俗的优雅,淡抹素颜的清澈,有如一袅袅婷婷的村姑,轻移莲步,随意而安,与无牵无挂的碧水戏耍欢闹,道不尽无限娇羞也。

于是,冠豸山享有"阳刚天下雄,阴柔世上媚"之美誉。

于是,誉满天下的冠豸山,被称作"客家第一神山"。

冠豸山、笔架山、武夷山南脉奔涌而来,三道绿色屏障环抱着一个客家古村落——连城培田村。村口,一座赫然矗立的恩荣牌坊,最顶层的石匾刻"恩荣"二字,下面三方石匾呈品字形结构,雄奇而壮观。此牌坊又称侍卫坊,是为培田历史上最大的官——吴拔桢修建的。吴拔桢是武进士,清朝蓝翎带刀侍卫,光绪二十年,皇帝亲自下诏,地方政府出资修建。

穿过牌坊,便进入荣膺"中国最美村镇"称号的培田村:中轴线对称布局,连片成群,蔚为大观,三十幢高堂华屋、二十一座古祠、六家书院、二道跨街牌坊,山岚与民宅相接,屋宇共庭院飞檐,错落有致,尊卑有序,豪放而优雅。培田为古时官道上的一个驿站,一条千米古街仄仄穿村而过,一代代客家学子沿着这条古街的石板路,步行前往汀州府赶考,因而又称作"秀才街"。深深庭院,幽幽小巷,熙熙商铺,畦畦田畴……既诉说着"客家庄园"800余年的历史变迁,又辉耀着"民间故宫"独享浮华的智慧光辉。

培田正应验了"钟灵毓秀,地灵人杰"之古训。

——始建于明崇祯年间的官厅,占地6000余平方米,门前一池月塘,内外分设雨坪,文官停轿,武官下马,据考证缘于"九厅十八井,井井水归塘"之说。

——进士第是迄今保存最为完好的一座府邸,正厅两侧挂着东晋王羲之联句:"文章移造化,忠孝作良图"金匾,为光绪皇帝所亲赐。府邸主人即为武进士、清廷四品带刀侍卫吴拔桢。

——济美堂彰显的是客家人闯荡四海、回馈乡梓的情怀与品格。主人吴昌同实业兴邦,汀州办油坊,两湖开钱庄,潮汕兴纸业,捐万金于福州建试馆,扶危济困,热心公益,一时间名动朝野,圣旨恩准竖"乐善好施"跨街牌坊。

——清代尚书裴元章曾巡视培田南山书院,欣然题联曰:"距汀城郭虽百里,入孔门墙第一家。"而妇女学馆容膝居更为别具一格,天井照壁书"可谈风月",既讲授"三从四德"、伦理、妇道,又提升女红、烹饪、服饰技艺,足见客家女子的开明风尚。

——培田最古老的民居建筑衍庆堂,始建于明成化丙午年(1486),已栉风沐雨半个多世纪矣。培田村千余人皆姓吴,衍庆堂即为吴氏公祠,石狮威猛,门楣豪雄。公祠雨坪设一古戏台,楹联曰:"几出戏情历百转岁月,数尺舞台容万里江山",戏台左右书"出将""入相"四字浩然大气,道尽客家人传承"正心、修身、齐家、治国、平天下"的理想境界。

中国古代因造纸、印刷、火药、指南针等四大发明,永载人类文明史册。

连城这片神秘的深山密林,竟有幸在其中的印刷业和造纸术两项,演绎了绚丽夺目的新传奇。

　　四堡——一个偏僻闭塞的小山村,却享有"中国四大雕版印刷基地之一"称号,堪与之比肩的北京、汉口、扬州三大雕版印刷基地,却早已淹没在历史的烟尘中了。因而,四堡为目前举世罕见保存完好的古雕版印刷文化遗址,不可再生的古书坊、古雕版、古书籍以及古印刷工具,弥足珍贵。

　　四堡原名"四宝",即纸、墨、笔、砚文房四宝也。

　　四堡雕版印刷业始于明,兴于清,至乾隆、嘉庆年间为鼎盛期,100余座大小印刷书坊、屋宇300余间,散落于雾阁、马屋、上枧、严屋各村落。据《连城风物志》载:"印坊栉比,刻凿横飞,从事印书业的男女老少不下一千二百人,约占总人口数的60%","广镌古今遗编,布诸海内,锱铢所积,饶若素封",家家无闲人,户户有书香,刻版、印刷、包装、销售呈一条龙规模。刊印书籍种类繁多,举凡四书五经、启蒙读物、星相佛经、农学医药、小说诗词等达九大类667种;中国古典文学名著《红楼梦》、《水浒》、《三国演义》、《西游记》、《金瓶梅》、《西厢记》等;《四库全书》、《四书集注》、《康熙字典》、《说文解字》、《佩文韵府》、十三经、二十四史、诸子百家典籍,无所不包;《三字经》、《弟子规》、《增广贤文》、《千家诗》、《唐诗三百首》及当地学者邹圣脉编刻的启蒙读本《幼学故事琼林》等启蒙读物,影响深广。新刊书籍凭借汀江黄金水道,行销全国13个省、150多个县市及东南亚国家和地区,有"垄断江南,行销全国,远播海外"之美誉,对弘扬中华文化功不可没。

四堡的另一大贡献,是萌生了原始的版权意识。据闻,每年正月初一,各书坊都会把新刻书籍封面张贴出来,昭告其他书坊不再重复刻印;若必须翻印,也务必沿用原书坊的堂号及装帧形式。现存古书封面刻有"本斋藏版,翻刻必究"字样,即为明证。

1999 年,四堡被福建省政府批准为首批"省级历史文化名乡";2001 年,其古书坊建筑群被国务院列入第五批全国重点文物保护单位;2004 年,该遗址又被列为全国民族民间文化保护工程。

堪与四堡印刷业相媲美的,是连城姑田的宣纸业,历 400 多年而不衰。

明嘉靖年间,连城县一带已有生产竹料纸和皮料纸;至明天启年间,则形成了连城宣纸独特的制作工艺。"片纸非容易,措手七十二",极表连城宣纸竹丝天然漂白工艺之繁琐,其制作工序多达 72 道,耗时 8 个月,保证了连城宣纸的高品质,厚度适中、抗拉性强,质地柔软、纤密耐用,白净吸墨,能经受风吹雨打、太阳暴晒、强光照射而不变色,号称"百年不褪色,千年不变黄"。当日之时,宣纸成为馈赠亲友之佳品,达官贵人、名流雅士对其宠爱有加。

民国初年,连城宣纸业达至顶峰,拥有 1000 余户手工纸槽,工人一万多人,年产量 6 万担,纸庄商号 50 多家,产品远销全国各地,并流布日本、越南、泰国、缅甸等周边国家,成为当时全国五大宣纸产地之一。

时至今日，连城宣纸仍然是南京等档案馆保存和修复史籍的主要用纸，也是当代传统书画界的首选用纸。

2007年9月，连城宣纸工艺被福建省人民政府列入第二批省级非物质文化遗产名录。

穿越了摇曳的秋天和潜伏的冬季，新生命争先恐后地来到了早春——连城客家元宵节，大地呈现一派蓬蓬勃勃的生机与欢乐。

何等气势恢宏的场景：4000多人扛着一条巨龙穿过长长的田埂，穿过弯弯的山峦，穿过一个个村寨，穿过古旧的和新盖的屋宇……浩浩荡荡，腾挪起伏，逶迤3公里长，神龙见首不见尾……

2012年2月6日，新千年第一个龙年元宵节，世界吉尼斯总部专门派出的认证官郑重宣告：连城姑田791.5米长的客家大龙，成功刷新了由台湾客家人创造的204.53米客家大龙的世界吉尼斯纪录，被誉为"天下第一龙"。

连城姑田游大龙起源于明朝下堡村之邓屋，大龙由龙头、龙尾和一节节腰身组合而成，每节腰身高2.4米，长4.2米，数百节腰身由各家各户汇聚起来，整支队伍配合乐队，在山峦田地间行游，如山呼海啸之磅礴大气，成为客家民间嘉年华的传统节庆活动。

客家人笃信是龙的传人，十分崇尚"龙"。因此，每年正月十五元宵节游大龙，秉持"承古开新"的理念，家家户户燃松明，点香烛，摆果品，放爆竹，祈求风调雨顺、五谷丰登、国泰民安。

连城罗坊走古事则被称作"山村狂欢节"。

这一古老乡俗同样在每年的农历正月十五日举办,人山人海,万民同乐,场面十分壮观而刺激:各村挑选体壮胆大的十岁男童两名,化妆脸谱,身着戏袍,一名扮领先的天官主角,一名扮护官的武将。天官直立在一条铁杆上,腰身用铁圈固定,武将坐立在轿台上,成两个层次;天官领路,共有七棚"古事",分别贴着"忠""和""礼""仪""仁""智""信"七个大字,紧随其后的是万民宝伞、彩旗、十番乐队等,在数以万计的乡民和游客的围观中,一路鸣铳,鼓乐喧天,穿街走巷,行至太世祖宗祠祭拜。正午时分,"古事"队列齐集云龙桥下,鼓乐队先泼水透湿,然后铳响三声,各村"古事"下河逆水狂奔,全然不顾天寒水冷,河深苔滑,人人争先,跌倒了再爬起来,先抵河对岸方台为胜者,竞争异常激烈。

显而易见,罗坊走古事是客家文化的另一类表达仪式,彰显客家人能文善武、尊崇礼仪、奋勇争先之品格。

芷溪花灯,奇妙绝伦,每个花灯有 99 盏火,由琉璃杯装棕油点亮,通透澄莹,熠熠生辉;百余个花灯组成一支花灯长队,首尾相接,明烛夜空,花团锦簇,琳琅满目,十分喜庆;谐音"添丁""添丁",300 余年代代传承,传递着客家人生生不息的生命意识。

连城整个春天都扇动着欢乐的翅膀。

农历二月,北团游大粽,村民们用上万片粽叶缝制粽衣,用 120 斤糯米蒸煮 4 天 4 夜,制作成 1.6 米高的大粽,用金箔、吉祥纸花等妆粉大粽,供奉于宗祠。

妙趣横生的新泉犁春牛,昭示"一年之计在于春",春播秋收,繁忙的农事随之开始。

千百年来,中原古文化就如此神奇地编织成了一幅幅绚丽多姿的乡村风俗长卷,弥漫性地舒卷在连城这片沃土上……

客家人血性豪放,为追求社会公平正义,不惜赴汤蹈火。

20世纪20年代末叶,正是风雨如磐的岁月,一支年轻的工农红军下井冈、越赣南,红旗跃过汀江、挺进连城新泉,新泉的温泉水洗濯了毛泽东、朱德、陈毅及红军战士们的一身征尘。

为此,毛泽东专门为刚颁布的"三大纪律六项注意"添加上一条:"洗澡避女人。"

这座砖木结构的"望云草室",原系新泉张氏家祠书院。入夜,一盏豆油灯摇曳生辉,年轻的毛泽东神思飞越,笔走龙蛇,为旬日之后在彩眉岭下曙光小学召开的古田会议起草《决议》。

今日,人们可以这样联想:望云草室的这盏豆油灯,早已化作闪耀思想光芒的长明灯,一直引领着这支人民军队从胜利走向胜利。

作家王小波曾有过警世之语:中国五千年的文明史,有一半写在故纸上,还有一半埋在了地下。

据说,每一个地域文明都有自己的密码。而连城,却似一部站立在地面上的历史长廊,供后人在其间徜徉与漫步。

当我们步入这个"客家匾额博物馆",惊讶之余,结识了这样一位客家妹子杨芳——客家文化忠诚的守望者——她苦苦探寻中华古文化的心灵之旅,是那么的神秘而美丽。

一切历史都是当代史,反之,一切当代史也都是历史的一部分。

英国诗人雪莱曰:"历史是'时间'写在人类记忆中一首循环的诗篇。"

"时间开始了"——这是一句意蕴深邃的哲言。

于是,人们飞翔着奇思妙想:梦醒的冠豸,梦醒的培田,梦醒的四堡,梦醒的梅花山……犹如一座梦醒的鲜活的魅力四射的客家文化博物馆。

显然,穿越历史是人类的一种特权。

啊,连城山水,价值连城!

（原载《人民日报》海外版 2012 年 12 月 4 日第 7 版）

龙岩·映象

　　龙岩地处中国福建西南一隅,出城东行几里许,便见翠屏山麓一喀斯特溶洞,岩纹似巨龙腾飞状,曰"龙岩洞"——龙岩由此而得名,也是全国唯一以"龙"字命名的地级市。龙岩市现辖新罗、永定两区,上杭、连城、长汀、武平四县及漳平市,面积约 2 万平方公里,人口 307 万。

　　远古时代,此乃"闽越人"的天堂——汀江、九龙江两江文明交汇融合,孕育了一部客家祖地的传奇神话。

　　"天下水流皆向东,唯有汀水独往南。"帽合山碧树绿茵远呼近拥,龙门洞如仙斧劈开巨石成门,山泉小溪穿龙门而过,从北往南忽而婉约忽而豪放,按八卦方位,称为丁水,丁加水谓之汀,故名汀江也。

　　汀江独行南下,似一条若隐若现的玉带,飘落在山梁、谷壑、屋宇、田园,尔后呼啸蜇入粤广,至三河坝与梅江汇合为韩江,直奔南海——是为"客家母亲河"也。

　　客家,被誉为东方世界的"吉普赛部落",是汉民族中唯一不以地域命名的民系。

时序越千年,始自五胡乱华,战祸频仍,中原汉民历经五次大规模迁徙,"人慌慌而游走,风飒飒以南迁",跨黄河,过长江,择河谷,逐水草……汀江两岸肥田沃野,遂成为客家先民最早的栖息地。

"一川远汇三溪水,千嶂深围四面城。"史载:汉置县、唐置州。古汀州枕山卧水,为八闽最西端之州郡。自盛唐至晚清均为州、路、府治所,宜居宜稼,富庶殷实,历千年而不衰,因而有"客家大本营"和"客家首府"之称。

上杭"客家姓氏谱牒馆"红墙红瓦,形制庄严,气度非凡。客家谱牒是客家姓氏血缘宗亲的总徽记,收藏着115个客家姓氏的近千种版本逾万册族谱。翻阅族谱,客家先民从这里迁往两广、两湖、江西、四川、台湾等地者逾千万之众。

李氏大宗祠始建于清道光十六年,是为纪念入闽始祖李火德公而建造的宗祠。三进四落,木质结构,四围群山拱卫,门前池塘清水,楼门上刻"恩荣"两字,两边对联曰:"丞相将军府,忠臣孝子门。"李火德入闽迄今800余年矣,其后裔遍布于闽、台、粤、赣、桂及东南亚各国。

连城培田村被称作"客家庄园":中轴线对称布局,连片成群,蔚为大观,30幢高堂华屋、21座古祠、6家书院,村前村尾各一道跨街牌坊,山岚与民宅相衔,屋宇共庭院飞檐,错落有致,尊卑有序,豪放而优雅。培田为古时官道上的一个驿站,一条千米古街仄仄穿村而过,一代代客家学子沿着这条古街的石板路,步行前往汀州府考取功名,俗称"秀才街"。深深庭院,幽幽小巷,熙熙商铺,畦畦田畴……既诉说着800余年的历史变迁,又独享着"民间故宫"的智慧与荣光。

中国古代因造纸、印刷、火药、指南针等四大发明,永载人类文明史册。

四堡原名"四宝",即纸、墨、笔、砚文房四宝也。四堡雕版印刷业始于明,兴于清,至乾隆、嘉庆年间为鼎盛期,享有"中国四大雕版印刷基地之一"称号,至今保存完好的古雕版印刷文化遗址,以及不可再生的古书坊、古雕版、古书籍以及古印刷工具,弥足珍贵。

冠豸山,被称作"客家神山"。

冠豸山平地兀立,丰隆而起,绵延伸展,不连岗而自高,谓之山之大美;獬豸峰峻峭挺拔,天工造化,直上云霄,不托势而悠远,谓之临峰绝顶。

与冠豸山粗犷雄奇相映成趣的,是石门湖的幽幽碧水,点缀其间的三叠潭、桄榔幽谷、翠鸟观澜、生命之门等景观,超凡脱俗而宁静致远,淡抹素颜而清澈优雅,有如一袅袅婷婷的村姑,轻移莲步,随意而安,与无牵无挂的碧水戏耍欢闹,道不尽无限娇羞。

闽西山水神幻而奇妙,景致独步天下。武平梁野山起源远古年代,已知的脊椎动物有370种,维管束植物有199科1742种,昆虫有193科938种,微生物有31属51种,真菌63属122种,被誉为"天然绿色基因库"和"野生动物避难所"。

漳平地处福建南部最大的高山盆地,地理位置、气候条件和台湾阿里山极为相似,被称为"大陆阿里山",万亩茶山到处烂漫着春的气息,茶山上火红的樱花又点缀着满山的青翠。难怪明代大旅行家徐霞客两度南游漳平,对漳平秀美风光大为赞叹:"峰连嶂合,飞涛一缕,直舟从云汉,身挟龙湫矣。"

梅花山被称誉为"北回归荒漠带上的绿色翡翠"。梅花山虎园按"天、地、人合一"的古代儒家思想规划布局,为现存华南虎数量最多、活动最频繁的区域,也是全国唯一一家以"关爱国宝华南虎、关注生态大自然、关心人类自己"为主题的华南虎拯救工程基地。

上世纪二三十年代,一幕历史大戏在闽西有声有色地上演:中国一支最年轻的红军饮马汀江、挥师古田,于是,客家人固有的家国情怀、忧时愤世的血性品格、大爱无我的牺牲精神,见证了一个伟大的历史转折……从这座普普通通的客家祠堂,走出了共和国的4位元帅、3位大将、9位上将、10位中将等一众开国元勋,龙岩被誉为"红军故乡"和"共和国摇篮"。

毛泽东的著名诗句"红旗跃过汀江,直下龙岩上杭"名扬天下。

2008年7月7日6时30分,对于全球客家人来说,无疑是一个盛大的节日:中国"福建土楼"被正式列入《世界遗产名录》。

　　永定境内的客家土楼肇始于唐代,至元末明初蔚成风景,有方形、圆形、八角形和椭圆形,并随着客家人的播迁足迹遍布闽西、赣南、粤东等地区;客家人喜好聚族而居,每座土楼都居住着十几户甚至几十户人家,几十个、上百个房间环形排列,厅堂、水井、粮仓、畜舍、厕所、澡房、私塾、学堂等一应俱全,可谓"一楼一世界,一户一乾坤"。

　　客家土楼被称誉为中华瑰宝、"东方古城堡",她是客家文化的符号和象征。海内外的社会学家、历史学家、建筑学家及文化学者,纷至沓来,从各个不同角度探究、解构这一文化现象:土楼按八卦图设计,遵循"和谐共生"的东方哲学理念,选址或依山就势,或沿循溪流,建筑风格古朴粗犷,形式优美奇特,尺度适宜,功能齐全,与青山、绿水互为映照,不啻为一幅美妙绝伦的人与自然妙趣天成的乡村风俗画。

　　客家人从哪里来? 客家人又到哪里去?

　　客家人自诩为汉族正宗、龙的传人,客家文化传承了中华古老的汉族文化,客家话是古代汉语的活化石。

　　"行走千年总称客,旅居异乡是为家",客家人永远行走在路上⋯⋯

　　据统计,烙印着远古黄河文明气息的客家后裔,分布于亚洲、欧洲、非洲、南美洲、大洋洲等 100 余个国家和地区,人口约 1.2 亿之众⋯⋯

　　　　　　　　　　（原载 2007 年 6 月 4 日中国作家网）

记　忆

在我的记忆中，故乡老宅门前的那条清水潺潺的小渠，沿着青石铺砌的长长的渠道，伸入田畴，渐远渐去……是永远难以忘怀的。

每逢周六下午，我和弟弟便携手沿着这伸入田畴的青石小路走去。我们的手都像芦苇秆子那般细瘦，我们的腿也像芦苇秆子那般细瘦，连我们的身子也都像芦苇秆子那般细瘦。我们携着细瘦的手，迈着细瘦的腿，晃悠着细瘦的身子，蹒跚地渐次渐远地走向村口，去迎候将归尚未归的父亲。

父亲在离家四十华里外的一所乡镇中学教书。每逢周六下午，太阳将沉而未沉之际，永远穿着蓝布中山装的父亲的身影出现在村口小路上的一刹那，望眼欲穿的我们兄弟俩多高兴呀！我们晃悠着芦苇秆子般细瘦的身子磕磕绊绊地迎上前去，一把攥住父亲瘦骨嶙峋的手，父亲则忙着解下挂在肩胛上的土灰色旧帆布挎包，我们捧着挎包——里面有父亲用旧报纸严严实实包裹着的一小袋米，欢天喜地地回家去。

这一夜，是我们家盛大的节日：四只小眼睛紧紧地盯住父亲用抖抖的双手展开一层又一层的旧报纸，小心翼翼地将米一点一点地抖入一锅清水中，直到抖得纤尘不剩；锅里的水翻滚着，不断冒出气泡，稍后又倒入一筐我和弟弟从后山坡采摘来的野菜，用勺搅拌成嫩绿色的稀糊糊——我敢打赌，那种嫩绿绝对是世界上最美丽最漂亮最诱人的颜色了。接下来，是父亲喜滋滋地瞅着我们兄弟俩"咂吧咂吧"的狼吞虎咽，直至用舌尖舔净碗边儿碗底儿的一丝丝汁水——那是父亲每日三餐一小撮一小撮硬从嘴里扒拉出来，每晚批改作业时一口杯一口杯地吞服白开水，才一点一滴积攒下来的呀！

其时，田畴不事禾稼，母亲远在三十里外的大山沟沟里筑水库。记得是一个月黑风高夜，有人"咚咚"叩门，我和弟弟急忙披衣起身，趿着木屐去开门，啊，是母亲回来了，怀里还揣着一小钵米饭——那是母亲苦战大半夜挑土上坝换取来的，她一口也舍不得吃，便急如星火地赶回家来，为我们熬成一锅野菜粥，自己又立即饥肠辘辘地赶回工地去了。然而，母亲的"私逃"还是被"阶级斗争觉悟"极高的民兵连长发觉了，结果被五花大绑押至水库大坝上罚跪示众，以儆效尤……从此，母亲便很少再回家来。

终于有一天，父亲、母亲都前脚踩后脚地回到了家中。积年累月米糠而野菜、野菜而树叶、树叶而草根，弟弟不堪饥馑,终于饿得连芦苇秆似的细瘦的小手也抬不起来,终于饿得连眼皮也睁不开了,终于饿得小嘴嘤嘤地叫着:"吃、吃、吃……"终于活活饿死了……教书的父亲和筑水库的母亲默默地取下厨房门扇板,用锯、用斧、用铁钉草草制作成一具小棺木,又默默地将弟弟放进小棺木里。

尔后,一家人沿着那依傍着潺潺渠水伸入田畴的青石板小路,抬着装有弟弟尸身的小棺木走向村口……尔后,每逢周六下午,太阳衔入西山之际,只剩我一个人伫立在村口小路上迎候将归而未归的父亲……

岁月流逝,世事苍茫。然而,我童年生活的这一段记忆,却永远像刀刻一般镌在了我的心头……

（原载《福州晚报》1986 年 11 月 26 日,入选
《中国百年经典散文·情感世界卷》）

父　亲

丙戌岁元宵节，父亲安详地走了，在他老人家85岁高龄时节。

印象中，父亲是那么的年轻、潇洒且风流倜傥。其时，全家人随父亲住在永定县湖雷三中。每年新春闹完元宵花灯后，欢喜雀跃的我们兄弟俩便随父母从老家高陂镇北山村步行前去坎市镇码头。途经高陂桥时，父亲便会绘声绘色地向我们讲述关于高陂桥的传说及楹联："一道飞虹人在青云路上，半轮明月家藏丹桂宫中。"在坎市镇码头搭乘上客家篷篷船，小船一路绕着青山绿水摇呀摇，漂漂浮浮地要摇上多半日才能抵达湖雷镇。

在湖雷三中的日子是充溢着欢乐的。父亲稍得闲暇便教我背诵唐诗宋词，我贪玩儿却相约一伙小朋友偷偷溜到十二墩桥下抓鱼摸虾。周日，父亲偶尔会带着我去赴湖雷圩，一路走去，每遇三中男女学生便远远驻足敬礼并问候父亲："张老师好！"我小小心田顿时满溢自豪感。

　　往后,父亲先调至峰市七中又转调至抚市八中。正逢饥饿年月,我随父亲步行四十里从高陂去抚市念初中,母亲为父子每人各备好两个糠饼供路上充饥,父亲领着面黄肌瘦气喘吁吁汗流浃背的我,每每总是把四个糠饼都让我独个吃了,说:"我不饿,不饿……"说完便蹲到水渠边大口大口地捧起山泉水来喝……

　　父亲大学学的是中文专业,英文也颇有造诣,他毕生执教语文课,且在当地学界小有名气。更让父亲自鸣得意的是,据说曾偶然猜中过中考或高考作文试题(也许是瞎猫撞上死老鼠罢)。父亲执教几十年,手腕上永远戴着一块二针半的手表(两根计时计分长针和一根计秒短针),走走停停,停时父亲会抬起手腕摇一摇,同事们嘲笑他:"超格老师,您戴的是摇表呀?"父亲当即反击:"我是老教师了,上课从不用看表,讲完教案最后一句话刚好下课钟声敲响呢!"直至我大学毕业领了第一个月的薪水,父亲才戴上了儿子孝敬他老人家的一块售价120元的上海牌新表。

　　上世纪60年代,全国人民已掀起如火如荼的学毛著热潮。学生们作文往往大段大段引用毛主席语录以壮声势。父亲批改作文时,凡遇语录无论引用妥当否或错字、别字,一概不予朱笔改动……也算父亲有先见之明,"文化大革命"风暴骤起,造反派几乎拿放大镜审查父亲批阅过的一大摞作文却毫无斩获,父亲终于逃脱一劫。

　　人算不如天算。父亲最终还是被揪出来批倒批臭,并挂上"牛鬼蛇神"和"反动学术权威"的牌子发配学校农场劳动改造。这期间,父亲同我进行过两次史无前例的异常严肃的谈话,令我终生难以忘怀。父亲说:"我目前处境,饭碗随时不保,你上大学也无望。你身为长子,该挑起全家生计的重担了,写作也换不来饭吃,去学门手艺吧!"父亲的话既悲壮又不无道理。我忍痛放弃业余文学写作,去拜师学了裁缝。裁缝匠刚学出师,无意间连续读到文友林凌发表在刚复刊的《福建日报》副刊的两个短篇小说,大受刺激,毅然回归大田劳作,夜里挑灯苦读苦写。这时,父亲第二次找我谈话,并说了重话:"你也不撒泡尿照照,是当作家的料吗?况且,我们的家是什么家庭出身……"这次我抗命了,依然故我。母亲也不断唠叨:"你在家,一个月两斤煤油也不够你烧哟。"恰在此时,张惟老师在他主编的《工农兵文艺》上编发了我的处女作短篇小说《禾花》,并手把手给予鼎力扶持;《福建日报》也刊载了我的小诗《送粮路上》。从此,父亲不再言语了。

我大学毕业后,《福州晚报》副刊发起"作家的童年"征文,我写了一篇千字随笔《记忆》,以凄婉的笔触记述了大饥荒年代弟弟饿毙的情景……父亲读后,老泪纵横,来信嘱我:"历史已翻过这沉重的一页,今后再不要写此类文字了。"

父亲渐渐老迈了。古人云:"父母在,不远游。"我长年累月在京城打拼,不能侍奉父母于左右,深知不孝罪孽之深重,每年春节回老家探视,都要带上大包小包各式各样的滋补品、保健品之类,但父亲总是珍藏于柜中舍不得吃喝。见到父亲刮胡须时双手颤抖得厉害,我特地从北京带回精美的进口电动剃须刀。母亲悄悄告诉我:"你一走,他又藏起来啦……"

父亲,努力追踪与适应着他所处的风云际会的时代,并小心翼翼地演绎着平淡无奇些许悲凉颇值玩味的乡村知识分子的人生之旅。

波音747飞机在云雾中轰隆隆穿行……父亲还是于我到家前先期走了……悲怆之余,我只能在父亲的灵堂前敬献上儿子的一副挽联:教书清贫为乐,做人宽厚乃风——先生风范。

（原载《人民日报》2006年3月4日,入选《2008高考备考资料之散文名篇必读》）

客家三赋

客家是古代中原南迁、聚居于闽粤赣的汉族民系。客家人白诩为汉族正宗,客家话是古代汉语的活化石,传承了中华古老的汉文化。

石壁记

环山叠翠者,古称玉屏也;石壁麇集者,客家祖地也;何谓客家者,乃中原汉胄之民系也。嗟呼:"客而家焉!"

西晋以降,时移世易,永嘉之乱,安史兵燹,黄巢烽火,靖康蒙难。岁月流逝兮中原板荡,战乱频仍兮生灵涂炭。黄泛汹汹,田畴荒芜。人慌慌而游走,风飒飒以南迁。越黄河兮,山高路长;跨长江兮,何处家园?

噫!古邑石壁,闽西洞天,宜稼宜居,乐土一方。武夷东华站岭,岭开隘口;闽江赣江汀江,源出三江。史载"开山伐木,泛筏于吴"。平川百里,山奇水秀,土楼卫众,户户绿映。葛藤庇佑兮,不闻枞金伐鼓之声;桃源胜景兮,生发养育南渡之人。汉民土著,手足胼胝,辟土垦殖,共创基业。孕育客家民系,成就客家摇篮。秦韵汉腔,遂成"雅言""通话"。舟楫如缕,商行闽粤南洋。承载包涵,迎迓黎民庶士。耕读传家,播衍四海五洲。更喜盛世修文,宁化引类呼朋延展薪火,兴家庙,建公祠,脉脉客家魂,敬祖穆宗地,弦歌鼓乐,百业图强。今日之石壁,处处汉唐遗风中华神韵焉!

夫泱泱华夏,行走千年总称客;煌煌寰宇,客居异邦是为家。百家姓氏,亿万客裔,绵绵瓜瓞,慎终追远,拜谒石壁,祭奠始祖,乃九九归一也!

古人云:"嘤其鸣矣,求其友声。"

余叹曰:"北有大槐树,南有石壁村。"

（附记:客家为中华汉民族分支族群,始于中原南迁,后播衍全球,客走天下,天下为家,人口已逾1.2亿之众。经千年演化而形成客家民系,福建闽西乃孕育客家民系之中心地域,史称"客家祖地"。应宁化政府之邀,作《石壁记》镌刻于碑上,以记其盛。）

辛卯岁夏日

（原载《人民日报》海外版2011年11月8日第7版）

土楼宣言

环山聚气,风水兴焉;垒土成楼,客而家焉;客家故里,闽西永定。岁逢戊子,小暑黄经,魁北克城,一锤定音。土楼申遗功成,四海万邦扬名。

方方圆圆,气势轩邈,土楼巍巍,联袂矫矫。天覆地载,藏匿深奓,传世千年,东方古堡。傍溪涧涓涓森列,依山崖步步登高,闻书声琅琅飘落,有农家怡乐陶陶。客自中原来兮,筚路蓝缕;万里迁徙路兮,水寒风萧。家从创业兴,耕商读而骄;文脉承孔孟,根基发舜尧。

噫!垦殖拓荒,固本农桑;振纲立纪,礼仪至上。聚族而居,共济图强;敦亲睦邻,相助守望。上下有序,尊卑幼长;后昆孝悌,祖德荣光。兴学育人兮,储才养望;登科入仕兮,公忠栋梁。舟楫踏浪兮,远涉南洋;商道浃浃兮,信达万方。

祖训族规,正己慎终;修撰谱系,缅怀宗功。五尺童子抱璧向隅兮,耻不言文墨焉;七旬老翁仁德持家兮,端从勤俭日隆。敬天知命,旷古烁今;齐家报国,积善修身。先贤有鉴,后辈负笈;穷不失义,达不戾张。天人合一,百世流芳;文章华国,瓜瓞衍香。耕读传家久,诗书继世长。

天下事兮大道至简,土楼妙哉中华瑰宝!

祖训曰:"干国家事,读圣贤书。"

嗟乎!斯楼斯景,汀水流畅。生生不息,百业兴旺。

永定安邦,吾土吾乡也!

　　(附记:北京时间2008年7月7日6时30分,中国"福建土楼"在加拿大魁北克城举行的第32届世界遗产大会上,被正式列入《世界遗产名录》。福建永定土楼始于宋元,至明末、清初蔚成大观,被誉为中华瑰宝、"东方古城堡",堪称客家文化的符号和象征。)

　　　　　　　　　　乙未岁春记于北京

　　　　　　　(原载《人民日报(海外版)》2015年
　　　　　　　3月24日第7版)

百年学堂赋

　　凤城邈邈兮,闽西一隅。山野川泽,土楼圆方,耕读传家,世代弘扬。载"世遗名录"者,客家故里也!

　　龙岗郁郁兮,晴岚微熏。卧龙之阳,屋宇叠叠,绿草茵茵,书声琅琅。谓"百年学堂"者,永定一中也!

　　夫上世纪初,科举废而西风渐;超越古往,教育兴而科技强。岁在癸丑牛年,肇始永定中学。昔有土楼黉舍习四书五经,启民智,振纲立纪;今设新式学堂开时代风气,唯务实,成就栋梁。子弟向学,涉猎八荒,如琢如磨,育人为上。施教无类,名师巨擘,文脉承传,勋业煌煌。

　　壮哉母校,永定一中! 卓越求发展,新史续华章,标高冠八闽,跻身十二强。"诚实、勤勉、精业、报国"为校训,"勤、严、实、勇"立校风。晨曦载曜,登书山学径;落霞流萤,携教学相长;春华秋实,泽一方百姓;历久弥新,铸名校流芳。寒门小子,修学储能,甲第巍科,为数郡冠;千仞高足,行于脚下,万端俊彦,感念师长。韶华似水,岁月流金,百年沧桑兮教坛翘楚,五万学子兮放飞梦想。

巍巍乎,永定邹鲁地,人文胜他乡;客家重文教,翰墨长飘香;薪火接长梯,华夏争荣光。

先祖曰:"龙腾飞兮,凤翱翔兮。"风水宝地也!

管仲曰:"十年树木,百年树人。"万世名言也!

（附记:1913年,设永定县立中学校,后几易名县立初中、省立永定中学,并入简易师范、省立高中、县农业学校、峰市南强中学;1955年,正式定名为"福建省永定第一中学";岁序更替,新世纪昂首跨入福建省首批12所示范性高中行列。母校十秩春秋,熠熠光华,特作赋以记之。岁在癸巳仲秋,于北京。）

（原载《人民日报（海外版）》2013年10月22日第7版）

百转岁月　万里江山

　　客家,一个神奇的汉族族群,永远"在路上,再出发"——被誉为东方世界的"吉普赛部落"。

　　时序越千年,五胡乱华,朝纲倾裂,战祸频仍。中原汉民饱受生灵涂炭,颠沛游离,"人慌慌而游走,风飒飒以南迁",举家携儿带女,跨黄河,过长江,万里迁徙,天远路长,一直向南、向南、向南……

　　武夷山脉,一道天造地设的绿色屏障,成为东南沿海丘陵与江南丘陵的自然地理分界线。

　　闽之西者,客家祖地也!

　　八闽最西端的丘陵山地,似奔似兀山峦游走,如涛如涌林海滔滔,奇幻秘境,世外桃源,几乎与世隔绝。西晋太康三年置县,唐开元二十四年设汀州府,辖上杭、永定、连城、武平、长汀、清流、宁化、明溪八县。这一方人间乐土,演绎了一部客家神话和文化传奇……

一

"天下水流皆向东,唯有汀水独往南。"

武夷山脉南麓、宁化木马山北坡,奇峰兀立,茂林森列,涓涓流泉飞瀑而下,从北向南汇成一溪碧水,按八卦方位,称为丁水,丁加水谓之汀,故名曰汀江。

汀江全长 328 公里,穿峡走谷,似一条若隐若现的玉带,流经永定峰市镇暨入广东,至大埔县三河坝与梅江汇合为韩江,直奔南海。

自东晋以降,客家先民历经五次大规模辗转徙居,择河谷,逐水草,拓荒垦殖,发展农业、采矿业、手工业,汀江流域处处呈现兴旺发达景象:土楼林立,肥田沃野,物阜民康,人烟稠密。

汀州,因汀水而得名。筑城垣,建州城,引汀水绕城为濠池,古城枕山临水,北户水南流。宋代汀州太守陈轩曾留下佳句:"一川远汇三溪水,千嶂深围四面城。"

汀州,地处闽粤赣三省的边陲要冲和物资集散地,自盛唐至清末均为州、路、府治所。文脉兴盛,富庶殷实,明宣宗年间,官府曾上书朝廷曰:"汀州府所积粮可供一百余年之用矣。"汀州府历千年而不衰,因而有"客家大本营"和"客家首府"之称谓。

漫步今日长汀城,千年古汀州的历史文化遗存举目可见:巍峨耸立的唐代城楼三元阁,唐代大历四年修建的古城墙,唐宋"双阴塔"古井,唐、宋、明、清的古城门,雕梁画栋的天后宫,集奇山、碧水、古木、桥洞、亭台于一体的云骧阁,以及试院、府学、文庙、宗祠,处处弥漫着汉唐遗风中华神韵——1994年1月4日,由国务院正式颁布为国家级历史文化名城。国际友人路易·艾黎曾由衷地赞叹说:中国有两座最美丽的小城,湘西的凤凰和闽西的长汀。

二

汀江上下流贯通,水运繁忙,自宋代始800年长盛不衰。尤以进入上杭境内的112公里航道,被誉为"黄金水段"。以县城为界分为上下河,每日数千运载大米、黄豆、竹、木材、土纸的小船顺流而下;从广东韩江运载海盐、布匹、煤油、日用百货等的数百艘大船,则集结于县城码头"接驳"。于是,上杭城内码头林立,各式粮行、纸行、药材行、瓜果行、木材行等转口商行多达300多家,可见当年商贾云集与航运之盛。

当地民谚:"自有上杭城,便有瓦子街。"上杭城的北门街曾是繁华的商业街,百姓筑房,烧砖铸瓦,"断砖可用,碎瓦弃之",人们在废瓦墟上来来往往踩着、踏着,成了"瓦子坪";"瓦子坪"两旁盖起一座座民宅,成为"瓦子巷";天长日久,"瓦子巷"连片成街,便成了"瓦子街"。

客家人崇尚慎终追远、勿忘根本。2011年1月1日,上杭城举办瓦子街开街仪式。复原后的瓦子街长420米,宽36米,街区文物资源丰富:流芳牌坊、太忠庙、王阳明《时雨记》碑,以及丘逢甲师范传习所、紫阳书院、丁状元旧居等古建筑群鳞次栉比。

　　这里曾是客家先民的避风港,温馨而安宁;休养生息,客家后裔又上路了,迁往两广、两湖、江西、四川、台港澳等地者计千万之众。千百年来,在客家民系孕育、成型、发展、播迁的时间隧道里,从宁化石壁村到上杭瓦子街,当之无愧地成为海内外客家人固化的历史标识。

　　似乎是历史久远的呼唤,距离"瓦子街"仅几步之遥,便是一座祠堂式建筑的"客家姓氏谱牒馆"。谱牒馆收藏以上杭县为主、涉猎闽粤赣三省客家地区及海内外客家后裔编撰的客家族谱,计有115个客家姓氏的近千种版本(逾万册族谱)。

　　上杭"客家姓氏谱牒馆"堪称一部"世界客家人的宗族史"。族谱记载和口口相传编织成了一张纵横交错的客家千年迁徙路线图:一路烽烟滚滚,黄尘漫漫,书写和记录着无数客家先民的艰辛与传奇……

　　武平中山镇,号称"客家百姓镇"。中山镇方圆不足十里,户不盈千,人不逾万,却聚居着108个客家姓氏(至今尚存102个姓氏);每逢婚嫁节庆,各家各姓,均在大门两侧或厅堂两边贴出族氏联,追述开基始祖籍贯、封号,颂扬祖先恩德、功名,此客家习俗一直延续至今。

　　综观客家地区,以聚族而居为特征,往往"一村一楼多属同宗"。因而,中山镇这一有悖客家习俗的人文景观,引起海内外学术界极大好奇,纷纷前往探幽、解密,才逐一撩开神秘的面纱。

明洪武二十四年(1391),朝廷以武功定天下,遂在全国各地分设卫、所兵制。中山镇地处闽粤赣边陲,自古为兵家必争之地,故筑城设武平千户所,军队源源不断地从各地奉调前来,驻兵屯田,繁衍生息,众多姓氏的军籍后裔,与先期南迁而至的客家人混居于此,便有了"百姓镇"之说。中山镇因此独有另一文化奇观:"军家话"与"客家话"兼相并用。

三

连城冠豸山,被誉为"客家神山"。冠豸山丰隆而起,逶迤绵延,天工造化,獬豸峰雄伟挺拔,石门湖碧水幽幽,其阴阳双绝的意境:"生命之根"与"生命之门",昭示客家人对生命的敬畏与膜拜。

冠豸山驰名于世久矣!其记载可追溯至北宋淳化年间上杭城开埠,乡绅雅士在石门湖筑亭建阁,遍植松竹。历代遗存的摩崖石刻、楼台、亭阁、书院等人文景观,拾步可见。今尚存有半云亭、松风亭、邱氏书院、东山书院、修竹书院、灵芝庵等 20 多处。弥足珍贵者,首推悬挂于东山草堂的林则徐手书横匾"江左风流",以及清代饱学之士纪晓岚题写的"追步东山"真迹,印证了"山不在高,有仙则名"。

冠豸山下的培田村,被称作"客家庄园"。这是一座栉风沐雨 800 余年的客家古村落:中轴线对称布局,连片成群,蔚为壮观,30 幢高堂华屋、21 座古祠、6 家书院,错落有致,尊卑有序,豪放而优雅;一条千米古街仄仄穿村而过,俗称"秀才街",一代代客家学子沿着这条古街的石板路,步行前往汀州府考取功名;深深庭院,幽幽小巷,熙熙商铺,蔼蔼田畴,村中设一古戏台,楹联曰:"几出戏情历百转岁月,数尺舞台容万里江山",女学馆天井照壁书"可谈风月"四字,均凸显客家人的宽广胸襟和开明风尚。

尤为培田人所津津乐道的是,村口与村尾各赫然矗立着一座跨街牌坊:村口是清廷正四品御前侍卫吴拔桢的"恩荣"牌坊,村尾为济美堂主吴昌同的"乐善好施"牌坊。

客家人崇文重教、兴学育人,无论为官或从商,何等荣华富贵,都秉持一种品行:回馈乡梓,叶落归根,光耀祖宗。

连城四堡,原名"四宝"——即纸、墨、笔、砚文房四宝。四堡雕版印刷业始于明,兴于清,至乾隆、嘉庆年间为鼎盛期,建成100余座大小印刷书坊、300余间"印房里","家家无闲人,户户有书香"。至今,四堡仍保存着完好的古雕版印刷文化遗址,以及不可再生的古书坊、古雕版、古书籍、古印刷工具;而与之比肩的北京、汉口、扬州三大雕版印刷基地,却早已淹没在历史的烟尘中。

与四堡印刷业相媲美的,是连城姑田的宣纸业,历400多年而不衰。明嘉靖年间,连城一带已生产竹料纸和皮料纸;至明天启年间,形成连城宣纸独特的制作工艺。"片纸非容易,措手七十二",极表连城宣纸竹丝天然漂白工艺之繁琐,其制作工序多达 72 道、耗时 8 个月,保证了连城宣纸的高品质,号称"百年不褪色,千年不变黄"。民国初年,连城宣纸业达至顶峰,拥有手工纸槽 1000 余户,工人 1 万多人,年产量 6 万担,纸庄商号 50 多家,产品远销全国各地,并流布日本、越南、泰国、缅甸等周边国家,成为当时全国五大宣纸产地之一。时至今日,连城宣纸仍然是沈阳故宫博物院等保存和修复史籍的上乘用纸,也是当代传统书画界的首选用纸。

四

客家人春播秋收,经年劳作。当春之信息翱越蛰伏的冬季,山乡大地便扇动起欢乐的翅膀:4000 多人扛着一条巨龙穿过长长的田埂,穿过弯弯的山峦,穿过一个个村寨,穿过古旧的和崭新的屋宇……浩浩荡荡,腾挪欢舞,挂毡式地逶迤三公里长,神龙见首不见尾。

2012 年 2 月 6 日,新千年第一个龙年客家元宵节,连城姑田 791.5 米长的客家大龙,成功刷新了由台湾客家人创造的世界吉尼斯纪录,被誉为"天下第一龙"。

2008 年 7 月 6 日,对于全球客家人来说,无疑是一个盛大的节日。加拿大魁北克城,第三十二届世界遗产大会上,来自全球 41 个国家的 47 个候选项目展开激烈角逐。最终,"福建土楼"一举申遗成功,被正式列入《世界遗产名录》。

永定客家土楼产生于宋元,成熟于明末、清代,民国时期蔚成大观，有方形、圆形、八角形和椭圆形，如珍珠般洒落在绿水青山间，并随着客家人的播迁足迹遍布闽西、赣南、粤东等周边区域。聚族而居是根深蒂固的中原儒家传统观念，聚集力量，共御外敌。每座土楼都居住着十几户甚至几十户人家，几十个、上百个房间环形排列，厅堂、水井、粮仓、畜舍、厕所、澡房、私塾、厅堂等一应俱全，可谓"一楼一世界，一户一乾坤"。

永定境内现有各式土楼2.3万余座，其中圆土楼360座，最古老的直径66米的集庆楼已届600岁"高龄"，最年轻的直径31米的善庆楼仅有30多年历史。

许多土楼按八卦图设计，中华传统文化烙印深深地铭刻其中。遵循"天人合一"的东方哲学理念，选址或依山就势或沿循溪流，建筑风格古朴粗犷，形式优美奇特，尺度适宜，功能齐全，与青山、绿水融为一体，不啻为一幅美妙的"天人合一"的乡村风俗图画。

土楼是客家文化的积淀和物化，成为客家文化固有的无可替代的符号。气势磅礴的大型交响诗篇《土楼回响》，原生态客家风情歌舞集《土楼神韵》以及歌剧《土楼》等，沿袭中原文脉的客家文化大放异彩。

"漫漫黄尘兮山高路长，诉说着一曲千年惆怅。依依土楼兮圆圆方方，珍藏起多少客家梦想？"

闽西、赣南客家后裔一拨又一拨南下粤东，聚居更为开阔的梅州盆地，客都梅州又演绎成客家迁徙的新驿站，填四川，下南洋，闯世界。据统计，烙印着远古黄河文明气息的客家人,分布于地球上亚洲、欧洲、非洲、美洲、大洋洲100余个国家和地区,约有1.2亿人之众⋯⋯

（原载《人民日报》2015年9月24日第24版）

三、天涯步履

武夷山水情

我领略过泰山的伟岸、黄山的雄奇、匡庐的妩媚、桂林的秀丽……然而,武夷山水的飘逸多姿,却更教人叹为观止!

仲夏,我游览了武夷山。

武夷山绵延于福建省崇安县南部,西临断层,东缘崇水,南北两端则围以溪壑,方圆达一百二十华里。古来登山览胜,免不了跋涉之劳,老者喘喘,弱者唏唏。唯游武夷,任筏漂流,任目所视,悠悠然如鱼入水,妙处难与君说焉!

武夷有一溪,曰九曲溪。发源于三保山,经星村入武夷,折为九曲十八弯,溪流一碧如染,澄澈清莹,于武夷宫前汇归崇水,盘绕山中约十几里许。南宋李纲曾题诗云:"一溪贯群山,清浅萦九曲;溪边列岩岫,倒影浸寒绿。"

我们一行人在星村浮桥乘上竹筏。这种竹筏别出心裁,由七根细长竹条拼联而成,前翘后平,轻盈若一扁舟。

筏上置一排木板,游人或坐,或卧,或偃,或仰,随意所适。竹筏沿着回环曲折的水路顺流而下,山挟水转,水贯山行,半日光景,便可阅尽两岸奇葩、千峰秀色。

撑筏的艄公是一位青年人,三十挂零,浑身洋溢着青春气息,谈锋颇健。他一路向我们娓娓叙说着武夷三十六峰、七十二洞、九十九岩的奇趣异闻,真乃"曲曲备幽奇,别具山水理"。在他指指点点的手势中,一座座孤峭如柱、壁立如屏、尖突如笋、浑圆如镜、突兀如鹰、偃伏如象、或矫如游龙、或踞如蹲狮的远峰、近岚,沿溪森列的丹崖、苍壁,倒映水中的蓝天、白云,交织成一幅多彩多姿的天然画卷。水下浅滩时,竹筏在鹅卵石上碰碰磕磕,声若响鼓,跳荡而行,为游人平添无限惬意。此时,青年艄公亦游兴盎然,居然亮开嗓门,为我们吟诵起郭沫若1962年秋游武夷留下的佳句:"航艰人负楫,滩浅石攻舟。"啊,好一个"滩浅石攻舟"!——遥想当年,郭老先生泛舟九曲,想必也为这绝妙山光水色所陶醉,欣欣然而飘若神仙了。

我们无限感慨于造物主的神工斧凿,忍不住寻根究底追问起武夷山水的历史渊源。然而,青年艄公突然缄口不言了,脸色阴郁,沉默了许久,才缓缓向我们讲述起一段美丽而又悲楚的神话故事。

相传很久很久以前,兴许地老天荒的年代,这里还是一片荆棘丛生、群兽出没的荒原。一天,从远方来了一个魁伟壮健的小伙子,他带领一众老少爷儿们,晨起顶着太阳,日落顶着星星,经年累月地驱逐猛兽,劈山凿石,垦荒植茶,终于把满目荒凉的武夷山开辟成了百花争妍、百鸟和鸣、茶香飘溢的人间乐园。从此,人们过上了美满幸福的生活。某一天,寂寞的天宫玉女私自驾云出游,一阵薄云飘过武夷山时,被这里的旖旎风光迷住了,就偷偷地留在人间,在共同的劳动中,玉女结识了这位勤劳、勇敢的小伙子,彼此一见倾心,产生了爱慕之情。不幸,此事很快就被玉皇发现了,玉皇严令她即刻返回天宫。玉女宁死不从,玉皇盛怒之下,把这对情人点化为石,并拔出宝剑在他们俩之间划出一道九曲十八弯的鸿沟,使他们永世不得相聚。他俩终日泪眼相向,泪流满面,日久天长,泪水竟然贮满了九曲溪,化作滔滔碧水萦回而去……

听完这个故事,大家都不言语,欢愉的心境蒙上了淡淡的愁绪。为了冲破沉闷的氛围,聪慧的青年艄公将竹筏泊在"响声岩",招呼大家舍舟登岸,拾级而上去观赏历代方士羽客的摩崖题刻。在这里,朱熹遒劲的手迹"逝者如斯",教人萌生思古之幽情。岁月如流水般逝去,追溯到南北朝大学者顾野王,宋代大诗人陆游、辛弃疾,明代大旅行家徐霞客,清代大才子袁枚,他们都曾先后歌吟于武夷,不知曾为不幸的恋人洒泪于九曲否?

步下石径,我们继续着妙趣横生的游程。蓦然回首,一方鲜红的头巾飘然而至,若一抹红云溶入绿水之中,此刻,却见一支竹筏如急箭直射"小九曲"陡立的峭壁,我"啊"的一声惊呼,说时迟那时快,撑竿人手执长竿轻轻一点,筏尖逆转九十度角,悄然遁入两岩夹峙的幽谷,左盘右旋,轻盈翩翩,极尽天然曲折之妙,尔后筏尖又缓缓冲出乱石叠嶂的峡门——哦,撑竿者竟是一位素衣红巾的少妇!筏子上擎着各式花伞的姑娘们,见我们惊讶得呆若木鸡,一个个都乐得前仰后合。青年艄公得意地告诉我们,这正是他新婚燕尔的妻子。粉碎"四人帮"以后,当地人民政府大力开发旅游产业,他们小夫妻双双成了旅游公司的职工哩。

　　说话间,红巾少妇撑着筏子追上来了。她朝青年艄公使了一个顽皮的眼色,猛插一竿,姑娘们的竹筏便超前了一丈多远,水面上跳起她们"咯咯咯"的笑声。青年艄公也不示弱,挥臂左一竿、右一竿,很快,两支筏子便齐头并进在碧流中了。此时,已至"妆镜台"前,相传笔直的石壁便是玉女的梳妆镜呢。小夫妻忙不迭地向各自的游客介绍起大王峰和玉女峰来。果然,端庄独耸的大王峰,托云伸首,颇具王者威仪,犹如擎天巨柱雄踞溪北;而溪南插花临水的玉女峰,亭亭玉立,独对寒潭,俨然是一位秀美绝伦的少女,含情脉脉地眺望着远方。我心中忽然闪过一个念头:玉女和小伙子不已幸福地生活在武夷山水间了么……

（原载《解放日报》1981 年 10 月 25 日,入选
　　中国函授大学写作教材《逻辑与语言》）

闽江·映象

一幅何其神幻的人间仙境。

一幅挥之不去的山水画卷。

闽赣交界，如涛如涌的武夷山脉与戴云山脉，奇峰怪石，茂林修竹，涓涓流泉或飞瀑而泻，或穿峡走谷，呼隆隆冲出垭口，汇流为北源建溪、中源富屯溪和正源沙溪，三溪蜿蜒前行，似奔似突，于南平合流，浩浩荡荡，始称闽江也！

闽江之水天上来。

闽江清流，一碧如练。著名作家郁达夫为她的秀美飘逸而叹为观止："水色的清，水流的急……扬子江没有她的绿，富春江不及她的曲，珠江比不上她的静……"并比喻为"中国的莱茵河"。

闽江大气，有容乃大。福州籍的文学大师冰心，特赋诗《繁星》而赞美曰："我只知道有蔚蓝的海，却原来还有碧绿的江，这是我的父母之乡！"

先贤曰："上善若水！"

啊！闽江，福建母亲河……

福建福州，福天福地。

上溯 5000 年，先秦闽人于这片沃土、水域繁衍生息，开基立业，创造了堪与仰韶文化、河姆渡文化相媲美的昙石山文化。地处闽江下游北岸的昙石山遗址博物馆，展出的独木凿舟、扇贝磨砺、烧窑筑壕、陶罐成行等文物，既形象又鲜活地重现了闽人的生活场景。

2010 年 7 月 27 日，一艘仿古独木舟从太平洋上的大溪地出发，在浩浩森森的大海漂流近四个月后，反向航行回到起源地福建的"寻根之路"活动，极具轰动效应地揭示了"南岛语族迁徙路线图"。南岛语族系西起马达加斯加、东至复活节岛、北自台湾岛和夏威夷群岛、南抵新西兰广阔海域内岛屿上的语系。乡土解密证实：以福建为起点，南岛语族向太平洋跨越 5000 年的迁徙是历史存在的。

时序演进，沧海桑田，潮汐摩擦，大陆漂移，水退而城现。

"逝者如斯夫，不舍昼夜"——闽江恰是历史的见证。

闽江踽踽而行，流经福州城西郊时，陡然一分为二：北者白龙江，南者乌龙江，环抱南台岛，恰似黑白二龙戏珠；又与城中一条条纵横交错的内河互为贯通，造成"城中有水，水中有城"的水韵格局。尔后，欢欢喜喜绕着新老城区流注而去，直奔东海。

福州，千年历史文化名城——"有福之州，福达天下"之美誉，为她平添了无限美景与魅力。

汉初,闽越王无诸在屏山脚下筑城,此后由北往南三次大规模拓城:三坊七巷初始于隋唐,宋代进入鼎盛;明末清初资本主义萌芽,在闽江边又崛起一片上下杭商业街;至清末,城区已跨江直抵仓山岛,福州"五口通商"口岸初具规模。

福州又名榕城。始自北宋治平三年太守张伯玉,在衙门前亲自栽下榕树两棵,百姓群起而效仿之。榕树盘根显露,气根触地,老干嫩枝,牵手联袂,树冠秀茂,独树成林,满城绿荫蔽日,暑不张盖,不失为一大奇观也。

福州城内屏山、乌山、于山鼎足而立,别称"三山"。而最负盛名且为天下人所啧啧称道者,却是一处风景名胜地:鼓山。鼓山耸立于福州东郊、闽江北岸,因山顶有巨石如鼓,风雨大作时颠簸激荡响声如鼓而得名。林壑幽美,古柏参天,胜迹甚众,尤以古刹闻名遐迩,涌泉寺、回龙阁、灵源洞等均引人入胜。郭若沫的著名诗句"考亭遗址在,人迹却萧然",引发游人无尽遐思。鼓山盖因花岗岩长期剥蚀、风化、崩塌、堆积,而成此千姿百态、奇异风光。

游览福州,让人们留连忘返的莫过于"三坊七巷"了。三坊七巷踞福州核心区域,是南后街由北往南依次排列的十条坊巷的简称:向西三片称"坊",向东七条称"巷",占地总面积600余亩。光看"衣锦坊""文儒坊""光禄坊"等坊名,便知其卧虎藏龙,蕴含的历史文化非比寻常,无愧于"中国十大历史文化名街"之称谓。

三坊七巷彪炳于中国近代史册,是与一长串闪光的名字紧密相联的:林则徐、沈葆桢、左宗棠、严复、林纾、林旭、林觉民、冰心、邓拓、林徽因以及陈宝琛等,他们或为官,或谪居于此。而在诸如虎门销烟、洋务运动、中法海战、戊戌变法、五四运动、"一二·九"运动、卢沟桥事变等一系列关乎国家、民族命运的历史发展关节点上,他们纷纷走出三坊七巷,或登高一呼,或抛洒一腔热血,各自扮演了无可替代的时代推手之角色。

严复故居位于郎官巷西段,这位从西方国家寻求真理的"盗火者",译《天演论》,呼吁变法,力主救亡。

林纾,称号"狂生",工诗古文辞,译著甚丰,被誉为"译界之王",为闽人所津津乐道。

林则徐被称为"睁开眼睛看世界第一人",他题写于老宅书室的一副自勉楹联:"海纳百川,有容乃大;壁立千仞,无欲则刚",经世代传承,已升华为福州人引以为骄傲的城市精神。

我们徜徉在仄仄石板路上,细细观赏、品味一座座厚砖瓦屋、客舍厅堂、古井榭台,犹如穿行于美轮美奂的"明清古建筑博物馆"长廊。

福州,还是一座充盈着温馨情调的江南名城。

显然,当白龙江和乌龙江相映嬉闹着穿城而过,彰显水光山色别具情趣时,满城"嘟嘟嘟"的温泉声犹如一曲优美曼妙的乐章。

福州温泉已逾上千年的历史,地下温泉带贯穿福州城区,携带周边区域。福州凭借"埋藏浅,水温高,水质好"

的独特优势，"一幅山水画，满眼温泉城"，荣膺国土资源部命名的"中国温泉之都"称号。

温泉招揽八方游客。伴随温泉资源的利用、温泉博物馆的建设，以及一批老澡堂的提升——"泡在温泉里的福州"，无疑变成了一座更具诱惑力的宜居城市。

夜闽江火树银花，装扮得分外瑰丽多姿。

游船始发于台江第一码头，途经中洲岛、解放大桥、闽江公园、泛船浦天主教堂，从洪山桥折返至陈靖姑祈雨处、仓山西洋建筑群、台江金外滩、鳌峰洲大桥，整个游程约两小时，灯影憧憧，波光粼粼，两岸文化古迹和自然景观尽收眼底。

在民间，陈靖姑是福州妇幼皆知的信仰女神，她降妖伏魔，扶危济难，祈雨抗旱，庇佑生灵，被尊奉为"临水夫人""顺天圣母"等。自唐以降，人们为其立碑、修庙、建造宫殿，影响力远播于福建、浙江、台湾岛及东南亚各国，信众达8000多万人。

时序越千年，早在宋元祐八年（1093），福州太守王祖道就在闽江上架起一座浮桥。南宋著名诗人陆游前来福州观光，诗兴大发："九轨徐行怒涛上，千船横系大江心。"可见当年闽江之盛景。

"九里何用三桥"是福州民间流传甚广的典故。据《福州府志》载：宋代，闽江北港九里水路上，曾先后建起洪一桥、洪二桥，以便百姓行走和货物集散，然两桥皆毁于水患；至明万历八年（1580），择址重建洪三桥，并改

"三"为"山",寓意坚固如山也。

今日之福州,作为海峡西岸经济发展战略龙头城市,闽江上已架起十七八座气势恢宏的大桥,百业兴旺,振翅腾飞。

闽江总长2959公里,干流长577公里,流域面积6.09万平方公里,环山而下的河流,孕育出丰沛的水资源,流速湍急,流域面积虽不及黄河的十分之一,水量却是黄河的1.2倍,从武夷山一路奔腾而来,浩荡东去,气势非凡,万古不息。

马尾,乃福州重要入海口。相传有石形如马,马头朝向千年古塔罗星塔,故名"马尾"。群山拥抱,峰峦夹峙,二水回环,为闽江两支流合流处、闽江通往东海的门户,天造地设形成的天然淡水良港——马尾港。

苍苍鼓山,泱泱闽水。

历史选择了依山傍水的福州马尾港——中国近代工业的发祥地和中国海军的摇篮,谱写了中华民族"天行健,君子以自强不息"的壮丽篇章。

1866年(清同治五年),闽浙总督左宗棠首倡福建船政,在马尾建船厂,造飞机,办学堂,引人才,选派学童留洋,高擎"富国强兵"大旗。其后,沈葆桢、李鸿章、曾国藩、邓世昌、严复等一批近代叱咤风云的人物,在这片闽山闽水展现了一幕幕威武雄壮的历史长卷。

闽江黄金水道映照着历史的辉煌。百舸争流,千帆竞渡,一船船木材源源不断从武夷山运抵马尾港,用作造船原料。福建船政一度成为远东规模最大、影响最广、设备最完整的造船基地,堪称开启中国现代化征程的一座里程碑。

闽江口沿岸留存的古炮台、昭宗祠等遗址是历史的见证,向人们默默地述说着1884年那场屈辱而悲壮的中法马尾海战。

闽江口呈喇叭状,主航道沿琅岐岛西侧过长门,绕开粗芦岛阻隔,流向川石岛东南侧水道,经过如此曲折穿行,汇入浩瀚东海。

闽江口见证了中国航海史上最为辉煌的一幕大戏。

从明永乐三年(1405)至宣德八年(1433),在前后长达29年的时间里,"三保太监"郑和率领声势浩大的船队七下西洋,游历30余国,远达红海与非洲东海岸,均启航出海于闽江口。

毋庸置疑,福州成了远航船队的"补给站"。

郑和船队留驻闽江口期间,大量福建货物装载上船,武夷山茶叶、福州脱胎漆器和寿山石、建阳瓷器等,由此而源源不断运往海外,流布全球,开启世界贸易之先河。

古称温麻的连江,南扼闽江出海口,东与台湾、马祖列岛一衣带水,两岸同俗,民间亲情和商贸往来频仍,成为名副其实的"黄金口岸"。

闽江口临海的长乐十洋街,自然而然成为"贸易如云"的著名街市,以及茶叶、木材等货物集散地。

沿闽江两岸的人们,则"富家以财,贫人以躯,输中华之声,驰异域之邦",呈现一派商业繁华景象。

　　闽江——拓展了"海上丝绸之路"。

　　闽江——无愧于中华文明联结世界的绿色纽带。

　　闽江——孕育了有福之州,福州人乃有福之人。

　　　　　　　（原载《人民日报》海外版 2011 年 3 月 1 日第 7 版,

　　　　　　　　　　　　　　入选新课外语文高中第二辑）

杭州·映象

一座城和一个湖,天造地设,珠联璧合,演绎出多少动人的传奇故事,堪称人间仙境啊!

杭州——古称钱塘,作为地域名词最早见诸中华上古奇书《山海经》。

词人柳永作《望海潮》:"东南形胜,三吴都会,钱塘自古繁华。烟柳画桥,风帘翠幕,参差十万人家。"

欧阳修著《有美堂记》,也极尽描摹之笔墨:"钱塘自五代时,不烦干戈,其人民幸福富庶安乐。十余万家,环以湖山,左右映带,而闽海商贾,风帆浪泊,出入于烟涛杳霭之间,可谓盛矣!"

西湖——湖在杭城之西,故名西湖。

西湖三面环山,东西宽,南北长,绕湖一周 30 里许。湖中孤山隆起,水波不扬,诗云:"人间蓬莱是孤山,有梅花处好凭栏。"重建的雷峰塔彩色铜雕,重檐飞栋,窗户洞达,与直刺青天的保俶塔隔湖相映,倒影旖旎。小瀛洲、湖心亭、阮公墩三岛以"品"字形排列,鼎立湖心。白堤、苏堤、杨公堤三堤分隔,各呈其美,美不胜收。外西湖、西里湖、北里湖、小南湖、岳湖,个个抱拥柔曼水面,层次分明。西湖遂成"一山、二塔、三岛、三堤、五湖"之格局,湖光山色,妙处难与君说焉。

西湖胜景天下奇,引天下诗人竞折腰。

唐代白居易吟《杭州回舫》:"自别钱塘山水后,不多饮酒懒吟诗。欲将此意凭回棹,报与西湖风月知。"

宋朝苏东坡游西湖夜宴,口占七言绝句:"水光潋滟晴方好,山色空蒙雨亦奇。欲把西湖比西子,淡妆浓抹总相宜。"

于是乎,中华之博大,文脉之鼎盛,名士佳句千古传诵。

于是乎,"上有天堂,下有苏杭",民间众口一词,世人心向往之。

智者问:先有杭州还是先有西湖?无人能答。

在兹念兹,关于杭州与西湖的传说却绵延不绝——

说起西湖的来历,有着许多优美的神话传说和民间故事。一说天上的玉龙和金凤在银河边玩耍,拾到一颗璀璨的宝珠,宝珠的珠光照到哪里,哪里就树木常青、百花盛开。后来这颗宝珠被王母娘娘发现了,王母娘娘就派天兵天将把宝珠抢走,玉龙和金凤赶去索珠,王母不肯,于是发生了争抢,王母不慎手一松,明珠跌落凡尘,遂点化成波光粼粼的西湖……

　　另一说金牛吐水。很久很久以前,这里还是一片白茫茫的大水,水边是黑油油的土地,周围的老百姓用湖水来灌溉,稻穗儿长得圆溜溜的像一串一串的珍珠;用桑麻来织布,织出的布匹像春天的花朵一样艳丽;人们男耕女织,和睦相处,过着安乐太平的日子。有一年夏天,算起来已经九九八十一天没有下雨了,旱得湖底朝天,四周的田地硬得像石头,裂缝有几寸宽,嫩绿的秧苗和桑麻都枯黄了……一天早晨,突然传来"哞"的一声,一只金牛从湖底腾空跃起,人们老远就能看见那金晃晃的背脊、昂起的牛头和翘起的双角,金牛摇摇头,摆摆尾,口吐水柱不止,瞬间漫起一湖碧水柔波,波平如镜,不溢不涸,所以古时西湖又叫"金牛湖"。

　　其实,西湖是一个潟湖。据史书记载,远在秦朝时,西湖还是一个和钱塘江相连的海湾。耸峙在西湖南北的吴山和宝石山,是环抱着这个小海湾的两个岬角。后来,日久天长,潮汐涨落,泥沙在两个岬角淤积起来,逐渐变成沙洲;沙洲不断向东、南、北三个方向扩展,终于把吴山和宝石山的沙洲连在一起,形成了一片冲积平原,把海湾和钱塘江分隔了开来,原来的海湾变成了一个内湖,即为西湖。日后,平原上盖起一幢幢农舍,农舍联成村落,村落形成街圩,日积月累,便耸立起了一座杭州城。

　　话说在中国,最为人们津津乐道的西湖的传说,首推《许仙与白娘子》这则凄美的爱情故事。《许仙与白娘子》又名《白蛇传》,千百年来,小说、评书、戏曲、电影、电视剧等多种艺术形式反复演绎,咏唱不衰,与《董永和七仙女》《孟姜女》《梁山伯与祝英台》合称为中国四大民间传说。

一年一度春回大地,西湖岸边柳绿桃红,断桥上游人如梭,好一派春光明媚花团锦簇的喜人景象。突然,从西湖柔波细浪中袅袅娜娜走来两个如花似玉的姑娘,怎么回事?原来,有一条白蛇修炼了一千年,终于修成人形,化为美丽端庄的白素贞;另一条青蛇修炼了五百年,也化为富有青春活力的小青姑娘。她们羡慕西湖美景、人间欢乐,便双双结伴前来踏青游玩。

俗话说"有缘千里来相会"。许是天公作合,朗朗晴日突然间下起了瓢泼大雨,游兴正浓的白素贞和小青被淋得无处藏身,正发愁呢,但觉头顶上飘来一把伞,转身一看,一位温文尔雅、白净帅气的书生正撑着伞为她们遮风挡雨。这白素贞和书生四目相向,顿生情愫。鬼灵精般的小青看在眼里,忙欠身道:"多谢客官!敢问尊姓大名?"书生笑答:"在下这厢有礼了,姓许名仙,家住西湖断桥边。"从此,"月上柳梢头,人约黄昏后",三人常常相约西湖游乐,但凡苏堤春晓、曲苑风荷、平湖秋月、断桥残雪、柳浪闻莺、花港观鱼、雷峰夕照、双峰插云、南屏晚钟、三潭印月等西湖十景,处处都留下了他们的情影。白素贞和许仙情投意合,小青又从中撮合,过不久,两人即结为夫妻,并开了一间"保和堂"药店,小日子过得和和美美。

白素贞貌若天仙,医术高超,医治好了很多很多的疑难病症;许仙饱读诗书,积德行善,但凡穷人前来看病配药都分文不取。保和堂药店的生意越做越红火,四乡八邻前来找白素贞治病的人越来越多,并亲昵称她为白娘子。

白娘子的好名声一传十、十传百,方圆百里妇孺皆知。却惹恼了一个人,谁呢?金山寺的法海和尚。因为人们的病都被白娘子治好了,到金山寺烧香求菩萨的人就少了,香火日渐凋零,法海和尚自然心生嫉恨。这一天,心怀鬼胎的法海和尚来到保和堂前,看到白娘子正在给人治病,不禁妒火中烧,再定睛细一瞧,哎呀,原来这白娘子不是凡人,而是条白蛇精变的!

法海和尚略通法术,又心术不正,心想有办法了,只要拆散许仙、白娘子这对夫妻,不就把保和堂搞垮了吗?!事不宜迟,法海和尚假惺惺地把许仙叫到寺中,对他说:"哎呀,你娘子是蛇精变的,你还不快点和她分手,不然,她会吃掉你的!"许仙一听,非常气愤,大声答道:"我娘子心地善良,对我的情意比海还深。就算她是蛇精变的,也不会害我,何况她如今已有了身孕,我怎能离弃她呢!"法海和尚见许仙不上他的当,恼羞成怒,便把许仙关在了寺里。

话分两头,单表这边厢保和堂,白娘子正焦急地等待许仙回来,一天不回,两天不回,左等不回,右等不回,白娘子心急如焚……终于打听到原来许仙被金山寺的法海和尚给"留"住了,白娘子赶紧带着小青来到金山寺,苦苦哀求,请法海和尚放回许仙。法海和尚见了白娘子,一阵冷笑,厉声叱道:"大胆妖蛇,竟敢祸害人间,还不快快遁逃,否则别怪老僧不客气了!"白娘子见法海和尚拒不放人,无奈,只得拔下头上的金钗,迎风一摇,掀起滔滔大浪,向金山寺直逼而去;法海和尚眼见水漫金山寺,连忙脱下袈裟,变成一道长堤,拦在寺门外;大水涨一尺,长堤就高一尺,大水涨一丈,长堤就高一丈,任凭波浪再大,也漫不过去……此时的白娘子有孕在身,实在斗不过法海和尚,后来,法海和尚使出欺诈的手法,将白娘子收进金钵,压在了雷峰塔下,把许仙和白娘子这对恩爱夫妻活生生地拆散了。

小青逃离金山寺后,数十载深山练功,练就一身过硬功夫,最终打败了法海和尚,将他逼进螃蟹腹中,救出了白娘子。从此往后,白娘子和许仙幸福地生活在一起,誓相守常缱绻永不分离……

丙申岁春节,普天同庆,其乐融融,约5.6万游人同游西湖,人气爆棚,网友们感叹曰:"许仙肯定找不到白娘子了。"

杭州和西湖伴随着种种美丽的神话与传说,从历史的纵深处走来,一路叙说美丽的历程,以更加矫健的身姿走进了21世纪。

"丝绸之府"——丝绸是中国古老文化的符号,丝绸之路源于丝绸之府,杭州素有"丝绸之府"的美誉。

丝绸,几乎织成了一部杭州编年史。

杭州丝绸历史之久远,可以追溯到四五千年前的良渚文化时期。那时,杭州先民已能种桑、养蚕、织帛,以及制造原始的缫丝工具。

春秋时代,越王勾践以"奖励农桑"为富国之策;五代吴越国时期,"闭关而蚕织"则蔚成社会风尚。

唐代,杭州盛产的绫类已有"天下为冠"的盛誉,成为宫廷贡品。

至南宋定都于此,杭州城内呈现"机杼之声,比户相闻"和"都民女士,罗绮如云"的盛况。

一千多年前,杭州丝绸就借助于从陆路和海路铺设的"丝绸之路",远销东南亚和阿拉伯诸国。元代初年,意大利人马可·波罗在他的《马可·波罗游记》中盛赞杭州丝绸:"当地居民中大多数的人,总是浑身绫绢,遍体锦绣。"其时,杭州城里的商贾一半以上从事丝绸贸易,装载绸缎的舟船川流不息,远及欧美。

明清时期,杭嘉湖地区形成了规模空前的丝绸织造基地,织机数量多达上万张。诗人曹金簸在《梦西湖词》中咏唱道:"阿侬家住茧桥东,但事蚕桑不务农。"为此,朝廷在杭州设立了"织造局",专司督办丝绸营销之职。

杭州丝绸薄如纱,轻如帛,华如锦,光如缎,茸如绒,质地轻软,色彩绮丽,典雅高贵,堪称上品。今日之杭州丝绸,上承传统,推陈出新,已发展到多达绸、缎、绫、罗、锦、纺、绒、绉、绢等十几类品种。

杭州作为"丝绸之府"有着深厚的文化和民间根基。杭州的丝绸织锦集精致、和谐、华丽之大成,堪称"东方艺术之花",承载着杭州人的生活情趣和艺术感悟。

有诗为证:"未能抛得杭州去,一半勾留是此湖。"那么,人们勾留的另一半又是什么呢——"千里迢迢来杭州,半为西湖半为绸"。

"中国茶都"——杭州顶戴上的又一颗明珠。

杭州迷漫茶香,那香气是用历史的慢火焙出来的。唐代,茶叶已在杭州境内广为栽培,茶圣陆羽在余杭撰写出世界第一部茶叶专著《茶经》;至清代,杭州龙井茶被钦定为皇室贡品;现如今,龙井茶已位列中国十大名茶之首。

杭州流泻茶韵,那韵味是老百姓慢慢品出来的。早在宋代,作为南宋京城的杭州,茶肆、茶坊已遍布街头巷尾,尤以闹市区清河坊为甚,一幢幢大茶坊比肩而立。时至今日,现代快节奏的生活与大大小小700余家的茶馆,俨然构成了杭城独特的个性和品格。杭州的茶馆正演化为另一种时尚,临湖而设,透过窗棂,西湖美景尽收眼底,端起茶杯品茗,悠悠然体验着淡泊恬静、无怨无艾、回归自然的人生境界。

杭州兴隆茶业,茶产业是茶产地和茶商人带动起来的。杭州除西湖龙井之外,余杭径山茶、桐庐雪水云绿、淳安千岛银针、临安天目青顶……哪一个亮出来都是响当当的品牌。杭州还坐拥几家国内茶饮料行业居龙头地位的大企业,如驰名中外的"娃哈哈"集团,即为引领现代茶产业开发的主力军。

杭州崇尚茶学,学问是专家、学者研究出来的。杭州拥有众多的茶叶研发机构,中国茶叶学会、中国茶叶博物馆、浙江大学茶学系等,汇聚了一大批茶叶研究专业人才。杭州茶文化博大精深,女作家王旭烽即以《茶人三部曲》而折冠第五届茅盾文学奖。

杭州点缀茶景,景趣是旅游者游出来的。在杭州,旅游是茶文化的传播使者,茶文化则是旅游的精神意蕴;茶以旅游而弘扬,旅游因茶而光大,两者互为优势,相得益彰。比如梅家坞"茶文化村",既让游客赏景,又能休闲品茶,"茶"与"景"合二为一,彰显的是杭州原住民的生活形态,茶业不啻为杭州一道亮丽的风景。

"电子商务之都"——2008年9月4日,当杭州市市长蔡奇双手接过"中国电子商务之都"这块沉甸甸的牌匾时,无疑是杭州书写的新传奇。

新世纪催生了互联网,无疑是人类科技革命的"惊险一跃",互联网不受时间限制的快速即时性和不受地域限制的无穷大的可能性,正以不可阻遏的大趋势改变着人类的生存空间与生活状态。

作为新兴高端产业的电子商务应运而生,它改变了传统商务模式,降低了交易成本,提高了流通效率,促进了经济发展,显然是一种新的经济业态。

杭州云集了阿里巴巴、网盛、淘宝网、畅翔网、中国机械网、中国服装网等众多著名电子商务企业,尤其阿里巴巴旗下拥有全球最大的b2b电子商务平台阿里巴巴,国内最大的c2c网站淘宝、全国最大的联盟网站阿里妈妈,以及万网、支付宝等等。

在阿里巴巴集团等电子商务领域标志性企业的引领和驱动下,杭州已经聚集起大批电子商务专业人才。倾力打造的高新软件园、东部软件园、数源软件园、西溪软件园、浙大科技园、节能科技园、东方科技园、拓峰科技园等特色软件园区的主平台,正发挥着集团军群的强力效能,并辐射到金融、证券、管理(财税、医院、企业、办公)、CAD(纺织印染、服装、机械)、控制(工业、交通)、电信、电力、公安、网络信息服务等行业应用软件。

目前,电子商务成交额已占到全国三分之二的杭州,正雄姿英发地朝向"全球电子商务之都"的新目标大踏步进军。

人们在赞誉风生水起的杭州电子商务时,往往会把话题引向一个众所周知的风云人物——阿里巴巴集团董事局主席、全球互联网治理联盟理事会联合主席马云。

在不少中国人的眼中,马云是一个神话般的人物、中国的骄傲,被称为"中国奇迹"。

外国媒体评价马云,则普遍指称他是一个像沃伦·巴菲特一样智慧的人。

然而,马云创业前充满挫败感的人生历练,也许会让世人觉得不可思议:两次参加中考,三次参加高考,当过搬运工,蹬过三轮车,扛着大麻袋去义乌、广州进货,卖过鲜花、礼品、药材,发起组织西湖边上第一个英语角……马云成功的故事,不正好折射了中国改革开放的巨大进步和社会转型的惊世骇俗么?!

　　"钱江观潮"——年复一年地诠释着令世人叹为观止的潮汐。

　　"人间天堂"——杭州千古传承的文化图腾。

　　斗转星移,时序演进。杭州的城市图谱日益色彩斑斓而明亮起来:"休闲之都""观光旅游胜地""历史文化名城"……创造了臻于完美的农耕文明的杭州,在新科技时代敢为天下先,昨天与今天、历史与现实,如此神奇地进行了无缝对接。

　　啊,杭州,东方世界又一颗熠熠生辉的明珠;西湖,无疑是镶嵌在明珠上的一块价值连城的瑰宝!

　　　　　　　　(原载《名家名作》2016 年第 10 期)

闽人与海

中华上古奇书《山海经》载："闽在海中，其西北有山，一曰闽中山在海中。"文字洗练而充满了神秘的想象。

今天，我们已经无从知晓这样一座隐没于沧海的奇域，在当时是什么样子，它为什么"在海中"；其横亘于西北的山脉，从哪里来，又往哪里去。但可以肯定的是，这是一个受到海洋律动的不竭的水影响极深的地方。

拨开历史的迷雾，探访古老的痕迹，在福建昙石山博物馆，我们看到了远古人们出海谋生的证物——独木舟。它展现了我们祖先与海洋对话的智慧与力量。

令人惊讶的是，在南太平洋的复活节岛，造独木舟的技术被完整地传承了下来。

这是一个向往自由、四海为家的族群。

我们看到，东至太平洋东部的复活节岛，西跨印度洋的马达加斯加，北抵台湾海峡西岸的福建，南达新西兰，在这片广袤海域的诸多岛屿上，居住着被称为"南岛语族"

的族群,该族群约有 3 亿人口。

　　或许是在 6000 年前,或许是更加久远,南岛语族离开大陆,乘独木舟于海上,向着太阳升起的地方前行,借助季风,不断向太平洋深处漂流,落地生根,开枝散叶……人类的足迹并不因大自然恶劣而却步,更不因自身简陋的条件而望洋兴叹。

　　那么这样一群无惧无畏的耕海者,他们从哪里来?

　　学术界一般认为,南岛语族的最早发源地应该是在福建、台湾、浙江南部、广东这么一个以中国东南沿海为主体的很大的区域内,其中福建占有一个相当重要的地位,或者说是一个中心地位。

　　这并非天方夜谭。

　　闽文化区恰好位于世界上最大的陆地板块和世界上最大的大洋板块的交界。夏季,受西南季风影响,船只沿海峡东侧可直接流入东海,进入太平洋;冬季,受东北季风的影响,船只又可很轻易地驶往南海,远涉印度洋沿岸。

　　在远古时代,闽族先民即用无数的生命换取了对海洋律动的了解与发现,并掌握了这些洋流的规律。

　　距今 3000 多年的漳州东山东门屿太阳纹岩画遗迹,形象反映出闽族先民最原始的航海本能。太阳是航海的重要定位天象。古闽人在与海洋打交道的过程中逐步学会利用星辰、洋流进行远距离航海。也许,从南岛语族最早的海洋迁徙中,便植下了闽文化、闽商的海洋性基因。

　　汉武帝时代,闽越的部族领袖余善,在与中央政府进行武装对抗的军事谋划的时候,曾经豪迈地说:"战败,即亡海上。"他告诉我们,闽越人已经有比较优越的造船能力,已经有比较高超的航海技术。

探索与发现是一种本能。

海洋对于古闽人而言,并非是天堑和险境,而是迈向另一个新世界的通途。

万里海疆,烟淡水云阔;雪浪云淘,无际且无垠。

在海洋的怀抱里,是无尽的宝藏和机遇。而上苍将她赐给了一个蜕变于大海的族群,海洋的无穷能量浸润着这个族群的心脏和脉搏。

这种生存空间的相对独立性使闽人在漫长的历史进程里形成了自己独特的海洋文明——并在与其他文明的互动中保有了自己的文化形态。

梁启超曾慨叹曰:"吾研究中华民族,最难解者无过福建人。其骨骼肤色似皆与诸夏有别,然与荆、吴、苗、蛮、羌诸组都不类。"

让梁启超困惑的"福建人"其实是三种不同的族群不断融合的结果:原住民、入闽汉人、海上来的其他族群。他们不仅构成了古闽人最重要的生理遗传,且拥有共同的精神气质:对自己处境的不满,他们总觉得生命中有一种躁动的力量。

在历史的大浪淘沙中闯出一片天地的福建人,逐渐将自己的勇气和智慧演变成一种信仰,关键时刻,他们笃信这份信仰能助其转危为安,无所不能,于是妈祖诞生了。

2007年，农历丁亥年三月廿三日，湄洲妈祖祖庙，上演着一场妈祖盛宴。它有一个美丽的名字——水族朝圣。

由面粉捏塑、彩绘而成的"海产品"，鱼、虾、蟹、蚌等36种水族动物栩栩如生，组成了660道供品。它的由来，源于岛上一个古老的传说：每年妈祖的诞辰日，众多的海洋生灵会游到妈祖祖庙附近，磕头朝拜。

大自然与人类达成了一种奇妙的默契：这一天湄洲岛人均不出海捕猎。海洋鱼类专家证实：三月廿三日前后数天，湄洲岛周围确实有不少水族游弋其中产卵。这种自然现象与妈祖诞辰的巧合，更增强了人们对妈祖的虔诚信仰。

史籍记载：宋徽宗宣和五年（1123），钦差大臣路允迪出使高丽，途中遇风浪骤起，瞬间八船七沉，路允迪惊恐万状之际，却见空中红霞闪亮，一位女神飘然而至，挥舞长袖，狂涛顿息……宋徽宗得报湄洲林默显灵，当即下诏，赐妈祖以"顺济"的庙额。自此，圣女林默遂以"顺济夫人"的名号，作为中华海洋文明守护神的象征，融入博大精深的中华文明之中！

今天，在东南沿海、台湾岛这些海洋文化影响较深的区域，妈祖娘娘过生日，可是一年一度的大喜事。特别是在台湾，各地妈祖庙都会将庙内由祖庙分灵出来的妈祖神像，带回娘家过火，所有绕境的过程都要遵循古制，每个祭祀的礼节都要严格遵循传统，甚至起驾、回驾的分秒过程，还必须掷筊向妈祖请示。之后，台湾各地妈祖庙的妈祖还将前往福建莆田妈祖祖庙过火,这才算是真正回到了娘家。

西方马其顿王国在一世纪为纪念海战胜利而发行的银币:上面的人物手持三叉戟,表现出强烈的战争色彩,他便是备受古希腊人崇拜的海神波塞冬。他经常驾驭着烈马金车在海面上狂奔,让海水发出震耳欲聋的咆哮声。

闽人的"海神妈祖"却是一位温和的长辈女性形象。

闽商航海贸易首先是为了家人的幸福生活。这是人性最为朴实的诉求,最符合中华文化传统中以"孝"为中心的家庭伦理道德。当闽商在海上遇到风险的时候,有什么比慈母般的守护神更至诚至爱的呢?!这种文化寄托使得妈祖形象具有了被建构到儒家文化中的重要因素,也使妈祖迅速地被全球华人所共同信仰与顶礼膜拜。

远在菲律宾塔尔老镇一座古老的天主教教堂内,供奉着一尊被菲律宾信徒称为凯萨赛圣母的神像;同时,闽籍华人一直视她为妈祖娘娘,使得这尊神像罕见地兼具了圣母玛利亚和妈祖娘娘的双重身份。

凯萨赛教堂文献记载:凯萨赛圣母神像是于1603年由一个名叫胡安的渔民从河中捞出来的,已有400多年的历史。当地很多人认为它是妈祖像。而对于移居海外的中国人来说,她是海外华人的守护神,也是著名的海上女神。

菲律宾天主教徒在每年十二月为凯萨赛圣母举行庆典,而菲国华人则在农历八月初五前往朝拜上香。

同一尊神像,承载着不同的文化与信仰,这集中代表了闽商与世界各国人民的融合相处之道。

2009年9月30日,妈祖信俗被联合国教科文组织列入人类非物质文化遗产名录。妈祖精神所象征的,是闽商在与不同文明的族群交往过程中所体现出的和平互惠模式——无疑,这也是今天全世界都可以分享的精神财富!

征服海洋,闽人需要信仰,需要精神上的慰藉,于是他们塑造了妈祖,妈祖成为他们灵魂深处最强大的依仗。

征服海洋,还需要在大海横行无阻的利器,可以不惧风浪,可以行走到更遥远的世界,于是他们创制了"福船"。

吴宇森导演的电影《赤壁》中,东吴国那遮天蔽日的艨艟巨舰成为赤壁大战中抗击曹军的绝对主力。历史上东吴舰队的战船不少是在闽地打造的。左思《吴都赋》曾这样吟唱:"弘舸连舳,巨舰接舻……篙工楫师,选自闽禺。"

孙皓于建衡元年,即269年,在福建创办造船基地——温麻船屯,所造航船的数量很大,形制也多。其中最著名的便是"温麻五会船"。今天在温麻船屯的原址,还留有一座温麻庙,里面供奉的便是当年朝廷派来这里监管造船的钦差大臣。

我们再把眼光投向15世纪的欧洲,哥伦布船队的三艘海船算得上相当先进了,最长的圣玛利亚号有23米。但与八十七年前已出发的郑和船队相比却相形见绌,郑和船队由200多艘海船组成,其中最大的一条船据说与足球场大小相仿,并配备了罗盘、牵星板等当时最先进的航海定位系统。力压西方舰船的郑和宝船,正是世界航海史上最为著名的古代木质海船的代表"福船"。

英国剑桥大学李约瑟博士曾经比较过中国帆船跟欧洲帆船之间船形的不同点。他认为中国帆船最宽的地方是在船中线往后,欧洲帆船是在船中线以前,显然,中国帆船更像是一只水鸟的样子,欧洲帆船更像是一条鱼的样子。那么现在从流体力学的角度上来看,中国帆船具有更好的线型,在航行中能得到更快的速度。

"福船"因原产地在福建而得名。

在中西方海洋文明的历史较量中,福船绝非单纯的以大取胜,在技术方面,其精细到毫厘的科学方法,早已领先于世界。福船首创了世界造船史上的一大奇迹——"水密隔舱"技术,它把船舱进行分隔,船底万一出现破漏,仅一两舱进水,不影响全舱;且可在继续航行的情况下进行修补,同时也便于货物的分舱储存。

1974年8月,在福建泉州后渚港出土了一艘宋代海船,该船以实物向世人展示了南宋福建海船的诸多优越性。

宋元时期,福建的海船已成为航行于西太平洋和印度洋上的海内外客商的首选。大文豪苏东坡谪居海南,欲渡海北归,"必待泉人许九船至方可"。

来自意大利的马可·波罗则详细比照了中国海船与

外国缝合船的优劣。《马可·波罗游记》中记载：波斯湾
航行的缝合船"船舶极劣，常见沉没"，航行过程中，船上
必须配备专人负责向外舀水。马可·波罗断言："所以乘
此船者，危险堪虞。"

这些游记所描述的福建海船的豪华与舒适远不是那
个时代的欧洲人所能想象的。因为，在欧洲直到 15 世纪
才出现了三桅帆船，且法国人雨果在三百年之后还误认为
那是"人类的一种伟大杰作"。1492 年哥伦布航行美洲，
以及麦哲伦的环球旅行使用的只是三桅帆船。而早在宋
元期间，以福船为代表的中国海船就已经普遍使用四桅帆
船了。

有了通达四海的大船，闽商从中国最繁忙的港口出
发，沿着固定的航线，远涉世界各地，传播华夏之邦五千年
的文明成果。

自古以来，福建就是中国从海上对外交往的重要
窗口。

福州、泉州、漳州、厦门为最著名的四大港口。它们既
是中国与世界联络的枢纽，又是中国率先进入全球化的桥
头堡。

1992 年 6 月的一天，福州长乐仙岐村的一位村民在
挖沙时，挖到了一扇门。打开门，竟有数百只美丽的大彩
蝶从里面飞出，一座宫殿和 50 多尊泥塑神像重见天
日——这是福建省迄今为止发掘出数量最多、群体最为完
整的泥塑神像群。

　　查阅《长乐县志》得知,这里就是有着800多年历史的显应宫,又称天妃宫。

　　如今,真正令显应宫声名大噪的是其中一尊"巡海大臣"像,经专家鉴定,他就是郑和——这是国内首次发现的被神化了的郑和彩绘塑像。

　　郑和七下西洋,他所率领的两百多艘船只上,每一艘都有妈祖的肖像,同时按时祭拜,充分表明他对始祖的尊崇。

　　庞大舟师"屡驻于斯,伺风开洋",正是闽人善于操舟、精于航海的海洋文化特质,以及闽地丰厚的给养物资和对外贸易货源,促使福建长乐成为郑和七下西洋的开洋之地和"补给站"。

　　1842年《中英南京条约》签订,清政府被迫对外开放了五个通商口岸,福建就占了两个——厦门和福州。道光帝曾希望用泉州港代替福州港,但是英国人坚决不从,其直接目的就是闽江流域的茶叶!

　　据海关资料记载,19世纪60年代以后的二十年间,福州港每年茶叶的出口量竟达全国的三分之一,成为中国最大的茶叶出口基地。

　　为使新茶能够提早在伦敦上市,一种快速的"中国茶叶飞剪船"应运而生:好几艘快剪帆船同时从福州港出发,以相同的航线驶回伦敦;在运茶竞赛中人们翘首盼望第一艘飞剪船的到来,因为第一船运到的茶叶价格最高。因此,改进运茶船,开展运茶竞赛,遂成为欧美各国最为关心的事情。

一张拍摄于 19 世纪末的珍贵的福州老照片,实录的便是今天的福州中洲岛。百年前这里曾是帆影层叠、商船云集的港口。从武夷山运到福州的茶叶,在这里装箱然后搬上小货船,沿闽江顺流而下运往出海口,供给等候在那里的欧洲商船。

拍摄这张照片的是一位叫特德·法朗西斯·琼斯的美国青年。1860 年 10 月,他来到福州这座中国东南沿海的重镇。二十年间,他通过贩卖驰名的武夷茶叶,使自己从一个名不见经传的小伙子,变成在福州赫赫有名的埃奇公司总经理。

1880 年,特德携全家从福州马尾港登上远洋客轮,回到美国。在他的行囊里,珍藏着 48 幅他最喜爱的福州风景照。

特德逝世了。

特德的儿子查里斯也逝世了。

从特德告别福州那时起,时光流逝了 106 个年头。1986 年 10 月 24 日上午,一个碧眼虬髯的 76 岁老人,走出福州义序机场,他便是琼斯的孙子——西奥多·琼斯。

西奥多·琼斯以古稀之年,远涉重洋,风尘仆仆来到福州,送来了他祖父珍藏的 48 幅跨越一个多世纪的老照片,也送来了老福州的记忆。这些照片伴随着三代琼斯,并告诉美国的亲友们,东方有座长满榕树的城市,这里繁荣的茶叶贸易给予了他们一家财富。这座既具有浓郁的东方文化而又不排斥西方文化的古城曾养育了他们,不仅如此,福州在他们的性格中注入了东方文化特有的含蓄与多情……

1990 年,英国一位退役海军军官塞尔本声称:西方人对"闽"的最早记载应始于《光明之城》一书,时间可追溯至 1270—1273 年间,作者比马可·波罗早四年到达中国。书中对"光明之城"泉州的繁华、喧闹、奇特、财富及海纳百川极尽描摹之笔墨。

马可·波罗也将满腔的热情献给了这座当时的东方第一大港。

《马可·波罗游记》将元代泉州港的繁华渲染到了无以复加的境地。在马可·波罗看来,西方著名的亚历山大港比起刺桐港(泉州港)的繁华,简直不可同日而语:"运到那里的胡椒,数量非常可观。但运到亚历山大港供应西方世界各地需要的胡椒,恐怕不及它的百分之一吧。"

一时间,"到东方去收获黄金"成为当时西方社会的共同梦想。

遥想当年刺桐港船舶相连,泉州城内"夷夏杂处,权豪比居","船通他国,风顺便,食息行数百里,珍珠、玳瑁、犀象齿角、丹砂水银、沉檀等,稀奇难得之宝,其至如委。巨商大贾,摩肩接踵,相刃于道"……该是怎样一派繁华景象啊!

2009 年,泉州南安九日山举办宋代祈风大典仿古表演。表演还原了当年大典的盛况,遥想当年,"车马之迹盈其庭,水陆之物充其俎",可见仪式之隆重之别出心裁。

宋代的泉州,市舶司每年都要在九日山举行两次祈风仪典。夏天"祷回舶南风",冬天"以遣舶祈风",以求"俾波涛晏清,舶航安行,顺风扬帆,一日千里,毕至而无梗"。

《明史》记载:天顺三年(1459),锡兰国王派王子出使中国,船队抵达人称东方第一大港的泉州。王子从泉州富美渡口登岸时,满城盛开的刺桐花以及来自世界各地的商船,给他留下了极为深刻的印象。不料此后,锡兰国发生变故,王子世利巴交喇惹归国无望,乐得定居泉州,并取"世"字为姓,世代繁衍。

令人吃惊的是,他们中有的人以通事为业,也就是当翻译;后来有的人读书考举人;再后来,泉州浓郁的国际商业贸易氛围使他们中间的许多人最终也成了闽商。在不到两百年的时间里,世家便完全融入华夏文明中。

有一间工艺品店的主人叫许世吟娥,她便是人们寻访已久的锡兰王子后裔,也是一位闽商。

2002年6月,斯里兰卡政府向许世吟娥发出了访问邀请,许世吟娥终于回到了她祖先生活的土地。斯里兰卡人民以最高的礼仪欢迎她的到来。一位政府部长致辞说:欢迎公主回家。

今天,泉州著名的丁、郭、蒲三大姓氏均为阿拉伯人的后裔。

星星点点的墓碑透露出那个时代泉州向全球开放的文明信息。

一方墓碑上的"蕃客墓"三个字,显然出自初学汉字的阿拉伯侨民之手。这个因碑文残缺而不知姓名的阿拉伯人,当上了永春县的知县。这个取潘为姓的阿拉伯穆斯林,还当了军官"总领"。而这块碑文写着"艾哈玛德家庭母亲的城市",则寄托着这位外国侨民对刺桐这块土地深切的情感。

我们可以想象当时外国侨民和本地人的相处非常融洽,这是最难能可贵的。特别是在世界动荡的今天,9·11之后,美国的学术界甚至政治界,流行所谓文明的冲突……泉州人有资格给予他们更多的启示和教导。

这样一个在欧洲几代人眼中如此神奇、富饶、忙碌的泉州港,在唐贞观元年(627),还只是一个叫作"武荣"的小渔村。在其后的六个多世纪里,泉州港经历了四次历史性飞跃——

北宋,赶上并超越了宁波(时称明州),仅次于广州;

南宋初年,赶上广州,与之旗鼓相当;

南宋末年,超过广州,成为中国第一大港;

元代,成为世界最大港口……

煌煌历史这样书写:大海为证,拓海贸易,追风踏浪,商贾云集——鲜明地凸显出福建作为中国海洋门户独特的人文景观……

(原载《人民日报海外版》2018年5月10日第11版)

中国有个三都澳

过往的历史与当下的时空
如果说有着某种联系意义
那么，一片沉寂的港湾
就是大海赋予人类的财富与嘱托
在这样的意义上
福建三都澳是一块无价的瑰宝

如果当下的人们
必须选择以责任的方式
将这块瑰宝传递予未来
那么，期待已久的三都澳到了崛起的今天
因为，属于她的时代已经来临……

古往今来，多少文人墨客，赞美山的雄奇，歌吟海的壮阔，留下无数华彩辞章。

然而，环三都澳正在上演的山海交响战略，是那么的美妙绝伦,那么的激情飞越,那么的气势雄浑。

早在上世纪初叶,孙中山先生慧眼独具,就将三都澳载入他的《建国方略》,称誉为"世界不多,中国仅有"。

有一位哲人说过:历史总是选择一个特殊地理位置创造奇迹的。

我们欣喜地看到:注定会有这么一天,中国的三都澳开发,既是福建海西战略又是国家沿海战略的重大举措——必将撼动太平洋的滚滚风涛,而令世人眼花缭乱又叹为观止……

三都澳,位于中国福建省宁德市。

宁德者,地处东经118°32′~120°44′、北纬26°18′~27°4′之间,居欧亚板块之东南边缘,经岛弧、海沟与太平洋板块神奇地连接成一体。

古《山海经》云:"闽在海中"。南中国福建,逶迤延伸了长达3752公里的陆地海岸线。而雄踞闽东北一翼的宁德,独占海岸线1046公里,拥地1.34万平方公里,领海4.46万平方公里,人口335万人。在这一方水土,凭海临风唱大歌,书写着一幕幕英雄传奇。

宁德,坐山面海,扼洞宫山脉南麓、鹫峰山脉东侧,西北高东南低走势,中部隆起,呈"门"形梯状,山峰连绵,岭岭衔接,山风与海涛昼夜吟唱,让人产生无限遐思与神秘莫测的猜想。

宁德,还是多彩多姿的畲族聚居地,全国约占四分之一的畲族人口(约17万人)繁衍生息在这块风水宝地上。

世世代代"结庐山谷,诛茅为瓦,编竹为篱,伐荻为户牖"聚族而居的畲族,生性喜好山歌,以歌代言,吟唱本民族的神话传说,尤以围拥着火笼、火塘对歌成婚的习俗,堪称一道亮丽的风景线。畲族诚实、俭朴、善良,与当地汉人和睦相处,共同编织了一幅其乐融融的农耕风俗画。

这是一片血与火浸染过的红色土地。

上世纪30年代,莽莽群山、密林沟壑中行进着一支闽东独立师英雄部队,陶铸、陈毅、邓子恢、叶飞、粟裕、曾志等老一代共产党人在支提山、天湖山等崇山峻岭间留下了战斗的足迹;国家、民族危亡之际,这支铁军又整编为新四军第六团,雄赳赳开赴抗日前线,浴血沙场,屡建殊勋。国人耳熟能详的京剧《沙家浜》中36位新四军伤病员,其中的34人即为闽东籍人⋯⋯为托起人民共和国的巍峨大厦,在这片红土地上,每一平方公里都长眠着一位红军烈士和四位苏区群众的英灵。

这是一个人杰地灵、文脉鼎盛的精神家园。

被誉为"开闽第一进士"的薛令之,于公元706年长安应试及第。他在《全唐诗》中曾留下这样的佳句:"草堂栖在灵山谷,勤读诗书向灯烛。柴门半掩寂无人,惟有白云相伴宿。"薛令之一生为官清正廉洁,死后唐肃宗特敕命其家乡为"廉村"、溪流为"廉溪",长此青史留名。

南宋著名哲学家、教育家朱熹,一生有60余年游踪于福建山水,设堂讲学,著书立说,创立其博大精深的朱子理学体系"道学",后人又称之为"闽学"。"昨夜扁舟雨一裳,满江风浪夜如何。今朝试卷孤篷看,依旧青山绿树多。"宁德古田溪碧水清流,于水口汇入浩浩闽江。朱熹吟成的这首《水口行舟》,惟妙惟肖地记述了朱熹忘情于宁德奇山秀水的情状。

因著述《喻世明言》《警世通言》和《醒世恒言》(统称"三言")而声名远播的明代大文学家、戏曲家冯梦龙,以花甲之年出任寿宁县令,倡导"险其走集,可使无寇;宽其赋役,可使无饥;省其讞牍,可使无讼。"冯梦龙与民休养,亲力亲为,筑城楼,驱虎患,禁溺婴,除陋习,修志书,刊书籍……因冯梦龙主政寿宁四年"政简刑清,首尚文学"而卅一代新风,其"官声"为民众所津津乐道,流传至今。

历朝历代,宁德名人雅士辈出。隋朝谏议大夫、开拓闽东的先祖黄鞠,素有"南宋翘楚""宋末诗人之冠"称谓的谢翱,曾在闽东沿海一线屡创倭寇的明代大将军戚继光,出任台湾总兵的清朝名将甘国宝,以及创立上海圆明讲堂、新中国佛教协会首任会长圆瑛……显然,他们都为宁德这块热土增添了荣光。

这是一处令人神往的风景名胜地。

碧波无涯的海面,绿荫匝地的海岛,渔歌唱晚的港湾,重峦叠嶂的怪石……无不活画出一幅好山好水的风光长卷。

上山游览奇幻太姥山,水在山涧流淌,雾在林中飘洒;下水戏弄泱泱白水洋,伫立于8万平方米的平滑巨石,感叹天工之奇巧宇宙之造化;更值得称道的是,千年古刹支提寺,素有"不到支提枉为僧"之说,暮鼓晨钟,青灯古佛,香火鼎盛延绵不绝矣。游走在九龙漈瀑布、杨家溪、鸳鸯溪、崳山岛、翠屏湖、"闽东小九寨"、"江南第一漂"……领略无污染无喧嚣的恬静,神思飞越身心怡然超凡脱俗,何其快哉!

这又是一块最早由农耕文明融入海洋文明的热土。

追根溯源,自晋太康三年(282)置县以来,宁德已穿越1800多年历史风雨。

早在明代,三都澳已开辟运粮航线。明景泰三年(1452),明王朝在此设河泊所管理渔课。

康熙二十三年(1684),清政府在三都澳设立宁德税务总口,下辖九个口岸,每年税银达12000两。

清光绪二十四年(1898),正式开放三都澳为对外贸易港口,意大利在此设领事馆,英国修建了杂货码头和油码头,美国也修了油码头。随后,英国、美国、德国、日本、俄国、荷兰、瑞典、葡萄牙等多达24个国家,相继修建泊位,设立办事处或代表处,并有4个国家设立了钱庄。

1899年5月,三都澳正式设立福海关,这是继漳州海关、闽海关、厦门海关之后,福建设立的第四个海关。

1905年,三都岛铺设了海底电缆,成立了大清国电报局,一个设施完备的商港应运而生。当年的三都澳港,年进出口税银已高达16万两。

其后的日子里,三都澳驳船竞渡,舟樯蔽日,商贾云集,商号林立,繁华忙碌胜似"小上海"与"小青岛"……

历史无奈,无情的战火中断了这一切!

抗日战争期间,日军飞机几番狂轰滥炸,三都澳被夷为平地……

随后,海峡两岸严重的军事对峙,令三都澳彻底沉寂下去……

改革开放春风鼓荡,为宁德经济社会发展插上了腾飞的翅膀。

——宁德素为产茶之乡,满山遍野茶树郁郁葱葱,茶香飘万里。早在1915年,福安坦洋工夫红茶即在巴拿马万国博览会荣获金奖。今日之宁德,更是响亮地打出"海峡大茶都"旗号,全市茶叶种植面积扩展至88万亩,茶农110万人,受益人口超过200万,年产茶叶6.65万吨,年产值达34亿元,无论种植面积、产量均已占到福建全省的三分之一。中国六大驰名茶类,宁德拥有四大类:坦洋工夫红茶、福鼎大白茶、天山绿茶和寿宁高山乌龙茶。各类茶叶品牌推陈出新,远销海内外市场。

——宁德核电站横空出世。这是国家第一个建在海岛上的核电站。面临浩瀚东海的福鼎晴川湾三个荒无人烟的岛屿,今日机器轰鸣人声鼎沸,移山填海气势如虹。总投资达900多亿元、装机容量600万千瓦的宁德核电站工程,预计2012年第一期4台机组即可相继建成并投产运营。届时,年上网电量约300亿千瓦时,年减少电煤消耗约1800万吨,减少温室气体排放量约2700万吨。显而易见,对优化福建乃至华东地区的能源结构,推进整个海峡西岸经济建设功莫大焉。

　　——沿着宁德高速公路"湾坞"出口,往南延伸 10 公里,大唐宁德火电厂拔地而起。这座现代化的大型火电厂,总投资达 270 亿元,拥有四台 60 万千瓦及两台 100 万千瓦火力发电机组。遵循"增容减排,科学发展"原则,倾力打造成绿色环保工业。显然,大唐宁德火电厂依托深水良港汇聚的资源优势,崛起于一片滩涂地上,必将成为宁德发展港口及临港产业强有力的"动力机"。

　　——福安电机工业园区的破土动工,显然震动了海峡两岸的企业界。投资者台湾东元集团是声名显赫的台湾电机产业巨头,在全球电机制造领域享有盛誉,位居世界第三、亚洲第一。台湾东元集团慧眼独具,瞄准福安电机电器产业存在上下游产业空档多、配套能力弱,毅然投下巨资,以赢得未来巨大的发展空间。

　　——中海油投资开发建设 100 平方公里的"海西宁德工业区",先期投入 230 亿元,启动 LNG 接收站、油品储备及海上采油设备等项目建设;中国青山控股、中国德力西集团、上海鼎信集团联手投资 12 亿元,年产 30 万吨的镍合金项目已正式投产运营;霞浦京风电场工程正式开工;海上风力发电、福鼎潮汐电、周宁抽水蓄能发电等工程均在快速推进;多晶硅、锂离子电池、有色金属、大型造船、游艇生产、港口物流、新能源、新材料等一批批大型项目接踵前来宁德安家落户,宁德师范学院专升本大功告成……刹那间,宁德山欢水笑,遂成一片投资热土。

　　历史如此厚爱——宁德热,周边更热。

　　沈(阳)海(口)高速——贯通中国东南沿海地区的唯一一条高速公路已开通运营,由北至南长达141公里线路通过宁德全境。

　　温(州)福(州)高铁——海西第一段双轨高速铁路,则穿越宁德所有沿海县市:福鼎、霞浦、福安、蕉城。

　　沈海高速与温福高铁两条长龙呼啸奔驰交相辉映,组合成顺畅的国家沿海大通道。

　　毫无疑问,随之而来的福建与浙江两地产业互补对接,福建与浙江经济圈大融合,宁德将占尽先机!

　　更为令人欣喜的是,2009年5月14日,国发〔2009〕24号文,正式向国人发布《国务院关于支持福建省加快建设海峡西岸经济区的若干意见》。国务院《意见》明确赋予海峡西岸经济区"两岸人民交流合作先行先试区域,服务周边地区发展新的对外开放综合通道"的战略定位。

　　显然,海西战略已从区域战略上升为国家战略,已从区域发展上升为祖国统一、中华振兴的高度。

　　宁德作为海西东北翼重要增长极,必将大展宏图。

　　台海互动,兄弟情谊,惠风和畅。

　　台湾民俗文化进香团首次从海上驶抵宁德,实现了宁(德)台(湾)人员直航的历史性突破。

　　全国首个台湾水产集散中心落户霞浦县。

　　成功举办第三届海峡两岸茶业博览会。

　　举办海峡两岸电机电器博览会。

　　台湾工业园、台湾商贸城、台湾农民创业园正在紧锣密鼓规划之中;与台湾钢铁、石化产业对接合作的前期工作也在全力推进……

　　中国人讲究天时地利与人和。

　　所有的日来月往、时移世易,似乎都在企盼着、等待着、簇拥着《环三都澳区域发展战略》的盛装出台。

　　澳者,指海边弯曲可以停船的地方。

　　环三都澳区域面积约 4500 平方公里,地处太平洋西岸国际主航线中心区位,扼中国南北海岸线中心点,居上海港与深圳港两大开放港口之间,东与台湾隔海相望,距基隆港仅 126 海里。

　　三都澳的军事战略地位——曾有一位美国海军上将放言:"谁控制了三都澳,谁就拥有了西太平洋。"继而称:如是,"太平洋就成了美国湖"。

　　三都澳的经济战略地位——1988 年,全国政协副主席钱伟长考察三都澳时欣然题词:"群山抱三都,风兴六级浪不扬;荷叶守澳口,水深百米港尽良。"2004 年,全国人大常委会副委员长蒋正华面对三都澳发出由衷的赞叹:"宁德港口甲天下"!

　　三都澳紧靠赤道环球航线(航程仅 30 海里),可直接通达中国及世界所有海上运输航线。

　　三都澳作为世界罕见的天然深水良港,具备诸多优于其他港口的自然特征。

　　宽——三都澳水域面积达 714 平方公里,其中 10 米以上等深水域 174 平方公里,相当于 26 个宁波北仑港、8 个荷兰鹿特丹港。

深——主航道水深 30～115 米,环澳深水岸线 88 公里,第五、六代国际集箱轮船及 50 万吨级巨轮可全天候进出,深度水域面积与航道水深堪称世界之最。规划可建 3 万吨级以上泊位 150 多个,其中 20～50 万吨级泊位达 61 个。

避风——三都澳口小腹大,三面环山,澳口(东冲口)宽度仅 2.6 公里,风平浪静,水不扬波,为天然避风良港。

不冻不淤——极为典型的溺谷型深水港湾,退潮流速大于涨潮,不易造成淤积,不冻不淤,可常年全天候作业。

环三都澳区域的开发建设,使宁德实现了从"山"到"海"的跨越。"临海、跨海、环海"三步跃升,港口、城市、产业、生态四位一体,互动发展的态势,正如火如荼地推进之中,一批现代产业群拔地而起,被福建省委、省政府列为十大增长区域之首。

环三都澳发展战略,作为福建省第一个综合性区域发展规划,最终上升为海西战略的重要组成部分,实施四年来,在凝聚人心、聚集项目、提升人气商气、引领科学发展上产生了良好带动效应。仅 2008 年和 2009 年的宁德投资洽谈会,环三都澳区域签约项目投资达 570 亿元,占全市签约项目总投资额的 71.8%。

2010 年为"十一五规划"收官之年,宁德市交出的答卷,既充盈着诗情画意又令人引发无限遐思。

显然，其恢宏气势，其壮阔前景，非同一般呵！

2010年9月5日，"重返旧地"的中共中央政治局常委、书记处书记、国家副主席习近平，抚今追昔，感慨万千——20年前，他曾在宁德任职地委书记，今日旧貌换新颜，令他倍感欣慰。

当年在宁德工作时，面对落后的发展水平和薄弱的经济基础，年轻的地委书记习近平，选择了"滴水穿石"的实干，为宁德干部留下了沉下心来做事、正视现实谋局、抓住机遇求变的良好政风——"滴水穿石，人一我十，力求先行"的闽东精神，已升华为今日闽东科学发展、跨越发展的强大精神驱动力。

清晨，这座城市会在东湖第一抹晨曦中渐渐苏醒并敞亮起来，而湖面上自由飞翔的白鹭则是这座城市迎来的第一批客人。

在这里，古老与现代相互和谐，传统与创新相互和谐，发展与保护相互和谐。

我们欣喜地看到，一座国际化、市场化、人文化、生态化的盛世宁德，正从愿景向人间徐徐展开……

回望历史，始于上世纪下半叶，亚太地区开始腾飞，先是亚洲四小龙强劲起飞，随后中国快速崛起。

时序演进至21世纪，全球经济重心东移，太平洋经济日益为全世界所瞩目。

宁德，曾一度被称作"中国黄金海岸断裂带"。

显然，这是一次"由山到海的突围"。

　　一旦天风吹梦、漂亮转身,上演威武雄壮的山海交响,完全有理由预言:明天的三都澳,明天的宁德,将会是"洞天福地,欢乐海港"——何等的风华正茂、瑰丽多姿呵!

　　　　　2010 年 10 月 21—23 日于宁德

　　　　　　　　　　　　　　(原载于《世纪风》)

平潭岛:千年等一回

一片浩浩淼淼水域,星星点点岛屿,海阔潮平,天风吹梦。

千年等一回。

忽一日,平潭岛沸腾起来了……

2009年5月14日,北京传来喜讯:《国务院关于支持福建省加快海峡西岸经济区的若干意见》正式颁布,海西战略由区域战略跃升为国家战略,预示着海西经济区继珠江三角洲、长江三角洲和环渤海经济圈之后,作为中国第四大沿海经济板块将强劲崛起。平潭岛在海西战略整体布局中的区位优势十分突出——福建省委、省政府审时度势,当即决策在平潭创办综合实验区。

2011年3月,国家"十二五"规划纲要确定"加快平潭综合实验区开放开发"——实施特殊灵活的对台政策措施,积极探索由两岸同胞"共同规划、共同开发、共同经营、共同管理、共同受益"的极具包容性的合作新模式,凝聚两岸同胞的智慧和力量,为两岸融合开辟新思路,为两岸关系和平发展注入新动力,建设让台湾民众有归属感和认同感的"共同家园"。

2011年11月18日,国务院正式批准《平潭综合实验区总体发展规划》,同意平潭实施"全岛放开、分线管理"方针,在创新通关制度、税收政策、财政投资、金融合作、方便台胞往来及土地配套等诸多领域,赋予比经济特区更加特殊、更加优惠的政策。显然,平潭实验区因台而设,为台而兴,面向世界。

正值全球金融危机持续蔓延之际,中国沿海经济战略的这一大手笔、大举措,无疑是中国改革开放——站在历史新起点上的再出发。海内外为之瞩目!

平潭地处福建沿海中心突出部,扼守"海上走廊"台湾海峡与闽江口咽喉,为太平洋西岸航线连接东海与南海海上航线的中枢位置,地理区位尤为险要。

平潭由以海坛岛为主的126个岛屿及702座岩礁组成,孤悬海上,素有"千礁岛县"之称。

平潭岛作为全国第五大岛、福建第一大岛,主岛海坛岛形似"麒麟",其最东端东澳的猴研山是大陆距离台湾最近的区域,距台湾新竹南寮港仅68海里,相当于平潭至福州的直线距离,比平潭到厦门的直线距离还近。正可谓:隔海相望,近在咫尺!

这是历史的约定。平潭素有吉祥岛、财运岛、有福之岛诸多美誉——历史上一直为东南沿海对台贸易和海上通商的中转站。清咸丰年间,已被辟为福建对台贸易主要口岸之一,渔、农、盐、商诸业兴旺,与台湾的民间交往十分密切,宗教信仰趋同,文缘、法缘、商缘一脉相承。改革开放以来,平潭最早设立了台轮停泊点,对台小额贸易一度位居沿海各省前列。鉴古知今,彰往考来,平潭似乎企盼着推开"命运之门"的一天。

这是时代的选择。中国三十年改革开放高蹈宏阔,大陆、香港、澳门、台湾大中华经济圈前景广阔,中华民族一个多世纪梦寐以求的民族复兴将梦想成真——值此历史关头,平潭有幸成为两岸交流大通道的"跳板",既跨海牵手台湾宝岛,又纵深延展大陆腹地,在两岸和平发展的大趋势下,平潭的独特区位优势无可替代。

这将是海峡两岸又一颗璀璨的明珠。福建省委、省政府提出高起点规划、高标准建设,举全省之力支持平潭开放开发。作为海峡西岸的重要抓手和突破口,主题词即为"先试先行,综合试验"8个字,将在政治、经济、文化诸多层面创新机制,倾力打造体制先进、政策开放、文化包容、经济多元的现代化、国际化海滨新城。

历史就这样向世人展现梦想。

"一天一个亿,一天一变样"的平潭速度——犹如一阵越来越欢乐的飓风,摇撼着这片海域与热土。

"靠泊内陆,连接台湾"——首要之举,让海岛变通途!

显然,平潭岛像一艘巨舰泊于海上,眺望大陆与台湾。

规划建设中的两座海峡长桥像两条缆绳连接内陆,而未来通往台湾的海底隧道则有如一条更长的缆绳,将台湾紧密相连。

2010年12月25日,平潭海峡大桥、渔平高速公路同步建成通车,彻底结束了往昔进出平潭岛依托轮渡的历史。

平潭北面的海峡二桥为对外联系的第二通道,即将建成长乐至平潭、福州至平潭的高速公路、高速铁路。届时,横跨13公里海域的公铁大桥,犹如一道彩虹飞渡,将平潭与福州更紧密地连接起来,未来的平潭岛将纳入省会福州半小时生活圈。

平潭澳前2万吨级快捷客货滚装码头,经过8个月填海造地、量身定做,于波翻浪卷的大海中突兀而起,2011年11月30日正式投入运营。由两岸商家共同经营、目前世界上科技含量高、双体飞翼、航速最快的客货滚装船"海峡号",从平潭直航台中,航程仅2.5小时,被称作成本最低、效率最高的"海峡新航线"——平潭成功开辟了两岸海上直航的快速路径。

为构建便捷的交通体系,实验区规划预留了对外联系的第三、第四跨海通道和支线机场场址。可以想象,未来的平潭对外交通,将形成面向大陆、直通台湾的双向陆路通道,以及高效便捷的海、陆、空立体交通体系。毫不夸张地说,平潭已成为两岸直航的主通道。

平潭综合实验区依据海洋、海岛、海湾的自然地理风貌，坚持"生态、低碳、智慧、开放"宗旨，先后邀请美国、德国、英国、日本、加拿大等国家及台湾、香港等地区数十家国际知名设计机构参与规划设计，既博采中西众长，又融汇两岸特色，组团推进、有序开发：中心商务区、港口经贸区、高新技术产业区、科技研发区、文化教育区、旅游休闲区……可以想见，他日之平潭岛，一座生态宜居、魅力四射、为两岸同胞引以为骄傲的国际商贸城将屹立于东海之滨。

毋庸置疑，平潭综合实验区释放出的众多利好信息，已在海峡东岸形成强大的磁场辐射效应——

总计200批次2000多人次的台湾客商纷至沓来，实地考察，洽谈经贸，总投资额已超过1000多亿元人民币。

平潭综合实验区被民间戏称为"台湾特区"——毫无疑问，这里已成为海峡两岸商家一致看好的投资热土。

"涨潮声中万国船"——福建泉州古港作为海上丝绸之路的启航站，曾经书写了如此绚丽的历史传奇。我们完全有理由期待：平潭作为海峡西岸的"自由岛"，将书写属于自己的当代辉煌。

平潭综合实验区的开放开发，直接牵动着中南海的中枢神经——胡锦涛总书记十分关心和支持平潭开发建设，强调要积极探索建立一个比较有利于开发、开放的机制。更多热切关注的目光来自方方面面：两年间，20位党和国家领导人、130多位副部级以上领导干部入岛考察；国家发改委等30多个国家部委先后入岛调研，共商开发大计。

　　显而易见,平潭综合实验区从孕育、呱呱坠地到成长壮大,始终释放出一种美丽、理想、生机与希望。

　　2012年2月14日,国务院新闻办公室举办了一场别开生面的新闻发布会,一则《平潭将聘台湾人当领导》的"爆炸性新闻",犹如插上了翅膀瞬间传扬四海五洲:拟聘用一批台湾人出任实验区管委会及相关经济职能部门领导职务。同时,计划在5年内招聘1000名台湾精英人才,今年率先招募400人,主要是管理人才和研究人员,年薪20万至60万元人民币(约合新台币96万至288万)。最特殊职位年薪可高达1000万新台币。

　　实施特殊政策,让台湾更多的企业进岛,全面打造"台湾民众第二生活圈"的环境,包括:实行人民币与新台币双币制;实施双牌照,台湾机动车到平潭可换临时牌照上路;允许台湾建设、医疗等专业人员持台湾证照执业;允许台湾电视台频道落地和报纸发行。

　　无疑,平潭提出建设"共同家园",乃两岸牵手、共襄盛举的美好的民族愿景。

　　徜徉在平潭岛上,随处可见石头屋高低有别、错落有致,像一座座年代久远的古堡,漫不经心地叙说着一桩桩大海的传奇故事。坛南湾风景区入口处,抬眼望去:逶迤绵延的13个海湾,清风徐来,海不扬波,镶嵌着数十公里长的金黄色天然海滨沙滩,让人蓦然间产生"东方威尼斯"的奇思妙想。

　　久闻半洋石帆被誉为"天下奇观",果真神工斧凿,叹为观止：一高一矮双石并峙，矗立于万顷波涛之上，形如两片千年不朽的风帆，昭示着平潭必将"长风破浪会有时，直挂云帆济沧海"。

平潭，正在开创未来。

平潭，延揽八面来风。

平潭的设计者与建设者都肩负着一种使命感：3年实现对接，5年初具规模，20年再造一个厦门。

大哲学家尼采曾为世人留下一句名言：行动就是一切！

遥想上世纪50年代，台湾诗人余光中曾无奈地吟唱："乡愁是一湾浅浅的海峡，我在这头，大陆在那头……"

啊！时移世易，山海交响——北有平潭，南有厦门，海峡这一湾浅浅的碧水，正呈现出一派星光闪烁的景象，多么灿烂，多么壮观，将会演绎出多少诗情画意的人间奇迹呵……

（原载《人民日报海外版》2012年4月10日第7版）

千古文明开涿鹿

这是一种运数，一种灵感，一种神韵。

当我们凝神屏气、顶礼膜拜地走近她、聆听她、仰视她，胸中轰然回荡起一个悠长的声音："千古文明开涿鹿！"

古涿鹿郡——乃中华民族发祥地和华夏文明起源地之一。

《史记·五帝本纪》载：黄帝"与蚩尤战于涿鹿之野"；黄帝与炎帝"战于阪泉之野"；黄帝与众诸侯"合符釜山，而邑于涿鹿之阿"——由此，开启了中华民族从纷争、战乱最终走向和解、和睦与和谐的历史进程，从部落联盟到多民族国家，滥觞于黄河之滨的华夏五千年文明，在涿鹿桑干河畔获得了空前弘扬。

思接万仞，情驰千载，漫步中华合符坛：五十六根民族图腾柱胼手胝足，拔地而起，拱卫中枢；九条巨龙腾空飞跃，气贯长虹，拥抱一轮旭日……一种沧海桑田的穿越感油然而生,恍惚翻动滚滚历史烟尘——无疑这就是开天辟地的演绎,将弥天战火浇灭,让文明改写蛮荒,铸就多元一体格局,撞响中华五千年新纪元之命运晨钟。

暨转身,拾级而下,又抬步而上,越过极具标志意义的"港土归根碑"和"澳土归根碑",一座古朴雄奇、庄严厚重的全木质仿唐建筑兀立于眼前——中华三祖堂。三祖堂的前身即为黄帝祠。据考证:"下洛城(今涿鹿)东南六十里有涿鹿城(今黄帝城),城东一里有阪泉,泉上有黄帝祠。"中华三祖堂耸立于黄帝祠旧址,昭告正宗正源,堂内供奉着黄帝、炎帝、蚩尤三大人文始祖的大型塑像,遂被尊为中华第一祭堂。

世界上每一个民族的古史都糅合了伟大的神话传说,黄帝、炎帝、蚩尤即为传说中的神人也。

黄帝乃中国上古时期部落联盟首领,姬水成,有土德之瑞,土色黄,故称黄帝。黄帝迁徙涿鹿,因居轩辕之丘,号轩辕氏,修武振兵,治五气,艺五种,抚万民,度四方,国势强盛,政治安定,文化进步,有许多发明和制作,如文字、音乐、历数、宫室、舟车、衣裳和指南车等。相传尧、舜、禹、汤等均为黄帝后裔,因之,黄帝被尊为中华民族的共同始祖、人文初祖。

炎帝,传说中的神农氏,以火德王,故号炎帝,同为中华上古时代天下共主。炎帝好耕,有盛德,教民种五谷,尝百草,创中医中药。《纲鉴易知录》记载:"民有疾,未知药石,炎帝始草木之滋,察其寒、温、平、热之性,辨其君、臣、

佐、使之义,尝一口而遇七十毒,神而化之,遂作文书上以
疗民疾而医道自此始矣。"

蚩尤又名赤优、姜公,善使刀、斧、戈作战,不死不休,
勇猛无比,显神武之威,赫赫闻名于天下。蚩尤是传说中
东方九黎族(属东夷集团)的酋长,有兄弟八十一人(即八
十一个氏族)。蚩尤作乱,不用帝命,与黄帝交战七十一
仗,后败死涿鹿,黄帝尊蚩尤为"兵主",即战争之神也。

自商周以降,《逸周书·尝麦解》《孙膑兵法》《列子·
黄帝篇》《战国策·秦策》等,多达三十四类典籍和史书对
炎黄蚩三祖征战涿鹿、合盟釜山均有详尽记载。

由是,黄帝于涿鹿的山脚下建造都城,炎、黄两族和部
分九黎族结成一体,由上百个氏族组成,每个氏族为一姓,
即谓之"百姓"也。中华民族第一次实现"万国和"的空前
大融合大统一,从而形成东至于海,西至崆峒(今甘肃平
凉),南至于江、登熊、湘(今湖南),北至于塞外荤粥(匈
奴)的广袤辽阔的神州疆域。

炎黄子孙生生不息,历来慎宗穆祖,崇尚先贤。

曹植赋《黄帝赞》:"少典之子,神明圣咨。土德承火,
赤帝是灭。服牛乘马,衣裳是制。氏云名官,功冠五列。"

文天祥作《瞻涿鹿》:"我瞻涿鹿郡,古来战蚩尤。黄
帝立此极,玉帛朝诸侯。历历关河雁,随风鸣寒秋。迩来
三千年,王气行幽州。"

孙中山于民国元年(1912),撰写 32 字颂扬黄帝的祭
文:"中华开国五千年,神州轩辕自古传。创造指南车,平

定蚩尤乱。世界文明，唯有我先。"

毛泽东于1937年3月作《祭黄帝文》："赫赫始祖，吾华肇造。胄衍祀绵，岳峨河浩……懿维我祖，命世之英。涿鹿奋战，区宇以宁……"

涿鹿体味岁月、声名鹊起，始于上世纪90年代初对其大规模的文物考察和科学挖掘。中华炎黄文化研究会、中国先秦史学会等近百位专家学者，确认了涿鹿境内较完整保存的黄帝城（又名涿鹿故城）、黄帝泉、炎帝营、蚩尤坟等23处遗址遗迹。尤其随着红山文化、仰韶文化、龙山文化时期文物的相继出土，其丰厚度、密集度，均诠释了涿鹿在中华文明起源中独一无二的特殊地位。

中央电视台继《探索·发现》栏目拍摄五集大型文献纪录片《发现黄帝城》之后，日前，一部讲述黄帝、炎帝、蚩尤时代创世纪故事的史诗大片《英雄时代·炎黄大帝》，随着"开麦拉"的旋转，在涿鹿山野川泽拉开了壮阔的历史帷幕。

镜头升上高空，俯瞰莽莽苍苍的涿鹿之野。隆起的一座座山梁，废弃的一截截古城墙，沟沟壑壑、回环幽道、断瓦残垣，以及漂流着历史的久远桨声的桑干河，无不弥漫着化不开浓度的远古文明的中华气息……

（原载《人民日报》2014年8月16日第12版）

初到赤壁

丙申岁初冬,我平生第一次踏访了赤壁。

魂牵梦萦的赤壁呵!还在孩童少年时,我就从小人书上知晓了"火烧赤壁"的传奇故事,那战船似点着的火把一片连着一片熊熊燃烧,大火红遍半条长江,由此,"赤壁"二字犹如种子植入心田,这应是我与文学最早的结缘吧。

从湖北赤壁市(古称蒲圻)向西北行,急匆匆驰赴三国古战场,矶头临江悬崖上石刻"赤壁"二字赫然夺目,凭石栏眺望,一抹长江水不扬波。市文广新局马局长在一旁介绍说,现在的江面仅剩两余里,当年火烧赤壁时江面宽达八里哩。

世事苍茫,一千八百多年前,那场大战何等气吞山河:孙权、刘备结盟抗曹,以五万联军溯长江西进,去抗击号称八十三万之众的曹操南征大军;一代枭雄曹操误中庞统的"连环计",将战船首尾相连结为一体,说是以利北方士兵演练如履平地；周瑜采纳黄盖所献的"苦肉计"，并令其致书曹操诈降；诸葛亮呼风唤雨既上演"草船借箭"又"巧借东风"；尔后一个月黑风高夜，黄盖率蒙冲斗舰乘风驶入曹营纵火，曹船燃起熊熊大火并殃及岸上营寨……金戈铁马，步步惊心，运筹帷幄，环环紧扣，高潮迭起，扬水战之长，借火攻之势，终至一战定乾坤，为日后魏、蜀、吴三国鼎立拉开了大幕……

"赤壁之战"是我国古代"以少胜多、以弱胜强"的典型战例，彪炳于中国军事史册，其脍炙人口的故事、惊世骇俗的战争奇观，搅动了多少文学大师的如椽之笔，历朝历代留下的相关文学作品汗牛充栋。

首推一百二十回的章回小说《三国演义》（原名《三国志通俗演义》）。著者罗贯中，号称"湖海散人"，为元末明初的著名小说家兼杂剧作家。演义据史描摹，渲染铺陈，刻画英雄，弘扬忠义，一经问世，即风靡天下，更流布于日本、印度尼西亚、泰国、法国、俄国等欧亚大陆，传为全球佳话。

历史是一面镜子。流连于周瑜塑像、拜风台、凤雏庵、翼江亭、赤壁碑廊、赤壁大战陈列馆、三国雕塑园等，千年紫藤古蔓新枝，参天银杏绿荫森森，却令人有思接千载、神游万仞之感慨。遥想当年卧龙先生辩才滔滔力挫群儒，凤雏先生撩眉卷须巧施妙计，一龙一凤，联袂赤壁，双英擎天，掀起浊浪巨澜，留下万世绝响。

赤壁名之盛，盛至因争"赤壁"之名还闹出了一桩沸沸扬扬的文坛公案呢!

　　北宋名士苏东坡被贬谪为黄州(今湖北黄冈)团练副使,官场失意而文场得意的苏大人,曾两度行吟于黄州赤鼻矶,烟波浩渺间把酒临风发思古之幽情,遂作《前赤壁赋》和《后赤壁赋》,一时名动天下。却不料,竟引发蒲圻赤壁与黄州赤壁孰为真正古战场之争。

　　争议之声愈益不绝于耳,遂生发出"赤壁七说"曰:蒲圻说、黄州说、钟祥说、江夏说、汉阳说、汉川说、嘉鱼说……凡此种种,众说纷纭。当然,史家大多倾向于真正发生赤壁大战的地点应是蒲圻赤壁,于是,蒲圻赤壁又有"武赤壁"之誉;而位于古城黄州西北汉川门外的赤鼻矶,则被称为"文赤壁",或称"东坡赤壁"。如此说来,皆大欢喜也!

　　在中国,对于"赤壁"的一次集体记忆与全民狂欢,当属上世纪90年代央视如火如荼播映的八十四集大型电视连续剧《三国演义》。每天晚上,央视荧屏展现的是东汉末年的政治风云长卷,一幕幕波澜壮阔、惊心动魄、龙争虎斗、刀光剑影的战争场景,豪放、雄浑、古拙、悲壮的艺术氛围,让亿万观众大开眼界又大呼过瘾,一时间,"人人争说三国、个个讲述赤壁"成为时尚。

　　"一代名导"王扶林先生艺高人胆大,挟上世纪80年改编、拍摄经典名著《红楼梦》大获成功之余威,又历时五年精心打造鸿篇巨制的《三国演义》,调集群众演员计几十万人次。毋庸置疑,电视连续剧《三国演义》中的"火烧赤壁"属重头戏中的重头戏,九台摄像机和一架直升机从水、陆、空三个维度同步拍摄,开动战船七十二艘,烧掉五十多车木柴、二十多吨汽、柴油,火焰腾空,遮天蔽日……一位新加坡导演曾考察过《三国演义》的拍摄实景,感慨万千地说:"这是在为中华民族拍戏啊!"

(原载《人民日报》2016年12月10日第12版)

乐山乐水

乐山名震天下,盖因山中有大佛。

唐《嘉州凌云大像记》载曰:"开元初,有沙门海通者,哀此水险……作古佛像。"海通禅师结茅于凌云山中,每见于夏汛,凌云山麓三江汇聚,势如奔马,呼啸翻腾,直捣山崖,船毁人亡,屡屡上演人间悲剧。海通佛心慈善,遂起意凭崖开凿一尊弥勒佛大像,仰仗佛法无边,减杀水势,永镇风涛,普渡众生。于是乎,禅师云游天下,募得巨资。凌云山栖霞峰临江峭壁人影幢幢,万众合力,锤声如雷,岩片似雨,凿石声吆喝声直冲霄汉。

故乐山大佛又名凌云大佛,为弥勒佛摩崖石刻坐像,通高71米,头高14.7米,耳长6.7米,单脚面即可围坐百人,开凿于唐代开元元年(713),竣工于贞元十九年(803),工程浩大费时90年,迄今已栉风沐雨1300多年,"易暴浪为安流",朝山拜佛者众。据称为中国第一、世界第二大佛。

何为世界第一大佛呢？2001年3月8日，一则劲爆新闻曾轰动全世界：塔利班武装悍然炸毁阿富汗中部巴米扬地区一尊高53米、历时1500余年的大佛。作为世界文化遗产的巴米扬大佛，曾号称世界第一大佛，可叹昔日辉煌不再，一夕间炮声巨响惨不忍睹，空留下石窟残骸和黄土碎石……实乃佛家之一大劫难也！

2015年6月7日，又一则劲爆新闻同样轰动全世界：来自中国北京的张昕宇和梁红夫妇及其团队，利用先进的建筑投影技术，成功对巴米扬大佛进行了光影还原。当巴米扬大佛影像通过中国人"神魔"般的手，穿越时空重新呈现在世人眼前时，1000多名当地民众欢呼雀跃，歌之舞之情不自禁，老者则泪流满面，连声说这就是他们往昔看到过的佛像。自大佛被炸毁以来，多少个国家的专家、学者跃跃欲试，试图复原佛像均未能如愿，中国人却做到了，被称作"中国送给阿富汗的礼物"。

乙未秋日乘船而至，仰望乐山大佛真身，果然十分了得：大佛坐落于四川省乐山市南岷江东岸凌云寺侧，掩映于满山青葱之中。大佛头与山齐，双手抚膝，足踏江流，遥望江城，神势肃穆，端庄大气。有诗云"山是一尊佛，佛是一座山"，又曰"千年仍未老，静坐看朝朝"。那气势那神韵令游人们叹为观止。

据考证：佛成，曾建木阁罩护之，曰大像阁，又名凌云阁，蔚为雄奇壮观，宋元之际毁于战火，灰飞烟灭，了无痕踪。现可查者，北宋苏轼赋诗"卧看古佛凌云阁"，南宋陆游唱和"不辞疾步登重阁",均留下重重谜团。

脚踩滔滔江水,正是大渡河、青衣江和岷江三江汇流处,其妙处不可言说:青衣江为大渡河支流,大渡河(古称沫水)为岷江支流,岷江为长江支流。岷江又名汶江、都江(古称大江),至乐山大佛坐像凌云山崖,右侧纳大渡河及青衣江,三江水层层叠叠奔涌至宜宾入长江。如此纠缠不清又携手同行,阅尽江河所罕见,也不失为水之佳话矣。

乐山,古称嘉州,属古蜀国,素有"海棠香国"之美誉。今日头戴一顶顶桂冠:国家历史文化名城、国家首批对外开放城市、全国绿化模范城市、中国优秀旅游城市、国家园林城市、2008 北京奥运会火炬传递城市之一……光华如炬,实至名归也。

是夜,披阅乐山史册:李密、苏洵、苏辙、郭沫若、陈敬容、曹葆华等名士款款踏足而来;李白、杜甫、岑参、范成大、黄庭坚、陆游、张船山、陈运和等留下的诗篇萦绕耳畔……心旷神怡,浮想联翩。子曰:"智者乐水,仁者乐山。"智者动,若水流而灵巧多变;仁者静,似大山更宽厚沉稳。谓之"山不在高,有仙则名;水不在深,有龙则灵"。乐山乐水,天造地设,此乃天下之佳境也!

(原载《人民日报海外版》2015 年 12 月 29 日第 7 版)

妙说仙居

"仙居"这个地名很神奇,顾名思义就是"仙人居住的地方"。

我是揣着仙居县文联的邀请函、怀着一颗好奇心飞往仙居的。儒雅的县委书记单坚初次见面即侃侃而谈,迫不及待地向与会作家、诗人们推介打造"碧水蓝天、绿野仙居"美丽家园的宏图愿景;在单书记眉飞色舞、颇具煽情意味的讲解中,作家、诗人们显然受到了极大的感染,情动于心,喜形于色,一个个好像马上也要变成"神仙"似的。

我上网去搜索,"仙居"既有来头又有出处:东晋永和三年(347),仙居置县,名"乐安";五代改名"永安";北宋景德四年(1007),宋真宗皇帝钦慕此地"洞天名山,屏蔽周卫,而多神仙之宅",龙心大悦,欣欣然下诏改"永安"为"仙居"。对此一说,仙居县文联主席陆原先生颇引以为自豪,谓"言之凿凿,有史可考"也!

接下来的两天采风活动,自然而然以寻觅仙踪、仙宅为主旨。但无论导游小姐怎样口沫横飞、绘声绘色讲述各路神仙的奇闻轶事，我心中均不以为然，视作牵强附会之乡野传说耳。

及至踏访有"江南第一书院"之称的桐江书院，方令我肃然起敬。桐江书院系宋乾道年间（1165—1173）方斫所建。方斫者，号称"东南学者表正之师"也，故桐江书院创办伊始，即声名远播，气象万千，"四方之学士文人，负笈从游者尝踵相接"。我们穿行于阡陌回廊、殿堂黉舍之间，仰观鼎山叠翠，俯察鉴水萦回，漫忆古树烟柳，追寻朱熹、王十朋等名流巨擘讲学之踪迹，深为文脉之丰沛所折服。陆原先生则大发思古之幽情，一路娓娓道来：仙居崇文重教，创学宫，扩文庙，开儒学之风气，兴科场之宦业，历朝历代进士及第者达243人；时台州广辖6县，惟历史上进士第一人出于仙居，进士第二人还是出于仙居。

此前，我曾认真观赏过中央电视台播映的《科举》文化专题片，对这种公平竞争、广纳天下贤士的官场选拔制度极表赞同。243位进士呵，倘若将他们寒窗苦读、考取功名的锦绣文章排列起来，会是一幅何等瑰丽壮观的长卷……仙居了不得，难怪连朱熹老夫子也会发出"地气尽垂于此矣"的感叹！

夜不能寐，细细披阅史籍，我更惊讶于仙居历史之悠久、文化底蕴之深厚：境内有距今约9000多年新石器时代的下汤原始社会村落遗址，有中国首次发现、具有重大考古价值的春秋时期广度古越族文字和浙江首次发现的汉代朱溪岩画,有世界上现存最早的照明路灯——石柱灯,有至今尚未被破译的国内八大神秘古文字之一的蝌蚪文,有"江南第一古寺"石头禅院,有"道教第十大洞天"括苍洞,还有中国历史文化名镇、"中国唐宋元明清时代的民俗民居活标本"皤滩镇古建筑群落,中国历史文化名村高迁古民居,以及被列入首批国家级非物质文化遗产名录的针刺无骨花灯等等。物华天宝,人杰地灵,历代名士竞风流:晚唐著名诗人项斯、元代大书画家柯九思、明代勇斗严嵩的左都御史吴时来等,如群星璀璨辉耀在仙居的历史天空。

当波音747飞机穿云破雾飞返北京时,舷窗外白云如雪,碧空万里,顿觉心旷神怡。我心中豁然开朗,在仙居两日的所见所闻所思所想,犹如大写意的水墨画一幅幅叠映在眼前:偏居浙江一隅,大雷山横亘南北,永安溪纵贯西东,集山水之灵气,得江南之毓秀,重峦叠嶂,曲溪回环,正如清翰林院检讨、纂修《明史》的稼堂先生游历后,极表赞叹曰:"天台幽深,雁荡奇崛,仙居兼而有之也。"

尤为可喜的是,当今政府励精图治,深谙科学发展之真谛,实施"生态立县"之战略,拥抱绿色理念,新开放的神仙居景区,是世界上规模最大的火山流纹岩地貌典型,流泉飞瀑,奇峰险崖,云海雾涛,四时之景各异,集"奇、险、雄、清、幽"之大成,汇"峰、瀑、潭、溪、林"于一地;新落成的"仙居绿道"从县城始发,循母亲河永安溪曲折绵延,于遮天蔽日的绿色旷野间伸展前行,揽山林、碧水、田畴之情韵,契合城乡空间、人文景观、文化遗迹之意蕴,散步的游人、骑自行车的游人,或欢天喜地,或闲适散漫,一拨拨融入苍苍茫茫的绿色之中,于是苍翠的大地便萌动着生命的新鲜演绎。近年来,仙居喜讯连连,相继荣膺"国家生态县""中国民间文化艺术之乡""中国慈孝文化之乡""中国杨梅之乡""中国有机茶之乡""全国有机食品生产基地""中国工艺礼品之都""长三角最佳慢生活旅游名城""浙江省十大养生福地"等诸多美誉,乃名不虚传也!

仙居——大自然馈赠的一方风水宝地、人间乐土,其妙曼难以言说——这才是真真切切"仙人居住的地方"啊!

（原载《文艺报》2014 年 6 月 25 日第 5 版）

走进徐迟故里南浔

徐迟先生因一篇《哥德巴赫猜想》而名满天下。

我却因徐迟先生而初识江南名镇——南浔。

民谣唱道：上有天堂，下有苏杭。此话不虚矣！

南浔隶属于浙江省湖州市，地处杭嘉湖平原中部，南连嘉兴，北濒太湖，镶嵌在京杭大运河畔，沟通长江、太湖水系，湖漾密布，沃野涟涟，绿水潆潆，乃富庶殷实之邦。古往今来，南浔盛产驰名天下的辑里湖丝，兼营技艺冠甲文房四宝的善琏湖笔，以及"朝如轻丝、薄似蝉羽"的双林绫绢等传统名特产品。自明清以降，经济繁荣鼎盛，巨贾富商甚众，素有"丝绸之府""鱼米之乡""文化之邦"之美誉。民间谚语："湖州一个城，不及南浔半个镇"——堪称遗落在人间天堂的一颗璀璨明珠。

记得是新千年开局之际，新世纪新气象，福建龙岩乡贤黄坤明衔命主政湖州，黄市长一贯重视文化建树。斯时，我、周明、傅溪鹏、李炳银等中国报告文学学会几个同人,便相邀远赴湖州面见黄坤明市长,一拍即合,相谈甚欢,遂决定由中国报告文学学会与浙江省湖州市人民政府联袂,创立继以茅盾、鲁迅、冰心、冯牧等著名作家命名的全国性文学评奖之后的又一奖项——"徐迟报告文学奖"。翌年,在南浔举办的首届颁奖典礼上,为纪念徐迟这位忠诚于祖国、人民和文学事业的诗人、报告文学大家,促进他所钟爱、也是广大读者所喜爱的报告文学事业的光大繁荣,专门增设了一个奖项,授予已故徐迟先生"中国报告文学特别贡献奖"。

徐迟报告文学奖自创立以来,高扬旗帜,携手同道,代言时代,已连续精心组织了5届颁奖活动,共评选出61部(篇)优秀报告文学作品,为推动和繁荣报告文学创作、奖掖报告文学作家作出了无可替代的重要贡献。

今年,欣逢徐迟先生100周年华诞,为缅怀先生不朽业绩、传承先生文学精神,中国作家协会何建明副主席亲率周明、李炳银、徐刚、傅溪鹏、陈启文、杨守松、袁敏、徐剑、夏坚德、王伟举、王成章、夏舟莉等一众作家、艺术家,又一次踏足南浔,寻觅先生踪迹,浮想先生英姿,感叹人间造化,妙笔锦绣文章,不亦乐乎哉!

更令作家、艺术家们击节叫好、叹为观止的,乃一方水乡,一个古镇,民间藏书独步华夏,文化底蕴绵远深厚,欧陆情调韵动中外,中西合璧古风辉映。早在明代,南浔镇就有"九里三阁老,十里两尚书"之说。仅宋、明、清三朝,进士及第42人。近现代南浔名人群体崛起现象蔚成时尚，如辛亥革命先驱张静江、体育家徐一冰、杭州西泠印社发起人之一的文物鉴赏家张石铭、中国导弹驱逐舰之父潘镜芙、中国航天之父屠守锷、新中国飞机设计第一人徐舜寿、北京大学校长张龙翔、"燕京大学"校长陆志韦、"中山大学"首任校长和"中央大学"首任校长张乃燕，以及著名作家、诗人徐迟，著名历史地理学家、复旦大学教授葛剑雄，著名经济学家桂世镛，原科学技术部部长朱丽兰等。南浔古已有开明、开放、开拓的独特人文精神，与此一脉相承充满创造活力的当代变革风范，奇妙地拼接成了今日南浔之美丽画图。

大美南浔，如此让人流连忘返，全部实录进了这本精致的小册子：温润的土地，滋养瑰丽的文化之树，摇曳婆娑的风景，装点诗意盎然的江南记忆……捧读这《水晶晶的徐迟南浔》，掩卷思之：古人云开卷有益，真言也！

（原载《文艺报》2014 年 10 月 20 日第 6 版）

走进星海故里榄核镇

这是一次艺术朝圣之旅。

值此纪念中国人民抗日战争暨世界反法西斯战争胜利 70 周年之际，一拨拨诗人、作家、艺术家顶礼膜拜地走进广东番禺榄核镇，去聆听一位伟大音乐家的心灵倾诉，去感悟如黄河波涛澎湃的英雄旋律。

榄核镇地处珠江口，一块浸在水里的陆地，河涌交错，水网纵横，容奇水道、沙湾水道环绕西北，南沙港、莲花山港、顺德港近在咫尺，水是榄核镇的精灵啊。据史籍记载：清康熙十九年（1680），渔民们纷至沓来，在这片水天盈盈的泽国拾贝采蚝，把废土弃于滩涂上，潮涨潮落，冲洗堆积，昼夜不舍，滩涂上便分布出形似橄榄核土堆，橄榄核土堆联袂成片，初称作"榄核圩"，后人烟渐稠密，商业趋盛，遂有了正式名号"榄核镇"。

冼星海的祖籍地便在榄核镇湴湄村，一派"水之湄，河之滨"田园风光，汩汩河水穿过古朴的村落，却以凄风苦雨滋养了她的一位音乐天才。冼星海是水的儿子,1905年6月13日,当他降生在一条渔船上时,无片瓦遮头,有水波簇拥,寡居的母亲黄氏仰望星空,哼唱咸水谣,给小小的生命取了一个灿然的名字:星海。

黄氏无疑是一位伟大的母亲。贫穷的母亲带着幼小的星海辗转漂泊在澳门、马来西亚、新加坡,一边给人家帮佣,一边供星海上学。少年星海音乐天赋光华闪耀,先后就读于岭南大学附中、北京大学音乐传习所、国立艺术专科学校音乐系等进修小提琴、钢琴。后又远赴巴黎勤工俭学,师从丹第(V. D'INDY)学提琴,师从杜卡斯(Paul Dukas)学作曲理论与作曲。在弥漫着艺术灵感的巴黎,青年冼星海创作激情如泉喷涌,《风》《游子吟》《d 小调小提琴奏鸣曲》《中国古诗》等作品均于留学期间问世。

1935 年游子归国,祖国山河破碎,中华民族到了最危险的时刻。冼星海毅然决然投入抗战歌曲创作和救亡音乐活动,大量群众歌曲如《救国军歌》《只怕不抵抗》《游击军歌》《路是我们开》《茫茫的西伯利亚》《莫提起》《黄河之恋》《热血》《夜半歌声》《拉犁歌》《祖国的孩子们》《到敌人后方去》《在太行山上》《生产大合唱》等应运而生,一时间风靡大江南北、长城内外。

1938 年,冼星海任延安鲁迅文学艺术学院音乐系主任,正是在宝塔山下、延河岸畔,他与光未然合作的《黄河大合唱》横空出世,雄浑激越的旋律响彻中华大地:"风在吼/马在叫/黄河在咆哮/黄河在咆哮……"正如诗人谷禾所吟诵的:这歌曲里,"有一个民族的呐喊","有一个民族的血泪,呼吸,疼痛","是一个民族挺起的脊梁"……

1945年10月30日,冼星海不幸病逝于莫斯科克里姆林宫医院,年仅40岁。一颗音乐巨星、东方贝多芬,经过轰轰烈烈的生命燃烧之后,光芒四射,映照华夏,又倏忽间如流星一般地陨落了……

赤子报效为国,魂兮归来在乡。冼星海又回到了生他养他、多水的榄核镇湴湄村,与故土、乡亲为伴,与春水秋波、夜空繁星厮守,永不分离。"小桥流水"式幽静的小乡村矗立起了冼星海塑像,入村的主路叫"星海路",村内的阡陌街巷也分别以"星海街""海生街""星河街"命名,处处留下了冼星海的足迹与身影。

故乡的人们完全有理由相信,珠江水系与黄河水系是相通的,冼星海的人生之旅,正是怀着童年的苦难、背负父老乡亲的嘱托,汇流入祖国的大江大河,在中华民族危急存亡之际,如砥柱中流挺身而立,用黄河的咆哮掀起了撼天动地的惊涛……祖国抗日战争胜利了,民族渡过劫波重生了,冼星海又回到故乡安息了。

榄核镇,为养育了冼星海这样的儿子而倍感骄傲!

当我飞返北京后,传来喜讯:国务院决定设立中国(广东)自由贸易试验区。2015年4月21日,广东自贸区在南沙举行隆重的挂牌仪式。

前三十年,深圳特区作为"共和国改革长子",一路披荆斩棘,闯关夺隘,创造了令全世界为之瞠目的中国式奇迹；我们可以预想，后30年，广东自贸区揽新世纪八面来风，鼓荡"一带一路"新风帆，珠江三角洲大地必将耸立起又一个"深圳"。

榄核镇占据珠三角平原中心区位，距深圳90公里，距珠海80公里，距广州32公里，天工造化，榄核镇将挟"天时、地利、人和"之便，坐收自贸区"近水楼台"之利。

斯人有幸，冼星海先生在天之灵，当歌之舞之狂欢之，为今日故乡已汇入中华民族伟大复兴的滚滚洪流而露出欣慰的笑容。

（原载《文艺报》2015年6月3日第3版）

深圳,一个时代的符号

　　当波音飞机在深圳上空盘旋并开始徐徐降落时,我心绪突然激动起来:我知道这是与深圳割舍不断的情缘。

　　收到广东省旅游局和香港商报的联合邀请函时,我作为六集电视政论片《劳动铸就中国梦》的文学顾问,该片正处于央视播出前最为紧迫的后期调整、修改和文辞润色阶段,但我还是咬咬牙,一口答应参加第六届"品鉴岭南"作家深圳行,携带上笔记本电脑便匆匆登上南下的飞机了。

　　我就想再来看看梦牵魂萦的深圳。

　　哦,已记不清多少次飞深圳了?

　　上世纪80年代深圳经济特区初创,马上像一个巨大的磁场吸引了全国乃至全世界关注的目光。作为《光明日报》的时政记者,我每年都会有二三次机会前往深圳采访。那时特区的规模就是一条铁路两旁零零落落排列着新起的楼房,整个深圳基本上还处于一个大工地状态,昼夜机器轰鸣,尘土飞扬。我从《深圳特区报》朋友处借辆

自行车转上两三圈，就把整个特区转得透透的啦。真是激
情燃烧的岁月啊，被世人赞誉为"拓荒牛"的梁湘召集一
班人躲进铁皮屋蚊帐里开常委会（蚊子实在又大又多又
狠），从而描绘出一幅又一幅特区建设的宏伟蓝图。"时
间就是金钱，效益就是生命"，这一句当年最时髦的口号，
响彻祖国的大江南北……显然，深圳特区既是一个窗口，
又是一个试验场，由此拉开了波澜壮阔的中国社会变革的
大幕。

　　上世纪 90 年代初，又是一个春天，一个深深镌刻在共
和国编年史上的重大事件：88 岁高龄的邓小平又一次亲
临深圳特区，史称"小平南巡"。老人家思想深邃，目光高
远，宏论滔滔："社会主义有市场，资本主义有计划"；"深
圳的建设成就，明确回答了那些有这样那样担心的人，特
区姓'社'不姓'资'"；"中国要警惕右，但主要是防止
'左'……把改革开放说成是引进和发展资本主义，认为
和平演变的主要危险来自经济领域，这些就是'左'"；"不
坚持社会主义，不改革开放，不发展经济，不改善人民生
活，只能是死路一条"……石破天惊啊！

　　其时，我被紧急召至深圳，抱病写作由中央新闻纪录
电影制片厂、光明日报社、深圳市委宣传部联合摄制的电
影政论片《历史的抉择——小平南巡》的文学脚本。几乎
是倒计时进行写作和拍摄安排，电影政论片拟在当年秋天
召开的党的十四大会议上作为献礼片播映，我当时正发着
38 度高烧，是躺在深圳迎宾馆床上看完小平南巡的所有

文字和影像记录资料,又足不出户夜以继日加班赶写出文学脚本初稿,导演、摄像、作曲、制片等各路精兵强将云集深圳,马不停蹄分路出击拍摄……今日回首起来,那种情怀、那种冲动、那种自觉自愿与拼命精神,分明是为中国的改革开放呐喊助阵,为构建社会主义市场经济体制框架而吹响集结号!

2008年,中国改革开放一路闯关夺隘、攻坚克难走过了整整三十年艰辛而辉煌的历程。这一年,从年头至年尾我十次飞抵深圳,写作六集电视政论片《风帆起珠江》。我把一张大地图铺开在地板上,用放大镜追踪着南中国的这条大江——珠江奔腾入海的磅礴气势,构思电视政论片的六大板块:《万古江河》《开启国门》《深圳破冰》《潮涌珠江》《继往开来》《中国之路》。笔尖下流泻的是一个当代作家对国家三十年地覆天翻社会变迁的热情礼赞:正是以深圳为发端,世界上五分之一的人口在现代化大道上迅跑,中国成为"世界工厂",整个东部海岸线上那条"地理级"生产线源源不断地向全世界输出商品,打造了20世纪末叶21世纪初最耀眼的工业神话。三十年的狂飙突进,让这个东方文明古国一跃而成为世界第二大经济体。

纵观今日之深圳,摩天大厦鳞次栉比的国际大都市气派,令全世界刮目相看。当我们"品鉴岭南"作家团一行人徜徉在东门步行街,先后造访笋岗工艺美术集聚区、梧桐山艺术小镇、观澜鳌湖艺术村、观澜红木文化产业园、官湖艺象ID TOWN、天长地久婚纱摄影基地、金丽珠宝交易中心、板田手造街等创客新产业园区，并驱车驶往风光旖旎的大鹏湾海滨，一路所见、所闻、所思、所想，心潮澎湃，感慨万千。遥想当年，邓小平老人家在南海边的一个小渔村画了一个圈，嘱托主政广东的习仲勋要"杀出一条血路来"，何等悲壮、何等气吞山河！仅靠区区3000万元银行借贷起步的深圳经济特区，历经三十多年的励精图治，所聚集起的财富，借用西方经济学家的话，在整个深圳地面铺满人民币百元大钞，都不知道要铺上几层？

深圳，一个时代的符号——既是中华民族伟大复兴的经典缩影，更昭告着实现"中国梦"的希冀与美妙前景啊！

乙未岁仲夏于北京

徜徉巴黎

窗体顶端,和煦的阳光,暖暖的风从塞纳河水面上吹拂过来,正是早春时节,徜徉在巴黎街头,心境一下子变得明亮起来。

当法航 AF129 空中客车还在东欧大陆上空穿云破雾时,我的心胸就溢满了激情,默诵着:巴黎,如雷贯耳的巴黎,心驰神往的巴黎。不是么,巴黎圣母院、埃菲尔铁塔、香榭丽舍大道、协和广场、罗浮宫、凡尔赛宫、凯旋门……这些耳熟能详、每每念及都令人心颤的名字啊。而今,置身于塞纳河畔,举目能及,伸手可触,思之念之感悟之,我还是被深深地震撼了!

我被巴黎的贵族气派震撼了——排列无规则的饱经几个世纪风雨浸淫的街区,哥特式建筑加上镶金包银的窗棂、门扉和立柱,无言地向人们诉说或炫耀着昔日曾一度雄踞欧洲中心的霸主地位,以及它的富甲天下。虽然,落花流水春去也,风光早已不再,但祖上的富足、殷实,还是无处不在地展露在巴黎人轻盈的步履与略显傲慢的眼神之中。

乘船游览塞纳河,船头徐缓地犁开盈盈碧水,环抱西岱岛两岸的街景逼视而来,巴黎画廊般的建筑奇观尽收眼底。遥想两千多年前,几百位土著人择西岱岛而居,捕鱼狩猎,繁衍生息,其乐也陶陶也。至公元4世纪,罗马一个剽悍的部落强占岛上旧城,并于此建立起"巴黎吉"人首府,"巴黎"由此得名且声名远播沿用至今。人们在西岱岛上流连忘返,盖因朝拜巴黎圣母院而大发思古之幽情:"敲钟人安在否?"这座领欧美建筑史一代风骚的哥特式的"石头交响乐"大教堂,始建于公元1163年,屋顶、塔楼均筑造尖塔,高达90米的主尖塔及两侧高达69米的钟楼,蔚为壮观,历时182年而落成,犹如一位巴黎老者颤巍巍地穿行于历史的隧道之中,见证了无数的岁月沧桑,历久而弥坚。

塞纳河穿城绕行,恰如一串熠熠生辉的项链挂在巴黎的胸前。显而易见,在人类历史由农业文明向工业文明演进的过程中,航运代表了当时先进的生产力,塞纳河两岸因之商贾云集、游人如织,手工业作坊星罗棋布,遂连成一片市场,楼宇鳞次栉比拔地而起,印证了中国的一句老话:近水楼台先得月。

我被巴黎的艺术气派震撼了——巴黎无愧于世界艺术之都,罗浮宫、罗丹雕塑博物馆、毕加索博物馆、奥赛博物馆、蓬皮杜国家文化艺术中心……每一座建筑奇特、风格迥异的博物馆都堪称人类文化艺术史上的"凯旋门"。在罗浮宫,人们为《蒙娜丽莎》《米洛岛的维纳斯》《萨摩屈拉克胜利女神》等名画名作慕名而来,观者如潮,那种虔诚、执着与仰慕,完全不亚于远赴麦加朝圣的信徒们。而漫步在巴黎街头,你又会感受到一种悠游而浪漫的氛围,广场绘画师、地铁吉他手,以及沿街展示的琳琅满目的艺术橱窗,令你左顾右盼目不暇接心旷神怡。

自欧洲文艺复兴以来,巴黎的文学艺术长河壮阔而喧腾不息。雨果的《巴黎圣母院》《九三年》《悲惨世界》,巴尔扎克的《人间喜剧》,福楼拜的《包法利夫人》,莫泊桑的《漂亮朋友》《项链》,司汤达的《红与黑》,大仲马的《基督山伯爵》,小仲马的《茶花女》……人们可以如数家珍般地排出一长串名家名著。正是法国的文学巨匠们与艺术大师们天才的光环,让巴黎名满天下誉满全球。我忽然领悟,一个国家、一个民族的文学艺术自有其标志性的巅峰之作,巴黎的雕塑与绘画,堪与中国的唐诗、宋词相媲美。

夜巴黎无疑是梦幻天堂。埃菲尔铁塔通体透亮熠熠生辉,据说在中国传统农历新年夜,它还会释放出一片喜庆的红光。这座于1889年为纪念法国大革命100周年而建造的铁塔,高320.75米,钢架镂空结构,直插霄汉,巴黎人引以为莫大的荣耀与自豪。伫立在埃菲尔铁塔下,浮想联翩,你无论如何很难想象到近在咫尺的宁静、祥和的协和广场,215年前所掀起的那一场革命风暴,让古老的法兰西王国猛然撞开了新时代的大门。此刻,怀想万里之遥的大变革中的亲爱的祖国,我忽然萌生出一种强烈的冲动:为纪念中国自改革开放以来的和平崛起与民族复兴,北京也许可以建造一座具有中国气派民族特色的恢弘的里程碑式的建筑,我在心中大声呼喊:"它的名字叫——1978"!

（原载《人民日报》海外版 2003 年 4 月 3 日第 12 版,
　　入选《中华百年经典散文·风景游记卷》）

四、时代经纬

沉睡的民族已醒来

从兴盛到衰败,再到复兴与崛起,雄辩地证明了中华民族蕴涵着一种巨大的内生力量——这就是中华民族的同心力与生命力,其内核基因则是:兴国之魂,强国之魄。

中华文明海纳百川,求同存异,不仅乐于与其他文明和谐相处,而且善于借鉴其他文明的积极成分,并在与其他文明的交流中,既增强对他者的理解,又提升对自身的认同。

一

20世纪中叶,英国近代生物化学家和科学技术史专家李约瑟曾发出一个诘问:"尽管中国古代对人类科技发展做出了很多重要贡献,但为什么科学和工业革命没有在近代中国发生?"并进一步提出:"为什么公元16世纪之前,在将人类的自然知识应用于实用目的方面,中国较之西方更为有效,之后中国科技却停滞不前?"

　　这个话题独具慧眼，在中国虽算不上家喻户晓，但至少在科学界尽人皆知。李约瑟认为，中国对世界文明的贡献，远超所有其他国家，但是所得到的承认却远远不够。正是李约瑟那部倾注了他毕生心血、号称东方文明通史的"旷世巨著"——《中国的科学与文明》，西方有史以来撰写的第一部诠释这个"中央之邦"的鸿篇巨制，使得西方人重新认识了中国曾有的辉煌的科学与文明。

　　对于李约瑟的诘问，美国经济学家肯尼思·博尔丁百思未得其解，干脆称之为"李约瑟之谜"。

　　美国另一位学者罗伯特·坦普尔，在其名著《中国，文明的国度》一书中支持了李约瑟："如果诺贝尔奖在中国的古代已经设立，各项奖金的得主，恐怕会毫无争议地全都归属于中国人了。"

　　此话并非妄言。众所周知，中华文明与苏美尔文明、古巴比伦文明、古埃及文明、古印度文明共同创造了人类远古文明的辉煌形态，且唯独中华文明生生不息而延续至今。正是这个神奇的东方古国，在距今两千多年前的战国时期，就发明了指南鱼、指南龟等，后演化成在航海中发挥了巨大作用的指南针；东汉蔡伦发明造纸术；唐朝研制出火药，应用于庆典中的烟花、神火飞鸦等；北宋毕昇发明活字印刷术，此前的雕版印刷术也占尽世界先机。除世界瞩目的四大发明外，中国领先于世界的科学发明和技术发现，至少还有百余种之多。据史籍记载，从公元6世纪到17世纪初，在世界重大科技成果中，中国所占比例一直在

54%以上,到了19世纪才骤降为0.4%。

"李约瑟之谜"的反证是:"为什么近代科学又只发生在西方社会?"

回望五百年前的世界航海大发现,从威尼斯著名商人和探险家马可·波罗游历中亚、西亚、东南亚,到哥伦布发现新大陆,欧洲掀起了文艺复兴与研究东方文明的浪潮。从1687年英国物理学家牛顿发表论文《自然哲学的数学原理》,提出万有引力和三大运动定律,从而奠定此后三个世纪物理世界的科学观点,并成为现代工程学的基础,到1765年瓦特制成蒸汽机,终结人类过去由劳动力、牛马、水车、风车等力量来转动机器的历史,蒸汽机成为大工业的新动力,从而揭开工业革命的序幕;1783年美国独立战争结束,欧美大陆进入工业文明时代,1831年英国科学家法拉第发现电磁感应现象,1847年西门子—哈尔斯克电报机制造公司创立,开启电气化时代……欧洲的科学技术经历了约半个多世纪的奋起直追,终于超越了中国。

如果我们细心分析,就会发现李约瑟陷入了两段式表述模式。

第一段表述:为什么在公元前1世纪到公元16世纪之间,古代中国人在科学和技术方面的发达程度远远超过同时期的欧洲? 但中国的政教分离、诸子百家、私塾教育和科举选拔制度等,何以没能在同时期的欧洲产生呢?

第二段表述:为什么中国古代的经验科学领先于世界约一千年,但近代实验科学却没有产生在中国,而是产生在 17 世纪的西方,特别是文艺复兴之后的欧洲?

　　这确实是耐人寻味的"谜团",犹如科学王国复杂的"高次方程",就这样摆在了世界面前。

二

　　1803 年,据说拿破仑曾经指着地图上的中国忧心忡忡地说:"这里躺着一个沉睡的巨人,让他睡下去吧,一旦他醒来,将会震撼世界的。"少顷,他又接着说道:"他在沉睡着,谢谢上帝,让他继续睡下去吧,不要去唤醒沉睡的巨人。"

　　倘若从 17 世纪往前回溯,明王朝曾经在短时期内转向西方,建造船队,足迹一度抵达非洲东海岸,并踏上了去欧洲的旅程,但外交上突然出现转折,远航停顿下来。延捱至清朝,东方帝国自我封闭,从此完全隔绝于西方世界和西方思想。乾隆帝曾夜郎自大地宣示:我天朝物产充裕,在国土以内并无匮乏之忧,更无必要以我之物从蛮荒之国交换物品云云。奉行"闭关锁国"国策最为严酷之时,朝廷曾颁发诏令:"寸板不得下海,片帆不得入口。"导致原本在科学和技术上遥遥领先于世界的东方巨人,停滞了,凝固了,成了名副其实的"沉睡的巨人"。

　　历史如此无情。1815 年 6 月 18 日,在比利时滑铁卢镇爆发了一场改变欧洲历史进程的大决战,英国人威灵顿公爵统帅的欧洲联军击溃了不可一世的法国皇帝拿破仑。欧洲征服者野心勃勃地急于在远东扩大自己的影响和势力,又发动了鸦片战争,其结果使中国开始觉醒了。

毫无疑问,对于中国这个古老的东方之国,公元1840年是一个历史的拐点。

当英国人的炮舰把"天朝上国"打落至"谷底"时,其远隔万里波涛之遥的大不列颠岛国机器化生产已基本取代手工业生产。从某种意义上说,鸦片战争的实质,是西方工业文明对于东方固守"天不变,道亦不变"道统的一次剧烈冲撞,是新兴工业革命对传统农耕社会的一次野蛮征服。

此后的中国,亦步亦趋地进入灾难深重的半封建、半殖民地时期。面对"千年未有之变局"与"千年未遇之强敌",各式各样的救国方略乱花迷眼:资本主义、改良主义、自由主义、社会达尔文主义、无政府主义、实用主义、民粹主义、工团主义……自鸦片战争以降,洋务运动、戊戌变法、甲午海战、辛亥革命、抗日救亡,百年劫难百年抗争百年奋起,中华民族复兴之路充满了惊天地、泣鬼神的步履。

中国重新屹立于世界万邦之林,是毛泽东领导的血与火的民族独立和人民解放战争缔造了中华人民共和国;发轫于1978年的改革开放运动,邓小平以其大智慧大勇气,引领着中国这艘巨舰在惊涛巨浪中破浪前进,经济发展大步跨越,社会转型风云激荡,文化繁荣走向多元,一跃而成为世界第二大经济体,全球为之瞩目,世界为之震撼,开启了中华民族历史的新纪元。

归宗炎黄,溯源华夏,从兴盛到衰败,再到复兴与崛起,雄辩地证明了中华民族蕴涵着一种巨大的内生力量——这就是中华民族的同心力与生命力,其内核基因则是:兴国之魂,强国之魄。

正如学者柏杨在《中国人史纲》中所阐述的:"中国像一个巨大的立方体,在排山倒海的浪潮中,它会倾覆,但在浪潮退去后仍顽强地矗立在那里,以另一面正视世界,永不消失,永不沉没。"

三

历史演进让人们想起另一位英国历史学家阿诺德·汤因比。他提出的一道哲学命题,既理性回应了"李约瑟之谜",又令人信服地展示了不容置疑的前瞻性。

汤因比把世界历史划分为二十六种文明。他坚定地认为,应该把历史现象放到更大的范围内加以比较和考察——这种更大的范围就是"文明"。

面对一个饶有兴趣的设问:"如果再生为人,您愿意生在哪一个国家?"汤因比思索片刻,明确回答:"我愿意生在中国。"给出的理由是:"中国今后对于全人类的未来将起到非常重要的作用。"并阐明这是他对世界不同文明体系做了详尽的比较和研究、把中国置于全球演变的多维空间来评估之后所获得的审慎结论。

进化论人类学者达尔文也曾经讲过:"相对于其他文明,中华文明更具有典范意义。"

试想,当世界上五分之一的人口在现代化大道上迅跑;当中国成为"世界工厂",整个东部海岸线上那条"地理级"生产线源源不断地向全世界输出商品,打造了20世纪末叶21世纪初最耀眼的工业神话;当深圳、珠海、汕头、厦门四个老经济特区日新月异,带动着浦东、前海、横琴、南沙、环渤海经济圈、上海自贸区等一批新的经济板块连片成线;当中国人用短短三十多年的时间,全方位推进市场化、工业化、城市化及国际化进程,几乎走完了西方发达国家一百年、二百年乃至三百年所走过的历史;当中国体量快速增大,千真万确实现了"超英赶美";与此同时,经济实力的大幅飙升,又带动了军事实力与国际话语权的显著提升……毫无疑问,中国和平崛起,成为新世纪人类发展史上的标志性事件。

成功学上有一句话——成功与努力有关,成功更与选择有关。

毋庸置疑,20世纪末叶至21世纪初,中国社会转型获得巨大成功,既传承了古老的中华文明,又以开阔的胸襟拥抱当代世界,独步天下而风光无限。

新加坡前总理李光耀说:"今天,中国是世界上发展最快的发展中国家,其速度在五十年前是无法想象的,这是一个无人预料到的巨大转变。"并指称:"中国是按照自己的方式被世界接受的,而非作为西方社会的荣誉成员。"

当下,中国领导人规划的"国家治理体系和治理能力现代化"的顶层设计,以及"两个一百年""民族复兴"和

"中国梦"战略目标的提出,正是续接中国社会一百多年激越变革、激荡发展的壮阔历史,并朝更为宏伟瑰丽的目标——"第五个现代化"迈进。

五千年中华文明亦称"华夏文明","华夏皆谓中国。而谓之华夏者,夏,大也;言有礼仪之大,兼有文章之华也"。《战国策》云:"中国者,聪明睿知之所居也,万物财用之所聚也,贤圣之所教也,仁义之所施也,诗书礼乐之所用也。"故而,每当中华民族遭遇到困难、挫折,中华文明的基因总会凝聚起全民族的智慧和力量,去战胜千难万险。

中华民族形成的多元性与混合性,奠定了中华文明的开放性与包容性;中华文明源远流长也得益于其海纳百川、兼收并蓄、求同存异;中华文明乐于与其他民族的文明和谐相处,借鉴其他民族文明中的积极成分,并在与其他民族文明交流中,既增强对外域文明的理解,又提升对自身文明的认同。

历史已经证明:东方这头"沉睡的狮子"醒来了,并以"和平的、可亲的、文明的"姿态展示在世界面前——这正是对于"李约瑟之谜"的生动诠释。

(原载《人民日报》2014年10月16日第24版)

中国，东方的崛起

这是一个久远而深邃的梦——

人类自从步入文明时代的第一天起，世界各民族就共同执着地追求昌盛、繁荣、民主、自由、发达、富强……

故宫，这座宫殿巍峨，形制严整，左右铺陈，前后延伸，大小建筑物尊卑有序的紫禁城，既象征着五千年文明的辉煌，又象征着五千年文明的衰败。

古往今来，生生灭灭，中华民族曾撞响多少命运的晨钟！

一

这位被美国著名传记作家哈里森·索尔兹伯里称作"永远打不倒的小个子"——在那个狂躁迷乱的年代，当他一圈又一圈地踱步在江西省新建县这座小城的土坪上时，也许便开始了对未来岁月的深沉思索。

历史注定要他担当起中国这场伟大社会变革的总设

计师角色……

1980 年,当华夏民族还拖着沉重的尾巴,蹒跚地迈动它的脚步,他就明白无误地指出:"实行计划指导下的市场调节是场彻底革命。"

1984 年 10 月 10 日,他在会见联邦德国总理科尔时说:"我们把改革当做第二次革命。"

1985 年 3 月 28 日,在与来访的日本自民党副总裁二阶堂进会晤时,他又说:"改革是中国的第二次革命。"他进一步坚定地说:"我们必须这样做,尽管有风险。"

然而,任何社会的进步和发展,都是机遇与风险并存的!

时间上溯 26 年,那场席卷中国 960 万平方公里大地、震撼全球的史无前例的"革命"——早已成为历史烟尘了。

时至今日,40 岁以上的人们回首往事,仍痛感人生曾经历过一次可怕的梦魇;而现今的年轻人,则会觉得父兄辈们当年的举措不可理喻,以为那是一部 20 世纪 60 年代的"天方夜谭"。

"宁要社会主义的草,不要资本主义的苗。"——中国人确确实实曾在这种政治氛围下苦挨了漫长的十个年头。

整整十年,全球正刮起一股"科技革命"的飓风,第三产业经济插上了腾飞的翅膀;而中国的这场"革命",经济学家测算损失了 5000 个亿。

倘若说"文化大革命"有什么特殊"贡献"的话,就是把一切推到极端之后，终于使我们这个苦难深重的民族大彻大悟——

当经历了狂热、痴迷、磨难、痛苦、困惑、希望、疲惫、抗争，直至灵魂睁开眼睛的人们汇聚在天安门广场，泪水、怒火与热血一齐喷涌；

当噩梦醒来提蟹沽酒敲锣打鼓庆贺又一次解放的游行大军穿越北京长安大街；

当数万观众、运动员如醉如狂地起立欢呼，向首次出现在首都体育馆看台上的久违了的邓小平致意；

中国人才蓦然惊悟：原来准备走进一个房间，最终却走进了另一个房间！

自己把自己的锅碗瓢盆全砸碎了。

一片饥饿、焦渴、困惑的土地。

出路在哪里？

曙光在哪里？

希望在哪里？

历史长河，正是在一个旧秩序覆灭与新秩序诞生的空白地带，悄悄地异常迅猛地不可阻遏地选择突破口……

中国人做过多少次选择？

在这个星球上，也许没有比中华民族更期待发展，向往强盛的了！

中国——这个曾经雄视千古、令四海称臣的"天朝上国"，她的衰败只是近代的事。直至19世纪中叶，中国还是一个当之无愧的产品生产大国，工业产品占到全世界的

19.7%,仅仅稍逊于英伦三岛上那个号称"日不落国"19.9%的世界产品占有率,在全球位居第二。

百年离乱,百年屈辱,百年抗争。

自从 1840 年,英国的"远征军"驾着 20 艘炮舰轰开清王朝闭锁的国门;随后,西方列强对中国发动了大小数百次侵略战争,强加给中国人民 1100 多个不平等条约、协定和治外法权条款;掠去战争赔款和其他款项高达 1000 亿两白银;仅仅"庚子赔款"一项就掏空了清室 12 年的财政收入。

北京菜市口。

熙熙攘攘的人流早已淹没中国近代变革史上最为悲壮的一幕。

这座金碧灿然、栉风沐雨数百年的老中药店西鹤年堂,却是当年清代监斩官的休息处所。104 年前(光绪二十四年)的 9 月 28 日,谭嗣同等"戊戌六君子"就在这座店前慷慨赴死。"有心杀贼,无力回天,死得其所,快哉快哉!"——谭嗣同肝脑涂地发出的撼天动地的呼喊声犹然在耳……

距此百步之遥的北半截胡同 41 号,为当年的浏阳会馆,亦即谭嗣同居室"莽苍苍斋";往东,米市胡同 43 号,则是当年的南海会馆,一代名儒康有为的书斋"汗漫舫"即坐落于此。菜市口北达智桥胡同 12 号内的"谏草堂",明代杨继盛曾在此写下弹劾严嵩"十大罪"奏章,康有为又借这块宝地召集千余名来京应考的举人,笔走龙蛇写就名垂青史的万言《上皇帝书》——史称"公车上书"。

震撼朝野的戊戌变法失败后，光绪帝被囚于中南海瀛台的涵元殿，殿西室刻有一对楹联："于此间得少佳趣，亦足以畅叙幽情。"恰成深刻的历史嘲讽。

于是，虽有一代又一代仁人志士前仆后继、自强不息——由黄河文明孕育的华夏民族，却一如有着狮鬃般大胡子的卡尔·马克思所形容的："一个用酒精浸泡着的封建胎儿，仍然在瓶子里装着……"

毛泽东——无疑是中国现代史上最具传奇色彩的人物了。

这个来自韶山冲的乡村教书先生，对于中国国情的了解，犹如农民对于土地的了解——他所领导的艰苦卓绝的革命，无论历史规模和社会内涵，都为这个孱弱的东方民族注入了勃勃生机。

一位西方观察家曾经善意地指出：如果中国利用共产党和毛泽东的崇高威望，1952年搞计划生育，1954年搞生态保护，1956年开始经济改革，60年代进行政治改革，那么，中国今天能够达到的综合经济指标，将会是目前的9倍。

历史不是"如果"链，而是一条因果相涌的长河。

毛泽东跳下战马接管战争重创后的江山时，蒋介石已先期将国库中的黄金475.5万两、银元1640万元、美钞1537万元分别劫运去台湾或美国。

一片废墟，百业待举。

迅速恢复生产,医治战争创伤。新中国所进行的大规模经济建设,其成就有目共睹。

有时,一组枯燥的数字更具有诗的韵味。新中国与旧中国对比:钢产量增长 64 倍,煤产量增长 16 倍,原油产量增长 428 倍,水泥产量增长 92 倍,发电量增长 91 倍,粮食产量增长 2.6 倍,棉花产量增长 4.9 倍,水产品产量增长 7.1 倍,工农业总产值增长 51 倍。

任何经济现象的考察,都离不开对其所处的社会、政治、历史背景的考察——

由于世界东西方冷战的长期对峙格局,中国经济的发展思路,无可选择地纳入了苏联高度集中的计划经济模式,这一模式植根于中国这块浸染着小农生产思想的土壤,很快便消融了新中国成立之初极为短暂的勃勃生机;

由于成就的取得,头脑发热,急于求成,发动"大跃进",组建"人民公社",期望"跑步进入共产主义"……人为地强行变革生产关系,导致生产力的大滑坡;

由于人口的迅速增长,中国的经济建设背上了沉重的负担……

1961 年,来华访问的英国蒙哥马利元帅曾由衷地对毛泽东说:"再过 50 年,你们就了不起了。"

此刻的毛泽东颇为冷静地答道:"在中国,50 年不行,会要 100 年,或者更长的时间……"

身处领导层中枢的邓小平,则以实事求是的勇气尖锐地指出:"中国社会实际上从 1958 年开始到 1978 年 20 年时间内,长期处于停滞和徘徊的状态……"

中国的改革伟业,是以气势雄浑的思想解放运动为先导的。

1978年5月11日,《光明日报》刊载特约评论员文章《实践是检验真理的唯一标准》,率先向"两个凡是"的思想禁区发起攻击,从而引发了一场波及全国上至高层政要下至黎民百姓的大讨论。这场讨论毋庸置疑地预示了一个新时代的开启与一个旧时代的退隐。

为"四五"天安门运动正名;为张志新、遇罗克烈士平反昭雪;对"文化大革命"彻底拨乱反正……一场民族的大反思,孕育着整个民族的大飞跃。

1978年12月18日,中国共产党里程碑式的十一届三中全会的召开——完成了指导思想从剑拔弩张的"以阶级斗争为纲"到以经济建设为中心的战略大转移,从而揭开了中国这场伟大社会变革的序幕!

邓小平曾多次向来华访问的外国元首描述中国改革的宏伟蓝图:"中国的发展战略分三步走。第一步,用十年左右的时间使国民经济翻一番;第二步,再用十年左右的时间,到本世纪末,人均国民生产总值再翻一番,达到一千美元,步入小康社会;而后呢,再用五十年时间,达到中等发达国家的水平,使整个国家的面貌发生根本性变化。"

1980年8月21日,邓小平接受意大利著名女记者法拉奇的采访时,进一步阐述了走有中国特色的社会主义道路的决心。

从这位伟人的口中,有几个信息,立即引起了全世界的广泛关注:

——天安门城楼上的毛主席像,要永远保留下去。

——对毛泽东的评价,第一他是有功的,第二才是过。

——中国要搞"四个现代化"。

——共产主义从来都承认个人利益。

——社会主义是共产主义的第一阶段。

"改革"的含义就这样越来越明晰了——它的根本宗旨就是解放和发展生产力,促进经济腾飞,人民富足,国家强盛!

大型传记故事片《周恩来》,其中一组感人至深的镜头,给广大观众留下了铭心刻骨的印象:1975年1月13日,即将走到生命尽头的周总理,强撑病体走出北京医院,驱车来到人民大会堂向出席全国人大四届一次会议的代表们作《政府工作报告》,首次提出"在本世纪内,全面实现农业、工业、国防和科学技术现代化,使我国国民经济走在世界的前列"。出席会议的2864位代表噙着热泪,报以雷鸣般的掌声。

这是人民的心声,共和国的心声,中华民族的心声!

先驱、英烈们长达一个多世纪的探索苦斗,新中国近30年的曲折反复,时至20世纪70年代末期,中国共产党人终于牢牢把握住了一次极其宝贵的发展机会——舍此,任何书本上的规定或外国的模式,都无助于这个拥有十多

亿人口、广袤领土、底子薄弱且情况复杂的东方大国踏上
现代化之坦途!

毛泽东、周恩来所预言的宏伟前景,正由他们的继任
者邓小平以大无畏的气魄付诸实践。

纵观一部中华民族的兴衰史,邓小平是作为民族英雄
站在时代潮头的!

任何社会变革运动都是多层次推进的——

最低层次的变革,是生产工具的变革:农民从使用镢
头到使用拖拉机;李鸿章发动"洋务运动"引入洋人的坚
船利炮;包括人类发展史上由旧石器时代进入到新石器时
代,都属于这一范畴的变革。

中层次的变革,是管理手段和管理方式的变革,它是
现代化经济运作的枢纽。

最高层次的变革,则是观念形态的变革,也即人的现
代化——它所包容的内核将释放出惊心动魄的冲击力。

社会变革运动的全部艰辛,都表现在旧意识形态的法
庭对新经济秩序的审判上!

社会变革运动的恢宏,必然预示着民族精神的高扬。

如果说,上一个世纪,一个幽灵——共产主义的幽灵
曾在欧洲大陆游荡,那么,在改革的潮流以其澎湃的潮头
席卷全球的今天,中国已经发动的现代化进程,更具有划
时代的进步性与不可逆性。

多次来华考察的法兰西学院院士佩雷菲特,以其独具
的慧眼指出,中国的改革"将对世界命运发生重大影响"。

关山万重——人民共和国的改革列车，在心理、思想与理论日臻成熟的轨道上奔驰。

中国人的目光越过历史的峰峦，正苦苦探寻他们脚下的路……

二

土地——人类伟大的母亲。

在这个地球上，也许没有任何一种崇拜比中国农民对土地的崇拜更虔诚的了。

延续了几千年的黄河文明和农耕文化孕育的小农经济生产模式，有如脐带一样将中国农民和土地紧紧地扭结在一起。

中国历代农民起义和农民战争次数之多、规模之大、时间之长，都堪称世界之冠。究其缘由，大抵不是别的什么，正是土地使然。

中国是一个农业大国——纵且有一天工业文明占据了这块黄土地，也依然替代不了农业维系国家之命脉的地位。

农业的成败，无疑是社会稳定与发展的第一要素。

后世史学家们也许会评述：是饥饿引发了今日中国这一场深刻而又复杂的伟大社会变革……

场面颇有"壮士一去兮不复还"的悲怆——

1978 年 12 月 18 日，安徽省凤阳县梨园公社小岗生产队,队长严宏昌把 18 户农家召集到一块儿。他神色凝重、悲愁:"俺们得自己救活自己","把土地分了"……他们一起对天盟誓,立下了这份契约:

"我们分田到户,每户户主签字盖章,如今后能干好,每户保证完成全年上缴的公粮,不再向国家伸手要钱要粮。如不行,我们干部坐牢杀头也甘心,大家社员们保证把我们的小孩养活到 18 岁。"

21 个长年累月在土里刨食却不得温饱的庄稼汉,义无反顾地含着眼泪按下了鲜红鲜红的手指印——日后珍藏在中国历史博物馆的这一纸皱巴巴的"契约",当之无愧地成了中国农民告别饥饿的宣言书。

也许是历史的巧合——就在这些庄稼汉们按下手指印的同一天,正是中国共产党第十一届三中全会在北京人民大会堂隆重开幕的日子。

没有土地的耕耘,哪来丰收的喜悦;没有实践的检验,哪有真理的标准——犹如枯树要发芽、古莲要开花,中国共产党人终于揭示了民族昌隆发达的大深奥。

更值得后世历史学家们探寻的一个社会现象是:在关乎国运昌盛的严峻关口,是中国最高层的政治家和最底层的农民们,共同翻开了历史新的一页!

邓小平的话意味深长:"不管天下发生什么事,只要人民吃饱肚子,一切就好办了!"

然而,历史沿袭的惰性力量是巨大的。

1979 年春,正是局势犬牙交错时期。安徽滁州地区

　　一位县委书记，每天清晨必怀揣一小收音机，一字不漏地收听中央人民广播电台的《新闻与报纸摘要》节目。一日，当他得知《人民日报》头版头条发表"读者来信"，严厉指责农村"包产到户"是一股危险的资本主义复辟倒退时，急如星火地赶往省城找到了时任安徽省委书记的万里。

　　万里心中也揣着一本账：1978年，凤阳县逃荒要饭的人由六七千人猛增到二三万人，几年内全县农村人口骤减了10万人。被穷困压得直不起腰来的小岗生产队，1978年这个队打下的粮食只有1955年的三分之一，76人离乡逃荒要饭。这种状况并非凤阳仅有，在安徽全省，到处都可以看到拿着介绍信外出讨饭的饥民……

　　当时的中国，有二亿多农民吃不饱饭。

　　于是，万里情急之下的一段讲话，成了农村改革之艰难的著名佐证："报纸不种田，报纸不打粮，到了秋后农民没饭吃，可要找我们哩。别理那一套，我们照干……"

　　农民要种田，种田要吃饱饭，这是1+1＝2的最简单的道理。但在1979年，却成为一个举国上下反复争论不休的严重政治问题。

　　邓小平坦率地指出："在没有改革以前，大多数农民是处在非常贫困的状况，衣食住行都非常困难。"他又说："中国经济能不能发展，首先要看农村能不能发展。"

　　今天，当我们来谈论农村大包干的成就时，会显得轻松且惬意。然而在当年，中国农民要迈过这道高高的历史门槛是多么不容易啊!

农村生产责任制的试验,先后在安徽省凤阳县和四川省广汉县取得了成功。

1979年,广泛流传于凤阳农村的一首顺口溜,最为生动、形象地表述了农民们喜不自禁的心绪:"大包干,大包干,直来直去不拐弯,交够国家的,留足集体的,剩下都是自己的。"

十年内乱,四川广汉县田畴不事稼穑,外地人只需用几十斤粮票就可以换走当地的一个大姑娘。广汉人以对饥饿最痛切的体尝和最果敢的实践勇气,在丰腴的土地上成为全国第一个用"包产到组"的形式种地的县。

1980年4月,当广汉县向阳镇率先摘下"人民公社"的牌子,将摊子一分为三——乡党委、乡政府、农工商总公司时,马上成为震动全中国乃至全世界的爆炸性新闻。

这一举动无情地宣告了"三级所有、队为基础"的大锅饭体制在中国农村的寿终正寝。其后不久,中国农村被取消了20多年的乡、村政权机构得以恢复,它适应了新的生产形式的需要。

农村改革的潜流,日益在峡谷冲撞中迸发出巨大的诱惑力——

安徽、四川、贵州等地包产到户、包产到组的办法以最快的速度在全国传播并实施起来。

到1984年,中国广大农村569万个生产队实行了各种形式的生产责任制;落实联产承包的农户达到18397.9

万户,占总农户的 96.6%。

从凤阳小岗一个队到全中国的 500 多万个队,短短六年时间,中国农民的前进步伐引起了全世界的注目。

从 1982 年至 1986 年,中共中央连续五年下达"一号文件",向全国八亿农民郑重宣告:"农村联产承包责任制和农户家庭经营长期不变。"

土地是最容不得糊弄的——荒芜了就荒芜了,耕耘了就耕耘了。

一旦像农民尊重土地一样地尊重了农民,广袤的田野上便收获了顺应生产规律的硕果。

正是这一年,中国粮食生产创造了中国农业发展史上最为辉煌的纪录:全国粮食总产量高达 4200 亿公斤,人均粮食达到 400 公斤,第一次跃上世界平均水平;棉花人均占有量则超出世界平均水平。

六年前,邓小平就曾预言:"一个生产队有了经营自主权,一小块地没有种上东西,一小片水面没有被利用起来搞养殖业,社员和干部就要睡不着觉,就要开动脑筋想办法。全国几百万个生产队都开动脑筋想办法,能够增加多少财富啊!"

农村经济改革这步棋,真正显示出中国政治家们懂透了中国农村。

至此,中国人有资格豪迈地向全世界宣告:"一个饥饿的时代基本结束了!"

随着1985年新年钟声的敲响，中国农村改革的第二道帷幕被拉开了。

中央适时提出"无农不稳，无工不富，无商不活"的战略构思。

商品经济大潮首先在中国广大乡村冲决了千百年来森严壁垒、自我封闭的堤坝。

农村生产责任制的迅猛推广，有力地证明了它是现阶段发展中国农村经济的一种十分有效的形式。它消除了原有合作经济体制中的各种弊端，极大地解放了农民们长期受压抑的生产积极性和生产潜力，促使农业开始从自给半自给的小生产模式向大规模商品生产转化，从传统农业向现代大农业转化。

随之，大量剩余劳动力和剩余资金的涌现，刺激农村的多种经营迅速崛起：兼业户、专业户、重点户等如同雨后春笋遍布乡村城镇。"面朝黄土背朝天"的农民们，终于开始挣脱"黄土地"的束缚。

这是中国农村发展道路上继土地经营权改变之后，向产业经营权冲击的又一次重大拓展！

农工商协调进步，第一、第二、第三产业共同发展，在自然经济向商品经济转化的进程中，乡镇企业当之无愧地唱起了"主角"。

1988年，乡镇企业总产值达到6495亿元，相当于1978年的全国社会总产值——这意味着在农村改革兴起的十年间，乡镇企业走完了新中国30年所走过的漫长路程。

这是不亚于 1984 年粮食大丰收的辉煌。

这是奔涌于希望田野上的第二个大潮头。

从几千年刀耕火种的黄土地上萌生一个工业文明——这是 20 世纪 80 年代兴起于中国乡村的一场惊世骇俗的产业革命——她分娩出了一个中国的"第二工业"。

300 年前,英国为完成它的资本原始积累,曾野蛮地将农民们驱赶出家园。而今日中国,亿万农民却豪迈地义无反顾地从乡间汇入了工业化的洪流。

中国的农民是幸运的——他们第一次成为商品经济大海中的弄潮儿……

改革不容易,与改革共命运的农民企业家们更不容易。

让我们来观赏一组已成为笑谈的历史镜头——

卢志民,吉林省四平市红嘴子农工商联合公司总经理,一个看上去十分普通的农村青年。

有一次,他乘坐的小轿车被交通警察拦住。

"谁的车?"

"我的。"

"你啥级别?"

"没级别,我是农民。"

"农民?农民坐啥车!"警察毫不客气地摘走了车牌。

卢志民确实没有级别。然而,他游刃有余地指挥着一个固定资产 3500 万元、年产值达 4000 万元的乡镇企业。

乡镇企业有如一个没爹没娘的野孩子,缺少资金,缺少设备,缺少原材料,缺少高科技……却在广大农村奇迹般地成长起来了。

它顽强的生命力,包容在自身所拥有的优势上——

东莞模式——"三来一补"加工型的乡镇企业发展道路。凭借调整农业结构,发展农副产品深加工业,对于中国绝大多数农村地区具有普遍的参照意义,是一条必由之路。

东莞市 1990 年与 1978 年相比,经济综合指标年均增长 21%,农村人均收入从 193 元提高到 1359 元,大大高于全国和广东全省人均收入水平,全市 80% 的农户盖起了款式新颖的楼房。

温州模式——靠商业活动起家并逐步发展为依托外地市场如工业的乡镇企业道路,摆脱了当地资源的限制,突破了地域性商业周转的范围,与全国性的市场形成网状结构,对于促进城乡商品流通发挥了不可低估的桥梁作用。

被誉为"东方第一大纽扣市场"的温州永嘉县桥头镇,1979 年由一位弹棉匠从外地买回一批处理纽扣在镇上摆起第一个纽扣摊,一年之后,镇上卖纽扣的摊点发展到 100 多家;迄至今日,全镇已有 800 多个纽扣店、摊,全国 300 多家纽扣厂生产的 1700 多个品种的纽扣在这里均有销售。每天,除市面上有 5000 多人从事经营外,还有

9000 多人在外跑采购和销售,组成了遍布全国 30 个省、市、自治区的流通网络,仅镇邮局每天收到的汇款单就多达 10 万元。商品的流通又极大地刺激了产品的开发,纽扣生产厂家也如雨后野蘑菇般从这片土地上冒出来。

苏南模式——吸收沪宁一线大城市技术力量发展的乡镇企业道路。由于历史渊源,大批城市科技人员和熟练工人下放在这些乡镇,他们适逢改革盛世,成为农村商品经济大潮中呼风唤雨的人物,这是一条城乡工业协作发展的新路子。

声震全国的"丝绸之乡"苏州市吴江县盛泽乡,凭借雄厚的纺织技术力量,丝绸产品远销至东南亚、欧美各国;全国最大的丝织品交易市场也设于此,年产值逾 10 亿元。著名社会学家费孝通赞曰:"日出万绸,衣被天下。"

依托科技进步走入"全国十佳乡镇"行列的福州市洪山乡,1990 年的社会总产值达到 4.2 亿元,比改革前的 1978 年增长了 46 倍。

1987 年,属于农民的乡镇企业,总产值首次超过农业。

1990 年,乡镇企业出口创汇达 130 亿美元,占全国出口创汇总量的 23.8%。

时至今日,乡镇企业发展到 2000 多万家,亦工亦农的工人超出 1 亿人。乡镇企业创造的产值在全国社会总产值比重中,已三分天下有其一。

什么是中国特色的社会主义?从某种意义上讲,就是如何消化十多亿人口的沉重包袱。当今世界，发展中国家常常为经济起飞带来的城市人口膨胀和种种城市病而头痛不已。中国乡镇企业的崛起，乡村城市化的大趋势，则表明从马克思到列宁到毛泽东多少共产党人梦寐以求消灭城乡差别的美好愿望，今天在中国大地上已开始闪现出一抹亮丽的曙光！

无边落木萧萧下，不尽长江滚滚来。

中央有关部门曾通过分布在全国30个省、市、自治区的近300个农村固定观察点，对10938家农户逐户进行了问卷调查。调查结果是令人欣慰的——

87.4%的农户对农村改革感到满意，0.8%的农户持"不满意"的态度。在满意的农户中，90.4%的农户回答，满意的是"生产有了自主权"；57.2%的农户回答，满意的是"感到比较自由了"；51.5%的农户回答，满意的是"集市贸易活跃，买卖方便"……

从自然经济过渡到商品经济，它不仅仅是一个经济过程、一个社会过程，还是一个农民自主意识日益觉醒的过程——邓小平深刻论证了这一"过程"的全部含义，他指出："这几年进行的农村改革，是一种带革命意义的改革！"

一位市长的话则形象地预示了一种壮阔的前景："农村经济改革的总体构想是党中央作出的。但是，当亿万农民参与其中并得到了实惠，从而变成广大人民群众的自觉行为时，就汇成了一股不可逆转的时代大潮……"

　　毫无疑问,农村改革的飓风,已越来越猛烈地摇撼共和国大厦的窗棂,必将大气磅礴地推动中华民族迈上现代化的征程……

三

　　在人类发展史上,国家的出现是以城堡为标志的。

　　城市的诞生——象征着人类步入了一个全新的文明时代。

　　毫无疑问,城市是人类聚集的产物,当人们不断涌入城市,这种空间实体便拥有了巨大的能量。

　　城市集政治、经济、军事、法律、宗教、文化、教育、科技、外交于一身,是生产关系最完整最集中的体现。

　　从某种意义上说,城市——是一个国家或民族总体形象的窗口。

　　这些气势恢宏、耸立云霄的高楼大厦,无疑是现代社会经济运作的中枢神经。

　　这里集结着共和国 80% 以上的财富。

　　每一道门槛,第一枚图章,乃至每一纸指令、计划、报表、分析,都如同大山一般威严,不容置疑地操纵和指挥着华夏民族这部庞大经济机组的运行。

　　然而,这部机组出现了局部锈死。

　　作为中国改革开放总设计师的邓小平,在农村改革取得突破性进展之后,他睿智的目光又瞄准了城市:"改革要从农村转到城市!"

匈牙利著名经济学家亚诺什·科尔内有一句名言：
"理解现实总是准备变革的第一步！"

旧体制的弊端在哪里呢？

通过指令性计划分配资金、物资，以及多层结构的行政管理，是我国传统经济管理体制的两大支柱——这种体制的根本缺陷在于，排斥、限制市场机制，漠视商品生产和价值规律在经济活动中的巨大作用，因而窒息了社会主义企业原本应有的活力与生机。

让我们来讲述一段令人啼笑皆非的往事：一家每年接受国家1000万元巨额亏损补贴的大型企业，向上级主管部门递交报告，要求将1000万元补贴款先期下拨，进行设备更新和技术改造，保证当年扭亏，次年盈利。答复是：要把在年底拨给的补贴款提前到年初拨给，整套周密的计划就被打乱了，你们还是按原计划在每年年底照领1000万元亏损补贴算了。

似乎是一则"黑色幽默"。

可悲的是，在传统产品经济模式中，这种嗷嗷待哺、患"亏损贫血症"的企业俯拾皆是。

显然，一种惰性的病毒已侵入肌体的骨髓……

历史不容等待。

北京，终于拉开了大幕——

1984年10月20日，一个将在今后相当长时期内深刻影响和改变城市市民生活的日子——在党的十二届三中全会上,《中共中央关于经济体制改革的决定》正式出台了。

邓小平以战略家的口吻告诫全党:"城市经济体制改革的主要目标是使社会主义企业和生产单位具有充分的活力。"

突破第一道坚冰的壮阔,也许已成为历史的陈迹。

1979 年,以四川国棉一厂、天津自行车厂、上海柴油机厂等八家企业为发端,实行扩大企业经营自主权的试点改革。

同年 7 月 13 日,国务院颁发了《关于扩大国营工业企业经营管理自主权的若干规定》等五个文件;年底,全国试点企业扩大到 4200 家;次年,又发展到 6600 多家。

旗开得胜——无疑为中国的城市经济体制改革在一片乱草丛中踏出了一条新路。

让利放权,给企业"松绑"——成为城市经济体制改革最初的出发点。

当产品经济向商品经济过渡的转轨变型时期,最初的突破所焕发出来的冲击力和诱惑力都是巨大的。

沙市、常州、重庆、潍坊先后成为综合改革的试点城市。根据各自不同的特点,在生产、流通、分配、金融、科技、劳动组合、劳动工资以及政府机构职能等各个方面进行改革尝试。

敞开大门,横向经济联合打破了长期闭锁的部门(即"条条")与地区(即"块块")分割,企业开始按照经济利益来选择合作伙伴。

过去鲜为人知的厂长、经理们，成为频频曝光在社会大舞台上的风云人物——改革者被人们赞誉为时代的新星。

改革——是勇敢者的事业！

历史往往有惊人的相似之处：兴起于80年代的中国经济体制改革态势，重又呈现出20年代中国民主革命所开辟的道路——农村包围城市。

将农村的"包"字请进城。

首都钢铁联合总公司率先进行了"上缴利润递增包干"试点，成为全国最早实行承包经营责任制的国营大型企业。承包六年，上缴利税累计达70多亿元，平均每年递增20％。

"承包为本"四个大字，不仅对首钢，对钢铁行业，而且对其他各个行业的企业都提供了成功的经验。

到1988年，全国93％的大中型企业实行了下述多种不同形式的承包经营责任制：两保一挂；上缴利润递增包干；上缴利润基数包干，超数分成；缴利亏损企业利润包干或亏损包干；行业投入产出包干等。

实行承包经营，责、权、利关系十分明确，从而改变了企业吃国家"大锅饭"的状况，使企业由行政机关的附属物变为相对独立的经济实体；同时，改变了职工吃企业"大锅饭"的状况，激发了广大职工主人翁的责任感。

人们也许还记得《人民日报》刊载的一幅妙趣横生的

漫画;西方资本家亏损了50万元,急得要跳楼;中国的一位厂长亏损了100万元,却可以说句极轻松极时髦的话:"交了学费嘛!"

时隔不久,中国人却从电视荧屏上看到了全国人大常委会几度审议《企业破产法》时异常激烈争辩的镜头:作为法人代表的厂长们赞同《企业破产法》,但强烈要求自主经营,抗拒"婆婆们"无所不在的行政干预;工人们同样赞同《企业破产法》,但强烈要求真正成为企业的主人,有权自己选择厂长,当然厂长也有权选择工人。

显然,厂长们和工人们全都不再感到轻松——长期吃惯了"大锅饭"、端惯了"铁饭碗"的中国人终于吃惊地发现:那些经营不善、连年亏损的企业真的纷纷破产、倒闭,或被兼并了!

一位美联社记者在采访了东北某个城市之后,为《纽约时报》撰写了一篇题为《为了经济利益,市长几乎出租了整个城市》的报道。这座被美国人称作"出租了的城市"就是辽宁省阜新市。阜新号称"煤电之城"。然而,在1986年,当辽宁省的工业企业人均留利已经达到600至700元时,阜新还不到200元;省里每年给予阜新的财政补贴多达8000万元,全市98%的企业是小企业,阜新人自己戏称为"一小二穷三不活"。1987年春,市长决心对城市进行大面积租赁,全市1264家工商企业租赁了911户,整个城市顿然活了起来。

北京市百货商店试行将柜台出租给乡镇企业或个体

户经营。仅西单商场就出租了30%的柜台。

在全国，租赁很快就遍及25个省、市、自治区，将近5000家中小企业实行了租赁制。

租赁经营比承包经营更进一步斩断了政府与企业之间千丝万缕的行政、经济关系，使企业自然而然成为独立的商品生产者和经营者；另一方面，租赁经营更直接体现了全体职工在企业的主体地位和主人翁地位。

1979年6月25日，《人民日报》曾刊出一则四川宁江机床厂承接国内外订货的广告。这是中国的第一张生产资料"广告"。它印在报纸上悄然无声，却具有一种爆炸力——它发出庄严的宣告：生产资料也是商品。一石激起千重浪，为此，《人民日报》和《机械周报》专门组织了一场激烈的论战。

七年之后，奔驰在古蜀道上的列车车厢里，一位30出头的中国社会科学院经济学所的硕士生，正与年长的共和国的总理侃侃而谈——年轻的硕士颇有见识地提出了"资产经营责任制"的新构想：关键问题不在于公有制，而在于国家怎么管理，怎么运作？

两权分离：企业所有权与企业经营权分离——一个改革新思维，就这样在车轮与铁轨的撞击声中诞生了！

东北工业重镇沈阳市率先推出资产经营责任制试点，面向全国公开招标。几天之内，209名投标者前往竞争。继而，几千名投标者以同等形式角逐全国100多家企业。中标的厂长、经理们必须拿出自己家中的彩电、冰箱、录像机和全部存款,作为风险抵押。

承包、租赁、股份、资产经营责任制,以各自不同的切入点进入城市经济体制改革领域——探索着我国所有制形式的变革。

一个以公有制为主体的多种经济成分并存的局面开始形成。

据1990年的统计资料表明:在工业总产值中,全民占56.0%,集体占35.4%,个体、私营、"三资"企业等占8.6%。

邓小平在与外宾谈话时多次指出:"要发展生产力,光靠过去的经济体制不能解决问题",要"计划经济和市场调节相结合,进行一系列的体制改革"。

城市经济体制改革千头万绪,牵一发而动全身,它远没有农村改革之初那么简捷,那么便当,那么一帆风顺。

1983年开始的价格体系改革一直使我们进退维谷。价格不反映价值,使企业无法在同一起跑线上进行公平竞争。初期的价格"双轨制"所带来的活力,随着原材料短缺和供需之间日益加大的缺口而越来越暴露出一系列的弊病:流通体系的混乱,"官倒"的层层盘剥,致使承包企业叫苦不迭。

物价飞涨与分配领域中的"脑体倒挂"现象,一度成了人们最为关注的两大社会热点。

国内外的经济学家们早有共识:物价改革"闯关"是关系到中国经济体制改革成败的关键一着棋,不"闯关"

不行，"闯关"则风险大矣！

好比进行一项大规模的旧城拆迁工程，若干年后市民们即可望搬入宽敞、漂亮的新宅；然而，在拆迁期间，市民们则不得不暂时去住简陋的工棚——这就是改革的"阵痛"，也即改革设计者们所担忧的"群众承受能力"。

1988 年，龙年。老百姓说："龙年主凶。"

中国的改革大船驶入这段航道时，果然遇上了狂风大浪，船体骤然摇荡，船上的中国人不约而同地发出惊问："怎么回事？"

银行及各储蓄所柜台前突击提款的人流排成了长龙；

从改革中刚刚得到一些实惠，收入刚刚增多了一点的中国消费者们，敏感地意识到货币在贬值，匆忙丢下手中的工作，离开生产岗位，盲目地冲向以短缺商品为背景的市场，抢购家具、家用电器，直至搪瓷器皿、被单、被面、衣物、食盐、肥皂、火柴、铁锅……

上海、北京、天津、西安、沈阳……从城市到乡村相继发生全民"抢购风"。

终于拉响了经济紧缩的警报！

1988 年 8 月 30 日，国务院紧急召开第二十次总理办公会议，作出一系列做好物价工作和稳定市场的重要决定。四十多项"条例""办法""法规""决定""通知"从国家最高行政机关，颁发到了中国的每一个省、每一个市、每一个县、每一个乡、每一个企业……

中国的市场从癫狂状态中渐渐地平稳了下来，从迷乱中冷静下来的中国人开始了沉重而深刻的反思。

1988 年 9 月 26 日,中国共产党第十三届三中全会在北京开幕,会议果断提出了"治理经济环境,整顿经济秩序"的战略决策!

风云变幻的 1989 年。

由于长期累积的基本建设战线投资过大、消费基金持续上升、社会供求总量矛盾和结构性矛盾失衡所导致的"通货膨胀",很快让中国人吃到了"苦头"。

一个集体无意识现象——市场疲软——却并非生产过剩。

人们积聚货币而不购物,全国个人储蓄存款余额高达8000 亿元,手持现金近 2000 亿元;商场资金周转困难,忍痛大减价、大甩卖;厂家生产的产成品大量库存积压,截至1990 年 6 月底,工业品积滞总值达 2500 亿元,每天仍有 2亿元的滞销产品源源不断地运入仓库;一大批工厂、企业被迫半停产或停产;上千亿元的"三角债"链条越勒越紧,生产效益持续下跌,发展速度连续出现负增长……

国家经济形势异常严峻。

经济学家们和政治家们同时感到了震惊!

风风雨雨,备尝艰辛。

经过近三年花大力气调整产业结构,启动市场,治理整顿工作取得了阶段性成果:有效地遏止住了"通货膨胀",物价上涨指数大幅度回落(基本控制在 6.0%左右);

农业连年丰收；维持了总供给与总需求的基本平衡；经济、政治、社会日趋稳定，为进一步深化改革、扩大开放创造了宏观环境。

然而，现实面临的困难仍是令人揪心的——

企业实现利润下降，产成品库存量继续增大，"三角债"前清后欠，经济效益下降趋势尚未扭转。

部分地区财政减收，加之1991年夏季特大洪涝灾害所造成的巨额损失（直接经济损失达800亿元），导致赤字扩大，国家财政困难增加。

一些主要经济关系尚没有理顺，国民收入分配过多地向个人倾斜，国家财政收入在国民收入的比重和中央财政收入在整个国家财政收入中的比重偏低。

全部问题的症结都与国营大中型企业活力不强、效益不高直接相关联。

邓小平胸怀坦荡地指出："搞改革完全是一件新的事情，难免会犯错误，但是我们不能怕，不能因噎废食，不能停步不前。"

增强全民所有制企业尤其是大中型企业的活力，始终是整个城市经济体制改革的中心环节。

1991年9月23日至9月27日，中国共产党中央委员会在北京召开工作会议。会议要求把增强大中型企业活力和提高经济效益，摆到突出的位置上来。

1991年10月10日，中共中央在中南海怀仁堂邀请各民主党派领袖、社会名流举行座谈，广泛、虚心听取各界意见,集思广益,共同为搞活国有大中型企业献计献策。

城市经济体制改革的下一步路向:转换经营机制,将企业推向市场。

城市经济体制改革的总体目标:逐步建立起有计划商品经济新体制的基本框架。

中国的改革已经走过13个年头。

改革之艰难自不待言。

旧经济体制的败叶虽被纷纷摇落,但堤坝尚未最后冲决;新经济体制的芽苞已绽开枝头,但大厦尚未拔地而起——中国的经济改革大潮,正是在两座山峰的峡谷间奔湍飞泻。

中国人可以引为自豪的是,"坚冰已经打破,航道已经开通——我们面对东方文明古国可以喊一声:这是'曙光漫上天际时大地的骚动'……"

四

一百多年前,卡尔·马克思曾以他犀利的思想和智慧的语言诊断:"由于开拓了世界市场,使一切国家的生产和消费都成为世界性的了。"

其实,任何一个民族的生存发展史,无不包容了世界各民族文明的相互渗透。

中国历史上独领风骚的雄汉盛唐,就是以其宽阔的襟怀,去拥抱古印度文明、古巴比伦文明以及地中海文明的。

始自公元前2世纪,出西域、叩中亚、穿越大漠洪荒,直抵地中海东岸长达 7000 公里、历千余年而不衰的"丝绸之路"，无疑是古代和中世纪连接人类东西方两大文明的无与伦比的纽带。

遗憾的是，从清朝康熙年间至鸦片战争，中国长达200 余年的闭关锁国，结果导致愚昧落后。

当今世界，是经济生活国际化的开放型世界。

面对世界政治经济新格局，邓小平科学地阐述："实现现代化总是要依靠各国人民之间的相互激励，做到取长补短，相得益彰。"他告诫国人："中国的发展离不开世界！"

于是，20 世纪 70 年代末期，中国——这个东方文明古国再度推开了尘封网结的窗门，去延揽八面来风……

深圳文锦渡——多么忙碌的海关。

中国改革的试验场通过这一"关口"，顿然变得五彩缤纷，气象万千。

打开国门，中国的改革与开放呈现出跳跃式发展的态势——

早在 1978 年 9 月，邓小平就明确地指出："要同一些资本主义国家发展经济贸易关系，甚至引进外资、合资经营。"同年 12 月，他又进一步强调说："应该集中力量制定各种必要的法律……如外国人投资法等等。"

次年，当《中外合资经营企业法》正式颁布的第二天，香港《南华早报》就撰文评论道："这一法律从某种意义上说,在人民共和国的历史上迈出了革命性的一步……"

1979年7月15日,中共中央、国务院迅速批转了广东、福建两省《关于对外经济活动实行特殊政策和灵活措施的报告》,确定创办深圳、珠海、汕头、厦门等四个经济特区,这是对外开放的果敢的战略性决策。

与香港一河相隔的边陲小镇深圳,在短短的几年时间内,便在荒滩野岭耸立起一座繁华并不亚于港岛的现代化工商业城市。深圳"拓荒牛"们创造了著名的"深圳速度",连颇挑剔的日本商人也心悦诚服地赞叹:"这种近乎天方夜谭的速度是领风骚于青史的。"

1984年3月26日至4月6日,中共中央书记处和国务院联合召开沿海部分城市座谈会,会议决定进一步开放大连、秦皇岛、天津、烟台、青岛、连云港、南通、上海、宁波、温州、福州、广州、湛江、北海等14个港口城市,从而形成我国对外开放的前沿经济带——掀起了对外开放的第一个高潮。

1985年2月,开辟长江三角洲、珠江三角洲和闽南漳、泉、厦三角地区为内外交流、城乡渗透的开放沿海经济开发区,旨在带动内地的经济发展——掀起了对外开放的第二个高潮。

1988年春,中央制定"两头在外,大出大进"的沿海经济发展战略,确立海南建省办大特区——掀起了对外开放的第三个高潮。

其后,开发和开放上海浦东经济区,参与东北亚经济圈,发展对东欧等国家的经贸关系——至此,由东向西,由南往北,以点及面,从沿海到内陆,形成了全方位、多层次、扇面形辐射的大开放格局。

邓小平多次强调沿海地区对外开放要"放胆地干,加快步伐,千万不要贻误时机"。

这是中华民族历经百年屈辱痛定思痛之后,以前无古人的气魄和充满自信的雄健身姿,开始昂首阔步地走向世界!

英国学者保罗·哈里森曾把经济成长过程比喻为"历史的隧道"——要想通过这个隧道,必须经历一段漫长而痛苦的过程。

世界也许不会关注这样一个日子——1980年5月23日——然而,对于中国人来说,这一天是弥足珍贵的。第一批中外合资企业:北京航空食品有限公司、新疆天山毛纺织品有限公司、中国迅达电梯有限公司等相继成立——在对外开放的大潮中,这是悄然而至的第一簇浪花!

在西方发达国家,汽车早已成为人类现代生活中的第一商品。

而一度为中外新闻传媒频频曝光的北京"吉普风波",则几乎浓缩了中国对外开放的全部艰辛历程。

1983年初,北京汽车制造厂同美国汽车公司开始洽谈合资办厂,一谈就整整五年——无数次的磋商,公文旅行的扯皮,来自旧体制和旧传统思想的禁锢,给这个刚刚起步的合资企业北京吉普有限公司蒙上了浓重的阴影。

　　这不仅仅涉及一个合资企业的命运,更多的是关乎整个中国对合资企业和对外开放政策实施的信誉问题——直至中、美两国高层领导人田纪云、陈慕华、布什、贝克等共同出面干预,难题才最终得以解决。

　　1988年10月,美方董事长李·亚科卡万里迢迢来华考察北京吉普有限公司后,颇为感慨地说:"我有一种创造历史的感觉!"

　　同样风格的"讽刺小品",在秦皇岛市也上演过一次:为创办一个合资企业,专门配备两辆小轿车上下左右奔波盖公章,总计盖了201个图章,花费达7万元之巨,手续却还没有办理齐全呢……

　　国务院迅即颁发了关于鼓励外商投资的二十二条规定。虽有人戏称为"二十二条军规",却一再为绝大多数来华投资的外商所称道和赞许。

　　邓小平坚定地指出:"要实现我们的第一步目标和第二步目标,不开放不行,不加强国际交往不行,不引进发达国家的先进经验、先进科学技术成果和资金不行。关起门来是不行的!"

　　广告——不仅是信息时代商品消费导向的媒介,还成为西方社会政治运作中政治家们登上政坛的阶梯。

　　在中国,广告也标志着一种开放的尺度。

　　没有硬性规定,但似乎人人都明白:几年前,在北京长安大街——这条世界著名的长街上,是不允许悬挂广告牌的——因为它是中国的"政治街"。而今时过境迁，又有谁能遏阻它对商品经济的依依恋情呢?!

1987年6月中旬，就在长安街边的人民大会堂隆重举行了"北京第三世界广告大会"。大会联合主席、美国的高哈先生的一番话颇含深意，他说："在人民大会堂举行这样的大会，有其特殊的意义，它表明了中国实行对外开放政策的持续性及其通过贸易与合资来实现现代化的决心。"

我国对外开放的前沿省份广东，1991年全省经济增长速度达到20.2%，超过了世界上任何一个国家和地区的经济增长速度。西方经济界人士发出惊叹:中国的广东省将很快成为继韩国、台湾、香港、新加坡之后的"亚洲第五小龙"。

与台湾隔海相望的厦门市，创办经济特区十年，初步形成了良好的投资环境。全市批准外商投资合同1075项，协议投资金额30.55亿美元，正式开业的"三资"企业已达648家。

"红旗跃过汀江，直下龙岩上杭"——毛泽东的著名诗句让人们熟知了闽西——一片浸染过鲜血的崇山峻岭。如今，在交通尚不发达的闽西山区，一个小小的龙岩罐头食品厂，利用山地综合开发的优势，凭借对外开放之雄风，其罐头、饮料产品居然远销至德国、意大利、日本、新加坡等十多个国家，年创汇额达150多万美元。

时光流逝，花谢花开。

　　截至 1991 年末,外商独资、中外合资、中外合作的"三资"企业,在我国注册登记的已达 37215 家,注册资金 460 亿美元。"三资"企业如繁星般洒落在中国沿海的大、中、小城市……

　　回忆是尴尬的,而敢于回忆是自信心的体现——

　　1955 年,中国的国民生产总值占世界的 4.7%;1980 年,下降到 2.5%。

　　1960 年,中国社会生产总值与日本大致相等;1980 年,只有日本的四分之一;1985 年,退到日本的五分之一。

　　第二次世界大战后,国际经济经历了三次产业大调整——

　　第一次调整期是 1956 年至 1960 年。日本、联邦德国抓住契机,从战争废墟上一跃而成为经济强国。而中国正热衷于"跑步进入共产主义"。

　　1968 年至 1972 年是第二次调整期。亚洲"四小龙"在国际经济的海洋中游泳,成就卓然。中国却关起门来进行了一场史无前例的"文化大革命"。

　　1986 年起,国际经济开始了第三次大调整,一些劳动密集型企业正在大规模转移。中国紧紧抓住了这次调整机会,依托丰富的劳动力资源,果敢地参与了"国际大循环"。

　　美国亚洲经济问题专家罗斯托把人类经济发展划分为五个阶段——传统社会阶段、起飞的准备阶段、经济起飞阶段、高速成长阶段、大众消费阶段。后来，他自己又加上了一个追求生活质量阶段。

1983 年，罗斯托接受记者采访时说，在现代工业文明姗姗来迟的亚洲，日本作为第一航班，已经飞得很高很远了；亚洲"四小龙"作为第二航班，以极强的加速度飞上了蓝天；而中国，将作为亚洲的第三航班，很快就会起飞。

无疑，中国的十年改革开放踏进了一个轰响的历史——将中国经济推至起飞的临界点！

前苏联经济界人士称："中国的经济体制改革，毫无疑问是 20 世纪 80 年代世界经济发展史上最为辉煌的奇迹，中国的国民生产增长率相当于同期世界经济平均增长率的三倍。"

英国《每日电讯报》一篇题为《中国：一个新的旭日东升之国》的报道，则以感慨的笔触写道："一想到有十多亿人口的中国活跃起来并实现工业化，西方产业界人士的心中就感到一阵恐惧。这个巨大而仍然相当神秘的国度不仅是一个未来的市场，而且还是一个可怕的竞争对手！"

其实，上个世纪曾经纵横驰骋、不可一世的拿破仑说得更加直截了当："中国，是一只酣睡的雄狮。让它睡吧。因为，它一旦醒来，会撼动世界的！"

中国人的聪明才智，一再为历史和现实所证明。

我们的祖先曾经创造出的人类灿烂文明已无须细说。据统计，在世界首富之国的美国，第一流的科学家和工程师约有 12 万至 13 万人，其中华人占了 3 万多；在美国机

械工程学会各分会担任主席的,一半以上是华人;美国著
名大学的系主任中,三分之一是华人;"阿波罗"登月计划
的高级工程师中,华人占了三分之一;在美国八十多所大
学中,华人教授就达1500多人;在美国"高技术心脏"硅
谷,华人当经理的就有上百家公司……

毫不夸张地说,在东西方文化、思想、科学技术的结合
部上,中华炎黄后裔所锻造出的一双双青铜般坚执的手
臂,共同擎起了美利坚合众国现代文明大厦的巍峨屋脊!

经济生活国际化是人类现代文明史发展的客观趋势。

随着世界新技术革命的勃兴,生产力的社会化,势必
日益超越出一个地域、一个国家、一种意识形态或价值观
念的狭隘界限,而将现代社会的经济活动进一步推向国际
大舞台。

当今,太平洋地区的科技水平已跃居世界前列——新
技术革命天赐良机给予亚太地区的产业结构改革带来大
好机缘。

世界许多经济学家深信不疑:当时序演进到2000年,
亚洲将超越美国和欧洲,成为世界最为瞩目的经济实体。

21世纪——将是亚太世纪。

环太平洋地区将日益上升为世界市场的中心。

环太平洋地区蒸蒸日上的经济态势,无疑是人类未来
史上最重大的发展事件之一。

中国,地处太平洋地区中轴线上,已成为亚太经济战
略圈的主要成员国,占据了优越的地理位置和悠长的海岸

线——倘若能够紧紧地抓住历史机遇,引进最先进的科学技术,开发近海石油盆地,以孕育战略产业——中国之前景蔚为大观!

历史并不等待停滞者。

日本的明治维新用了20年。

中国台湾地区的经济发达也只是20年的事。

中国,曾经丧失过太多的历史发展机会——今后的10年、20年、50年,对于中国人来说是何等宝贵何等重要啊!

1991年10月9日,在纪念辛亥革命80周年的大会上,中华人民共和国主席杨尚昆告诫国人,在今后的10年、20年,对经济建设这一条要紧紧抓住不放,所有其他工作都要服从和服务于经济建设这个中心。他进一步坚定地说:"改革会有风险,这种风险我们能承受,而停止甚至倒退,是决没有出路的。沿着党的十一届三中全会以来的路线,我们才干了10多年,如果再这样干上20年、30年、50年,一直干下去,中国的面貌将会发生多么巨大的变化啊!"

20世纪的帷幕即将徐徐落下,新世纪的曙光已照临人类的窗口。

我们听到了激荡的浪涛在不远的彼岸拍响,那是新时代的呐喊。

未来在挑战——

科学巨子钱学森指出:"中国要在下一个世纪发展高

度知识密集型的农业型产业,同时补上第四次产业革命的课,迎头赶上第五次,准备第六次,第四、五、六次产业革命一气呵成,其任务是非常艰巨的!"

这是推到每一个中国人面前的带有世纪性的历史选择。

中国人必须奋起于忧患。

后来者更须百倍努力。

历史注定了我们这一代只能是奋争的一代,艰辛的一代,奉献的一代和开拓进取的一代。

"摸着石头过河"——我们摸了十余年,应该说石头已经摸到,过河的方向也已经明确。

邓小平高韬伟略地指出:革命是解放生产力,改革也是解放生产力。"一个中心,两个基本点"的基本路线要管一百年!

这是中华民族从苦难中警醒,走向富强、昌盛、民主、文明的必由之路……

(原载《光明日报》1992 年 5 月 24 日至 27 日)

大海的召唤(新时代之光)

——厦门自贸片区巡礼

一部人类发展史,就是一部人类创新史。

——题记

厦门,一座用水筑起围墙的南中国美丽城市。

天为华盖,岛为城基,水为裙裾。晨曦夕霞,水天一色,白鹭鸣飞,舟船归港。翩跹一羽,多了些海客谈瀛洲的杳渺和神秘。

作为首批四个经济特区之一,厦门一直处于改革开放最前沿。

人们永远记住了这一组弥足珍贵的历史镜头:1984年2月8日,"鹭江号"承载着历史的重托,犁开厦鼓海峡一簇如雪的浪花;游艇上,风尘仆仆刚从深圳、珠海特区一路视察前来的80岁高龄的邓小平,正边听汇报边站起身来辨认着地图上的地名方位。在这里,邓小平对陪同视察的福建省委书记项南说,厦门可以实行自由港的某些政策。

伟人的嘱托犹若在耳……

2015 年 4 月 21 日,中国(福建)自由贸易试验区厦门片区正式挂牌成立——这是厦门历史性的又一飞跃,为厦门改革创新注入新动力。

"厦庇五洲客,门纳万顷涛。"2017 年 9 月 3 日,厦门,习近平主席在金砖国家工商论坛开幕式上发表重要讲话,盛赞这座城市,"今天的厦门已经发展成一座高素质的创新创业之城,新经济新产业快速发展,贸易投资并驾齐驱,海运、陆运、空运通达五洲。今天的厦门也是一座高颜值的生态花园之城,人与自然和谐共生","厦门这座城市的成功实践,折射着 13 亿多中国人民自强不息的奋斗史。"

风从大海来,潮涌白鹭飞。

40 年,风雨兼程,厦门依海而生,向海而兴。

40 年,沧桑巨变,厦门因改革腾飞,随开放繁华。

一路走来,厦门的改革开放之路,犹如鼓浪屿上矗立着的郑成功雕像,无论风吹浪打,都始终铭记着祖国统一的使命和担当。

一路走来,厦门的繁荣兴盛之路,犹如海水潮涌的鼓浪屿之波,纵然百音鸣惑,也都始终弹奏着自主发展的主旋律阔步前行。

从 2.5 平方公里到 131 平方公里,从湖里到全岛,从经济特区到自由贸易片区,一步一痕,一阶一迹,厦门市委、市政府举全市之力,以厦门自由贸易片区为引擎,扎扎实实地走好厦门改革开放的创新之路。

满眼生机转化钧,天工人巧日争新

弹指一挥间,改革开放走过不惑之年,厦门已是旧貌换新颜。厦门自贸片区转瞬三年,它成为改革创新试验田、两岸经济合作示范区、21世纪海上丝绸之路沿线国家和地区开发合作新高地。

据统计,自挂牌以来,厦门自贸片区共推出343项创新举措,其中全国首创制度举措49项,包括政府职能转变8项,事中事后监管1项,法治化环境建设2项,投资便利化5项,贸易便利化25项,对台交流合作8项。

打造良好的营商环境,才能"引凤求凰"。三年实践,经第三方评估,厦门营商环境排名从2014年厦门片区挂牌前的全球61位,提升至2017年的全球38位。

创新实施2015、2017版外商投资负面清单,打通60余项外资准入障碍,外资企业由不足500家增加至2059家,增长4倍;实际利用外资由2015年1.6亿美元增长至2017年的3亿美元,增长超2倍;接受"一带一路"沿线投资较挂牌前增长1233家,注册资本252.73亿元。

挂牌起至2018年3月,厦门自贸片区累计新增企业3.49万家,注册资本近5559.58亿元,其中新增外资企业2059家,注册资本987.26亿元,合同利用外资730.03亿元。

　　跨境电商、平行进口汽车、进口商品展示交易等业态
从无到有,逐步壮大。构建跨境电商公共服务平台,发挥
政策引导,探索直购进口、9610一般出口等特色业务,年
进出口量已突破4000万件。明确5家平行进口汽车试
点,借助整车口岸,2017年销售量较2015年增长3倍,仅
2018年1至3月即完成自主开证1164辆,金额8323.6万
美元。推动建设风信子、山姆会员店等一批进口商品展示
交易中心。

　　片区年均进出口规模保持在1400亿元以上,占全市
总量1/4,年均增长率20%以上。服装鞋帽、机械设备、电
子产品、矿产品等为主要大宗进出口商品。

　　厦门自贸片区相关领导作为筹备者、见证者和践行
者,直接目睹它从无到有、从孕育到降生再到成长的全过
程。谈及自贸片区1000多个日夜成长经历,有一个非常
重要的关键词,就是"持续"。

　　厦门市主要领导成立自贸领导小组,整体协调各方工
作,先后召开了15次市自贸工作领导小组会议,举全市之
力建设自贸区。

　　厦门市相关领导挂帅自贸委主任,持续推动改革创
新。推行"互联网+政务服务"企业设立全程电子化,率先
全国实行税控发票网上申领;进口酒检验检疫快速通关,
助力厦门跃升为酒类进口前五港口;建成全国参与部门最
多、功能服务最多、服务企业最多、运行效果最好的国际贸
易"单一窗口",助力通关便利化。

"所当乘者势也，不可失者时也"。

党的十八大以来，中国特色社会主义伟业跨入新时代，踏上新征程。厦门自贸片区紧紧抓牢大有可为的历史时期，为全面深化改革而呼，为全面扩大开放而鼓。坚持问题和需求导向，坚持以制度创新为核心、风险防范为底线，以投资、贸易、航运、金融、税收、法治、政府职能转变等领域为重点，对标国际最高标准和最好水平。

惟创新者进，惟创新者强，惟创新者胜。

溯源而观，厦门从来没有停下创新的脚步。成为经济特区，这就是创新。邓小平为厦门经济特区题词："把经济特区办得更快些更好些！"——这个蓝图如何绘制下去？更需要持续创新。

厦门——习近平总书记饱含深情眷恋的城市，是他踏上闽地工作的第一站。

总书记为这片承担着党和国家使命的改革开放先行的城市，洒下了智慧的汗水，植下了远方的目标，绘制了战略蓝图。他亲自主持编制的《1985—2000年厦门经济社会发展战略》，毫无疑问是高屋建瓴的决策指南，是厦门发展战略的历史性突破。它指明厦门今后发展的战略步骤：第一步是实施保税政策，建保税区；第二步是把保税区扩大到全岛，扩大其功能转化为自由贸易区，实施自由贸易区的政策；第三步是有限度地全岛放开的自由港，实施自由港的某些政策。

21世纪已经走到第二个十年年尾，厦门自由贸易片区实践也已三载。当下43.78平方公里自由贸易片区,又肩负起特区创办之初2.5平方公里的探索发展重任。

使命就是担当,探索就是责任。

厦门自由贸易片区,以制度创新破局。制度既是政府的信用,也是发展的保障。制度是一把双刃剑,用好可活力四射,用死则固步自封。

千头万绪也有一定之规,厦门自贸片区以壮士断腕的勇气,从市场准入领域审批制度和工程建设项目审批制度入手,切中肯綮,打开制度活力与市场活力衔接的肠梗阻。

《中国(福建)自由贸易试验区厦门片区市场准入领域行政审批制度改革试点工作方案》和《中国(福建)自由贸易试验区厦门片区工程建设项目审批制度改革总体方案》出台颁布,极大地激活了片区市场的这池春水。

一城春色半城花,万顷波涛拥海来

厦门诞于海中,水陌纵横。岛内错落别致,环山叠翠。水赋予厦门柔美,山赋予厦门刚毅。

厦门自贸片区承担着厦门改革创新高地和推动厦门转型发展的重要引擎功能。

仅2017年一年,厦门自贸片区地区生产总值589.59亿元,同比增长11.9%;进出口贸易总额1598亿元,同比增长20.7%;税收总收入91.93亿元,同比增长16.3%,其中存量企业税收贡献率高达73.9%,新增企业税收贡献率从2015年的6.2%升至26.1%。片区形成航空维修、融资租赁、航运物流、国际贸易、高端制造、金融服务、创新创业等七大产业。

开放，是厦门自贸片区的胸怀；平台，是厦门自贸片区的支点。

厦门自贸片区发展以创新集成为途径，通过"保税"+"金融"+"互联网"+"会展"的创新方式建设16个平台，其中跨境电商平台、国际航运中心平台、融资租赁平台、进口酒平台、青创基地平台、汽车整车进口平台、机电设备平台、航空维修平台已取得显著成效。

走进厦门自贸片区象屿跨境电商产业园，白色的两栋楼房，承载了多少创业人的梦想。有梦想不落地，那是幻想。厦门自贸片区以"一区多园"，围绕平台构建上下游产业服务生态，建设线上"跨境电商公共服务平台"，跨境电商出口品牌营销平台，线下象屿、邮政EMS、海沧三个跨境电商产业园平台，构建跨境电商产业生态圈。2017年，跨境电商进出口4799.06万件，货值70亿人民币，同比增长90%，其中对台海运邮快件实现1500标准箱，共467.84万件，同比增长401.67%。

习近平总书记在博鳌亚洲论坛2018年年会上再次强调："实践证明，过去40年中国经济发展是在开放条件下取得的，未来中国经济实现高质量发展也必须在更加开放条件下进行。这是中国基于发展需要作出的战略抉择，同时也是在以实际行动推动经济全球化造福世界各国人民。"

开放，是大海对厦门的召唤；敢闯敢试，始终激励着厦门自贸片区砥砺前行。

厦门,在开放中发展起来;今日厦门自贸片区,更要在总书记号召声中继续扩大开放,勇于争先。

试不是乱试,是在一定基础上的试;闯不是瞎闯,是有的放矢的闯。

从总书记当年亲自参与组建的厦门航空公司到今日全球一站式"厦门航空维修工业园区",时间过往吹拂掉几代人的辛勤汗水,今日一架又一架起降的飞机凝集着维修的智慧和殷切的嘱托。

2015年9月,习近平总书记在美国波音公司登上交付给厦航的波音787"梦想飞机"时,深情地回忆起参与厦航组建的难忘的岁月。

1994年,占地1.64平方公里,"滩涂上崛起"的航空工业区,是厦门市在全国首个建立的以民航维修为专业的工业区。时至今日,共有航空维修企业14家,初步形成以飞机结构大修为龙头,以发动机、航空电气及其他飞机零部件维修、制造和航空技术培训为辅助的一站式航空维修基地;2016年实现产值121.1亿元,同比增长24.8%,2017年实现产值132.6亿元,同比增长9.14%,约占国内航空维修产值的1/4。

成就,往往伴随着一串串引人注目的数字。只有经历其间奥妙的人,才能感悟一路走来的艰辛。

飞机维修业,时间就是生命。如何让来自全球各地的航材快速通关、又好又快地维修,提升厦门航空维修市场竞争力，这是摆在厦门自贸片区面前的一个难题，也是必须要跨越破解的难题。

通关时间是病症所在。传统的监管方式是在飞机进境以后，才会根据检测情况确认所需维修航材。找到病源，就要对症下药。

片区管委会牵头，在市委统一协调海关、国税等多个部门协同配合下，厦门海关为企业量身定制"修理物品+保税仓库"的模式，提前将可能用到的维修航材储备在专用的保税仓库中，需要时可直接从仓库中领取。

目前，9家航材保税仓库先后被批准设立，储备各类航材11万种、900余万件，基本可满足飞机维修的日常需求，实现飞机随到随修。

血脉一通，航空维修业活力大增。

2016年航空维修业成为厦门自贸片区首个百亿产业。同年7月，制订中国（厦门）全球一站式航空维修基地建设《工作方案》，提出构建与航空维修业特点和创新发展相适应的国际化、市场化的创新发展模式：即第一阶段（2016—2017年）重点创新航空维修监管制度，到2017年实现产业年总产值130亿元；第二阶段（2018—2020年）重点打造世界一流的航空产业集聚地，到2020年实现产业年总产值突破200亿元，延伸产业链预计可达500亿，未来将打造航空千亿产业链。

方向明，政策保障则是重中之重。

在中央改革办和有关部委的支持下，厦门航空保税维修政策取得重大突破。2017年,海关特殊监管区域外航空保税维修试点政策正式获批。这极大程度缓解了有关海关事务担保企业的资金压力,有利于企业延长产业链,承接国际产业转移。同年5月,厦门海关正式启动保税航空维修改革试点,选取厦门豪富太古宇航有限公司等三家公司进行试点。在积极争取下,一项惠及全行业的税率政策,液压作动器和推力球轴承两项航材关税税率由原来的14%和8%统一降至1%。

不经一番寒彻骨,怎得梅花扑鼻香。厦门航空业正是按照总书记当年的嘱托,一步一个脚印地扎扎实实地走过来,用骄人成绩注释了改革开放的历史长卷,用青春汗水践行了"幸福是奋斗出来的"。

新起点,顺势而为,乘势而行

开放,是厦门的大势;便捷,是国际贸易的根本。

厦门一直随着历史发展奔跑,顺着时代大潮前行。经济特区,让厦门走在发展前列。自由贸易试验区,又让厦门的产业结构再升级。

建设国际贸易"单一窗口"是厦门自贸片区推进供给侧改革、营造国际一流营商环境的重要抓手。国际贸易"单一窗口"是一个国家或一个口岸城市对外贸易、航运物流软环境的重要体现,其功能指标直接影响该口岸城市的营商环境。

自2015年4月21日正式运行以来,厦门国际贸易

"单一窗口"一次又一次地破茧重生,自我革新,自我完善,自我提升,相继推出 1.0 版本和 2.0 版本。边改边干,边干边提高,边提高边扩容,通过不断归整,上线 68 项应用系统,形成货物申报、运输工具申报、港口物流、关检"三互"合作、政务服务、金融服务等九大服务功能,船舶进出口岸、跨境电商、一般货物报关报检、港区货物进出和转关货物等口岸主要通关业务均通过该平台实现"一个窗口、一次申报、一次办结"。

厦门国际贸易"单一窗口",2015 年 12 月被商务部评定为自贸试验区"最佳实践案例"之一,是海关总署全国口岸"互联网+自主报关"首个试点,被原国家质检总局向全系统复制推广,国家口岸办称之为"厦门模式"。

厦门自贸片区突出对台优势,以金融领域破题,立足两岸,服务全国,面向世界,着力打造成为海峡两岸最密切的金融合作先行区,着力打造两岸货币合作平台、两岸投资融资平台和两岸金融机构聚集平台。

继厦门银行引入台湾富邦金控集团作为战略投资者后,台湾第一银行厦门分行、圆信永丰证券投资基金公司、富邦财产保险公司、君龙人寿保险公司等企业投资纷纷入驻厦门。

以厦门自贸片区为平台,积极促进两岸青年交流,国家级"海峡两岸青年创业基地"、厦门两岸青年创业创新创客基地和云创智谷有 300 多位台湾青年加入进来。今年年初,厦门自贸片区(云创智谷)海外人才离岸创新创业基地正式挂牌启动,这是福建省内首个在自贸试验区内探索设立的海外人才离岸创新创业基地。按照"区内注册、海内外经营"的模式,通过面向海外人才提供离岸创新创业服务资源,全力打造成集引才引智、创业孵化、技术转移、专业服务等功能为一体的国际化综合性创新创业平台。厦门自贸片区(云创智谷)海外人才离岸创新创业基地,将充分发挥厦门自贸片区与厦门市国家自主创新示范区"双自联动"的政策溢出和优势叠加乘数效应,积极开展海外人才离岸创新创业各类制度和政策的先行先试,有利于探索推动厦门自贸片区建立与世界接轨的柔性人才引进机制,加快促进海外高端人才等各类创新资源在厦集聚。

海铁联运,习近平总书记在福建工作的时候即高度重视。1999年12月,他亲临厦门海沧铁路支线通车仪式。2015年8月,随着汽笛长鸣,始发的中欧(厦门)班列缓缓驶出,这是以海沧铁路支线为起点开通的全国首列自贸试验区列车。

厦门区位优势凸出,处于"一带"与"一路"衔接枢纽,为打造具有厦门特色的中欧班列提供了得天独厚的地理条件。迄今,中欧(厦门)班列已开通5条国际线路,分别是厦门—波兰罗兹、厦门—德国汉堡、厦门—哈萨克斯坦阿拉木图、厦门—俄罗斯莫斯科、厦门—匈牙利布达佩斯……总计通达10个国家的14个城市,极大拓展了厦门国际航运中心腹地,增强了厦门海丝战略支点作用。

国家制定的《中欧班列建设发展规划(2016—2020年)》中,厦门是沿海重要港口节点,承担中欧班列国际海铁联运功能。自2016年4月,班列通过海铁联运延伸至台湾地区,开通了为企业量身打造的"厦蓉欧—冠捷"专列,将台企冠捷显示科技公司每月100多个集装箱的产品出口欧洲,比海运节省2/3时间,单箱物流费用为空运的1/4。

厦门自贸片区秉持共荣共享、共同发展理念,积极探索,广泛延伸,努力构建联通世界的经贸桥梁。

三年来,商事登记、国际贸易"单一窗口"、产业升级、科技创新、人才孵化……一项项深层次的攻坚克难,通过全面深化改革,扩大开放,一步一步地奋发有为,迎来一片美好光明的前景。

天下事有难易乎? 为之,则难者亦易矣;不为,则易者亦难矣。

厦门自贸片区管委会自成立之日起,党建工作一刻也没有放松,并逐步在基层党建方面探索出一些新形式新办法。

按照"区域相邻,行业相近,产业相关"的原则,在不同产业园非公企业设置"非公党建110平台",积极推动非公企业党的组织和工作从"有形覆盖"转为"有效覆盖"。

行者无疆,厦门有颜。

夜幕垂城,厦门灯光璀璨。鼓浪屿的日光岩,熠熠生辉。历史在鼓浪屿水石穿空的拍岸声中,慢慢流淌。万国建筑博物馆,成为一道蕴涵别致的历史风景。行走之间,不仅感喟建筑之美妙,中西合璧,延揽八面来风,更要自豪中华文明博大之胸怀。厦门犹如眼眸,澄澈明怀,万流归宗。

风从大海来,潮涌厦门岛。

厦门历来被世人赞誉为"海上花园",有诗为证曰:"绿树婆娑如翡翠/涛声扬波如鼓乐/白鹭飞翔如浪花/琴声悠长如仙阁……"

啊,欢歌庄严历程,厦门站在新时代的历史新起点上,在党中央坚强领导下,厦门自贸片区不忘初心,牢记使命,为实现"两个一百年"奋斗目标、实现中华民族伟大复兴的中国梦砥砺前行,奋发前行!

（原载《人民日报》2018 年 9 月 26 日第 24 版）

海南,中国大特区

追溯历史,从清代的张之洞、岑春煊,到孙中山、徐成章、陈策、冯白驹,都曾力主海南设省。然而,海南省在祖国母体历经了整整一个世纪的孕育⋯⋯

当历史终于赋予她一次机遇——公元 1988 年 4 月 13 日,海南建省办大特区。

犹如奏响一部辉煌的交响诗——长歌浩叹,空谷和鸣,千回百转,韵律悠长。

她象征一种信念,塑造一种风格,诠释一种启迪,揭示一种全新的生命意识。

无论对于海南,对于中国,对于勃兴于 20 世纪 80 年代的社会变革运动,都将是一次壮行,一次关于政治学、经济学、社会学、未来学意义的探索。

机遇与挑战——就这样义无反顾地选择了南中国的这一方热土⋯⋯

荒岛梦圆

海风吹拂 2000 年。

星换斗移,沧海桑田,潮起潮落,世纪更迭,孕育出了这一片神奇的土地。

这是一个阳光岛——她地处中国的最南端,既被大海拥抱,又被太阳拥抱,夏无酷暑,冬无严寒,阳光明媚,海韵椰风,槟榔树、油棕树、椰子树尽情地舒展着南国风姿,岁岁年年花果飘香。

这是一个神秘岛——她作为中国的第二大岛而孤悬海外,汉、黎、苗、回、壮等多民族聚居于此,竹楼掩映,村寨婆娑,世世代代刀耕火种的农民们和摇橹拖网的渔民们,在这块岛屿上经年累月地度日,编织成一幅安宁、祥和、封闭及与世无争的田园风景线。

被称作"天之涯,海之角"的荒芜僻远的海南——就这样在漫长的岁月烟尘中笼罩上了一层迷雾似的纱幕……

20 世纪 80 年代中期,海南因一场"汽车风波"而声名远播,震惊海内外——一夜之间成为东方的底特律,成为全世界最大的不生产汽车的"汽车城"。

显然,这既是一次非市场行为的不规范的经济演习,又表述了海南人急切与现代生活接轨的浮躁心态。

这是海南当代开发史上的第一波潮汐,一声沉重的叹息。

　　海南在翘首企盼——企盼一个历史性契机！

　　社会运动的轨迹表明：历史往往在不知不觉中寻找其突破口。

　　北京。中南海里。一双饱经风霜、睿智的眼睛正越过历史的峰岚，运筹谋划着中国改革开放一项至关重要的战略决策——

　　1984年2月24日，刚刚视察完深圳、珠海、厦门等经济特区，风尘仆仆返回共和国首都的邓小平，欣喜地对同事们指出："我们还要开发海南岛。如果能把海南岛的经济发展起来，那就是很大的胜利。"

　　1987年6月12日，邓小平在会见南斯拉夫客人时又明确表示："我们正在搞一个更大的特区，这就是海南岛经济特区。"他进而说道，"海南岛和台湾的面积差不多，那里有许多资源，有铁矿、石油，还有橡胶和别的热带、亚热带作物。海南岛好好发展起来，是很了不起的。"

　　显然，一个令人欣喜的信号。

　　这是一个时代的宣言。

　　这是总设计师高瞻远瞩的战略构想。

　　海南——作为中国最大、最开放的经济特区和最小、最年轻的省份，以其独特的魅力屹立在了全世界的面前！

　　海南建省办大特区，是在中国的改革开放运动已经推进到第十个年头，深圳、珠海、汕头、厦门等先行试验的四个经济特区取得了巨大的成功，沿海14城和长江三角洲、珠江三角洲、闽南漳、泉、厦三角地区相继对外开放，从而形成由东向西由南往北从沿海至内陆多侧面多层次扇形辐射的全方位开放大格局的基础上,中央决策高层作出的新举措。

海南大特区的构建必须要有高起点和大思路,必须闯出新路子和新模式——概而言之,用大手笔做大文章。

历史在这一瞬间,将海南推到了中国改革开放的最前沿!

政治体制改革和经济体制改革同步推进——无疑驱动了时代巨乘的两排轮子。

海南省委、省政府的组建,一开始就实行了"小政府、大社会"的新体制框架,在全国省一级行政机构改革方面先行一步。

依据精干、高效、优化、勤政、廉洁的原则,海南省最高行政当局毫不犹豫向自己举起了"手术刀",大刀阔斧地进行精兵拆庙,裁减冗员,省政府机构由过去行政区的67个部局委办,缩减为27个厅;同时施行省对市、县直接管理,原行政区十几个专业管理局和行政性公司,一律改为经济实体性企业。

目前,海南省政府机构与同类省区相比较,机构少三分之二,人员少30%。

海南省机构改革的第二步目标,是全面转变政府管理职能。

通过实行"税利分流"新财税体制,扩大市县和企业生产建设项目审批权限,减少对企业及市场经济活动的直接行政干预,切实做到运用经济、法律手段加强宏观调控。

本着"微观放权、宏观管好"的方针,海南省政府主动有序地将进出口权、企业审批权、项目审批权、土地审批权、人员进出境审批权、物价管理权等权限下放给县市,同时把劳动人事、工资分配、投资决策、产品定价和进出口经营权真正落实给企业。

1993年4月,海南省政府依据国际惯例,又进一步出台"落地登记"制度,将长期沿用不变的企业审批登记制改为直接登记制:除申办金融、保险业等24种企业仍按国家有关规定报批外,其他企业一律直接向工商局申请登记。新制度简化了申办手续,放宽了企业经营范围和经营方式,打破了各种经济类型企业登记和经济条件的界限,极大地堵塞了企业申办报批过程中"权钱交易"的漏洞。新制度出台不到三个月,海南新增企业达5000多家。

与上述改革措施配套进行的,是大力推进法制建设。

海南省根据国家给予的优惠政策和授予的立法权限,以经济立法为重点,建立起一整套法律体系,逐步形成民主、科学、严密的社会制衡机制。

——为促进土地开发建设和资源保护,颁布了《海南经济特区土地使用权有偿出让转让规定》《海南省水资源管理办法》《海南省外商投资开发矿产资源的规定》等。

——为鼓励和吸引海内外客商前来投资办实业,颁布了《海南经济特区外商投资条例》《海南省关于华侨港澳台投资捐赠奖励办法》等。

——为适应市场经济运作机制的良性循环,颁布了《海南经济特区股份有限公司条例》等。

——《海南特区基本条例》《特别关税区条例》《股票发行和交易管理办法》《转换企业经营机制实施条例》等法规相继出台。

海南建省以来,已先后颁布地方性法规22项以及143项行政规章条例。

法制之剑成为海南改革之船扬帆破浪的守护神!

大特区必须形成一种激励竞争的大环境。

社会保障体系的建立则是激励竞争机制形成的社会基础。

显然,无论在海南,在中国,这都是一项开创性的试验。

海南作为全国社会保障制度综合改革的试点省,职工养老、工伤、待业和医疗等四项社会保险制度,于1992年1月1日起正式实施。

海南社会保障制度的出台,为以全员劳动合同制为重点的企业劳动制度改革提供了良好的外部环境,既促进了职工在不同所有制企业之间的合理流动,也使各类企业站在同一起跑线上实行平等竞争成为现实。

海南办大特区,既定的方针是“大改革,大开放,大开发,大建设”,这首先有赖于人才济济,万商汇集,高朋满座,宾客如云。

海之博大在于集纳百川——海南的襟怀是宽广的,她广招天下贤能,延揽八面来风。

1988年,对于中国成千上万的年轻知识分子——大学生、研究生、博士生、工程师、科学家、教师、医生、记者、作家、时装模特、演员、歌星、企业家……无疑是一次人生机遇的大抉择,他们从黄土高坡、长城脚下、大江南北不约而同地汇集成滚滚"人才潮",向南,向南,跨海踏浪,奔赴阳光地带,奔赴心目中梦幻般的天涯海角,奔赴中国改革开放的"自由岛"。

"海南省人才交流中心"——这幢坐落在海封路上的两层楼房,曾经牵动多少年轻人的心呵。

今天,当我们饶有兴趣地重新翻阅这一沓沓人才登记表格时,依然能想象出发生在本世纪中国这场最恢宏的"人才迁徙运动"的壮阔场景。

轰轰烈烈、汹涌澎湃的"人才潮"已悄然退去,尘埃落定,历经了淬火、冲撞、磨砺以及"几乎被扒掉一层皮"的年轻的"闯海"者、"寻梦"者,他们的境遇又如何呢?

"打工妹"自办公司成了总经理的并不罕见……

小科员在国营大厂、政府经济部门挑大梁的不乏其人……

毋庸讳言,也有溺水者、遁逃者……

"尊重知识,尊重人才"在海南已不是一句空泛的口号。

显而易见,海南的改革伟业急需大量人才。

海南卓有成效的改革实践又给予人才空前的机遇,为人才提供了一个充分施展聪明才智的社会大舞台！

一个区域经济要实现超常规发展，其潜在实力在于教育、科技和文化。

海南省决策者们的目光是远大的，他们在不拘一格引入大量人才的同时，倾全力抓教育、科技、文化等至关重要的人的基础设施工程建设。

海南建省以来，教育经费总投入平均每年以 14.2% 的速度增长，预算内教育经费占财政总支出的比例在 19% 以上。教师队伍不断充实，素质迅速提高。全省现有普通高校 5 所，中专和技工学校 36 所，中学 482 所，农业、职业中学 44 所，电大 5 所，成人中等专科学校 31 所，初步形成层次齐全、内部结构趋向合理的教育体系。

海南将"科技兴琼"摆在经济和社会发展战略的重要位置。大力深化科技体制改革，放宽科研机构，放活科技人员，使科研步入"研究、设计、开发、生产、销售、服务"一条龙轨道，并大力扶持民办科技机构的发展。建省以来，已取得各类科技成果 1012 项，其中 258 项获国家级和部级奖励，推广新技术、新品种 615 项。科技进步对经济增长的贡献率提高近 20 个百分点。

翻开一部卷帙浩繁的海南编年史，自唐宋以来，她曾接纳过大政治家李德裕、大文学家苏东坡、抗金民族英雄李纲等历朝历代遭贬谪的忠臣义士，同时也接纳了由黄河文明孕育的中原文化，而僻远与闭锁的地理位置，又使海南文化长期处于蒙昧和神奥之中。

　　大特区造成的大改革、大开放格局，很快迎来文化大繁荣景象。海南省现已拥有5家电台、电视台，广播和电视的人口综合覆盖率分别达到60%和83%。彩电中心、展览馆、图书馆、博物馆等一座座高楼拔地而起，相映成趣，组成一种独特的大特区文化景观。

　　1990年7月8日，海南泛安爱乐乐团首次交响音乐会在海口市金棕榈文化城隆重推出——这对于胡彬（海南省广播电台记者）和马剑平（海南大学艺术学院教师）等年轻人来说，不啻为人生的一次盛大节日——是他们以民办的形式在一片酒吧、歌舞厅、卡拉OK厅的流行曲声中，第一次让高贵的缪斯女神降临海岛。

　　1992年4月3—8日，盛况空前的首届海南国际椰子节在海口、通什、三亚、文昌、万宁五个市、县同时举办，以"友城联谊""民族欢歌""侨情乡音""温泉灯会""天涯之旅"等主题晚会组成的节庆活动，令亚、非、欧、美等几十个国家和地区的嘉宾饱览了海南大特区风采。

　　不同地域文化的移动与融汇，其本质是一种文明的扬弃与升华！

　　海南大特区所全力推进的大改革、大开放，其根本和核心是建立市场经济运作体系。

　　海南大特区不断深化改革，加大改革力度，其惟一的取向是加速新旧体制的转换。

　　海南——这一片曾沉睡千年尚无经历工业文明洗礼的处女地，在方兴未艾的全部社会变革进程中，最令人惊叹和最引人瞩目的成就,当首推人的观念的变革——新思想、新意识、新观念正在这块新移民区不断迸射出绚丽夺目的火花!

中国热土

如果说,始自 20 世纪 80 年代初期,在世界的眼睛里,中国革故鼎新的改革壮举一直搅得舆论圈沸沸扬扬,成为全球最热门的话题,那么,进入 20 世纪 90 年代以来,海南大特区的迅速崛起,则成了中国视线的聚焦点。

在海南 3.4 万平方公里的土地上,连风和空气都飘散着"大改革,大开放"的气息。

一部世界经济发展史告知人们:当西方权威经济学家亚当·斯密最早向人类阐述"市场经济"这一新概念时,"市场"的魔力便借助于工业革命和科技革命这两只翅膀,很快席卷了整个欧洲、北美大陆。

商品经济首先依托于市场。

商品经济的发展需要市场的疏通、扩展和完善。

西方发达国家的"经济快车",正是循着"市场轨道"高速奔驰的。

海南大特区既然担当起中国改革开放"排头兵"的角色,深知肩负着"披荆斩棘,投石问路"的重任。

党中央、国务院明确指示:"海南省的改革可以有更大的灵活性。"

大特区理应更积极、大胆地进行改革的超前试验。

1988年，海南省率先提出了构建市场经济体系的改革路向："各种经济成分平等竞争，依靠市场机制，实行市场调节……由过去半封闭的计划经济转变为完全开放的市场经济。"

犹如登上一座高峰，眼前豁然开阔——海南大特区的经济杠杆寻找到了有力的支撑点！

改革是一种开拓，一种冲刺，一种登攀，机遇与风险并存。

海南省政府将人们谈虎色变十分棘手视为畏途的"价格改革"选作突破口，足见其决策者的大智大勇大气魄。

——在三年时间内稳妥地走完"提高粮食购销定价"和"压销平价口粮供应指标"这两步棋后，从1991年5月1日开始，在全国率先实行粮食购销同价改革，放开城镇居民口粮价格，并促使90%以上的生活资料价格进入市场调节。粮价改革的分步推进，没有引发社会动荡情绪，既增加了农民收入，又减少了国家财政负担。

——对国家计划分配尚处于双轨制价格状态的钢材、水泥、重油、铜、铝、锌、锡、硫酸、烧碱、纯碱、橡胶、焦炭、生铁、铜材、铝材（除成品油、煤炭、化肥建立专营市场外）等主要生产资料，从1992年6月开始，全面放开经营，实行计划价格向市场价格并轨，市场调节的总量占到72.8%。

物价"闯关"成功，双轨制并成单轨制后，价格真正反映价值，缓解了供需之间的矛盾，市场流通体系顺畅，企业得以实行公开、公平竞争——可谓之"一着妙棋,满盘皆活"!

海南省在推进经济体制改革方面,既大刀阔斧又步步为营,犹如推土机似的顽强掘进。

从1990年开始,海南省政府决定将加快建立和健全市场体系作为深化改革的一项重要内容,对全省的市场组建实行统一规划、统一部署、统一开发。

——广泛动员社会筹措资金,鼓励多方兴办各类市场,制定一系列优惠政策,在土地转让、项目选择、信贷投资等方面给予综合补偿。

——与经济发展相适应为原则,因地制宜建立各类综合性、专业性市场;有条件的地区和口岸则创办规范化的、进行省区间、国际间规模交易的期货市场、批发市场。

——加快发展证券市场、技术市场、劳务市场、信息市场等中介组织。

——有计划、有步骤地拓展一批与物流、人流相适应的仓储设备和运输网络。

——全面改革流通体制,对国营商业、物资、外贸企业实行"经营、价格、分配、用工"四放开政策;以海口、三亚等中心城市为依托,建立起多渠道、少环节的新批发体系;鼓励发展工商、工贸、农工商、农工贸等多种形式的协作联合体,组织商品、物资的配送、加工、出口、信息服务;组建跨地区、跨行业、跨所有制的流通企业集团。

经过几年不懈努力,海南省先后开发和培育了农副产品批发市场、消费品市场、生产资料市场、金融市场、证券市场。技术市场、劳务市场、人才市场、信息市场、粮食市场、期货市场、房地产市场等，各类市场成网状布局，市场体系初具规模，市场机制日趋完善。

转换企业经营机制，尤其是转换国营大中型企业经营机制，是摆在从中央到地方所有领导者面前的一项十分紧迫而又颇具难度的课题。

由于传统的惰性力量和旧体制的制约，国有企业的改革一直举步维艰、成效甚微已是不争的事实。

海南省政府在继续推行经营承包责任制和风险抵押承包制，通过引入竞争机制，实行优胜劣汰，进一步激活企业内部管理体制的基础上，1991年3月开始，又从企业经营体制入手，积极、稳妥地推进企业股份制试点改革。

海南的企业股份制试点，始终严格按照规范化的要求进行，并将股份制工作纳入法制轨道；在管理方面，率先在全国实行了对内部职工股股权证进行集中办理、集中托管的规范化办法。

截至1993年9月，全省共有96家企业步入规范化股份公司行列。其中从事旅游与成片开发的31家，从事工业与交通运输的26家，从事机场、公路、电厂和重点小区基础设施建设的9家，从事市场及城市基础设施建设的3家。

股份制改革大大促进了海南基础设施与基础产业的发展，使企业市场经济意识增强，经营机制更为灵活，经济实力迅速增加,经济效益显著增长。

海南大特区有别于深圳、珠海、汕头、厦门等经济特区的一个突出点是:农业人口占全省总人口的 80%以上,尚未开发利用的土地达 2000 万亩之多。

这既是造成海南"基础差、底子薄"的客观现实,又是海南所具有的潜在优势:现代农业开发前景广阔。

如何使丰富的农业资源优势快速转化为现实的经济优势呢?

1990 年初,海南省政府即确立了"改革农业开发体制,实行农业成片开发、综合开发,走工业型农业发展道路"的新思路,并于同年 8 月创办起全国第一个农业综合开发试验区。

占地 500 万亩的农业综合开发试验区,分布在海口市、儋县、琼山县、东方县、乐东县、琼县等八个县(市)的十二个开发片内。为充分利用丰富的土地、光热、海洋、森林和热带作物资源,试验区分别设有种植区、养殖区、农产品加工区、涉农商贸区和农业高科技区。

农业综合开发试验区在贸易、税收、金融、土地、人才、综合补偿等方面,制定了一系列具有吸引力的特殊优惠政策;试验区实行"公司+农民"的组织形式,把个体农民组织到社会化大生产中来;同时,试验区以开发外向型、创汇型和开放型农业为先导,实现了高投入、高科技、高效益发展。

目前,海南农业综合开发试验区已兴建开发项目 66

个,总投入资金达 20 亿元,初步形成了"贸工农一体化、产供销一条龙"的产业新格局,为全国农村经济体制改革探索出了新经验!

1992 年新年伊始,中国大地和中国人的心灵都同时感受到了春天的问候,春风鼓荡,春意融融——更加威武雄壮的新一轮改革大戏拉开了帷幕。

中国 960 万平方公里大地上涌动着开放改革的热潮。

海南大特区靠什么继续保持吸引投资和超前发展的地位呢?

海南省委、省政府审时度势,果断地提出不靠政策靠体制领先的社会发展战略,将改革之剑直指多年来尚无彻底冲决、严重阻碍着经济发展的旧体制的防护墙。

海口市在全国率先取消税务专管员管户制度,由过去税务专管员包办企业税务登记、纳税鉴定、纳税申报和税款入库制,改为计算机征税和税务代理制度,实行税收、银行一体化服务,同时设立税务法庭,强化税收稽查——无疑是一项强有力的重大改革举措。

此项改革彻底摆脱了旧模式的框框,走出了一条符合国际惯例的新路子,建立起了一套新的税收征管秩序,增强了企业依法纳税意识,确保税款及时足额入库;同时,堵住了某些税务执法人员徇私舞弊、随意减免税款导致国家税收严重流失的漏洞,税务机关得以依法治税,廉政建设真正实现了从治标到治本的根本性转变。

现在,每月一到纳税日,海口市各征税窗口和银行专柜前络绎不绝的纳税人便自觉地排起了长队,仅1993年上半年该市工商税收即达到7.047亿元。

实行大改革,其本质是全面改革,关键要在改革的深度和广度上大胆进行创新。

海南省针对旧体制弊端相继推出一系列改革新措施。

——改革投资体制,将基础设施项目视为经营主体,对三亚凤凰机场、东线高速公路、南山电厂等重点基础设施项目,让业主向社会定向募集股本金,使资金短缺的矛盾在新体制推动下迎刃而解。

——一律取消对企业经营性亏损补贴,断其后路,促使企业义无反顾地投身于激烈的市场竞争,在竞争中求生存,求发展。

——改经理、厂长委任制为公开招聘制,人事组织部门公开登报向全社会招聘大型企业领导人,通过自荐、举荐、考核、答辩、竞选等一系列民主程序,择优选贤任能。

——出口配额实行招标分配;出让转让土地使用权公开招标拍卖;让企业在平等、公平的基础上进行竞争,逐步形成一种"社会公平"氛围。

——推行国有企业法人之间相互持股试点,借以疏通国有资产存量流通渠道。

——变计划工作为轨道管理,以产业政策来规范引导企业的投资方向。

显而易见,海南大特区敢为天下先,在培育和建立社会主义市场经济运作机制方面大胆探索,锐意革新,好戏连台,初步形成了各项要素市场发育良好的市场框架,变政策优势为体制优势,促使海南的经济建设列车迅速驶上了"快车道"。

南海扬波,惊涛拍岸。

一个新海南,犹如喷薄而出之红日,正跃升于广阔的东方地平线上……

大洋风涛

世界许多经济学家预言:当历史叩开 21 世纪的大门,国际市场的中心将越过滚滚的大洋波涛东移,环太平洋地区将创造出速度惊人的经济奇迹。

亚太经济圈的崛起和发达,无疑是人类未来史上最重大的发展事件之一。

海南——处于西太平洋环形经济带的中心,愈来愈成为全球瞩目的热点地区。

海南——将以怎样的身姿走进国际大分工、国际大竞争、国际经济大循环的世界大舞台呢?

海南从办大特区开始,即以"自由岛"的战略格局,来构思和设计她的今天与明天。

环岛 1528 公里悠长的海岸线,其连缀的是一片蔚蓝色的梦——大海雄沉,浩浩淼淼,海南将从这里起航,在拓海贸易的风浪中吸吮现代文明的琼浆。

因之,港口是对外开放的出发点:抓好港区建设,敞开黄金口岸,成为推开门户、推动往来的首要之举。

目前,海南已构成北有海口港,南有三亚港,西有八所、洋浦、马村港,东有清澜、乌场港"四方七港"之格局;拥有各类泊位码头 70 个,其中万吨级以上的深水泊位 10个,港口年吞吐量达到 1170 万吨;全省已有船舶运力 38万吨;除与国内各大港口通航外,开辟有国际航线 69 条,同 24 个国家和地区开展国际集装箱运输业务和贸易运输往来。

经济生活国际化是"第三次浪潮"创造的文明成果。

空中航运则是一个地域参与世界区域化、集团化经济竞争的重要标志之一。

扩建后的海口机场已升格为中国十大航空港之一,空中航线由 5 条增至 38 条,每周定期航班达 124 个班次,从海口可直飞香港、曼谷、新加坡等周边国家和地区;兴建中的三亚凤凰国际机场,客运能力第一期为每年 150 万人次,终期目标则为每年 1600 万人次,可起降当今世界上最大型波音 747-400 型客机。

显然,由海运和空运组成的立体交通运输网络,将长期孤悬海上的海南岛,同中国大陆及世界连成了一体。

海南本岛内的公路建设成就卓然。

全省公路形成"三纵四横"的网状体系,通车里程达到 1.3 万公里,公路密度达到 0.38 公里/平方公里,通车密度跃为全国之冠;全长 268.25 公里、总投资达 10.56 亿元的环岛东线半幅高速公路已部分建成通车,全线将于1994 年正式投入运营。

铁路历来被视为国民经济的大动脉。

海南现有铁路 238 公里；贯穿海口市、洋浦港和石碌矿区的西环线铁路工程正在全力掘进之中；与大陆铁路联网，由海南西环铁路、琼州海峡火车轮渡、广东遂（溪）海（安）铁路三大项目构成的陆岛铁路通道工程，经国务院正式批准，已进入实施兴建阶段，计划于 1994 年竣工。

陆海空运输渠道的进一步拓宽，使整个海南经济流动了起来。

信息社会将时间和空间进行了最大限度的浓缩。

一个通讯基础设施落后而闭塞的区域，是无权问鼎现代经济运作的大舞台的。

海南建省后投入 5 亿元巨资，全省通讯设施已形成完整的体系。海口市无线电话寻呼系统及三亚、洋浦卫星通讯地面站均已建成；全省市话装机容量从 2.55 万门急增至 10.98 万门；全省长话线路达到 1817 条；19 个县、市电话均实现自拨直通，其中海口、三亚等 11 个县、市进入全国电话自动网，可与全国 1100 多个城市及世界 195 个国家和地区直拨通话——海南无异于建造起了一条"信息高速公路"。

能源开发颇见成效。全省电力装机容量已达 80.6 万千瓦，年发电量达到 20 亿千瓦小时，电网覆盖全省 19 个市、县 99% 的乡镇，成为全国第二个电力富余的省份；正在兴建的装机容量 24 万千瓦、灌溉农田 100 万亩的大广坝水利水电枢纽工程及发电能力 45 万千瓦的洋浦电厂，主体基础工程已经完成。

海南建省以来,基本建设总投入达 121.16 亿元,昔日蛮荒与沉寂的历史永远翻过去了,海南已具备大规模吸引海内外投资开发的良好环境。

大改革、大开放,必然带来大开发、大建设。

海南大特区始终坚持以改革探路,靠开放起家,闯出了一条"以引进外资为主,让外商成片承包,综合开发,以项目带土地,以低地价赢得高投入、高效益"的"洋浦模式"。

"洋浦模式"的着眼点是:扬政策之长,避资金之短。

1993 年 9 月 9 日,洋浦经济开发区举行隆重的封关典礼,从而树起了一块海南对外开放的里程碑!

大自然的吝啬使洋浦只拥有一片荒芜贫瘠的不毛之地,同时又慷慨赐予她一个"中国少有、世界难寻"的天然避风良港——海岸线曲长,港湾深阔,不聚泥沙,水不扬波,浪不喧哗,可建设数十个万吨级以上的深水码头,最大泊位可达 10 万吨级。

从孙中山的《建国方略》到周恩来的《国家经济计划》,都曾为开发洋浦描绘过蓝图,将洋浦港列入未来中国的大港之一。

盖因耗资巨大,被称作"海南西伯利亚"的洋浦,一直沉睡在"北船不到米如珠"的荒寂之中……

海南办大特区,促使洋浦从历史的后台一下站到了前台。开发洋浦从酝酿到实施,始终牵动着共和国的中枢神经。

——1986 年 2 月 11 日，国务院副总理田纪云视察海南，首先提出了开发洋浦的构想："洋浦港很有前途，要好好规划，好好建设……要搞成一个现代化的港口城市。"

——1989 年 4 月 29 日，邓小平在详细审阅开发洋浦的规划汇报后，明确批示："决策是正确的，机会难得，不宜拖延。"

——1990 年 5 月 16 日，江泽民总书记到洋浦实地考察时指出："采用引进外资成片开发的形式，不少国家都采用，纯属商业行为，不存在损害中国主权问题。"

——1990 年 12 月 21 日，李鹏总理在海南考察工作时再次指示说："要通过洋浦开发探索成片开发的路子。"

——1992 年 4 月 15 日—22 日，国务院副总理朱镕基作海南环岛行，他第一站就到了洋浦，明确表态说："洋浦要放手让外商来开发。"

洋浦热起来了。

1992 年 8 月，洋浦经济开发区 30 平方公里国有土地使用权出让合同备忘录在北京正式签约，由熊谷组（香港）有限公司独家承租，土地转让期为 70 年，熊谷组计划在 15 年内先期投资 180 亿港元进行基础设施建设。

1993 年 4 月 10 日，洋浦经济开发区管理局正式挂牌办公，全权代表海南省政府对洋浦实施统一行政管理——形象的说法是："你投资，我欢迎；你赚钱，我收税；你犯法，我抓人。"

洋浦开发区进入了一个前所未有的大发展时期——

目前,开发区已建成一个 3000 吨级码头和 2 万吨级的集装箱及杂货多用途码头;

二期工程将再建三个 2 万吨级码头;

60 公里的二级疏港公路将洋浦港与海南岛西线公路主干线连接了起来;

已完成 10 平方公里土地平整面积,隔离设施全部建成;

洋浦电厂正在紧张施工之中,1994 年初可望正常运转发电;

开凿 8 口深水井,日出水量达 3300 吨,可基本满足目前施工及生活用水,地面引水工程论证已取得突破性进展;

利用 2 亿美元无息贷款兴建的现代化立体通讯网络工程正在全面而有序地推进,目前已正式开通程控电话 2200 门、移动电话 100 门,开发区邮电通讯初具规模……

洋浦经济开发区迅速组建起一个精干、高效、勤政、廉洁"小政府"的同时,率先实行了公务员制度。

洋浦经济开发区大力推进立法工作,有关开发区条例、商业政策、工商登记、土地管理、海关人员、货物进出等十余项法规相继出台,完全实行依法治区。

洋浦经济开发区实行封闭式隔离管理,是海南大特区中的特区,实施"资金自由进出、物资自由进出、人员自由进出"的全新的经济运作模式。

洋浦经济开发区拟建成以技术先进的工业为主、第三产业相应发展的外向型工业区，区内允许从事国际贸易、中转贸易，允许设立仓储、包装及分装公司，允许开展房地产、运输、旅游、金融、信息、商品展销和居住服务等商贸活动，力争办成具有国际水准的综合性经济开发区。

无疑，开发洋浦是一项跨世纪的浩大工程。

当蓝图变成现实之日，洋浦这块千百年来沉睡不醒的穷乡僻壤，将崛起一座年产值达 200 亿元、拥有 25 万—40 万人口、环境优雅、交通便捷、设施完善、布局合理的现代化海滨城市！

海南建省后，确立了一条"全面规划，重点开发，分片展开，区域辐射，整体推进"的开发战略。

除洋浦外，全省还规划了海口、三亚、清澜、八所、桂林洋等五大经济区；国际工业区、金融贸易区、科技工业园、旅游度假区等各类开发区则多达 147 个，总面积 425 平方公里。

目前，已开发面积 75 平方公里，投入资金 78 亿元，动工兴建工农业项目 290 个，兴建商品住宅 250 万平方米。整个海南犹如一片大工地。

开发——成为海南"大建设，大发展"的主旋律！

海南岛素有"东方夏威夷"之美誉。

海南岛的确与美国的夏威夷处于同一纬度上，却又是世界上少有的一块尚待开发、依然保持着热带自然风光的处女地。

今日之海南，长夏无冬，天澄水碧，叶绿花红，阳光、海水、沙滩、椰林……成为无论是东方世界抑或是西方世界的巨贾富商、八方来客游乐休憩、"回归大自然的好去处，未受污染的长寿岛"。

凡前来海南一游、饱览了海南万千风情的人们，无不发出由衷的赞叹："不是夏威夷，胜似夏威夷！"

显然，旅游资源堪称海南最丰厚的资源优势之一。

大力开发海南旅游业，确立其支柱产业、龙头产业的地位，以此带动其他产业的腾飞，成为海南省委、省政府既定的一条经济发展战略。

海南建省办大特区以来，旅游开发规模大，势头猛，呈现出前所未有的开发热潮。

——初步开发旅游风景区、点 39 处；成片开发的有白沙门、桂林洋、高隆湾、石梅湾、亚龙湾、五指山、铜鼓岭、南湾猴岛、万泉河、红树林等十大旅游区；其中，亚龙湾经国务院 1992 年 10 月 4 日正式批准，将建成国家级旅游度假区。

——兴建起 96 家旅游宾馆，其中涉外宾馆 69 家，客房 9500 多间，旅行社 120 多家，形成了一个档次合理、功能齐全、渠道多元化的旅游接待体系。

——同 2000 多家国内外旅行社建立起业务往来，稳定发展了港澳市场，重点开拓了我国台湾地区、日本、韩国、东南亚等近中程周边市场，积极拓宽了欧美市场。

目前,海南每年接待国内外宾客 200 多万人次,旅游创汇达 3 亿多美元。

海南,正以更加迷人的身姿,向全国旅游大省和国际旅游度假胜地的宏伟目标迈进!

大洋风涛昭示着一个新文明的降临。

人类历史的每一次变革运动,都促进了经济繁荣、政治昌明、文化发展和社会进步。

海南——作为中国改革开放的"社会实验区",她的今天与明天,必将越来越引起全世界的关注。

海南——这艘启航于南中国海的航空母舰,正以乘风破浪之势驶向新世纪的黎明……

（原载《海南日报》1993 年 11 月）

深圳,历史在这里交汇

一

1992 年 1 月 19 日,一个普通的日子。

太阳东升,潮涨潮落。江河奔流,万木争荣。岁首春风催动南国荡漾的春意。

勃兴于 20 世纪 80 年代的中国改革开放伟业已推进到第 13 个年头。13 年高蹈宏阔,雄健宛曲,其情其势非同凡响。

今天,在列车车轮与铁轨撞击的轰鸣声中,一位 88 岁老人新的思维正在孕育——一场更加威武雄壮的时代大戏即将拉开帷幕……

深圳在翘首企盼,已经企盼得太久太久——因为,作为中国改革开放的试验场,她的昨天、今天和明天,她的整个命运都与中国改革开放总设计师邓小平的每一个思绪、每一步决策休戚相关……

深圳是中国改革的新生儿——她崛起于中国南海边的荒漠小镇，又以"一夜之城"的现代都市雄姿撼动了太平洋的滚滚风涛，引来当今世界议论蜂起，毁誉参半，莫衷一是。

这是地球上最年轻的一座城市——她充满风险，充满竞争，充满活力，充满神奇……简直令世人不可思议！

时间上溯 16 年。

人民共和国的列车刚刚穿越过一段黑暗的历史隧道。

经历了狂热、痴迷、磨难、困惑、希望、抗争，直至灵魂睁开了眼睛，一个巨大的问号却摆在面前：中国向何处去？

历史的积淀与现实的思考都在叩问这片古老而贫瘠的黄土地。

历史不容等待。

历史赋予他们开创一个新时代的使命。

中国共产党第十一届三中全会的召开，无论其哲学内涵或思维命题，都闪耀出里程碑式的光芒。

中国的政治家们犹如拨动一个地球仪，就这样异常艰难而又异常果敢地将偌大的中国推上了现代化进程。

这个曾经拥有雄汉盛唐、威加四海的东方文明古国，在饱尝了近代百年凌辱、战祸离乱、闭关锁国的深重苦难之后，今天，终于以其睿智的目光和坚定的信念，再度推开了尘封网结的窗门，去延揽八面来风……

任何社会变革都需要选择突破口。

中国的改革开放同样需要一个排头兵。

1979 年,当中国政局刚刚廓清雾幛,完成了一次指导思想方面的战略大转移,深谋远虑的邓小平就提出了试办沿海经济特区的总体构想。他不无悲壮地说:"可以划出一块地方,叫做特区。陕甘宁就是特区嘛。中央没有钱,要你们自己搞,杀出一条血路来。"

后人评述历史时,也许会发出惊叹:一个伟大的社会事件就这样诞生了!

正是这一年春,深圳卷起了一股黑色狂潮:数以万计的人群争先恐后地涌出边境线,逃往香港。

"逃港",又并非始于这一年。

由于世界东西方冷战的对峙格局,建国以来,深圳一直被视作"政治边防"和"阶级斗争前哨阵地","反崇洋""反向洋""反慕洋"等口号喊得震天响。其结果,一道高高的铁丝网竟形同虚设、无济于事,30 年来香港竟然接纳了 30 多万宝安县的逃港者。

地处著名中央街的沙头角镇,如果以人口计算,逃港者等于先后"搬走"了两个沙头角镇……

如果时间再上溯 94 年。

1898 年,继甲午海战惨败之后,西方列强纷纷趁火打劫,大清国朝臣被迫同英联邦远征军首领一道登上了深圳山头。回荡在崇山峻岭也永远回荡在中国人心头的是一个民族被宰割的声音："以深圳河为界，凡河水漫到的地方，皆为我大英帝国的疆土……"

深圳河以南陆地，连同香港岛以及毗邻的 23 个岛屿，共计 1060 平方公里的领土就这样"租"给了英国人，一"租"就"租"出去 99 年。

其实，近百年来这场没有硝烟的战争一直在延续着——隔河相望，河南岸繁华的高楼与河北岸破旧的村落，不正在无声地诉说着一个令国人扼腕痛切的故事么?!

迎接挑战，抓住机会，就预示着成功的希望。

特区办在深圳，对于深圳来说是一种偶然——然而，一切偶然的社会动因又包容在历史规律的必然之中！

从另一个层面上说，这无异于关乎中国命运的一场大决战！

1980 年 8 月 26 日，以五届全国人大常委会第十五次会议审议和批准《广东省经济特区条例》最后完成创办特区立法程序为标志，深圳经济特区正式起步了……

二

创业的艰辛，唯有创业者的体尝最为深刻。

没有资金——国家只能贷款 3000 万元作启动费用，可谓杯水车薪；

没有设备——点一支香烟不等燃完便可以兜遍全镇的弹丸之地，仅有的一幢五层楼房已是鹤立鸡群的"摩天大厦"了；

没有技术——几十家小工厂敲敲打打只能捣腾出一些小农具、小五金,形同家庭作坊;

没有人才——仅有农业、林业、农机、水产四家县属科研单位,科技人员 27 人中除两名工程师外,其余均属初级科技水平……

真正是一张白纸——一切只能靠开拓者大胆去闯,凭本事去起家!

"杀出一条血路来"——绝对不是一句轻松的口号。

必须破除传统经济模式,必须破除陈旧思想观念——敢于"特事特办,新事新办",经受一切新、旧体制胶着、摩擦、碰撞的阵痛!

利用国际资本发展区域经济,俗话叫做"借鸡生蛋"。

这是落后地区摆脱贫困的必由之路——香港是靠借钱"飞"起来的,亚洲"四小龙"都是走的这条路子。

深圳也确立了一个目标:"建设资金以引进外资为主",把香港、外国的资本源源不断地吸引到深圳来。

"面包会有的,牛奶会有的,钞票会有的。"然而,谈何容易啊——

要吸引外商、港商前来投资办厂,首先必须提供良好的投资环境。

明摆着的现实是:通水、通电、通车、通讯、平地……每开发一平方公里可供投资办企业的地皮,需耗资 1 亿元人民币。

"金钱不是万能的,没有钱却是万万不能的。"——此话千真万确。

"出租土地"——在 12 年前，这是绝大多数中国人连想也不敢想的念头。

深圳市领导人却大胆地想了——他们看到深圳河边沉寂的旷野上铺着厚厚的黄金——果然，12 年后，有经济学家测算 0.8 平方公里的罗湖商业区，其土地上的财富足可铺一层一厘米厚的百元面钞。

仅开发罗湖小区的头两年，订租出土地 4.54 万平方米，收取租金 2.136 亿港元，吸引外商投资 40 亿港元。

"预售商品房"——在开发上步工业区时，大胆利用资本滚动增值原理，使建筑产品成为商品直接进入流通领域。边盖房，边预售，两年之间，一幢幢高楼拔地而起；资金却如同"滚雪球"一般越滚越大。借贷的 1800 万元转眼间变成了 1.44 亿元。

深圳的"拓荒牛"们，在创办经济特区之初，就敢于到商品经济的大海中去搏风击浪。"中流击水，浪遏飞舟"，开始领略了商品世界的无限风光。

商品，无疑是支撑经济杠杆的一个坚实的支点！

历史，每推进一步都伴生阵痛。

鲁迅先生曾说过一句极生动极深刻的话：中国，是一个搬动一张桌子都得流血的地方。

从长期习惯了的产品经济模式到开始探索商品经济模式，社会心理失去了平衡。

很快,在推土机欢快的轰鸣声中,深圳经济特区遭受到了第一次舆论风浪的冲击——

有的同志怀疑:"这还算是社会主义吗?"

有的同志评说:"当年,帝国主义夹着尾巴逃跑了;今天,资本家又夹着皮包回来了……"

有的人甚至担心:"特区办成租界,国将不国……"

一时间,山雨欲来风满楼啊!

探索建设中国特色社会主义新路子——试办经济特区,本来就是一种前无古人的试验,前辈大师们的经典著作中没有现成答案,现实的社会实践也没有既成的模式——成功了,借以推进全国的改革开放;失败了,烂也仅仅烂在那么一小块地方。

深圳人的心头压上了沉甸甸的铅块……

全国人的心头升起了一个大大的问号……

三

往事历历如在目前——

深圳人对八年前邓小平的第一次南巡是永远不会忘怀的。

深圳人关注特区的命运,邓小平同样关注特区的命运。正如同他老人家所说的:"办特区是我首先提议、经中央批准的,办得怎么样了,我当然要来看看嘛。"

显而易见,一种紧迫感,一种焦虑感,时时萦绕在邓小平的心头。

邓小平果敢地发动中国这场波澜壮阔、举世瞩目的社会变革运动，是基于对中国社会现状清醒而深刻的认识的。他坦率地指出："中国社会实际上从1958年开始到1978年二十年的时间内，长时期处于停滞和徘徊的状态，国家的经济和人民的生活没有得到多大的发展和提高。这种情况不改革行吗？"

又岂止是中国，这是20世纪全球社会主义运动共同面临的重大课题。

如果我们把目光投向世界，就会发现——

从东欧大陆到苏维埃联盟，从布达佩斯到莫斯科，经济衰败所潜伏的巨大危机，如同一块乌云正在悄悄地遮蔽蓝天。

毫无疑问，生产发展、经济繁荣、人民富足永远是支撑国家大厦的坚不可摧的基石。

全球的社会主义者都面临一场生死存亡的挑战！

可喜的是，深圳特区在最初四年的改革实践中，已充分地印证了邓小平关于"贫穷不是社会主义""发展慢了也不是社会主义"的精辟论述。他边看边高兴地说："深圳已经搞起来了嘛！"

人们记忆犹新。在深圳渔村，邓小平看到老百姓确实富裕起来了，扳着指头说道："看来，中国要赶上中等发达国家水平，不需要一百年，到下一个世纪中叶恐怕就差不多了。"

　　八年后的今天,当人们提及曾给予深圳人巨大鼓舞、具有历史性意义的题词一事时,邓小平即刻将题词一字一句地背出来,一个字没有漏,一个字没有错:深圳的发展和经验证明,我们建立经济特区的政策是正确的。

　　邓小平对深圳特区的关切,其实质是对中国改革前途的关切!

　　继视察深圳之后,邓小平随即又巡视了珠海经济特区和厦门经济特区,并接连为两个经济特区挥毫题词:"珠海经济特区好","把经济特区办得更快些,更好些"。

　　这些都预示着什么呢?

　　有胆识有气魄的政治领导集团,必定高瞻远瞩,具有远见卓识,善于把握局势和时机,不断推进社会的发展,不断拓展新的战果。

　　试办经济特区初战告捷,犹如一股春风扑面,全国为之振奋;更为中央高层决策进一步对外开放提供了无可辩驳的理论与实践的依据——

　　1984年3月26日至4月6日,中共中央书记处和国务院联合召开沿海部分城市座谈会,会议决定进一步开放大连、秦皇岛、天津、烟台、青岛、连云港、南通、上海、宁波、温州、福州、广州、湛江、北海等由北至南的14个港口城市,从而形成了我国对外开放的沿海黄金地带。

　　1985年1月25日至31日,国务院召开长江三角洲、珠江三角洲和闽南三角地区座谈会。2月,中央正式决定把这三个地区开辟为内外交流、城乡渗透的开放式的文明富裕经济区,使沿海和内陆互为补充,以带动内陆经济的起飞。

1988年春,中央开始实施沿海经济发展战略,进一步扩大沿海经济开放区范围,开放市、县增加到288个,开放面积增加到32万平方公里,开放人口增加到1.6亿人。同时,正式确立海南建省办大特区。

邓小平一再告诫各级党政领导干部:沿海地区和周边地区的对外开放要"放胆地干,加快步伐,千万不可贻误时机"。

尔后,规划350平方公里浦东新区的开发、开放,力图将大上海建设成太平洋西海岸最大的经济贸易中心,以龙头之势促进长江流域的经济腾跃;与此同时,积极参与东北亚经济圈,贯通连云港至鹿特丹世界第二条欧亚大陆桥,大力拓展对东欧各国乃至整个欧洲大陆的经贸活动;至此,由沿海开放,进一步推进到沿江开放和沿边开放。

中国一个全方位、多层面对外开放大格局已然形成……

无疑,这些重大决策及改革措施的出台与实施,有力地保证了从1984年至1988年,我国国民经济的加速发展(工业年平均增长速度达到21.7%,钢、原油、煤、电、水泥、硫酸、化肥、化纤、棉布、电视机、食糖等工业品产量进入世界前十名,国民生产总值首次突破亿万元大关,综合国力跃居世界第六位),五年实现了一种飞跃,使整个国民经济跃上了一个新台阶。

中国,终于开始走出了贫困的沼泽地!

中国,终于撬开了通往新经济体制的大门!

四

今天,当我们站在深圳市委、市政府大院内这座著名的雕像前,唯有对开发特区、建设特区的"拓荒牛"们,表示深深的仰慕和崇敬之情。

革命是解放生产力,改革也是解放生产力——深圳人正是在大刀阔斧破除旧经济体制的改革中,深刻认识了这一颠扑不破的真理,同时创造出震惊中外的"深圳速度"的。

1981年,香港中发大同公司与深圳房地产公司联合在罗湖区兴建第一幢高层商业楼宇——国商大厦。深圳市政府敢于冒很大风险在全国第一个推出工程"招标投标"方案,并实施重奖重罚:工期提前一天奖励港币1万元,反之则罚款1万元。

中标的中国冶金建筑一公司面对巨大压力,别无选择,狠下决心破除铁板一块的传统"大锅饭"管理体制,在企业内部全面推行承包经营责任制,实行层层承包,责任直接落实到班、组、人。

奇迹出现了:承包前25天才盖一层楼,承包后仅用八天就盖一层楼。结果,国商大厦提前94天竣工,冶建一公司也如数领到了94万元港币的奖金。

深圳人用幽默的语言概括说:"奖金不封顶,大楼快封顶;奖金一封顶,大楼封不了顶。"

一石激起千层浪——

发轫于建筑行业、革除现行僵化管理体制、运用经济规律支配建筑市场的改革一发而不可收。

几年后,高 160 米、总建筑面积 10 万平方米、号称神州第一楼的深圳国际贸易大厦,又如神话般地从这片土地上腾空跃起,直插蓝天。

历史永远会记住:深圳人兴建这座大厦创造出了世界建筑史上前所未有的"深圳速度"——三天盖一层楼。

外国人惊讶了,由衷地赞叹道:"这种近乎天方夜谭的深圳速度,是独领风骚于青史的!"

深圳国贸大厦这座巍然耸立、直插云霄的现代化贸易大厦,既是深圳的象征,又为深圳人赢来了骄傲和荣光。

如今,大厦内喷水飞花,灯红酒绿,流光溢彩;海内外富商巨贾纷至沓来,洽谈经贸,流连忘返,惊叹不已,俨然一座综合性的商业小城市。

八年前,邓小平前来巡视时,还只能登上 22 层的深圳国际商业大厦天台;今天,他老人家可以兴致勃勃地登上国贸中心大厦 53 层的旋转餐厅,尽情地俯瞰深圳市容了。

登高望远,心旷神怡。视线所及,仅一河之隔的香港摩天大楼影影绰绰,同深圳鳞次栉比的高层楼宇相映成趣,欲与天公试比高。

邓小平高兴地说:"发展得这么快,我没有想到。看了以后,我信心增加了。"

　　实践再一次证明:抓住时机,发展自己,关键是发展经济。经济发展,总要力争隔几年上一个新台阶。

　　历史对改革者情有独钟:当年承包建造这座大厦的十几个人,白手起家,与深圳同步,今天已发展成为拥有3000名职工的深圳市物业发展(集团)股份有限公司。公司资产总值达13.8亿元,年利润总额超过1亿元(自1989年以来实现利润每年翻一番),是一家主要从事房地产开发、经营和管理,同时兼营工业投资和进出口贸易,声名远播于海内外的多元化经营的大型企业集团。

　　尤为令人欣喜的是,今日的深圳,已有一批类似物业发展集团这样具有强大经济竞争实力、实施现代化管理的大型企业集团,挟改革之雄风脱颖而出……

　　震惊海内外的"深圳速度",绝非仅仅表现在建筑业上。

　　深圳自创办经济特区以来,主要经济指标每两年至两年半即翻一番;十二年来国民生产总值年平均递增45.36%;国民收入年平均递增44.03%;工业总产值年平均递增61.65%。这样的经济发展速度,与新加坡、韩国等亚洲"四小龙"起飞时期的经济发展速度相比,都是有过之而无不及的。

　　深圳人从改革开放、革故鼎新的实践中,率先提出了极富于哲理意味的口号:"时间就是金钱,效率就是生命。"

　　这一口号很快又风靡神州大地。

"深圳速度"给予中国改革开放的启示,正如同一位外国元首所称道的:"中国不能没有深圳——深圳有希望,才能推动中国的成功!"

五

改革的期望值是什么?

从商品生产观念的确立到社会主义市场经济运行机制的形成——深圳特区的决策者们敢为天下先,实现了变政策优势为体制优势的"惊险一跃"。

每一步攀登都异常艰辛,每一次冲击都充满风险——而完成每一次拓展,又必然跃上一个新的高度,饱览无限风光,领略创造人生的辉煌壮美的情怀!

改革,是一项社会综合系统工程。

大胆地试,大胆地闯,改革就是开创前辈人所没有干过的事业。

深圳始终坚持以市场为取向的改革,得以逐步迈向社会主义市场经济新体制。

——大建设局面,国营、集体、个体、合资、独资企业如同雨后春笋似的冒出来,百万劳动大军有如一波波狂涛叠浪涌入深圳,逼出了一个"劳务市场":用工制度的改革彻底砸碎了"铁饭碗",合同工、季节工、临时工一齐上;实行双向选择,老板有权"炒"职工的"鱿鱼",职工也可以"炒"老板的"鱿鱼",一次分配定终身已成为明日黄花。

——建筑业的高速度和高效率,逼出了一个"原材料市场";传统的天经地义的由国家调拨、建材部门经营的"一统江山"局面,理所当然地被打破了;在深圳,钢材、水泥、木材等原材料都可以在市场上公开出售,自由贸易,拍板成交。

——特区开发所必然出现的人口骤增,一度造成食品、副食品、日用品等供求关系失衡,逼出了一个"生活资料市场":始于1984年11月的深圳物价改革,与劳动工资改革配套进行,稳步推进,逐一放开;迄至今日,市场调节价格比例已占到97.4%,没有引发人心浮动和社会动荡;在深圳,价格真正遵循价值规律,发挥着引导消费、启动市场、调节商品的杠杆作用。

对于国人来说,这一场面既陌生又颇具冲击力:1987年12月,深圳发展银行向社会公开发行了第一批股票。迄今,深圳建立股份制企业达136家,并有17家企业的股票正式上市。深圳不但把大量社会闲散资金聚集起来促使经济飞轮加速运转,而且勇敢地打破了"股票是资本主义的专利"的固有观念。

毋庸置疑,深圳的股票市场还很年轻,管理机制和运作程序都有待进一步完善;股份制改革既充满风险又备尝艰辛——然而,它毕竟在探索中迈出了可喜的一步。

还有"金融市场""科技市场""信息市场""人才市场""期货市场""房地产市场"……毫无疑问,深圳社会主义市场经济机制的全面发育与灵活运转,远远走在了全中国的前列。

在深圳，对一切有利于解放和发展生产力的改革尝试，都敢于大开绿灯。

实践是检验真理的唯一标准。

深圳人正是从改革开放的实践中充分认识这一颠扑不破的真理的：计划经济不等于社会主义，资本主义也有计划；市场经济不等于资本主义，社会主义也有市场。

今天，当深圳在全国率先显示"小康"的雏形：人均国民收入达到8000元人民币；十二年累计直接或间接上缴国家财政和税收达200亿元人民币；同时，安排内地劳动力就业100多万人，向内地汇回劳务费达55亿元人民币；人均生产总值、人均实现利税、人均收入和消费水平均跃居全国首位，提前实现国民经济总体发展战略的第二步目标。内地某些经营不善、长期亏损的大中型企业职工中间，却在流传着一首《新好了歌》："企业亏损好/什么摊派都不要了/企业亏损好/各种检查组不来了/企业亏损好/优惠政策上门了"。

"不坚持社会主义，不改革开放，不发展经济，不改善人民生活，只能是死路一条。"邓小平的这一席话如黄钟大吕振聋发聩，不能不引起人们深长思之啊！

六

放眼世界，以"第三次浪潮"的勃兴为发端，科技革命席卷全球，先进科学技术有声有色地统领着全球经济舞台，成为当代经济发展和社会进步的最活跃和最强大的驱动力。

　　"科学技术是第一生产力"——邓小平这一科学论断的巨大现实意义在于：把振兴教育、发展科技、尊重知识、尊重人才等一系列关乎中华民族兴衰存亡的社会课题，摆到了我国现代化建设的首要的战略位置上。

　　这一论断无疑又是对几十年来在知识分子政策方面"左"的流毒的最坚决和最彻底的拨乱反正！

　　深圳能否搏击太平洋风涛，问鼎世界市场？关键要以科技进步为依托，大力发展自己的高精技术产业——这正是智者思虑目光之焦点。

　　深圳先科激光公司的创办，使我国继荷兰、日本、美国之后，一跃成为第四个能够生产这种被西方人称作"魔镜"的激光视、唱盘的国家。

　　12年风雨历程，深圳已发展成为拥有近百个科研机构、十余万名各类人才和数百家高科技企业、具有相当科技实力的现代化边境城市。

　　深圳创办特区的整个过程，也是延揽八方人才的过程。有胆识有才智的人，都可以来特区一试身手。

　　有一则传为笑谈的真实故事——

　　创办特区之初，一群年轻大学生满怀希冀来到深圳人才招聘中心，问："将分配我们干什么？"回答说："这恰恰是我要问你们的问题。你们到底能干什么，打工，当老板？深圳将给你们提供最宝贵的机遇，关键是看你们自己有多大的能耐了。"

这是一种全新的开放型的用人观念。

中国有句古话："英雄无用武之地。"

一个国家、一个民族，最大的浪费莫过于人才的浪费了。

"物尽其用，人尽其才""尊重知识，尊重人才"……口号的提出无疑表明了一种社会观念的进步。但至关重要的，还在于提供与之相配套的社会环境；否则，再美好的愿望也只能流于空谈。

深圳特区形成了一个充满竞争的激励人才成长的大环境。在这里，所有人的聪明才智，都能通过社会大舞台激烈的竞争与角逐，最终充分实现其自身的人生价值。

"海纳百川，有容乃大。"日前，深圳专门成立了"中国科技开发院"，旨在与密布于珠江三角洲乃至全国的新科技项目联网。

深圳经济特区正成为"技术的窗口、知识的窗口、管理的窗口、对外政策的窗口"——日益发挥着对内对外两个扇面的辐射作用。

七

纵观一部当代世界经济发展史，始自20世纪40年代爱尔兰人创办香农特区；尔后，从欧洲到亚洲到大洋洲，出口加工区、自由贸易区、科技工业园区、自由港等名目繁多的各类经济特区已达600多个。然而，它们都与本国的经济几乎完全割断了联系，一般只是单一功能，仅限于区内贸易或加工,吸引外资开办实业激活区域经济而已。

中国创办深圳经济特区,旨在种一块"试验田":对外,既可以走向世界;对内,又可以带动全国——而最终要让这颗种子在960万平方公里的大地上开花结果。

深圳——肩负着闯出一条具有中国特色又适合中国国情的经济发展之路的使命。

深圳几乎是在一夜之间完成了农耕文明向工业文明转轨换型的。

客观而言,在一个相当封闭、落后的地区进行经济起飞前的积累,必然会首先选择"以贸为主"作为突破口。

然而,从"以贸为主"到"以工为主",从开发劳动密集型产业到开发知识密集型产业,中间却要经历艰辛的一跃。

值得庆幸的是:日本、香港等用了近百年时间才认识这一现代都市发展的规律,深圳人却只用了五年,便潇洒地走出了这片低谷。

1985年,深圳在全国最先提出了发展外向型经济的战略构想。确定发展"路向"是:资金来源以外资为主,工农业产品以外销为主。大胆地走向世界,与国际市场相衔接。

然而,产品要打出去,要去搏击世界市场风云,必须具备雄厚实力,必须有资金,有销售渠道。否则,一切都将变成纸上谈兵。

深圳人还是靠一个"闯"字。

——眼睛向内，"内联"：依托内地的技术、人才和资金，在深圳联合办厂。

——眼睛朝外，"外引"：引进国外的资金、技术和管理经验，吸引外商前来深圳合资或独资办厂。

——组建自己的"托拉斯"：大胆突破传统外贸管理体制的束缚，从"借船出海"到"买船出海"，直接实现国际产销见面。

中国，是自行车的王国。

深圳人自创办中华自行车有限公司的第一天起，就将目光瞄准了云谲波诡的国际市场。

引入一流的设备和技术，融汇中外企业管理之精华，全力推行国际质量标准，讲求信誉，尊顾客为"上帝"，很快使中华自行车有限公司被国际同行们称作"崛起的巨人"，产品远销至美国、英国、加拿大、日本、爱尔兰、丹麦、瑞典等十多个国家和地区，一跃成为自行车出口量居世界第二位的单一生产厂家。

随后，赛格电子集团、康佳电子集团、浮法玻璃厂、中冠印染公司……中国的一路路商品集团大军，终于有资格有能力遵循国际惯例，扬眉吐气地升帆远航了……

这组数字无疑是辉煌而感人的——

深圳市出口总值由 1980 年的 0.09 亿美元发展到 1991 年的 34.46 亿美元，年递增 63.71%；1992 年 1 月到 8 月，出口总值又达到 35.86 亿美元；工业产品出口产值占到工业总产值的 60% 以上；利用外资占到全国的七分之

一;三资企业密度居全国首位;出口创汇总量在全国各大
中城市中仅次于上海,排名第二位;人均创汇额名列全国
榜首。

深圳从起步之初的"三来一补"到及时转向三资企业
为主,从中外合作、合资到欢迎外商独资,从大力办工业到
加快第三产业的发展直至跨国经营,特区发展外向型经济
的成功经验,为党中央最高决策层及时制定深化改革、扩
大开放的经济发展战略方针,提供了理论与实践的参
照系。

邓小平以时不我待的口吻指出:"有条件的地方要尽
可能搞快一点,只要是讲效益、讲质量、搞外向型经济,就
没有什么可担心的。"

八

深圳留给了世人一个巨大的"谜"——值得政治学家
们、经济学家们、金融学家们、建筑学家们、社会学家们和
历史学家们穷其毕生去探求,去争辩,去论证。

的确,深圳——作为中国改革开放的排头兵和试验
场,12年卧薪尝胆,12年栉风沐雨,创造过多少惊世骇俗
的奇迹啊!

——1984年5月,刚刚富裕起来的深圳万丰农民集
资参股办工业村,构建了一种以共有制为基点的全新的农
村经济体系"万丰模式",成为中国第一个实行股份制的
新型农村经济模式。

——1985年11月,中国第一家外汇调剂中心(外汇市场)诞生在深圳,外汇兑换变黑市交易为公开、公平、公正、合法的买卖,对现行外贸、金融管理体制的改革,无疑是一次大胆的尝试。

——1986年2月,深圳市政府在全国率先实行向社会公开招聘局级领导干部,使"主人"在实际意义上真正享有了自荐、举荐、监督"公仆"的民主权利。

——1987年12月,中国首次土地使用权公开拍卖活动在深圳会堂举行。深圳市政府以公开拍卖的方式做成第一笔土地交易,对国有土地传统管理方式是一次大胆尝试。

——1987年12月,深圳在全国率先创办全封闭式的沙头角保税区,海关对0.2平方公里保税区域内的进出口货物简便手续,实行优惠政策,被人们誉为"特区中的特区",为我国的进一步开放和拓展外向型经济探索新路子。

——1988年9月,深圳市政府以竞投方式,在全国首次公开拍卖小汽车营运牌照,尝试城市公共交通运输管理体制的改革;这一拍卖活动标志着由市政府传统的无偿分配营运"的士"牌照制度的终结。

——1990年4月,深圳市政府宣布首次向国内外公开出售四家国有企业,允许国内外企业和个人购买。

——1992年8月,中国第一批高科技成果在深圳进行拍卖,拍卖会推出电子、微电子、精细化工、生物工程、机

电仪一体化等 35 项高科技成果,成交额达 92.2 万元。深
圳率先将科技成果推向市场并转化为生产力,对进一步深
化科技体制改革具有重大启迪意义。

　　——深圳市设立了全国第一家市长专线办公电话,与
社会相沟通,密切联系群众,及时、广泛地听取各界意见,
转变政府管理职能;随后,为适应特区建设的新情况和经
济发展的新形势,深圳市又创办了全国第一个经济罪案举
报中心,始终坚持两手抓、两手硬,大力推进廉政建设,努
力端正党风,净化特区社会风气,卓有成效地保证改革开
放事业的健康发展……

　　12 年间,深圳人在奋发有为的改革开放实践中共创
造了多少“全国第一”,已很难数得清了;然而,一个明白
无误的事实是:深圳发展速度最快,深圳改革步子最大,深
圳开放程度最高,深圳的“开拓、创新、团结、奉献”精神最
可嘉。

　　显而易见,深圳人发起的每一次冲击,都将改革之剑
直指旧体制的防护墙,都为催发新体制的萌生和解放生产
力挺进了一大步!

　　今天,当你漫步在深圳街头,也许你会感到既陌生又
神秘。

　　——的确,在深圳,你已很难找到从东欧到前苏联到
中国改革前的传统“社会主义”的痕迹。一切先进的行之
有效的西方发达国家的经营手段和管理方式,都被大胆地
拿过来为我所用,而且创造出了比资本主义更高的发展速

度和更祥和的社会氛围。

今天,当你漫步在深圳街头,也许你还会心存疑虑而有所疑问。

——然而,深圳又确确实实不同于资本主义。因为,在深圳,公有制依然占据着主体地位,中国共产党人牢牢执掌着政权,而且以其改革开放的宽阔襟怀,赢得了人民群众的欢迎和拥戴。社会主义精神文明正在不断地发扬光大,竞争意识、风险意识、时间意识、效率意识、民主意识、平等意识已成为社会生活的主调。

那么,深圳到底给予人们什么启示呢?

1984 年 1 月 26 日,邓小平说:"深圳的发展和经验证明,我们建立经济特区的政策是正确的。"

1987 年 6 月 12 日,邓小平又说:"经过将近七年的实践,现在看来,我们关于建立经济特区的决定不仅是正确的,而且证明是成功的。"

1992 年 1 月 19 日,邓小平又进一步坚定地说:"深圳的建设成就,明确回答了那些有这样那样担心的人,特区姓'社'不姓'资'!"

邓小平一再告诫人们:"改革开放迈不开步子,不敢闯,说来说去就是怕资本主义的东西多了,走了资本主义道路。"并且一针见血地指出:"中国要警惕'右',但主要是防止'左'……把改革开放说成是引进和发展资本主义,认为和平演变的主要危险来自经济领域,这些就是'左'。"

九

历史永远是一部教科书。

在中华源远流长的五千年文明史长卷面前，我们感悟到了什么呢？

昨天已经逝去，辉煌已成陈迹，民族要复兴，中华要腾飞——每一个中国人的肩上都会感受到一份沉甸甸的压力啊！

深圳人民，全国人民也许永远记住了这个珍贵的细节：邓小平缓缓地朝码头走了几步，突然又踅转身，意味深长地对深圳市委书记李灏嘱咐说："你们要搞快一点！"

是啊，我们一定要搞快一点——告别过去，开辟未来；中华民族在近代被欺辱了百多年，是彻底改变她贫穷落后面貌的时候了。

每一波潮汐，都孕育着一场生命的大躁动……

每一轮日出，都完成了一次历史的大跨越……

唯有生机勃勃、开拓奋进、敢于撞响命运晨钟的民族，才具有这样的大气魄和大胆略——上下几千年，纵横八万里，凡人类文明发展史上的一切先进成果，皆可任我取舍为我所用。

卡尔·马克思曾有过一段著名论述："任何一种解放都是把人的世界和人的关系还给人自己。"中国人民奋起于忧患，经历了成功与挫折的考验，必将紧紧扭住经济建设这个中心不放,坚持党的基本路线一百年不动摇,在推进祖国现代化建设的伟业中,以高山一般的坚强毅力和大海一般的澎湃情怀,展示无与伦比的雄健身姿……

大海无垠,水也滔滔,浪也滔滔。

人类社会的进步与发展,永远是迎着风浪前进的。

一个国家、一个民族的思想和情感张力,在于追求。

一位大师说过:历史不是发动的,而是到来的。

一位哲人说过:机会,永远钟情于有着特殊准备的民族。

每一次历史的抉择,都将拓展一片新天地。

中国,正拥抱着一个明天的太阳。

人民共和国这艘艨艟巨舰,正继续沿着改革开放的航道,劈波斩浪驶向新世纪的黎明……

(原载《光明日报》1992 年 10 月 25—26 日)

让浦东告诉世界

21世纪的曙光已照临人类的窗口。

和平与发展成为当今时代的主潮。

随着全球经济重心东移,地处环太平洋经济带中轴区位的中国,日益成为全世界关注的热点话题。

中国,历经20年栉风沐雨开放改革成就斐然,犹如从太平洋东海岸刮起一阵越来越猛烈的欢腾喧嚣的飓风。

当20世纪90年代钟声叩响之际,中国改革开放总设计师邓小平,又向世人从容打出一张"王牌"——开发开放浦东。

一时间舆论蜂起,众说纷纭——这是一张令人炫目的"中华牌"啊……

世纪抉择

1997年金秋时节,一则爆炸性新闻——"世纪壁画之谜揭秘",令上海人的思绪又一次穿越幽长的历史隧道:

150 多年前,上海开埠。

至本世纪初叶,上海已发展成为远东最大的经济城市,享有国际贸易中心和金融中心之美誉,与伦敦、纽约、东京、巴黎、香港、曼谷、加尔各答诸城并驾齐驱,同领风骚数十年。

从某种意义上说,国家与国家之间政治、经济、文化、外交诸多方面的对话,有时是表现为由世界级大都市来参与完成的。

日夜奔流的黄浦江可以作证。

一江之隔的浦西——上海,由于闭关锁国与传统体制的窒息,经济功能日渐萎缩,与周边迅速崛起的亚洲“四小龙”形成巨大落差。

勃兴于 80 年代的中国改革开放运动,得风气之先的南中国沿海经济带异军突起,又令上海作为全国经济中心城市地位呈下滑趋势。

隔江相望的浦东,则空怀先哲孙中山先生拟于此地创建“东方大港”的一厢美梦,依然沉湎于农耕文明时代田园牧歌式的荒凉与宁静之中。

上海的昔日风采渐渐黯然失色。

浦西与浦东,似乎都在翘首企盼着一个历史契机。

历史不容等待。

1984 年,上海市政府拟定《上海经济发展战略汇报提纲》,第一次明确提出要创造条件开发浦东这一重大战略构想。

　　1986 年,国务院在批复上海市政府呈报的《上海城市总体规划方案》时,明确表示:当前,特别要注意有计划地建设和改造浦东地区。要尽快修建黄浦江大桥及隧道工程,在浦东发展金融、贸易、科技、高教和商业服务设施,使浦东成为现代化新城。

　　浦东北扼长江口,东临长江主航道出海段,绵延 46 公里长的沿江岸线,其外高桥一带拥抱着天然深水良港,可以组建成很理想的海上交通枢纽网络。

　　有人把长江比喻为一条龙,那么上海刚好处于龙头的位置,而浦东则是龙的眼睛。

　　有人又把长江比喻作一张弓,那么地处海岸线中心点的浦东,恰似一支射向太平洋滚滚风涛的离弦的"箭"。

　　历史必然这样选择浦东!

　　1990 年新春伊始,邓小平来到了上海。

　　作为中国改革开放的总设计师,他老人家纵览时代风云,环视全球态势,把握历史机遇,纵横捭阖,运筹帷幄,决胜千里,一步一步将偌大的中国推上了现代化的坦途。

　　——70 年代末期,倡导开放广东、福建两省,创办深圳、珠海、汕头、厦门等四个经济特区,作为中国改革开放的实验场;

　　——80 年代中期,进一步开放大连、秦皇岛、天津、烟台、青岛、连云港、南通、上海、宁波、温州、福州、广州、湛江、北海 14 个港口城市,从而形成我国对外开放的前沿经济带;

　　——80 年代后期,决定开发长江三角洲、珠江三角洲和闽南漳、泉、厦三角地区,旨在通过内外交流、城乡渗透来牵动内陆经济的发展;

　　——80 年代末期,确立海南建省办大特区,主动参与国际产业结构大调整和国际经济大循环。

　　至此,由东向西,由南往北,以点及面,从前沿到腹地,形成了沿海沿边沿江、多层次、扇面形辐射的全方位开放大格局,蕴蓄了中国经济全面起飞的强劲动力。

　　"摸着石头过河"——显然,石头已经摸到,过河的目标也越来越明确。

　　邓小平在思谋着 90 年代中国进一步扩大开放改革的战略选择。

　　他老人家把睿智的目光投向上海,投向黄浦江对岸那片有着巨大诱惑力的宝地——浦东。

　　是时候了,开发浦东,中部腾飞,推动全国经济上新台阶!

　　伟大的历史事件——往往孕育于伟人高瞻远瞩的战略决策中。

　　邓小平对中央决策层的同事们说:我已经退下来了,但还有几件事,我还要说一下,其中之一就是上海的浦东开发,你们要多关心。

　　过了些日子,邓小平又果断地说:"比如抓上海,就算一个大措施。上海是我们的王牌,把上海搞起来是一条捷径。"

上海是全国的上海，上海是中国的王牌。

中共中央、国务院中枢神经迅即发射出一系列信号——

1990年2月，新上任的国务委员兼国家计委主任邹家华受中央委派，到上海实地考察了浦东地区，向中央作了汇报。

几天后，在中央的关心和支持下，上海市委、市政府向党中央、国务院呈报了《关于开发开放浦东的请求》。

3月28日到4月8日，国务院副总理姚依林率领国务院有关部委的负责同志到上海，就浦东开发问题作了10天专题调研和论证，形成了《关于上海浦东开发几个问题的汇报提纲》。

4月10日，李鹏总理主持国务院会议，听取姚依林关于开发浦东的专题报告，并对开发开放中的若干问题逐个作了研究。

4月12日，江泽民总书记主持政治局会议，原则通过了国务院提交的浦东开发方案。

4月14日，李鹏总理视察上海。18日，在上海大众汽车公司成立五周年庆祝大会上，李鹏宣布："中共中央、国务院同意上海市加快浦东地区的开发，在浦东实行经济技术开发区和某些经济特区的政策。"

李鹏强调："这是我们为深入改革、扩大开放作出的又一个重大部署。"这"对于上海和全国都是一件具有重要战略意义的事情。中央要给予必要的支持，全国各地也要给予积极的支持,但更主要的是要依靠上海人民的支持和努力。"

1990 年 4 月 18 日,永远载入中国改革开放史册的日子——浦东开发开放的帷幕拉开了——上海再度成为海内外瞩目的热点。

在浦东开发开放的日日夜夜里,邓小平始终关注着浦东。

1991 年,邓小平再次来到上海过春节。

大年初四上午,他老人家登上新锦江大酒店 41 层旋转餐厅。餐厅墙上挂着两幅大地图——一张上海地图,一张浦东地图,地图旁边摆着浦东开发模型。

一切就像当年组织重大战役。邓小平同志看着地图和模型,意味深长地对上海市委书记、市长朱镕基等领导同志说:"……浦东如果像深圳特区那样,早几年开发就好了。开发浦东这个影响就大了,不只是浦东的问题,是关系上海发展的问题,是利用上海这个基地发展长江三角洲和长江流域的问题。抓紧浦东开发,不要动摇,一直到建成。"最后,老人家再一次殷殷嘱咐:"希望上海人民思想更解放一点,胆子更大一点,步子更快一点。"

1992 年春天,邓小平同志南下又一次来到上海,继续着浦东开发和上海发展的话题。他鼓励上海的干部:"浦东开发比深圳晚,但起点可以更高,我相信可以后来居上。"他强调"上海目前完全有条件搞得更快一点。上海在人才、技术和管理方面都有明显的优势,辐射面宽。"

1993年岁末，八十九岁高龄的邓小平同志一到上海，就提出要到浦东看一看，到黄浦江上新建的大桥上走一走。12月31日，老人家冒着6级寒风，在吴邦国、黄菊等陪同下视察了新建的上海内环线浦东段和浦东罗山路、龙阳路两座立交桥后，被浦东日新月异的现代化建设速度深深感动了。

在杨浦大桥，老人家下了车，冒着蒙蒙细雨在桥上边走边吟道："喜看今日路，胜读百年书。"女儿邓榕问他："你从来不作诗的，今天怎么作起诗来了？"历经了近一个世纪人生惊涛骇浪的老人回答说："这不是诗，这是出自我内心的话……"

毫无疑义，开发开放浦东，是中国共产党人为振兴中华民族的世纪抉择！

潮涌浦东

外滩——上海的一座博物馆，她永远向世人展示着上海的百年沧桑。

如今，人们站在外滩朝东眺望：汽笛长鸣的万吨轮、波涛拍岸的滨江公园、直插云霄的东方明珠塔、亚洲最高的金茂大厦、巍峨壮观风格各异的证券大楼、招商大楼、船舶大楼……仿佛一夜之间，浦东如神话般地崛起了一座国际化现代化的港口新城。

浦东开发开放，一开始便站到了一个视野开阔的高起点上。

确立了一个明确的战略目标:以黄浦江为轴,依托浦西,依靠国内外的智力和资金,把上海建设成国际经济中心、金融中心和贸易中心。

为此,浦东新区的城市布局成功地跳出了传统同心圆辐射发展的旧模式,创造出了"多心组团"与"轴向敞开"的独特模式。

所谓"多心组团",即浦东新区的城市中心不是一个,而是多个。均衡散布的陆家嘴金融贸易区、金桥出口加工区、张江高科技园区、外高桥保税区等四个国家级开发小区,以及周家渡、六里、川沙镇等,都具有城市中心区的一切现代化功能,繁华而雅致,同时又因其开发小区的不同功能而有所分工,互为依托。这样,有效克服了由"一个中心"带来的空间拥挤、交通梗阻等"城市病"。

所谓"轴向敞开",即所有中心城区都以陆家嘴中心城区为轴向前和向两边敞开,向北至金桥出口加工区、外高桥保税区,向东至张江高科技园区、川沙镇、浦东国际机场,向南至周家渡、六里地区。这种"轴向敞开"式发展避免了在市中心区外建生活区、在生活区外建加工区、在加工区外再建生活区的同心圆连环套格式造成的窒息感,给人以十分宽阔舒畅的感觉。

浦东虽然坐落长江口,枕临东海滨,交通却又相对封闭。

新颖的城市布局,必须要求与之相适应的开放式的交通网络设施。

浦东开发的第一场硬仗,便是架桥铺路。

1991年11月19日,一道长虹飞跨大江。南浦大桥的雄姿,圆了上海人的千年桥梦。这座双塔双索面斜拉桥,总长8346米,主桥长846米,一跨过江,桥下净空高度46米,确保5.5万吨级巨轮自由通航。它的中孔跨径,位居世界同类桥梁第三。

就在南浦大桥紧张施工的1991年4月,离它11公里处,一座更加雄伟的大桥打下了第一根桩。29个月以后,1993年9月,杨浦大桥横空出世。它也是一座跨江的双塔双索面斜拉桥,总长7658米,主桥长1172米,桥下净空高度48米。它的中孔跨径,在世界同类桥梁中名列第一。

杨浦大桥落成仅仅半年多,1994年4月1日,黄浦江上第三座斜拉桥——徐浦大桥开工。这座桥面比前两座桥面还宽的跨江大桥,已于1997年6月24日正式通车。

一位世界著名桥梁专家赞叹说:"对于一个发展中国家来说,中国能造像南浦、杨浦这样世界纪录级的大桥,好比在奥运会上赢得了半打金牌!"

江上架桥,江下挖洞的工程同时齐头并进。

1996年9月,延安东路隧道复线通车,东、西外滩有了一来一往两条车行隧道。

穿越东、西外滩的地铁2号线工程,也在这一年启动。

浦东新区数百平方公里土地上的道路建设,同样热火朝天。

有人戏称:浦东已成为当今世界最大的工地,全球三分之一的吊车集结在浦东……

"一切按国际惯例办事"——是浦东新区高起点开发始终遵循的一个标尺。

到浦东办事讲效率,讲国际惯例,已为全社会所公认。

这是浦东新区招商中心。设有大屏幕显示屏和查询电脑,投资者可以很方便地查询有关浦东新区投资政策、项目审批程序、招商项目以及自然地理环境、土地开发利用情况。浦东新区管理委员会的 15 个政府职能部门,在此设立了 27 个窗口,受理国内外投资项目的咨询和审批。这种"一门式"的服务,使投资者免去了在 15 个政府部门间来回奔波的辛劳和烦恼,审批完一个符合条件的投资项目只需 10 天左右。而在旧体制下,至少要两个月时间。

"一门式"服务以中国特色的办事方式和工作效率,向国际惯例迈进了一大步。

浦东新区管理委员会,被人们称作高级别的"微型政府"——全部机构只有 10 个委、办、局,工作人员数量比一个县政府还少。它的组建原则和追求目标,便是国际通行的"精简、统一、高效"。

政府对企业不再管头管脚。由政府组建和培植的诸如金融、劳动力、房地产、生产资料等要素市场直接面向世界开放,依据市场运行规则,为企业和就业者提供日益完善的服务。

在浦东,有全国独一无二的"社会资源配置中心",将国家财政拨款的采购和建设项目,向全社会招标、投标,纳入公开、公正、公平竞争的市场机制。

在浦东,"兵马未动,法制先行"也是新区开发的一大特色。近年来,先后制定和出台了 70 多件法规性文件,使许多经济和社会现象一出现便被纳入法制轨道,确保了市场竞争和开发开放的有序进行。

1995 年下半年,浦东开发开放发生质的飞跃——由初期的基础设施建设转入与功能开发并举的新阶段。

上海人风趣地比喻说:浦东的基础设施开发好比建一个球场,现在,一流的球场基本建好了,可以欢迎一流的球队前来比赛了。

于是,一场威武雄壮的"机构东进"话剧拉开了序幕——

中国人民银行上海分行率先东进,就像一位意气风发的"领队",将国内各大专业银行的上海分行,浩浩荡荡领过黄浦江;

在日本富士银行上海分行入驻浦东的仪式上,浦东新区管委会赠送的礼物是一匹木雕奔马,寓意着这第一家外资银行进入浦江,"一马当先",必定会引来"万马奔腾"。果然,到目前已有 16 家外资银行在浦东挂牌;

一批著名跨国公司如斯米克、西门子、汤臣、联信、阿尔卡特等,接二连三地将总部或地区总部迁入浦东。在世界最大 50 家综合服务公司中,电话电报、英之杰、住友、三菱、丸红等 13 家大公司,也相继在浦东开设了代表机构;

据调查,在排名全国前 100 家工业企业(集团)、前

100 家服务业企业(集团)、前 100 家民营企业(集团)、前
100 家乡镇企业(集团)和长江流域在全国排名前 100 家
企业(集团)中,至少各有五分之一有意将其总部或地区
经营总部落户浦东;

这里还诞生了中国第一批中外合资的外贸公司:东菱
贸易有限公司、兰生大宇有限公司、中技鲜京贸易有限公
司。中国第一批 69 家国内跨地区的外贸子公司,也在浦
东挂牌营业。

与此同时,上海房地产交易市场、粮油交易所、产权交
易所等全市现有 10 大要素市场也已经或正在东进浦
东……

毋庸置疑,开发开放浦东是一项跨世纪的宏伟工程,
必须对历史负责,对后人负责,不能留下遗憾,更不允许有
败笔。

浦东新区的总体规划以及由此衍生的各区域规划,均
经过严格"法律程序"的审定,凝聚了国内外城市建设的
历史经验和当代规划设计大师们的聪明智慧。

呈现在我们面前的这个模型,犹如一首恢宏壮丽的凝
固音乐:7.5 公里长的滨江风景带曲径通幽,东方音乐厅
静卧其中;10 公顷中央绿地和无数的花园水池,托起了林
立的大厦。这些错落有致的大厦组成了有序的城市建筑
空间,468 米高的东方明珠电视塔拔地而起,3 幢超过 400
米的摩天大楼比肩而立,18 幢高约 200 米的超高层建筑
如众星拱月般簇拥在周围,构成沿江一条高层带,与百年

外滩遥相呼应;后面,纵深成扇面展开的,是数十幢30层左右的大厦。这里的每一幢建筑物都匠心独运,风格迥异,而从整体布局上,又显得跌宕起伏,散聚相宜。这里的越江车行隧道和人行隧道、地铁、轻轨、道路、立交、轮渡等立体交通系统,也是那样富于诗情画意且和谐完美……

显而易见,在全国各地的支持下,运用全世界的资金、智慧和物力,一个"多心组团"的现代大都市的框架已经搭起。

在功能开发的同时,规划中的第二轮基础设施建设规模更大,起点更高,仅资金投入,就要比第一轮建设增加4倍。

地铁2号线——这条与浦西横贯南北的地铁1号线相交的地下大动脉,将于1999年10月通车。

外环线浦东段——这项构建上海外圆的跨世纪工程,将在本世纪末完成过半。

浦东航空港——远东最大的国际航空港,比现在的上海虹桥机场还要大4倍,1999年10月1日,它的第一条跑道届时将会把第一架巨鸟送上蓝天。

浦东深水港——它将结束上海没有深水港的历史。

信息港——正在构筑浦东联接全国和全世界的网上高速公路……

倘若从飞机上巡视浦东,从东方明珠塔上俯看浦东,从外滩遥望浦东,我们看到了什么呢——潮涌浦东,连天波涌的建设热潮托起的是一轮希望的太阳。

融汇百川

长江——一条负载着中华民族 5000 年文明与希望的"母亲河",一条奔腾不息浩荡入海的滔滔巨流。

从浦东新区最东端的外高桥保税区回首西望,祖国的千里沃野绵亘不绝;凭海临风,浩浩淼淼的太平洋连接着五大洲风涛。

浦东崛起的全部启示——正是在长河入海的轰鸣声中撞响一部全新的历史!

美国前国务卿基辛格博士访问浦东时,上海市副市长赵启正向他介绍说:"陆家嘴金融贸易区三幢超高层楼宇中,两幢已分别由中国和日本投资。"

一向思维敏捷的基辛格听了,立刻幽默地回答:"这第三幢高楼应该由美国人来投资,以体现世界的美、中、日格局。"

一年后,已兼任浦东新区管委会主任的赵启正副市长访问美国,应邀在基辛格博士的寓所共进午餐。席间,基辛格旧话重提:去年我去了浦东,看了以后,发现浦东是我去过的所有地方中最令人神往的地方之一,想像不到的成功。

基辛格关于浦东的一席幽默话语,足以表明浦东今天的发展和进步,正在消除许多人对中国融入全球经济能力的最后一点怀疑。

世界,正在快速地走向未来。

当今世界,信息技术、现代生物技术、新材料技术、新能源技术、空间技术、海洋技术等领域不断获得突破。它们互相组合交叉,形成一个个前所未有的高技术群,并创立了一系列高技术产业。

抢占高科技发展的制高点,已经成为当代国际竞争的热点。几乎所有的国家,都在努力抓住世纪轮转的关键时刻,加速推动高技术产业化,并为之在全世界范围寻找新的市场。

浦东——正是一个世界级的新市场,集结了世界级的投资规模与世界级的人类智慧。

一批批国际政要来了……

一批批跨国财团和跨国公司来了……

他们带来了对市场的渴望,带来了与中国合作的诚意。

他们留下了自己的经济观念、先进技术和科学管理手段。

而浦东,正是在日复一日与世界对话和交流之中,日益成为全球经济的一个热点。

在激烈的竞争中终于击败强有力对手——日本汽车公司后,1997年6月12日,全球最大汽车商美国通用汽车公司的执行副总裁路休斯,与另一位副总裁、出任通用中国公司总裁的施雷思一同出现在浦东。

两位副总裁此行的重要任务,是要为中美间迄今最大的合资项目——总投资额高达15.7亿美元的"上海通用汽车有限公司""泛亚汽车技术中心公司"落户金桥出口加工区剪彩。中国国务院副总理邹家华、吴邦国分别为这两个项目题了词。出席这个隆重仪式的,还有中共中央政治局委员、中共上海市委书记、上海汽车工业领导小组组长黄菊,上海市市长徐匡迪,美国驻华大使尚慕杰——可以说,中美双方都排出了颇为强大的阵容。

当时还称为八佰伴国际集团的和田一夫总裁,于1996年4月23日在东京郑重宣布:该集团总部将于同年6月迁往上海浦东,并开始推进以中国为轴心的国际发展战略。

1996年7月1日,如期前来的八佰伴总部举行了隆重的开业典礼。几天后,李鹏总理在北京接见和田一夫,对八佰伴总部迁入浦东表示赞许。

也许是为了表示自己的决心重大,和田一夫举家搬迁,入住了浦东的明城花苑。他特别喜欢不怕大海的企鹅,他自喻"他是第一只跳进大海的企鹅"。

和田一夫作过精细的测算:谁最先进入浦东,谁就能摘取"创业者的利润"。

效仿者如斯米克、西门子、欧姆龙、阿尔卡特等世界级跨国公司,也都纷纷涉洋渡海,抢滩进驻浦东以便开创它们更为辉煌的业绩。

据有关统计表明:到1997年3月底,浦东的投资在1000万美元以上的项目已有136个;世界上最著名的500家跨国大公司,已经有72家进入浦东,投资了110个项目。它们将一大批世界先进技术和产品移植到浦东,使浦东成为国际跨国公司在中国投资最多、最为集中的地区之一。

浦东也随之作出了回报:到浦东投资的外资企业,成功率达到97.6%,投产企业的赢利率达到82%。浦东的投资环境、人才和技术优势,都给这些跨国公司留下了极其深刻的印象。

毫无疑问,众多跨国公司的介入,对于驱动浦东经济发展注入了新鲜的活力——尤其在调整产业结构、注重产业导向、建立产业基地、形成产业规模等方面,发挥了不可低估的作用。

在张江,由于一年前国家科委、卫生部、国家医药管理局和上海市政府签约,要在这里共建"国家上海生物医药科技产业基地",确立了它中国"药谷"的产业地位,最近更是出现了迅猛发展的好势头。

首先,是一批世界医药巨头纷纷抢滩张江。瑞士罗氏、美国美敦力、挪威奈科明、日本麒麟、香港华晨等十多个生物医药项目,已经或者即将在这里开工投产。这些生物医药项目在每公顷土地上的投资超过1800万美元,每公顷土地上的科技人员有20人以上,建成后每公顷土地上的平均产值将超过2000万美元。

与此同时,以上海先锋药业、东听等为代表的民族医药工业也在张江崛起。其中,前身为上海第三制药厂的先锋药业,是我国医药工业投资规模最大的现代化孢菌生产基地,如今在张江建起了占地面积达 16.8 万平方米的新厂房。而东听公司的产品,则是我国自行开发、拥有自主知识产权的生物基因工程产品。

今天,面对汹涌澎湃的世界经济大潮,浦东已确定了自己迈向 21 世纪的"四个目标""四大科技工程"和"七大高新技术产业化重点领域"。

这四个目标是:到 2000 年和 2010 年,科技对经济增长的贡献率分别达到 60% 和 65%;高新技术产业产值占国民生产总值的 25% 和 30%;基础设施现代化、第三产业电子化、政府办公自动化、行政信息网络化;发展现代化设施农业,建成现代化城郊型农业。

这四大科技工程是:"东上海科技城"工程、"浦东信息港"工程、"浦东生物医药谷工程"和"第三产业电子化工程"。

这七大高新技术产业化重点领域是:现代生物技术及医药产业,现代通信技术产业,光机电一体化技术产业,计算机及其软件产业,微电子技术产业,新材料技术产业,海洋工程技术产业。这些产业在九五期间的增加值少则数十亿元,多则几百亿元,将给浦东带来勃勃生机。

1996 年 9 月 24 日,世界高空王子科克伦来到浦东,在刚刚矗立于这里的裕安大厦和宝安大厦之间,走过了一根细细的钢丝。1997 年 8 月中旬,一幢更高的大厦——金茂大厦在浦东封顶,它将以 420.5 米的高度,成为"中华第一高楼"。

不过,浦东的高度,仍然没有从此被标定。

因为1997年内要动工的另一幢超高层大厦——环球金融中心,不久又将在浦东拔地而起。它460米高的巍峨身躯,会超越芝加哥443.5米的西尔斯大厦和吉隆坡450米的佩特罗纳斯双峰大楼,成为在建大厦的全世界第一。

谁也无法确定,数年后,高空王子科克伦会不会又被邀请来这里,在一个崭新的高度,表演一场再次打破吉尼斯纪录的高空芭蕾呢?

法国总统雅克·希拉克,为上海带来法国有史以来在海外举办的最大一个高科技博览会的同时,也带来了对浦东的热情。这位第三次访问中国的法国总统,选择在浦东发表他题为《我喜爱中国,让我们携手共事》的演说。

希拉克在演说中说:上海是中国现代化的熔炉,是在进行人类历史最惊人的经济和社会变革的国家向世界开放的象征。我愿意在浦东发言。在浦东——黄浦江的东岸,太阳升起的地方,上海正营造21世纪的美好未来,一定会重返亚洲经济大都会之列。

融汇百川,有容乃大。

开放的浦东已经让全世界都看到——中国坚持改革开放路线的巨大气魄,以及浦东要成为中国同世界经济新的联接点的博大胸怀……

巨龙腾舞

长江流域对于中国经济之举足轻重,犹如密西西比河之于美国,莱茵河之于西欧。

溯古至今,长江流域发展历史悠久并延续至近代。一千多年来,长江沿岸经济发展基本上没有出现大的"发展断层",尤其是在近代,已成为中国最重要的经济纽带。

浦东——万里长江的"龙头"。

开发开放浦东,让巨龙昂首跃起,以牵动长江流域乃至全国经济新一轮腾飞——邓小平亲手破题的一篇跨世纪力作呵。

为此,上海市委、市政府制定了"开发浦东,振兴上海,服务全国,面向世界"的"十六字方针"——其全部内涵和外延为:浦东、浦西联动,黄浦江两岸"珠联璧合",一齐向全国全世界敞开大门,广揽天下英才,融通全球资金,腾飞中华巨龙。

浦东开发开放,激荡一江春水。

"龙头"摆动,"龙身"与"龙尾"随之起舞——长江流域9省市和沿岸几十个城市,纷纷打破区域界限,抓住机遇,全局在胸,思路一致,规划衔接,主动接受"龙头"辐射,携手共写"龙头"这篇大文章。

长江三角洲上的江、浙两省,首先在地缘优势上重彩泼墨——苏州新区、无锡开发区、常州高新技术开发区、昆山开发区、宁波开发区……一条条高速公路和高等级公

路,一个个新建、扩建和在建的海、陆、空港,一条条铁路新
复线、航运新干线……将中国这片最发达的城市群紧密连
结起来,将这群焕发勃勃生机的明星城市,同全国、全世界
紧密地连结起来。

　　长江沿岸几十个城市业已形成的以上海、南京、武汉、
重庆为中心的四大协作区,则是浦东开发这篇"龙头"文
章中的又一点睛之笔。据粗略统计:四大协作区累计达成
协作项目1万多个,新增产值200多亿元,实现利税30多
亿元,融通资金4000多亿元,商贸物资交易额近2000
亿元。

　　四大协作区串起了整条长江经济带——初具雏形的
长江经济带以先强起来的企业集团为发端,正通过合营、
合资、控股、参股等多形式、多层次、多渠道、多方位地向中
西部和中国其他地区渗透、扩展。

　　"长江经济发展集团"——是浦东开发催生的长江经
济联姻第一个新生儿。

　　1992年,在上海市政府和交通银行联合倡议下,上
海、南京、武汉、重庆4个中心城市,会同长江流域30个
大中城市及其386家大中型企业,公开募集法人股6.5
亿元,揭开了中国第一个跨地区股份企业的历史。五年
过去,这婴儿长大成人,资产膨胀了好几倍,足迹遍布长
江流域。"长发集团"的诞生和成长,直接推动着长江商
贸走廊建设的启动——通过分散资本一体化的资本运
作与渗透,通过推进沿岸城市名特优商品的交流,通过

沿江的政府和企业的先进管理来实现优势互补,取得联动效益。

"中国浦发机械工业股份有限公司"——则是中央和国家各部委参与浦东开发的一个成功典范。

这个由机械工业部麾下 200 多家企业参股的大集团,注册资金 2 亿元,凭借机械系统雄厚的人才、技术、信息优势,立足浦东,大打"长江牌"和"中华牌",对长江流域乃至全国产生了较大的辐射作用。

"中浦公司"抢滩浦东 4 年,资产增值 4 倍,集团所属的 61 个子公司,形成了以工业基地为主,兼及房地产、高科技产业、内外贸、金融证券、旅游宾馆业等多元并进的新格局。

坐落在浦东金桥出口加工区内的西安飞机工业上海公司,可以称得上是全国各地大企业、大集团参与浦东开发的一篇代表作。

这些来自六朝古都的炎黄子孙,抓住浦东开发的机遇,从黄土高坡飞落东海之滨,等于一只脚踩出了国门,把世界经济之潮引入祖国最封闭的地域。

短短几年时间,西安飞机工业上海公司不仅在金桥出口加工区建立起工业基地,还在外高桥保税区建立了国际贸易公司,从事航空零部件的国际贸易;并在浦东组建多家商贸经营公司,成为西安地区的企业在长江流域的总销售代理……"西飞"在浦东从无到有,从小到大,发展成为拥有 3 家子公司、4 家分公司和 4 家中外合资、合作企业的集团型大公司,经营范围扩及航空、汽车、纺织机械、建筑装潢、计算机软件开发和网络建设、国际货运、国际贸易等十几个领域。

在全国各地支援和参与浦东开发的热潮中,安徽人民书写的篇章既豪迈又悲壮。

1991年夏季,一场百年罕见的特大洪灾袭击了江淮大地,安徽城乡顿成一片泽国。面对巨大的困难,安徽省委毫不气馁,果断地作出了"开发皖江,强化自身,呼应浦东,迎接辐射"的战略决策。

于是,大灾之年,一支由省直各工业局和芜湖、马鞍山、铜陵、安庆等沿江城市,以及宁国水泥厂、安徽兵器工业局等国有大企业组成的"集团军"进军浦东,在长江的龙头上构建出海口,促进800里皖江的全面开放和开发。

矗立在陆家嘴金融贸易区的裕安大厦——全国各省市投资浦东的第一幢超高层楼宇,如今已成为安徽"集团军"的"司令部",在生产、贸易、融资、招商、信息等方面为安徽经济发展提供全方位服务,当之无愧地扮演了安徽走向世界的桥梁和基地的角色。

驱车在浦东新区522平方公里的土地上,随时能够感受到全国人民共同书写"龙头"文章的气势——

深圳的宝安大厦,山东的齐鲁大厦,江苏大厦,四川大厦,嘉兴大厦,浙江的之江大厦,甘肃的鑫陇宾馆……

国家各部委系统兴建的中电大厦、石油大厦、煤炭大

厦、国际金融大厦、航运大厦、交银大夏……88 层的中华
第一高楼金茂大厦……

据统计,全国各省市和中央各部委投资浦东的项目已
达 4500 多个,注册资金约 200 亿元;这些项目多数已成为
各地对外联系的"窗口"、改革的"试验田"和内地企业与
外资嫁接的基地,极大地促进了全国的改革开放和经济
繁荣。

滔滔长江,潮起潮落。

地处"龙头"位置的上海浦东,既面临巨大压力,又担
任重要角色。

浦东不断加大开发开放的力度,加速规范和健全各类
要素市场,让人流、物流、商流、资金流、技术流、信息流汇
聚浦东,积蓄带动长江巨龙腾飞的动力。

——目前,浦东新区已建成运转 28 大类共 100 多家
的生产资料和生活资料交易市场;

——目前,浦东新区面向长江流域及全国的商业批发
机构已达 2969 家,商品批发涉及 40 个行业;

——目前,浦东新区金融市场已初具规模,20 多家中
资银行、保险、信托投资等金融机构和 38 家外资银行、保
险、证券等金融机构落户浦东,其中 9 家外资银行已获准
经营人民币业务;

——目前,浦东新区已举办人才交流活动 74 场,从国
内外引进各类人才 8 万多人,为国内各省市提供就业岗位
17 万个……

1997年7月18日,长江流域产权交易共同市场在浦东正式宣告成立——这是由上海、四川、江苏、江西、安徽、重庆、湖南、青海、福建等9个省、直辖市共同发起组建的一个开放的统一的产权大市场。作为共同市场的开场锣鼓,举行了首笔交易签约仪式——上海华谊集团公司整体收购资产总额近亿元的重庆市破产国有企业中南橡胶厂,揭开了长江流域企业跨地区、跨部门、跨行业、跨所有制资产重组的序幕。

从"龙头"至"龙尾",长江流域经济协作从来没有像今天这样和谐,长江流域经济增长从来没有像今天这样迅猛,长江流域同世界的联系从来没有像今天这样频密。

巨龙腾舞,方显出中华本色。

浦东,正孕育着新一轮巨变。

上海——长江流域——乃至全国,正孕育着新一轮经济飞跃!

未来之门

20世纪的帷幕即将徐徐落下,全球不同肤色的人类都以急匆匆步履跨入新世纪的门槛。

环视宇内,世界经济大赛烽烟四起,综合国力的竞争,愈来愈成为各国之间较量的主要形式。

从这个意义上说,开发开放浦东,是上海——乃至中国,通往21世纪的"未来之门"。

英国著名学者保罗·哈里森曾把经济成长的过程,形

象地比喻为"历史的隧道"——要想缩短过程,通过隧道,
必须抢占制高点。

浦东开发开放刚起步,就瞄准了世界级、高起点的战
略目标。

于是,延揽八面来风,吸纳海内外高层次、高水准人
才,便成为一项首要的系统工程。

浦东开发开放的成败,至为关键取决于"新浦东人"
整体素质的高低。

市场经济的竞争,归根结蒂是人才的竞争。

浦东的充满机遇、充满竞争、充满风险、充满活力,恰
恰对于"有用之才"形成一种强力磁场——"一江人才流
浦东",一时间成为社会热门话题。

段祺华律师在美国拥有洋房和小轿车,还有一份年薪
10万美元的好职业——但他最终还是选择了上海浦东。

段律师在浦东创办了全国第一家由归国留学生组成
的律师事务所,员工中3人持美国绿卡、2人持欧洲居住
证、1人持香港护照——正是这一群年轻律师替中国公司
在美国法院打赢了震动海内外的"弹弓案"和"抽纱案",
一时声名鹊起。

目前,又有14名海外硕士、3名博士先后来到浦东开
设事务所。

上海中路实业有限公司总经理陈荣,是一个有胆识、
有魄力、自信心强的年轻实业家。他投资8000万元开办
了一家全自动保龄球生产企业,年产量达8000道,打破了

我国保龄球长期依赖进口的局面。

1996年5月，陈荣的企业获得美国和世界妇女保龄球协会颁发的设备认可证书，产品不仅热销国内，而且进击国外市场。他的下一个奋斗目标，是在浦东建一座中路保龄城。

无疑，浦东具有挑战性与开拓性的整体大环境，为渴望建功立业的有为青年提供了施展拳脚的大舞台。

在浦东，"由由大酒店"颇负盛名——这是因为，它的"店名"不仅包容了农民们的一种"解放"，同时闪耀着农民们一种狡黠的智慧——"农民种田出了头"。

由由大酒店董事长山佳明父子俩，恰好折射了两个时代的风采——父亲山守仁是50年代的劳动模范，儿子山佳明则是90年代的劳动模范。

山佳明不仅经营四星级的由由大酒店，还创办了由由园艺场，每天，农民们乘坐大面包车去园艺场"上班"。

这一由"传统生活方式"向"现代生活方式"的转换，完全可以印证保罗·哈里森的"隧道论"。

在浦东，人们还会看见一片片的樱花树，以及一幢幢风格奇异的别墅群——显然，这是"老外们"的住宅区。

"老外们"成群结队地来到浦东，其中有的还携家带口落户浦东，他们大多是实力雄厚的企业家，大多喜欢取个中国名字，譬如"纪汉诗""包国志""包国伟"……亦将自己称作"新浦东人"……

当一条条大道在阡陌上筑起……

当一座座高楼在绿野上耸立……

当荒寂的小镇喧闹着变成繁华的大都市……

浦东新区的决策者们殚精竭虑追求的是：大规模项目开发、形态开发与功能开发并举，借以实现社会事业跳跃式大发展，促进经济、社会、文化的全面进步。

这是一所与现代化保税区相匹配的现代化实验学校。在校舍建设、硬件配备上，瞄准世界一流水准，并与保税区的整体环境相协调，与四周新建的居民住宅、商业办公楼标准相适应，让孩子们在宽敞、明亮、优美和设施先进的环境中学习成长。

在浦东，"一流的开发需要一流的教育"已不是一句空泛的口号——办教育成为浦东的一大投资热点，从幼儿园、小学、中学直至大学，各种类型的学校如雨后春笋般涌现。

傲然耸立在陆家嘴的"东方明珠"电视塔，是浦东引以为自豪的标志与象征。

这是浦东投资最大的旅游文化设施。每天，这里要接待数以万计的游客。到上海，如果不到东方明珠塔去看一看，走一走，被认为是一大憾事。

东方明珠电视塔还在建设者手中向着蓝天伸延时，东方音乐厅、东方大世界、东方文化博览城、东方影视文化中心等"同姓姐妹"，也一个个在浦东的发展蓝图上描绘与孕育。

这些瞄准世界一流水准的文化建筑群，以"东方"为系列,正在浦东大地上破土而出,将构筑成新区面向 21 世纪的一道绚丽的文化风景线。

这是一座晚清时期的老房子,浓缩了浦东 200 多年的历史沧桑。当隆隆的推土机、高高的脚手架逼近它时,一个严峻的命题摆在了陆家嘴开发建设者的面前:是拆除?还是保留?经过一场充满智慧的争论,这所老房子被完好地保存下来。

在这所老房子后面,是一块 10 万平方米的中心绿地。这里原来是居民棚户区,共有 3500 户居民和 7 家企业,周围则是几十幢现代化高楼大厦。作为金融贸易区的陆家嘴,寸土寸金,无数来自世界各地的投资者青睐这片黄金宝地。然而,陆家嘴开发公司怎么也不肯出让这块土地,他们投资 8 亿元,迁走了所有的居民和企业,开挖人工湖,栽上树木花草,建起亭台喷泉,最终建成浦东最大的一块中心绿地。

在本世纪的最后几年,环境保护渗透着现代人的意识和生活。

浦东更不例外。他们一方面婉拒所有不能保护环境的项目,向全世界宣布凡是对环境可能造成污染的项目,不管有多高的回报率,一律不准落户浦东;一方面在水泥、钢筋森林之间,给大自然留下了足够的空间,留下了成片的绿色。

金桥出口加工区专门制定了一份社会事业发展规划,提出"以人为本"的社会事业发展价值导向。具体而言,就是:"以人为中心,以人的需求为主体;满足基本需求,提高生活质量;系统性和开放性协调,超前性和阶段性结合;公益性和效益性兼顾,战略性和可行性统一。"

社会学家认为,城市是人类为自己建树的一座永恒的丰碑。可以毫不夸耀地说,城市到处都是人类智慧的凝聚,折射着人类特有的光辉。

作为社会主义精神文明的组成部分,浦东的社区建设也堪称一流。早晨,在一个个居民小区,一幢幢漂亮的住宅楼被绿树繁花环绕,一条条水泥小道光洁明净,没有人高声喧哗,更听不到吵架声,一派安乐祥和的景象。

这种将经济繁荣、社会昌明、文化多元与环境保护进行同步规划、同步开发、同步实施,以保证其协调发展的新思维,被人们称为"浦东概念"。

环境优美,经济飙升,社会进步——"新浦东人"开创着一种全新的生活。

来自上海、全国乃至全世界的开发建设者们,将自己的资金、智慧和汗水,熔铸在浦东这片热土上,正一步一个脚印构筑起华夏辉煌。

1994年春节,邓小平最后一次来到上海。离沪时刻,他老人家特地将吴邦国和黄菊两人叫上火车,殷殷嘱咐:"你们要抓住20世纪的尾巴,这是上海的最后一次机遇啊!"

中国,紧紧抓住国际经济重组、国际资本和产业向亚太地区转移的良好机遇,主导全国经济发展,连接国内外市场——这是一次历史性的选择。

　　毫无疑义,遵照邓小平的嘱托,中华民族无与伦比的现代化建设事业,必将全面、快速、稳健地推向人类新纪元……

（原载《新华文摘》1998 年第 6 期,其中《潮涌

浦东》入选全国中等职业教育国家

规划教材《语文》第一册）

东莞，一座城市的喧哗

东莞，地处广州至深圳经济走廊带的中西地段，毗邻香港、澳门，扼东江和广州水道出海之咽喉……一座神话般崛起于南粤大地的国际化工业重镇。

自古而然，东江自赣南、粤北奔泻而来，穿峡越岭，与西江汇流，经广州、东莞直达虎门注入南海。浩浩长流滋润着这一片水网密布、潮汐侵袭的低山丘陵、浦田围田……农耕时代，东莞人生于斯长于斯，渔猎垦殖，安享丰年的富足与康泰，更多时候却饱受着灾年的饥馑与贫苦。

20世纪70年代，因极端贫困引爆了一波又一波的"逃港潮"。今日富甲一方、号称"中国乡镇之星""中国出口创汇第一镇"的长安镇，一次逃港就多达4600人，以至于"长安不安"，老百姓编了顺口溜唱道："青年走光，田地丢荒，干部难当，老人惊慌……"

城市之门

公元 1978 年 9 月 15 日——无疑是值得东莞人永远铭记的历史性日子。

这一天,获得中国工商总局颁发的第一个牌照:编号为"粤字 001"的"三来一补"企业——太平手袋厂正式落户东莞虎门镇。

太平手袋厂投产第一年,即获取加工费 100 万元,为国家赚取外汇 60 多万港元。

这种资金、设备、技术、原材料、管理人员等全部来自香港厂家、内地仅提供厂房和劳动力、日后经由费孝通等社会学家经济学家们大书特书的"三来一补"——来料加工、来样加工、来件装配和补偿贸易,以及"两头在外"(原材料在外、产品市场在外)的乡镇企业模式,日后被统称为"东莞模式"。

一时间,"东莞模式"在珠三角大地上遍地开花:"村村点火,处处冒烟",遂成燎原之势。

在中国改革开放发轫之初,在无资金无技术无管理经验无外销渠道几乎是"一穷二白"的现状中,快速完成资本原始积累——"东莞模式"与"苏南模式""温州模式"共同开创了一条中国特色的乡村工业化道路。

堪称东莞工业"酵母"的太平手袋厂的创举,尤为难能可贵的是:粉碎"四人帮"之后、中国政局扑朔迷离之际,在全国率先打出了第一张"外资牌",当之无愧地成为中国改革开放前夜鸣响的第一声鸽哨。

今日，当东莞工厂林立、高楼簇集、财富涌流，一座国际化现代化工业城市呈现在世人眼前时，人们蓦然回首：30年前的"太平手袋厂"，无异于在"入口处"撞开了一扇厚重的"大门"——一扇农耕文明迈入工业文明的"大门"！

因之，东莞的"太平手袋厂"与最先启动农村"家庭联产承包责任制"改革的安徽凤阳小岗村，同样是彪炳于青史的中国改革先锋……

历史给予每一个地域腾飞的机遇都是稍纵即逝的。

大海熏陶了东莞人博大、包容的胸襟，雷厉风行、敢为天下先的品格，以及追逐财富创造财富的强烈渴望。

解放思想，抓住机遇，不避风险，勇闯新路——东莞大地上率先上演了一幕开放改革的大戏！

——东莞县委审时度势敞开大门，一切围绕招商引资这一中心工作，公开宣布：对所有来料加工一律来者不拒，不设任何门槛，一路开绿灯放行。

——东莞县政府下发红头文件，号召全民动员招商，充分利用一切土地资源、劳动力资源，充分利用乡村各种祠堂、饭堂、会堂设厂办企业，"三堂经济"一时风生水起。

——党的十一届三中全会闭幕的前一天（1978年12月21日），东莞县委、县政府即从15个部门抽调48名干部，专门成立"对外来料加工装配领导小组"；在全国率先推出行政审批"一条龙"服务措施，简化所有审批手续，千方百计为客商落户东莞排忧解难。

何等的风云际会!

何等的先声夺人!

其时,敢于创造财富似乎注入到了每一个东莞人的基因里。——千百年来困扰中国人的城乡二元结构,似乎一夜之间土崩瓦解,东莞这一块贫瘠的土地上到处散播着商业的生动气息,奇迹般地出现爆炸式的财富增长。

镇镇联动,村村竞秀,大大小小星罗棋布的工厂、作坊,撒落在街巷农舍、田头地角,恨不能把整个香港、澳门的加工厂统统搬来东莞……由港资企业到台商企业再到日、韩、欧美外资企业,东莞似乎在一夜之间成为全国最大的加工制造业基地——至1978年底,东莞"三来一补"企业达2500多家,遍布80%的乡村,居全国县市之首位。

毋庸置疑,东莞人在创造历史,同时创造了不朽——一座未来的新型城市!

那是激情澎湃、众声喧哗的岁月。

东莞的借势与发力是如此丝丝入扣步步到位:既充分掌控了香港产业调整成本飙升、一批加工业急需向珠三角内陆地区大举转移之际适时出击,80万在港乡亲牵线搭桥推波助澜乐成其事;又适逢中央确定广东、深圳为中国改革开放试验场的大环境,东莞借地缘之便奋勇争先,甘当排头兵角色而一路探索前行。

于是乎,"天时地利人和"——大变革时代给予东莞腾飞的机遇,东莞革故鼎新,顺理成章成为各路英豪的演武场。

毫无疑问，张子弥称得上第一个吃"螃蟹"的人。

1978年，这个香港信孚手袋有限公司的小老板，正深陷因人工成本飞涨而面临破产的困境。也许是强烈企盼"咸鱼翻身"给张子弥注入了冒险一搏的勇气，这一年夏天，他第一个来到了东莞虎门镇，与一个叫太平服装厂的小作坊接洽、谈判，一拍即合；在东莞二轻局领导支持下，很快租用100多平方米的楼层，挂出了"太平手袋厂"的牌子，并毅然关闭了香港的工厂，把几百台机车全部搬来了东莞。张子弥的探路显然起了"筑巢引凤"效应，众多疑虑重重驻足观望的港商，很快争先恐后地前来效仿……张子弥还在珠三角率先引入了香港管理模式，并建议在南海建起了中国第一个补税仓。

今日，作为"中国第一厂号"的太平手袋厂早已成为历史的陈迹了，但张子弥的名字却永远"定格"在了这一历史的巨变中……

声名显赫的广东宏远集团是全国第一批上市的乡镇企业。初创时以工业区开发经营为基础，进而拓展成以房地产业、药业为龙头，兼营体育产业、服务业、国际贸易等配套发展，跨地区、多元化经营，总资产超过22亿元、净资产13亿元、总股本4.5亿股的一个经济王国。首创中国第一家民营篮球俱乐部、CBA第一家赢利俱乐部、中国足坛第一笔转会等奇迹。

而创建与统帅这一庞大经济王国的，却是人称"林叔"的东莞篁村土生土长的农民陈林。

1983 年的东莞,创造财富已变成全民性的崇拜。敏锐的农民陈林毅然"洗脚上田",开始经营小家电、小型发电机,亏得血本无归;再经营柴油、化肥等小宗生意,挣得第一桶金。1986 年果断买下篁村 380 亩荒地盖起厂房开发成宏远工业园区,日本 TDK 集团旗下的新科电子厂、美国史丹夫集团旗下的添迪制品厂等一批国际加工企业相继前来落户……此后,陈林在引入外资、产业扩张、资本运营等招招妙棋勇为人先。陈林在回首 20 多年的创业史时,说了一句意味深长的话:"时也,运也,机遇来了就一定要把握!"

这句话,也恰好极为形象地诠释了东莞 30 年来迫不及待的工业化急行军!

黄剑忠是福建省闽西永定老区一个农民的儿子,家境贫寒,高中毕业后即在家乡小煤窑挖煤、开公路,还远走江苏山区做木匠。

1987 年,在打工大潮裹挟下,他南下闯世界,成为当年"百万民工下东莞"中的一员。20 年的拼搏奋斗,黄剑忠书写了一个打工仔的神话:一跃成为身家十几亿元资产的金业集团有限公司董事局主席,旗下拥有金业集团(香港)有限公司、东莞市金业电子科技有限公司、东莞市中凯国际酒店有限公司(五星级),以及分布于北京、福建、湖南、云南等省市的一批金业子公司。十几个系列电子产品畅销全国及欧洲、美洲、中东、东南亚各国市场,并获得

300多项国家专利,其中金业"GOLDYID"被认定为"中国驰名商标",金业复读机荣获"国家免检产品"称号。

多年来,作为成功人士的黄剑忠热心慈善事业、公益事业,回报社会。在赈灾、扶老、助残、救孤、济困、助医等慈善领域,捐资累计超过1600多万元。

半个多世纪前,"红旗卷起农奴戟",一场大革命的风暴,血与火的洗礼将成千上万闽西老区农民锻造成红军战士乃至人民解放军将军;今日改革开放大浪淘沙,又成就了黄剑忠辈新一代农民企业家——历史大舞台,就这样交相更迭演绎着人生的辉煌!

"海纳百川,厚德务实"——东莞人世世代代引以为荣耀的品行,培育成今日的"东莞精神"。

然而,当港商、台商、外商蜂拥而至,当一辆辆大货车、集装箱柜车鱼贯而入……司机们的一句口头禅却深深地刺痛了东莞人的心:"不怕东莞佬,最怕东莞路!"是呀,当年的东莞仅有1.5公里水泥路,去广州要摆渡几个码头,且沿途坑坑洼洼,晴天一路土,雨天烂泥塘。

于是,一个经典口号"想致富,先修路"在东莞最先叫响,继而远播全国。

那是犹如战争年代的全民修路潮:政府出水泥,百姓出劳力。从县委书记、县长到机关干部到普通群众,"有钱出钱,有力出力",人人修路……1984年,全国第一座由农民集资220万元兴建的收费桥梁——高埗桥落成;进入90年代,莞长路、莞惠路、东深路、莞龙路等4条主干道和

13 条联网公路全线贯通,东莞市公路密度达到每百平方公里 92.9 公里,居然超过中国台湾与韩国,成为全国公路密度最高的城市之一;2000 年,全国第一条地方高速公路——东莞自行规划、自行投资、自行组织建设的莞深高速公路竣工,随着莞深高速、常虎高速横空出世,"东莞动脉"已颇具规模。至 2007 年,东莞全市公路通车里程达到 3924 公里,全市公路密度已跃升至每百平方公里 159.2 公里;村村通高等级公路,"一小时生活圈"基本形成——至此,"路通财通,大路大发",东莞由区位地理优势转化为经济地理优势。

东莞路网工程放大的经济效应是:东莞不仅自身进一步受到港深经济的辐射,同时也开始对周边的城市产生巨大的辐射效应!

"发展是硬道理"这一重大主题,始终在东莞大地上涌动:创造财富,谋划发展,快速实现工业化和城市化。

东莞的风格——思想迅即演变为行动!

——东莞(常平)火车站建成通车运营,京九、广梅汕、广深三大铁路干线交汇于此形成枢纽,并辐射周边地区近 2000 万人口,促使东莞经济延伸力大大提升;铁路口岸的设立,又带动"大京九第一镇"东莞常平镇强势崛起,荣登"中国最佳物流名镇"榜单。

——1997 年 5 月 1 日,被誉为"世界第一跨"的虎门大型悬索桥落成通车,全长 15.76 公里的虎门大桥飞架珠江口,从此,香港、深圳至珠海、中山的陆路交通缩短了

120公里,往来珠江口两岸则只需10分钟。

——虎门港占据珠江最佳黄金海岸区位,水深、陆地、航道条件均非常优越,历时10余年唇枪舌战争回虎门港开发权,实为东莞发展史上一个标志性事件,为东莞拓展港口经济、开发沿海产业带、进而走向海洋走向世界奠定了坚实基础,虎门港服务大楼"扬帆启航"四个大字寓意尤为深远。

——凝聚两岸大爱建成的大陆首家东莞台商子弟学校,恰似催生的一块小小的绿洲,使台商由漂浮转向安定,极大地增强了对台商、台资的吸引力。截至2007年底,东莞已引进台资企业6000多家,台资企业占到全市外资企业总数的40%,累计实际利用台资103亿美元,在莞台商及眷属超过10万人之众。

东莞,正以吞吐天下的大气概,延揽八面来风……

信息时代及经济全球化、一体化,市场的需求变得如黑洞般巨大无比。

"世界加工场"的称谓,使东莞的每一条街道、每一幢高楼、每一个乡镇、每一片农舍都高速运转起来……以至于有外商戏言:"从东莞至深圳的高速公路上塞车一刻钟,全球的电脑价格都将引起波动。"又说:"在世界上任何一个地方下订单,东莞都能制造出来。"

遥想300多年前,英伦三岛及欧洲大陆曾以血腥的"羊吃人"式的圈地运动,催生了一场改写世界历史进程的欧洲工业革命。

今日之东莞,从乡村到城镇,从农民到工人,人人都怀着创造财富的冲动,无一例外地汇入了滚滚的国际化、工业化洪流——虎门镇的服装业,长安镇的五金业、家电业,厚街镇的酒店业、会展业,大朗镇的毛纺业,大岭山镇的家具业,寮步镇的汽车销售业,石碣镇、清溪镇的电子业,常平镇的物流业,樟木头镇的房地产业等等——"中国制造"披荆斩棘面向国际市场形成的产业链,在这里获得了最为生动、最为形象且最富于生机的诠释。

显然,"财富东莞"最引以为骄傲的是:藏富于民,富甲一方……

城市之光

显然,宽阔敞亮的东莞大道,是东莞人心目中的城市符号。

连接东西、贯穿整个新城区的十里长街,丛林掩映,鲜花铺路,半城绿树半城楼宇,一直延伸至气势恢弘的城市中心广场,亭台、水榭、花坛、喷泉……错落有致交相辉映,兼有国际会展大厦、科学技术博物馆、会议大厦、图书馆、展览馆、大剧院、青少年活动中心等巍巍然拔地而起——东莞集现代制造业名城、宜居生态绿城、历史文化新城于一身,正向世人展示她光华四射的动感魅力。

回望历史——东莞建制升格地级市,制度层面的创新无疑是一次至为关键的"提速";而思想解放观念创新,则一直成为东莞迅猛崛起的"助推器"。

——东莞市直接管辖32个镇(区)，成为中国现行地方行政架构中的"另类"。随之大胆简政放权，直接向镇(区)下放对外经贸、固定资产投资、工商、消防、供电、邮电等行政管理权限，尽量减少市直部门审批程序，犹如一下摘除了孙悟空头上的"紧箍咒"，为镇(区)全方位、多层次、大规模招商引资办实业，开通了一条极为便捷的快车道，各镇(区)八仙过海各显神通，全市除4个区外，28个镇全部进入"全国综合实力千强镇"，其中长安镇、清溪镇、虎门镇、厚街镇还进入"全国出口创汇10强乡镇"之列。由镇级经济作为发动机，驱动了城乡一体化列车的"轰隆隆"前行，实乃东莞改革开放一道亮丽的风景。

——1988年，东莞率先取消了食油订购任务及平价定量供应居民食油，全面放开价格，由市场杠杆直接发挥调节作用。

——上世纪90年代初，东莞市政府已主动退出竞争性行业的投资经营，全市500多家国有、集体企业全部完成改制转制，成为参与市场竞争的主体。

——2000年，东莞第一个建立起农民养老保险制度，并逐年提高农民基本医疗保险待遇。2004年，全市下辖32个镇、577个行政村全部实现"村村有药店"，为全国之首创。

30年风雨兼程，东莞始终领跑于改革开放的最前沿。一项项制度创新措施出台，一步步完善市场经济体制，义无反顾地勇往直前地奔向一个既定目标：从农业社会向工业社会再向城市社会全方位转型！

这样的两组数字,既充满了哲理意味又散播着浓郁的诗意美感——

2007 年东莞市 GDP 达 3151 亿元,比 1978 年增长 120 倍;

2007 年东莞市财政收入 540 亿元,比 1978 年增长 440 余倍;

2007 年东莞城乡居民人均可支配收入 27025 元,农民人均纯收入 11606 元,比 1978 年分别增长了 84 倍和 77 倍,均位居全国地级以上城市第一。

2007 年东莞进出口总额突破 1000 亿美元,连续七年居全国大中城市第三位,全国地级市之首位……

东莞生产的运动鞋总量居全国第一,全球每 10 双运动鞋就有一双产自东莞;

中国服装五分之一产自东莞;

中国出口外销的家具五分之一来自东莞;

东莞生产的电脑磁头、电脑扫描仪、电脑驱动器、高级交流电容器、微型马达、电脑冰箱、录像磁头等家电产品已占到世界市场份额的 10% 至 40%,雄踞全球第一……

显而易见,东莞最大限度地激活和发挥了自身在国内格局中的先发优势与在世界格局中的后发优势,最大限度地获取了东西方"冷战"结束后分派的"和平红利"和"全球化红利",从而在市场化、工业化、城市化、国际化、小康化等"五化"进程中,一路闯关夺隘克难制胜,既抢占了先机又尽享无限风光!

　　毋庸置疑,在精彩纷呈的历史与现实面前,经历了"财富盛宴"的东莞,同样面临新一轮创业的瓶颈。

　　东莞决策者们统揽全局居安思危,清醒地分析了"双边缘化困境"——低技术含量、低附加值的加工产业在全球生产网络中一直处于边缘位置;缺乏自主创新和自主品牌的产业,在国内生产体系中同样处于边缘化位置。

　　东莞市委、市政府敢于知难而上,以思想大解放推动新一轮"工业革命",在市第十二次党代会上果敢提出"推进经济社会双转型,建设富强和谐新东莞"的发展新思维——由资源主导型经济转向创新主导型经济,由初级城市化社会转向高级城市化社会。

　　显然,这是一次"质"的飞跃——树立世界眼光,站在全球经济结构大调整的高台,将东莞的改革开放导向深水区的战略攻关,掀起新一轮改革开放大潮头趁势破解发展难题。

　　一句话:促成产业升级,发现新的商机,寻求财富机会,构建和谐社会。

　　2001年,72平方公里的松山湖科技产业园区的开发建设,既是东莞历史记忆的延伸,又寄托着东莞未来的梦想。

　　松山湖从创办之日起,即肩负着创造东莞新优势与经济增长极的神圣使命——以科技创新为核心功能,推动全市产业升级转型,力求将"东莞制造"提升为"东莞创造"。

　　随着华为、中国无线等高科技明星企业先后进驻,朗科、万利达等企业运营总部纷纷选择松山湖,华中科大东莞研究院、生物医学工程中心等研发机构,以及留学人员创业园、博士创业园和虚拟大学园区等一批基地的建立,吸引了一大批海内外高端人才纷至沓来……松山湖不辱使命,已成为东莞一张魅力四射的"金名片"。

　　目前,松山湖园区已引进留学人员创业企业 100 多家,合同注册资本 1.5 亿元;2007 年实现工业总产值 110 亿元。

　　湖光潋滟,梦幻成真。松山湖不仅闪耀于今日,更昭示着未来,被评为"中国最具发展潜力的高新科技产业开发区"。

　　今日,以松山湖科技产业园为龙头,东莞东部地区各类工业园区鱼贯跃现、竞相开发,形成"三线联动、全面转型"的跨越式经济发展新格局。

　　今日,"科技东莞"与"创业东莞"两个口号闪亮登场,政府先后出台了涵盖科技人才引进、创新体系建设、科技企业培育、知识产权保护等方面的 11 个配套政策,财政每年安排 10 亿元,特别资助、奖励、支持科技创新;政府每年还专门拨款 10 亿元作为创业就业基金,用以鼓励和引导劳动者自由创业,全市城镇登记失业率已控制在 3% 以下。

　　大力推动思想解放,全面落实科学发展观,在东莞已形成浓厚氛围……

30年,东莞改革开放狂飙突进,"千年莞邑繁华地,寸步人间百尺楼"。为此,过度消耗土地资源与付出的环境生态代价自不待言。

东莞适时制订了"建城、修路、整山、治水"的城市系统建设工程规划,紧紧围绕提升城市的聚集力、服务力与辐射力,要求"一年一大步,五年见新城"——掀起一场大规模的"造城运动"。

期间,东莞铁腕治污传为佳话:政府拨款补贴,一口气关闭了中堂镇26家水泥厂,让水泥制造业从此走出东莞的历史。

地处东江支流河畔的中堂镇,经受住了产业变迁的经济阵痛,虽然因关闭水泥厂工业固定资产投入一下骤减了10亿元,但告别烟尘飞扬的昨天,水乡重现蓝天白云花红草绿秀美风光,中堂镇很快成为服装业、酒店业、物流业、房地产业投资热土,仅新引进的环保造纸产业一年产值即超百亿元,平稳实现了产业结构调整。

今日之东莞,城在林里,林在城中,城在山边,水绕城流,山水园林点缀其间,天清气爽丽日和风……名副其实一座最适宜创业和人居的现代城市。

无疑,文化是一座城市的灵魂。

文化——已然成为东莞一张亮丽的城市名片。

在东莞,文化被表述为经济社会双转型的智力支撑。为此,东莞响亮地提出"三城"文化建设体系:图书馆之城、博物馆之城、广场文化之城。

　　——2005年落成开馆的东莞市图书馆,功能齐全,拥有全国第一家自助图书馆、图书馆ATM机及特色书屋,开设了图书流动车,藏书达130多万册。目前,东莞全市已构建1个总馆、36个分馆、102个图书服务站,形成图书馆集群网络。

　　——东莞全市已建和在建的陈列馆、美术馆、博物馆等多达32座,包括声名远扬的鸦片战争博物馆、林则徐纪念馆、袁崇焕纪念馆、东江纵队纪念馆,建于贝丘原址之上的蚝岗遗址博物馆、享有广东四大名园之誉的可园博物馆、中国建筑陶瓷行业首座综合性唯美陶瓷博物馆,以及科学技术博物馆、粤剧博物馆、客家民俗文化园等,同时拟兴建服装、家具、汽车、IT、手机、印刷、玩具、酒吧等新兴产业博物馆,构成市、镇、村三级博物馆网络,每20万人即拥有一座博物馆,极大地提升了东莞的历史文化认同感和人文精神。

　　——东莞全市拥有400多个文化广场,诞生了"都市彩虹""文化周末""绚丽大舞台"等广场文化精品。石龙镇的金沙广场每天晚上都有演出,大岭山和石排的广场交谊舞办得有声有色,群众其乐融融乐在其中。投资6亿多元兴建的玉兰大剧院,功能、设施均达到国际一流水准。每逢夜幕降临,东莞的广场文化编织成了一幅色彩斑斓的动感文化长卷。

　　"实施文化零距离行动"——东莞的口号很别致,很有创意,很"以人为本",集百家之长走自己的路。东莞是一座外来人口高度集中的城市,市委、市政府追求的目标很明确:让市民们有好戏看,有好书读,有好歌唱,有好讲座听,有好地方去,有好展览欣赏……

每逢节假日,当你流连徜徉于东莞城市中心广场,蓦然间,你会产生一种美丽的错觉:你似乎正踏入北京或上海某座优雅的大学校园,影影绰绰的绿树碧水间,闪闪烁烁的霓虹灯光下,辉映着一张张年轻的脸庞——真正的青春一族呵!

他(她)们来自天南地北汇聚于东莞,隶属于近1000万人口的打工仔、打工妹队伍,年复一年月复一月日复一日,他(她)们见证了东莞30年改革开放的历史进程,他(她)们与东莞人用心血和汗水共同托起了这座年轻而美丽的城市。

于是,今日的他(她)们,有了引以为自豪的新的称谓——新莞人!

"新莞人"这一称谓,正是由一位"外来工"提出来的。

2007年4月16日,对于"外来工"这一特殊群体,无疑是一个十分珍贵的日子。东莞市政府郑重颁告:东莞"外来工"的称谓正式改为"新莞人"。

这是一次历时三个多月的大讨论:通过电话咨询、网上调查、媒体征询、个人访谈和召开座谈会等各种民意渠道,反复梳理、筛选、汇总,最终形成全民智慧的结晶——对于东莞,则堪称一次富有历史意义的跨越!

东莞市委、市政府庄严承诺:共创东莞繁荣,共享发展成果。将通过建廉租房、启动培训项目、放宽入户政策、扩大社保覆盖面、解决子女入学等"新莞人系统工程",扎扎实实为新莞人办好10件实事。

来自四川的28岁的打工妹郑小琼,在东莞打工8年,火热的社会变革生活与深刻的生命体验流泻于她的笔端,成长为一位打工诗人,先后荣获《人民文学》年度散文奖和庄重文青年文学奖,并成为第一个当选为广东省人大代表的新莞人。郑小琼坦言:作为一个新莞人,深感肩负的责任重大。

"东来成治邑,形势若蟠龙。"

东莞,历史悠远人文厚重激情飞扬充盈着英雄传奇故事的一片沃土——

袁崇焕大将军"数百年祭扫不绝",光耀华夏的浩然正气……

追随袁大将军鞍前马后的佘氏延17代大忠大义、冒死犯难、成千古奇闻的守墓史……

林则徐虎门销烟,"苟利国家生死以,岂因祸福避趋之"的仰天长啸……

东江抗日纵队赴汤蹈火保家卫国的浴血战斗……

薪火相传,先辈的英灵豪气滋润着南粤这片沃土,先辈的厚德品行流注于后人的血脉之中……

在纪念中国改革开放30周年的日子,麻涌镇的少男少女们载歌载舞演出了一台大型组歌《香飘四季》——

　　蕉园的故事蔗田说,

蔗田的故事稻穗说，

稻穗的故事水牛说，

水牛的故事水乡说……

岁月的故事小路说，

小路的故事大路说，

大路的故事老街说，

老街的故事新城说……

欢庆庄严历程——东莞人和新莞人最有资格舞动大情怀，踏歌大潮汐，感恩大时代，尽情地赞美他（她）们的新东莞、新生活、新世界！

东莞就这样书写了城市传奇：当数以千万计的民众翘首企盼并欣欣然沉迷于翻开历史新一页之际，东莞的决策者们毅然拿起一把钥匙，大胆率领民众开启了财富的大门！

"位卑未敢忘忧国"。东莞虽然没有"经济特区"的名分，更没有国家一分钱的投资，却始终扮演着穿行于中国改革开放历史隧道的排头兵角色，不断创新市场观念、财富观念、科学观念、和谐观念、民主观念、法治观念——倘若我们称之为东莞元素或东莞基因，最准确形象的概括莫过于叫"民办特区"！

中央领导赞誉东莞："中国改革开放最精彩最生动的缩影！"

东莞当之无愧地领受了一顶顶桂冠：中国最佳魅力城

市、中国最具经济活力城市、中国优秀旅游城市、全国绿化模范城市、国家卫生城市、国际花园城市……

时代对于东莞如此厚爱,东莞也为时代奉献了如此恢弘的华彩乐章……

(原载《光明日报》2008 年 10 月 25 日、
《十月》2009 年第 1 期)

中国,迈向 21 世纪门槛

人类社会的演绎推进,远比天体运行、日落日出那种恒定的自然规律更为惊心动魄、高阔悠远。

21 世纪的曙光已照临人类的窗口。

我们听到了激荡的浪涛在不远的彼岸拍响,那是新时代的呐喊。

毫无疑问,世界各民族跨入新世纪之门的时间步伐是同一的;然而,跨入新世纪之门的社会步伐却会有千差万别。

西方一位观察家在美国《时代》杂志(1992 年秋季号)撰文指出:"正像战争即两次世界大战和冷战支配 20 世纪的世界政治地图一样,经济将在 21 世纪占据统治地位。"

在当今世界上,几乎所有的国家,无论是何种社会制度,有着何种文化背景、宗教信仰、意识形态,都在这即将离去的 20 世纪的最后几年里,争分夺秒,为迈进新世纪作最后的冲刺。

中国,又一次走到了世纪之交的门槛前。

这个拥有 12 亿人口、陆地面积 960 万平方公里、海洋面积 300 万平方公里、五千年文明史的泱泱大国,将以怎样的身姿踏进新世纪轰响的大门呢?

早在半个世纪前,约翰·海伊这位美国总统罗斯福手下精明的国务卿,就曾不无感慨地指出:地中海是过去的海,大西洋是现在的海,太平洋是未来的洋。

今日,西方经济学家则不得不怀着一种无奈的心绪预言:世界经济重心迅速东移,21 世纪将是太平洋世纪!

我们不妨穿越滚滚的历史风涛,去浏览人类文明史的进程——

人所共知,历史上首先形成经济中心的区域是地中海,其重点又集中在沟通东西方贸易的威尼斯城。15 世纪初叶,这个人口不足 20 万的商港却已拥有商船 3000 多艘,而且最先经过直布罗陀海峡穿越地中海直驶英伦三岛。

当这片美丽超群的水域因鄂托罗土耳其帝国舰队的入侵和掠夺衰败之后,欧洲拓荒者的足迹又踏上了美洲新大陆。美利坚合众国经济后来居上,欧美之间贸易频繁,世界商业中心区域即由地中海移至大西洋。

二战后不久,战败国日本在远东快速复兴,成为仅次于美国的超级经济大国。随之,韩国、台湾、香港、新加坡"亚洲四小龙"成功地发展出口工业,致使亚太地区与美国间的贸易总额在 80 年代中期第一次超过欧美之间的数额，同时，作为自由港的香港一跃而成为与伦敦、纽约并驾齐驱的世界三大金融中心之一。这意味着，太平洋已开始取代大西洋。

中国，地处太平洋地区中轴线上，为亚太经济战略圈的主要成员国。勃兴于 80 年代的中国改革开放大潮，无疑使这一地区愈来愈在世界经济与商业活动中显示其举足轻重之显赫地位。

西方战略家不无悲观地认为：无论欧共体或北美联盟，它们在 21 世纪的经济成长都将很难与远东地区一较高下了。

结论显而易见——

世界经济中心的历史行程，已从 15 世纪的威尼斯经伦敦、纽约，越过波涛万顷的两重大洋，历时五百多年最后抵达中国的门户。

对于中国——

这是一次天赐良机！

这是一次世纪性挑战！

西方人当然不会忘记，仅仅就在前两个世纪之交的时刻，历史的巨手为他们托起了多么辉煌的"新世纪的太阳"。

这就是瓦特的蒸汽机——这个 18 世纪末叶的科学怪物震动了即将跨入新世纪的欧洲。一场工业革命的风暴席卷欧洲大陆。欧洲率先进入新世纪，他们挟科学技术和工业革命之威力,抢占了新世纪。大英帝国成了"日不落帝国"。

　　然而,西方人也不会忘记,在相当长的历史时期,中国曾是世界上最为强盛的"东方大帝国"。明代以前,在世界古代社会生产和科学领域中,中国的发明创造数量之多、水平之高,是当时任何一个国家和民族所无法企及的。据1975年出版的《自然科学大事年表》记载,明朝以前,全世界最重要的创造发明和重大科学成果大约为300项,中国大约为175项,占58%以上。从公元前5世纪到15世纪,中国共培育出科学家、发明家130人,是西方同期人数的2.45倍。

　　气度恢弘的万里长城和京杭大运河,是10世纪以前中国留下来的世界文明史上最伟大的工程之一,它凝聚着中国人民的血汗甚至生命,体现着中国人民的智慧和力量。中国古代的"四大发明",更是对人类文明的进步发挥了巨大的推动作用,使整个西方社会为之震惊。

　　有人曾这样形容16世纪以前的中国:"就像一辆吱吱呀呀的牛车,以其坚韧不拔的毅力与顽强的执着和信心向前迈进着,这速度,这精神,足以使中世纪人类历史银河的群星黯然失色。"

　　中国的落后,只是在西方工业革命以后。18世纪,由于当时的封建统治阶级妄自尊大和闭关锁国,中国失去了迎接世界近代工业革命洗礼的机会,牛车遂被西方工业革命的火车、汽车远远甩在了后面。从16世纪中叶到1839

年的大约三百年间,中国由前变后,西方由后变前,中国急剧衰落,西方迅速崛起。中国逐渐陷入了落后挨打的悲惨境地。从 1840 年鸦片战争以降,到 1949 年新中国诞生的一百多年的时间里,中国先后五次遭外强入侵,发生了四次大的内战。中国人民饱经内忧外患进入 20 世纪,中华民族的上一个世纪之交是在屈辱与抗争中度过的。

毛泽东——这位中国农民哺育的大地之子和时代巨人,曾经向全世界庄严宣告:"我们中华民族有同自己的敌人血战到底的英勇气概,有在自力更生的基础上光复旧物的决心,有自立于世界民族之林的能力。"这是中国人民的气概和决心,也是中华民族的气概和决心。正是依靠这种融于血脉、撼动三山五岳的精神,中国共产党人率领全民族在中华文明史上开辟了划时代的新纪元。

纵观一部中华民族的兴衰史,邓小平无疑是作为民族英雄站在时代潮头的。他率领中国人民走出错误和迷茫的沼泽地,再一次以极大的勇气和超凡的胆略,开辟一条建设有中国特色的社会主义道路,果断地提出现代化建设分三步走的战略构想,把中华民族百年强国梦变成了实实在在的施工图——

1987 年,中国提前实现了第一步战略目标。

1995 年,中国政府宣布:国民生产总值达到 5.7 万亿元,提前五年实现了第二步战略目标。整个世界为之瞩目。

1996 年 3 月 17 日,全国八届人大四次会议审议通过了《国民经济和社会发展"九五"计划和 2010 年远景目标纲要》。

　　按照《纲要》所提出的"九五"时期年均增长 8% 的经济发展速度计算,2000 年我国国民生产总值是 1980 年的将近 6 倍,比实现人均翻两番的要求多出 10% 以上;2010年比 2000 年再翻一番,即相当于 1980 年的将近 12 倍。这样的经济增长在世界经济史上是绝无仅有的。

　　这是一幅中华民族迈向 21 世纪的宏伟蓝图。

　　这是中华文明史上又一座伟大的里程碑。

　　美国综合长期战略委员会报告预测:在今后的世界经济产值方面,中国将眼花缭乱地上升到第二位,2010 年的国民生产总值将由目前占日本的五分之一变成与日本大致持平。

　　英国前驻华大使伊文思说:如果中国的经济继续以改革开放以来的速度增长的话,那么到 2010 年中国将成为国内生产总值占世界第三位的大国。

　　法国《问题》周刊载文则认为:如果中国改革成功,在竞争力方面,它对我们来说将相当于 10 个日本、25 个韩国和 55 个台湾。

　　1995 年 8 月,据瑞士世界经济论坛和洛桑管理发展学院联合公布的一份世界竞争力报告显示:在世界 48 个最具有竞争力的国家和地区排行榜上,中国榜上有名,位居第 34 名。

　　人们毫不怀疑,到中华人民共和国建国 100 周年之际,中国将成为经济强国,中华民族的振兴将由梦想变成现实。

英国历史学家汤因比认为:在未来的岁月,中国能以自己的文明为核心,通过强行军在科技领域赶上西方,完全可能创建出一种不同于西方的新型现代文明,从而成为使世界走向大同的地理和文化的主轴。

著名未来学家沙尔文·托夫勒曾提出一个奇特而新颖的观点:"最快速者生存"——是的,中国必须更快地发展,中国已经耽误不起。

中华民族到了全民振兴的时刻——也许这是历史给予这个民族的最后一次机会。

回望历史,在国际竞赛的跑道上,我们已经错失了许多次赶超西方的机会。

19 世纪六七十年代,日本的伊藤博文和中国的严复同在英国留学,后都怀着维新救国之志学成回国。伊藤博文回国后成为主持明治维新运动的首相,紧紧把握机会使日本成为世界列强之一;而严复却在鼓吹维新后目睹了"戊戌变法"的失败,中国失去了一次宝贵的机遇。

20 世纪六七十年代,"亚洲四小龙"和拉美一些国家抓住世界格局变动的有利时机,实现了经济腾飞;而中国却因"文革"内乱又一次坐失良机。

这一次,中国再也不能重蹈覆辙了。

历史性的机遇往往是历史性转折的关键所在。

能否抓住机遇,特别是重大历史机遇,是一个国家和民族兴衰存亡的关键。

中国仍然贫穷,仍然面临人口膨胀、资源不足、产业结构不尽合理、农业发展明显滞后、国有企业改革步履维艰、建设资金严重短缺以及经济增长方式还处于粗放型等重重压力。

抓住机遇,迎接挑战,发展自己,这是我们民族在世纪之交的唯一正确选择……

（原载《中国质量万里行》1996 年第 12 期）

五、附录

一朵爬山的云

——张胜友纪事

丁晓平

一　小裁缝

【关键词:故乡】我觉得不论从事什么职业,你最好保留你的本来面目,不要有任何的做作,不要有任何的作秀。我是在客家土楼里长大的,永远是故乡的儿子。我说话口音很重,今生改不了啦! 有时候别人会嘲笑我的蹩脚普通话,我就告诉他:我这个普通话还是一千年前中国的国语,是最正宗的呢。

——张胜友

——"你也不撒泡尿照照,是当作家的料吗?"父亲说。

——"你在家,一个月两斤煤油也不够你烧哟。"母亲说。

　　1972年春夏之交的某个黑夜,一位刚刚学徒出师的小裁缝竟然卖掉了父母用血汗钱给他买回的缝纫机,毅然决然地放弃裁缝这个行当,在父亲和母亲如此无奈的叹息和埋怨中,重新开始做起他"白天劳动,晚上埋头读书写作"的作家梦。

　　一年前,也是在这样的黑夜,已挂上"牛鬼蛇神"和"反动学术权威"牌子并被发配学校农场劳动改造的父亲,把他叫到跟前,进行了令他终生难忘的"史无前例的异常严肃的谈话"。父亲告诉他:"我目前处境,饭碗随时不保,你上大学也无望。你身为长子,该挑起全家生计的重担了,写作也换不来饭吃,去学门手艺吧!"煤油灯下,曾经那么潇洒且风流倜傥的父亲的脸,是从未见过的冷峻和沧桑。母亲沉默不言。黝黑的小屋寂静得只听得见自己的呼吸。父亲的话余音绕梁,让他感受到了一种不无道理的悲苦。他不得不忍痛放弃了业余文学写作,去拜师学了裁缝。原本三年的学徒生涯,他仅仅用半年就完成了,并开始独立走村串户,挣钱度日。然而,有一天,在替人家做衣服时,他忽然看到《福建日报》文艺副刊上发表了一位文友的作品,他马上喜滋滋地前往祝贺。这位一边务农一边坚持写作的文友告诉他:"我就是当乞丐,也要坚持走文学道路!"同时还鼓励他:"下一次来,希望能带上你发表的作品来。"

　　就像碰到了火星立即熊熊燃烧起来的干柴,文友的一句话深深地刺激了他,再次点燃了他文学梦想的火炬。初中时代就埋下的那个"将来当作家"的念想,像农夫撒在地里的种子一样冲破地表,发芽吐绿了。他清楚地记得,那也是一个夜深人静的晚上,他和另外两名初中同学简林德、王增鑫在校园里望着月亮对天盟誓:将来一定要当作家!这一次,为了梦想,他不再犹豫了。放弃学泥瓦匠、放弃学篾匠的他,这一次下定决心要放弃裁缝的职业,回到田野里当一个农民,要踏踏实实地做一个"白天从事繁重、单调的体力劳动时打腹稿,夜里在煤油灯下把腹稿记录下来"的农民作家。

这一次,他真的抗命了。他没有顺从父亲的责怨,也没有听从母亲的絮叨。为了作家梦,他要做一回自己。他要用文学与这个世界对话,要让文学引领他走出这个名叫北山的闽西小山村——尽管这是一个即使用高倍放大镜搜索,也无法在千万分之一的地图上找到的地方。六年前,因为"文化大革命"的爆发,正在读高二的他不得不辍学回家,除了种稻子,农闲时还外出修公路、架大桥、筑水库、挖矿槽、开山炸石,和当地祖祖辈辈的农民一样,日出而作日落而息。然而,原本在中学执教的父亲,一夜之间变成"臭老九""牛鬼蛇神",成为无产阶级专政的对象,他则成了"狗崽子"。十七八岁初涉人世的他,当大字报和广播中点到他名字的时候,他也曾一度想自寻短见,却又不知道该如何下手自杀,结束自己年轻的生命……

回忆是一辈子的事情。青春往事,刻骨铭心。现在,当他在北京望京地区的一幢30层高的住宅楼跟我谈及这些山村生活经历的时候,他用了一个非常世俗且高贵的词语作了总结——"财富"——他说:"我的财富是经历。"

看看窗外,他点起了一根烟,深深地吸一口,又吐出来。烟雾缭绕中,他娓娓道来:"回到农村,我觉得自己的大学梦彻底破灭了。我把所有的高中课本,以及先期考入清华大学的老乡送的一套数理化参考书,集中起来,在自家的天井里一把火烧了个干干净净。在农村这样的环境里,想搞理工科根本不具备什么条件,但搞文学还是有希望的。我想,搞文学的条件很简单,只要有一支笔,有一些稿纸,农村这块广阔的天地,写作素材是不缺的。于是,我就在家里自修起大学中文系的课程,读《文学概论》啦、《写作教程》啦……我那个家乡,虽然很穷,但文化氛围还是有一些的。我们生产队里有一个发配回乡劳动的'右派'儿子,他的叔父曾经是香港《大公报》主笔,家里藏书非常丰富。我劳动之余经常躲到他家去看书,可以看到古今中外不少文学名著。给我影响最深的是法国作家司汤达的《红与黑》,作品男主人公于连,有一种坚忍不拔的奋斗精神。还有英国女作家伏尼契的《牛虻》,男主人公亚瑟被他最崇敬的神父所出卖,在沉重的打击下一举击碎十字架的细节,令我终生难以忘怀。另外,'文革'中认识的龙岩一中陈国金同学,回到农村后也心有不甘,自个儿别出心裁鼓捣起所谓的'共产主义自修大学'。陈国金家住龙岩东肖后田村,我农闲时兴之所致也会骑自行车去他家,或他前来我家,两个少不更事的朋友经常凑一起,高谈阔论交流彼此的读书心得。

"我那个家乡是山区,农民生活很苦,辛苦一年到头来衣不蔽体、食不果腹。我直到现在看见白薯还反感,因我从小吃白薯熬稀饭,一直吃到上大学为止,而且就连那样的地瓜饭都吃不饱。农村劳动非常繁重,这我都吃得消。最让人难以忍受的是背负着一个沉重的'十字架'——解放前祖父经商,落下个家庭出身不好。在村里只要和生产队长吵几句嘴,他就可以指着我鼻子随便骂我是'反革命',扬言要用挑箩筐的绳子把我绑起来,押去集市上游街示公,幸亏有乡亲们劝阻,才算罢手。在这种恶劣的境况里,我只有在晚上点起小煤油灯,在书海里神游,以及写小说、散文,来充实自己的精神世界。夏收夏种农事繁忙,每天清晨4点钟就得爬起来下地干活。我常常被分派踩打谷机,一踩就是一整天,最后两条腿完全麻木,整个躯体整个人成了一架机器,但大脑可以腾出来构思我的小说作品。白天构思,夜里写作,写完的稿纸积了满满一大抽屉。"

苦心人天不负。像所有相信自己力量的年轻人一样,面对这样的挫折和痛苦,虽然不无沮丧,却丝毫也没有影响他对文学对作家梦依然保持信心。在这个时候,一个名叫张惟的人给这位年轻人带来了山外的好消息,从此改变了他的人生轨迹。张惟是福建省委宣传部文艺处下放到永定县的干部,在县文化馆主编一份名叫《工农兵文艺》

的刊物。后来经打听才得知,张惟曾是一位颇有造诣的军旅作家,五六十年代散文作品已蜚声全国文坛。那天是什么天气,他记不得了。反正不像今天,雾霾重重。张惟是搭坐运石灰的拖拉机"突突突"地赶了100多里的山路,从福建永定县城一路颠簸着来到高陂镇北山村的。这令他一辈子都感激涕零。不巧的是,张惟辛辛苦苦来找他的时候,他却外出修水库去了。但张惟还是特地找到大队党支部书记张仕洲并留下了话,反复叮嘱强调"这是一个可以教育好的子女"。而对张胜友来说,更激动人心的好消息不单是张惟留下的这句话,而是时隔不久,便收到了张惟老师寄来的一本新刊印的《工农兵文艺》——在这本还散发着油墨香的杂志上,赫然刊发着他的处女作短篇小说《禾花》。

"我写小说是靠白天从事繁重、单调的体力劳动时打腹稿,夜里在煤油灯下把腹稿记录下来。我发表的第一个短篇小说《禾花》就是这样脱稿的。那小说还受到当时'四人帮'鼓吹的'三突出'创作方法的影响。小说写一个城里的女知青到山村来插队,搞科学种田,把单季稻改为双季稻,提高粮食产量。起初想写她把城里学到的科普知识带到乡下来,后来觉得不对头,她下乡是来'接受贫下中农再教育'的,怎么能比贫下中农还高明呢? 应该首先突出贫下中农教育她。于是,我设计了这样的细节:她住在老队长家里,有一天深夜,老队长召集队干部商议'单季稻改双季稻'的问题,开完会提着马灯回家,路过窗口时听到里面那个女知青在说梦话。好像说'为什么不能改种双季稻呢',老队长觉得娃儿和俺贫下中农想到一块儿了。于是在贫下中农指导下,双季稻试种成功。姑娘在城里时有个带着'小资产阶级情调'的名字叫'丽花',自打试验成功后,贫下中农都亲昵地叫她'禾花',她也就正式改名为'禾花'了……"

　　张惟老师看完这个短篇小说,确认作者是一个可塑之材,就像农民刨地时发现了金子。若干年后,张惟老师曾经很动感情地向张胜友提起:"我收到你的《禾花》来稿时,似乎看到了自己文学写作起步时的影子。"从此,这个高陂镇北山村的山里娃终于扬眉吐气了,文学梦作家梦像埋在地下的种子终于在年深月久之后遇到了阳光雨露,生了根,发了芽。从此,夜深人静的夜晚,当他伏在昏黄的煤油灯下埋头写作的时候,父亲不再言语"写那么多稿子能换成钱吗",母亲也不再絮叨"煤油不够用"了……现在,他们的儿子有出息了,成了北山村成了高陂镇成了永定县的笔杆子了。是的,张惟的到来,仿佛一道强光划过他生命最初黎明前的黑暗,让他看到了曙光。他看到了他的名字方方正正地刊印在《工农兵文艺》上,这是他的名字第一次变成铅字,他也是他的山村里第一个把名字变成铅字的人。

　　他的名字叫张胜友。

　　这一年是他的本命年——他24岁。

二　"临时工"

【关键词:功业】我从小受中国的传统文化熏陶。传统文化里那种入世啊、奋斗啊、理想主义啊、英雄情怀啊,这些东西就确定了你的人生观、价值观。而且我们客家人宗族意识很浓厚,每个姓氏都是一个大宗族,都有祭祀祖先的祠堂。祠堂是宗族血缘血脉的一种符号。在封建社会,你考取了功名,就会在祠堂门口竖起一根石柱,我们那儿叫石笔,像一支如椽大笔,直插云霄。每个宗族间彼此较劲的就是你宗族的祠堂门口立起了多少根石笔。我又是张家的长子长孙,这就是说我要承担起这个家族很沉重的负担,要养家糊口,要光耀门楣。所以我从小就有建功立业的思想:你来人生走一遭,总要做点事吧。

——张胜友

"写作就像爬山一样。"张胜友说。

在那个年代,在方格稿纸上写作又叫"爬格子"。在张胜友眼里,文学就是一座高山。"爬格子"就是爬山。

丑小鸭真的变成了白天鹅,飞出了小山村。不久,张胜友被借调到了县里,搞新闻报道,跟随张惟编辑《工农兵文艺》。1975 年,张惟调到了龙岩地区文化局,他也跟随前往地区文化局创作组当创作员。张惟创刊《闽西文艺》,他成了最好的助手和搭档。你可千万别小瞧这个内部刊物,他们就是在这远离喧嚣地处东南一隅的闽西山区,凭着两双手、四条腿,在这一小块园地上辛勤耕耘,团结、组织起一大批年轻的文学爱好者,造就了日后风云际会的文化大舞台。在这个舞台上亮相的人物除了张胜友之外,还有何东平、王光明、张志南、方彦富、黄启章、陈耕、谢春池、陈元麟、苏浩峰、朱家麟、邓汉征、马卡丹、邱滨玲等等一大批在中国和福建文坛颇具影响力的角色,他们有的是全国知名的作家、诗人,有的成为宣传文化部门的领导者。

说是当创作员,其实就是一个临时工。四十年过去了,恍如挥手之间。张胜友微笑着说:"我当年借住在龙岩地区招待所,当临时工,一个月拿 24 元钱。我的户口还在农村,要从生产队分谷子,生产队要我每个月交 6 元公积金,再扣除每月四个星期天计 3.2 元,所剩 14.8 元。我经济拮据,住在龙岩,却要从家乡带粮食。我能不能正式调来呢?不行,因为我'家庭出身不好'。在家乡务农时,小学校长曾考虑聘我当民办教师——我毕竟上过高中,学习成绩又不错。但一讨论,不行,贫下中农要'占领教育阵地',怎么能让'狗崽子'当教师呢?! 我报道农业学大寨,让高陂公社的名字第一次上了《福建日报》,而且占了大半块版面,公社也曾想调我专门从事报道工作,也是因为'家庭出身问题'而作罢。后来到县报道组,到地区文化局,虽然被领导公认工作很出色,但都只能是借调,当临时工。有两个月被抽出来专门编辑民兵斗争故事集《汀江游击队》,书在福建人民出版社出版了,我的生活费却没了着落。张惟老师只好写张条子,让我到龙岩军分区去拿工钱。军分区陈培训政委同情我,两个月给我开了72元钱,也没扣除星期天,高兴死啦。但拿完这笔钱之后又怎么办?生计无着,我迫不得已只能拿着新编的《闽西文艺》到街头摆摊叫卖,一本一毛钱,聊以糊口。在张惟老师的一再提议下,龙岩地区文化局也曾几次动议,考虑正式解决我的户口、工作问题,都因我'家庭出身不好'而最终搁置。"

对于这样的生活,现在回忆起来,张胜友已经十分从容淡定。他说:"我当初并没有流露过一丝怨恨或不满,心想,农民一年到头在田里辛苦劳作,晴天一身土,雨天一身水,换来的又是什么呢?我好歹有房住,有饭吃,能编刊物,能写作,境况比他们总算好多啦。"坐在他窗明几净的书房里,我相信他说的是实话,也是实说。在龙岩文化局当临时工期间,他清贫的生活却因文学而涂抹上靓丽的色彩,不算丰富却生机勃勃。

1977年秋的某一天,在瑞金—长汀参加"两省(福建、江西)革命历史题材创作会议"期间,张胜友听说国家马上要恢复高考,而且年龄不限,老三届都可以报考。这真是破天荒的大事情啊!就在这时,张惟急煞煞地把他从会场叫出来,一脸严肃地斥责道:"你还开什么会?赶快回龙岩复习功课,准备参加高考!"我说:"不是要调我到省里去……"他感叹地说:"中国的事情,你懂吗?只有调令下来,户口迁走,报到之后才算数!你赶快给我回去,认真复习功课。"

张惟的这番话，张胜友听进去了。其时，共青团福建省委书记陈声远看中了他，正准备调他去新复刊的《福建青年》当文艺编辑。知情人反映说：这要到龙岩地区去和张惟商量，看他肯不肯放人——张胜友正在张惟手下工作，是张惟不离左右的很得力的助手。于是，陈声远书记不辞辛劳亲自来到了龙岩。张惟告诉他："放不放人不是我说了算，而是要看省里是不是真有决心要。农村户口、家庭出身都算一道道关卡，别到时候办不成，又让人家希望落空。"见张惟的话说得实诚，这位团省委书记就微服私访，经过整整一周的实地考察，结论是：坚决要！

张惟毕竟是过来人，他知道，调动一个农村户口的年轻人到省城工作有多么难。他本人就是从省里下放的干部，知道人世间的许多事是无法预料的。但对每一个年轻人来说，高考是相对公平的。张胜友从长汀匆匆赶回龙岩，直奔龙岩一中的大礼堂去听高考辅导课。他回忆说："那里人山人海呀，挤得水泄不通。老师在讲台前走来走去讲课，为了让后面更多的人能够听清楚，有几个学生拖着长长的麦克风电源线，忙乱地跟老师一齐走动，那场景至今难忘。我参加了一次预考，数学成绩只得了 6 分，除小学的四则运算外，初中以上的功课全忘光了。"

高考是独木桥。能顺利过桥的毕竟是少数。但张胜友参加高考预考的消息，龙岩团地委领导马上知晓了，立即报告到省里。团省委自然对张胜友此举大为不满，觉得好不容易为他争取到一个"转干"名额,费尽心机跑断腿,他却偏偏还要去报考什么大学。张胜友知道后,颇有愧疚,心想:上大学无非为了搞文学创作,在省里也一样可以搞,便又安心等待命运的转机。于是,团省委开足马力办他的转干调动手续,还派专人到他的家乡高陂镇北山村进行例行政审调查,让生产队给鉴定。生产队长张兰洲及父老乡亲们为村子里出了一个作家感到高兴,不再计较张胜友的家庭出身问题了,尽说他的好话。当然,从某种实际利益的角度来说,如果张胜友能顺利调到省里,生产队里就少了一个人,少一个人就少一张嘴,少一张嘴大家就可以多分一点口粮呀。但是,政审表格到了公社那里却被卡住了。原因是张胜友在填表时写了"母亲历史清白"这句话,让公社里个别人抓住不放:"他母亲是'四类分子',怎么能说'清白'? 分明是欺骗组织!"为此,永定县、龙岩地区的领导伤透了脑筋:省里如果确实需要这样的干部,全省有多少工人、贫下中农子弟,怎么就找不出一个合适的人选呢? 偏偏非要调一个家庭出身有问题的张胜友! 其实所谓张胜友母亲是"四类分子"的问题,在县公安部门的档案里根本就没有记载,事情的缘由是张胜友的母亲有一次在田间劳动时,与民兵连长吵了几句嘴,就被人家随意硬扣上这顶帽子,就这样以讹传讹糊里糊涂地戴了下去,戴了一年又一年。好事多磨。但多磨却不能成就好事。张胜友的调动问题就这样卡壳了。遭遇这样的尴尬境况,张胜友欲哭无泪。于是,他不再犹豫,一跺脚参加高考。

　　一扇门关上了,总有另一扇门为你打开。1977年,在中断十年之后,高考制度终于恢复了——对于张胜友这一代人来说,高考就是这样一扇突然为他们打开的大门。

　　"这真是背水一战呵,形势非常严峻。距离高考的日子只有20多天了,即使各科都不复习,仅仅补学解析几何,用20天的时间自修人家一个学年的课程,这简直是不可思议的事……但顾不得这一切了,倒退是没有出路的,只能往前拼。我把自己一个人关在屋里,没日没夜地复习功课。语文不复习了。政治不复习了。地理知识,历史知识,制成表,画成图,把四壁贴得满满当当的……考场设在我的母校高陂中学。考试那天,盛况空前。为维持秩序,甚至出动武装基干民兵,划出长长一条警戒线。考生两人一组,共用一张小课桌,挤得胳膊和腿都动弹不了。我沉着应考,一科一科都很顺利,只有数学遇到小麻烦。不是解析几何问题,占14分的解析几何题我做出来了,而且很有把握做对。麻烦出在把卷面看少了,本来以为只有三面卷子,从容做完,又慢慢检查一遍,不料翻过来一看,背后还有三面试题! 糟了,所剩时间已不多了,还差小一半题目没做呢,这下可砸了……我飞快地做,一分一秒地拼抢,争夺。最后一道题目做完,恰好钟声响了,不能检查了,交卷! 刚交完卷就想起来,一道算式做错了:$y^2=9$,y应当等于3,我居然写成$y=9$! 太紧张啦……这样的考试,我一分都不能丢的啊! 我懊恼地使劲敲自己的脑壳……考完之后,我的整个身体都累瘫了,躺在木板床上一天一夜起不来,好像死过去一样……"一个人的记忆是有深浅的。张胜友如此清晰的记忆,足见高考在他生命中的轻与重。

　巧不巧呀? 1977 年 12 月 26 日,高考完后第十天,《人民日报》和《福建日报》同日发表了张胜友的两篇散文《闽西石榴红》和《登云骧阁》,立即在龙岩地区乃至福建文坛引起一阵小小的轰动。过不久,又传来消息说,他的考试成绩很不错,似乎各科都在 90 分以上,尽管数学稍差点,但上大学是有希望的。张胜友的身体渐渐恢复了元气,但他的心仍然紧紧地悬在嗓子眼。他知道,只能成功,不能失败,与命运的搏斗已到了白热化。过了些日子,考生们陆续收到了录取通知书。张胜友也终日焦灼不安地在等待着。然而,在龙岩地区邮电局工作的诗友邱滨玲天天向他报告的却是坏消息:没有,没有,还是没有……都到年末了,张胜友依然没接到录取通知书! 他的精神几近崩溃了,"我迷迷糊糊地回到北山老家,一头扎进小屋里,不想见任何人。"

　此前,在填报志愿时,还发生了一件事。张胜友回忆说:"当时报志愿,可以填许多大学,我只填了三所:第一志愿,北京大学中文系;第二志愿,复旦大学中文系;第三志愿,厦门大学中文系。周围人一看,都惊呆了,说你怎么不留点余地? 比如填上本省师范学院之类。我赌气说,要念大学就念重点名牌大学,其他不念。接着,我父亲的一位同事悄悄告诉我,北京在北方,那里气候寒冷,吃窝窝

头,我们南方人吃大米,一连念四年书,受不了的。我于是
挥笔一划,把北大中文系划掉了,只剩下两所,都在南方:
复旦大学中文系和厦门大学中文系,空下了第三志愿。父
亲看我这样填,把我叫去狠狠骂了一顿,说是你长期和泥
巴打交道,功课早就忘光了,考一般大学都没什么指望,还
报那么高的志愿——你就那么有把握? 考不上怎么办?
冷静一想,我报考大学和省里办调动的事掺和在一起,已
经闹得满城风雨沸沸扬扬,一旦考不上,好像就没什么退
路了。再细一了解,得知复旦大学中文系文学专业在全福
建省的招生名额只有两个,便傻眼了。但我的犟劲上
来——一切豁出去了,拼了!"

转干到省城工作的机会已经擦肩而过,孤注一掷放手
一搏的高考又名落孙山,老实巴交的父母知道说什么话都
安慰不了精神苦痛的儿子,也就什么都不说了,让他一个
人安安静静地呆着。是的,这个年肯定过不好了,张胜友
连年夜饭都不想吃。在北山村有个习惯,就是在大年二十
九的晚上把在外工作的本村干部、学生召集在一起,摆上
些茶点,叙谈叙谈。偏僻的乡村,思想一点儿也不落后,父
老乡亲们尊重知识尊重人才。被邀请参加的,当然也是一
件挺风光的事情。张胜友的心情坏到了极点,觉得无颜见
江东父老,当然没有去。第二天,除夕夜,各家都祭神拜祖
不串门,一家人围坐在一起吃团圆饭。张胜友说:"我家
的气氛像坟场一般死气沉沉,全家人为我的事没吃好一顿
年夜饭。我早早就回房间躺下了……"

朦朦胧胧之中,大门忽地被推开了,一大群人拥进来,嘴里高声喊着:"复旦,复旦! 祝贺啦,拜年啦……"睡梦中的张胜友被这莫名其妙的叫嚷声吵醒了。这正是农历1978年正月初一日。前来拜年的乡亲们把张胜友从床上拉起来,告诉他:就在大年二十九那天晚上,乡亲们聚会的时候,地区教育局的干部托人捎来一张条子,上面写着:"张胜友考取上海复旦大学。"条子传到大队书记手上,他当众宣读。人群沸腾起来——北山村出状元了! 人们争相传看那张条子,后来竟不知把它传到什么地方去,反正不见了。只凭口口相传,父亲起初有些疑问,说:"复旦,复旦……会不会是'福大'——福州大学,你们听错了?"有这种可能:两个志愿都没录取上,人家看考分还比较高,送个本省大学,安慰一下……"不!"大家肯定地说,"我们亲眼看到条子上写的字,就是复旦大学!"张胜友心里还是不踏实——没看到录取通知书呀!

好消息就像冬日的腊梅花,迎着瑞雪来报春。正月初二,邮递员骑着自行车来到村里,老远就举着那份录取通知书一边骑一边高喊:"请客! 请客! 张胜友考上复旦了!"(原来,乡村风俗,腊月二十三起过小年,邮递员就休假回家了,早已寄达的录取通知书只能不言不语地"躺"在邮电所了)。张胜友接过来拆开一看,果然是复旦——上海复旦大学中文系。蓦地,他的脑海轰的一声,瞬间闪过"范进中举"的镜头,他紧紧攥着录取通知书,飞速跑回家告诉父亲。父亲接过录取通知书,看了又看,一转身,

"噔噔噔"就爬上楼去了,随后只听楼上传来"砰"的一声重重的门响……半个小时以后,父亲走下楼来,张胜友看见,父亲的眼眶留有泪痕,眼泡红红的……这一天,他在邻村上洋村的朋友陈荣书(日后担任全国总工会副主席)家喝得酩酊大醉……

　　入学前体检,张胜友体重只剩下90多斤。母亲说,他的脸瘦得非常可怕。张胜友都不敢照镜子看一眼自己……离开家乡前,他坐在自家的土楼上,面对家乡逶迤的大山,陷入了沉思。考上复旦大学中文系,他的作家梦,已经不再是遥远的未来。但他知道,山外有山,还有更高的山,等着他去爬,去攀登。此时,共青团福建省委还专门发来一封电报祝贺:"自古良才多磨难!"

　　步入复旦大学校园,不久就赶上中共十一届三中全会召开,新中国的历史进入崭新时代。"真理标准大讨论"、拨乱反正、否定"文革"、开启改革开放……使裹着满身伤痕的莘莘学子激动不已。

　　思想解放带来了心灵的复苏。复旦园里大家跳起舞来,对于和祖国一同从十年浩劫中迎来新生的大学生们,那是一种崭新的生活状态。当时复旦大学有很多外国留学生,在留学生的录音机里,张胜友第一次听到邓丽君的歌,"文革"时期只能流行样板戏等一类轰隆轰隆的所谓革命歌曲。记得第一次听到邓丽君的《千言万语》时,张胜友有一种突然遭遇电击的感觉:"此曲只应天上有"。1978年的"五四"青年节,上海举行全市中外大学生文艺联欢晚会。联欢会上,本来说是要跳集体舞,可留学生们却跳起了交谊舞。从那次开始之后,大学里就开始流行跳起了交谊舞。张胜友忽发奇想:中国没有大学生圆舞曲,为什么不能写一首中国的《大学生圆舞曲》呢?"鲜红的太阳升起在东方/美丽的花朵争相开放/四海的同学欢聚一堂/我们展开理想的翅膀/来来来遨游在知识的太空/前程似锦无限宽广……",张胜友几乎是一口气写完了歌词,歌词表达了当时大学生的心态、情绪、情感、理想,也折射了整个国家、社会走向新时代的一种憧憬。这首歌最初由同学陈小鹰谱好曲后参加了上海市大学生文艺汇演,同时荣获创作和表演一等奖。当时参加文艺演出观摩的有上海歌剧院、上海舞剧院等很多专家,专家看中了张胜友写的词,于是又组织两个作曲家银力康、张强重新谱曲,请上海歌剧院的两位歌唱家来领唱,首先在中央电视台推出,接着全国各省、市电视台都作为每周一歌播放;后来又灌制成唱片,很快在全国(尤其在各大学校园)广泛流行开来。

若干年后,张胜友回忆说:"我在复旦中文系读书,那位因发表短篇小说《伤痕》而开'伤痕文学'先河的卢新华便是我的同班同学。我在黄浦江畔完成了一次痛苦的思想嬗变,从幼稚走向成熟,由盲从学会了思考。我此后逐步摆脱个人命运的纠缠,更多地关注民族命运、国家前途。大学毕业后以更大的热情投入文学创作,但同以往相比,已进入自觉创作阶段,知道自己该写什么,不该写什么。

回顾以往走过的道路,那段知青经历占有非常重要的位置,它甚至对我今后要走的道路,对我人生观、价值观的确立,对我整个人格的形成,都产生了不可磨灭的影响。知青那一段生活积淀,已经完全融入我的血液中,永远摆脱不掉了。历史给予这一代人磨难,也给予这一代人厚爱。如果说人生经历是一种财富,那我们这一代人肯定是富有的。我们接受过比较完整的正规教育,经历了'文化大革命'的全过程,经历了上山下乡运动;我们又能适应当代的最新潮流。我们能够全身心地投身于国家改革开放洪流中去,同时又少有偏激情绪。如今,我们自然而然地成了各自领域的骨干力量。承上启下,继往开来,这是我们这一代人所肩负的历史使命。"

人们戏称"十年开科取士"——1978 年的春天,张胜友跨进了大学校门。

这一年,他整整 30 岁。

虽然已迟至而立之年,但不可否认,张胜友有幸赶上了一个好时代。

三　时代报告

【关键词:文学】我是怀着深深的敬畏和激情,进行一种诗意的抒写与报告。

——张胜友

1982 年春天,张胜友从上海复旦大学中文系毕业,分配到光明日报社文艺部当了一名记者。迎着春风,走进光明日报社办公大楼,张胜友有些忐忑不安。他知道,《光明日报》是中国最高端最权威的知识分子报纸,学者云集,人才荟萃,藏龙卧虎,在这里工作只能老老实实踏踏实实地一切从零开始。

"《光明日报》在我的眼里,就是一座文化的高峰。"张胜友说,"在这里工作,只有一个感觉,那就是天天在爬山。"

当时,因为很多演艺团体经营发生困难,国家开始启动文艺体制改革。在沈阳出现了全国第一个家庭剧团,夫妻俩都是当地剧团里的台柱子,夫妻双双组织剧团下乡演出,给剧团交纳管理费,自主经营,自负盈亏,很受乡下农民们欢迎。这确实是新鲜事物,是引导社会文艺团体如何搞好体制改革的好新闻。文艺部主任张常海就指派张胜友前去采访,却又担心一个刚毕业的大学生能否完成这样的重头采访任务,就决定同时让一个老同志带他去。但是老同志不太乐意去。张胜友正想自己单独闯一闯呢,也有自己的一个小九九:"老同志带我去,我再怎么写,最后还是老同志的功劳。"他就跟老同志说:"你就别去了,我自己锻炼一下。"于是,他就一个人跑去了。临行前,张常海交代他:"你去采访半个月,回来以后再好好写。"初生牛犊不怕虎,张胜友感到机会来了。时值隆冬,冰天雪地,沈阳的气温达摄氏零下20多度。到沈阳后,作为土生土长的南方人,张胜友第一次感受到东北那浸透骨髓的寒冷,受不了,赶紧买了一个皮帽子把耳朵遮起来。随后,他马不停蹄采访,日夜加班写作,一个礼拜就把稿子写好回北京了。见他这么快就回来了,张常海有些不高兴,说:"张胜友,你怎么一下子就跑回来了?不是让你好好采访吗?"张胜友说:"主任,我已经写好了。"张常海很惊讶,接过稿子一看,近万字的长篇通讯《文艺体制改革的先行者——记沈阳张桂兰家庭剧团》相当成熟,非常高兴,立即把稿子送给社领导。时任《光明日报》总编辑的杜导正看了稿件后当即批示:标题要大,发通栏题。说实在的,连张胜友自己也没有想到,初出茅庐,第一篇稿子就得到了总编辑的好评,《光明日报》在第二版发了一整版,时间是1982 年的最后一天,12 月 31 日。

紧接着,1983 年初,北京京剧团赵燕侠的承包改革取得重大成果,张胜友又奉命采写了长篇通讯《一包就灵——改革带来了希望》,他将安徽凤阳农村改革的成功经验同文艺体制改革探索结合起来一起写,《光明日报》在 1 月 13 日的第一版发表,并配发了本报评论员文章。

张胜友的两个长篇通讯在《光明日报》发表后,在全国文化界引发了一场小小的地震——文化体制改革的春天来了。他自己也一炮走红。时任文化部部长朱穆之亲自打电话给杜导正:"你把作者带来。"就这样,身上还带有泥土气息的张胜友,小心翼翼地跟在杜总编身后,第一次走进了共和国文化部部长的办公室。朱穆之部长很高兴,和蔼地说:"你是刚毕业的大学生呀!不错,不错,要

继续努力,为人民写出更多的好作品。"看到部长办公室
那么大,办公桌也非常巨大,张胜友感到既新鲜又好奇,沉
浸在巨大的温暖和喜悦之中,心底涌出一种难以名状的骄
傲和自豪。当时,在全国文化战线还有一个上海杂技团的
改革典型,是新华社记者采写的。朱穆之部长指示文化部
把张胜友写的这两篇通讯加上新华社写的这一篇,编辑成
册,下发到全国各文艺演出院团,作为改革参考学习资料。
从朱穆之那里回来后,杜导正非常高兴,马上就把张胜友
从文艺部调到机动记者部,满怀信任地对他说:"小张,你
不要写那些小豆腐块了,以后专门给报社写这些大块头文
章哦。"张胜友毕恭毕敬地答应了。

　　"给我一个支点,我就能撬动地球。"阿基米德的哲言
对任何一个深怀抱负的青年人来说,绝对都不是妄言。英
雄怕的不是自己能不能成为英雄,而是害怕自己无用武之
地。在机动记者部(今日的时髦说法叫时政部)任时政记
者,张胜友有了更多的机会和更大的空间广泛接触社会,
参与中国改革开放的重大热点问题的新闻报道工作。六
届人大、七届人大召开,张胜友都是驻会记者,昼夜在会议
现场奔波采访……从上到下,从内到外,从上层建筑到底
层百姓,从国家大政方针到民间人情冷暖,从内陆传统保
守的企业到沿海改革开放的前线阵地,无不留下了他的足
迹。身为大报记者,他积极投身于时代大潮,走南闯北,捕
捉着社会转型期的每一根敏感神经,采写和创作了一大批
关于中国改革开放的通讯报道和报告文学作品,为人民呐

喊,为改革助阵。

《光明日报》作为中国的第二大党报,是中国知识分子最著名的报纸,是知识界的大报。张胜友对光明日报社给他提供的成长平台,一辈子都心存感激。他说:"想当年,在国家波澜壮阔的经济改革运动中,社会急剧转型当中,我作为一名年轻的记者,能够有所作为,正是得益于光明日报的各级领导对年轻人的培养、重视、信任和使用,它几乎影响了我的整个后半生。"有一年,报社委派张胜友去河南郑州,采访一个打教师的群体案件。到了郑州后,他住在了光明日报社记者站。很快,河南省委宣传部知道光明日报派来一个记者采访这个案件,宣传部部长就主动提出希望见一面吃个饭。张胜友心想:饭一吃就没办法写了。他拒绝了。第二天,他们又通过记者站的站长告诉张胜友:分管意识形态工作的省委副书记希望见一面,吃个饭。他想了想,就跟记者站站长说:"你去跟副书记说,这个记者已经回北京了。"随后,他立即搬出记者站,找了一家偏僻的小旅馆住下来,秘密采访。经过扎实、认真的采访,他发现作为中华文明发祥地的中原大地,居然在一年内发生了100多起大大小小打教师事件,这实在是不能容忍的事情。回京后,张胜友以《文明摇篮的耻辱》写了一个长篇通讯。社领导审阅后高度重视,立即以整版篇幅配发评论员文章发表。文章发表后,在全国引起很大反响,掀起了维护教师权益的大讨论,对全国尊重知识、尊重人才、尊重教师起到了很好的示范作用。"他笔之所至无不坦诚直陈,扬善而不隐恶——当言利则言之利,毫无媚语虚言;当言害则言之害,绝不闪烁其词。"因为工作成绩突出,1988年以后,张胜友从一名普通记者走上了部门领导岗位,先后担任了记者部主任助理、作品版主编。

"作品版"是《光明日报》1991年新创办的一个周末栏目版面,以发表反映当下现实问题的报告文学为主,旨在以大视野观察社会记录民生,以深度报道引导公共舆论。报社领导授命张胜友担任主编,就是看中他这些年在报告文学上的斐然成就。一个人的成功当然离不开天时、地利、人和。但在机会面前,人人平等。成功的关键,是看你能不能抓住机会,因为机会总是留给那些早做准备的人。

改革开放的伟大实践前所未有地开阔了中国人的眼界。尤其是像张胜友这样有胆识、有眼光,并在不断追求、不停思考的青年人,他们已经不再满足孤立地思考自己民族、社会、个人的命运,而是把一切社会现象置于世界潮流和民族复兴的大背景下加以考察;不再满足于对"生活现实"的观照,而进一步审视起"心灵现实",从而将对外在世界的"鸟瞰"与对内在心灵世界的"内窥"结合起来,达成"全方位反映现实生活"的境界。

变,是世界上唯一不变的事情。如何适应国家、社会、生活、思维、价值和文化的大变革,在那个新闻问题依然囿于自身体制和机制、小说创作沉迷于文体实验而无暇顾及现实矛盾的特殊时期,以深刻反映现实为己任的报告文学作家,不再迷恋于生活表层的灿烂光鲜,不再踯躅于因为文学论争而无所适从的十字路口,他们勇敢地扛起报告文学的大旗,将历史的使命揽在肩头,把手中的笔大胆地触及时代的重大景观、社会的重大矛盾和人民关注的焦点热点,从而将具体于一人一事的微观叙事拓展为对于一类一群的宏观把握,由点到面,由平面而立体,从而开创了全景式全方位多角度大格局的创作模式,以文学的形式为人民做出第一手的"时代大报告"。在短短几年里,张胜友和胡平(复旦大学同班同学)像哥伦布发现新大陆一样,秉持报告文学关注社会、干预生活的独特功能,凭借其敏锐的观察力和较高的艺术悟性,以其海天般的开阔视野和天马行空的敏捷思维,抒写历史与现实交汇、中国与世界接轨的恢弘壮丽的时代画卷;以其大无畏的艺术气魄直面社会人生,描绘了足以反映世间百态和人生世相的精致多彩的生活图景,在20世纪80年代那场趋之若鹜的报告文学竞赛中游刃有余,力拔头筹。他们的代表作《历史沉思录——井冈山红卫兵大串联二十周年祭》和《世界大串联》,就是因其极富社会责任感和历史使命感,获得了明显高于普通作品的思想震撼力和情感感染力。文学评论家苏浩峰在题为《直视无前气吐虹》的文章中,对张胜友的报告文学作出如下评价:"作者借文学所表现的,不只是个人的生活和命运,也不只是个人的追求和生存价值。作者笔下奔涌的,是感时忧世的思想潜流,是力图激起国人奋发图强的感情激流。因此,在其作品中反复展示的,是对于能够推动历史前行的先进的生活方式和人生态度的极力肯定,是对于阻遏社会进步的落后的生活方式和人生态度的坚决否定。一句话,对于真善美的真诚呼唤和对于假丑恶的无情鞭打,这便是张胜友报告文学创作的出发点和最终归宿。"

上世纪80年代,打开国门,解放思想,启动改革,那是一段令人怀念的激情燃烧的岁月。张胜友和众多勇于创新大胆超越的报告文学作家一道,以文学新军"骄子"的姿态跃马挥戈于中国文坛。短短几年中,光是他与胡平合作的报告文学作品除了《历史沉思录——井冈山红卫兵大串联二十周年祭》和《世界大串联》之外,还有《东方大爆炸》《在人的另一片世界》《摇撼中国之窗的飓风》《邓朴方和他的伙伴们》《命运交响曲》等10余部作品。

1991年9月,张胜友奉命直接参与创办《光明日报》"作品版"。这个"作品版",在那个年代相当于晚报、晨报大众媒体的"周末版"。时任《光明日报》副总编辑的徐光春与张胜友一起商量,第一期稿件发什么呢?这是一个棘手问题,只能成功不能失败,第一炮必须打响。显然,关注当下社会的热点,既是报纸的看点,也是读者关注的焦点。这个时候,一场罕见的特大洪涝灾害正在江淮流域肆虐。暴雨连月,千里洪流涨破警戒线,一场人类历史上抗击自然灾害的战役正在中华大地上演。尽管关于抗洪抢险的报道,无论是电视、广播,还是报纸,已经是铺天盖地,但仍然缺乏一篇纵观全局的"拳头"大作品。

"我看,就写当前的抗洪抢险斗争。"张胜友说,"作为《光明日报》,我们应站位更高,立足中南海最高决策层,从统帅部如何运筹帷幄力挽狂澜的视角来写,就好看了。"

"好! 把党中央如何指挥的幕后新闻挖掘出来,给全国人民一个交代,给历史一个交代。"徐光春一锤定音。

说干就干,在报社领导的大力支持下,张胜友非常顺利地采访了中央有关部门和高层领导,为推出第一期《光明日报》的"周末版"做准备。就在采访水利部部长杨振怀的时候,张胜友碰到了同时前来采访的中央电视台摄制组的导演和摄像。其时,他们正紧锣密鼓拍摄一部抗洪救灾的电视纪录片,心里却犯着愁呢,虽然已事先请两位作家跟踪抗洪救灾场景及采访撰稿,但对文本始终不满意。采访结束后,摄制组主动把电话打给张胜友,希望他能够出马救场。

"张老师,您的价位是多少?"接到中央台导演的电话,张胜友有些发懵。

"实话实说吧,我们组织的写作班子脚本写得不理想,想请您帮忙。我们可按您报的价位支付高稿酬。但不能署名。"那位导演无奈地央求道。

话还没说完,张胜友"啪"一声就把电话挂了。他心想:"请我写,尊重我,一分钱不要都可以,但把我当枪手使,给多少钱也不干。"再说,手头正忙采写"作品版"首期稿件,报社的本职工作任务还没有完成呢! 哪里还有心思和时间去创作什么电视片解说词。

没想到的是，仅隔一天，时任中宣部副部长的翟泰丰直接把电话打到了光明日报社的领导，要求借调张胜友到中央电视台抗洪抢险电视片剧组工作。可是，张胜友的工作也是一个萝卜一个坑，岗位离不开呀。报社领导据理力争，试图婉言谢绝。但翟泰丰没有接受报社领导的意见，反而不容商量地下达指示："张胜友，白天在光明日报上班，晚上到远望楼剧组撰稿。"就这样，张胜友不得不接受命令，开始了没有白天黑夜的创作。

"远望楼"，一个部队宾馆的名字，地点位于海淀区北太平庄，当年是国防科工委的招待所。张胜友至今依然清楚地记得，在这里，他整整住了21个晚上。他一边撰写自己的报告文学，一边撰写电视片的解说词。写报告文学，已经是久经沙场；写解说词却刚开始试笔。文学最高的技巧是无技巧，艺术最高境界是无境界。张胜友深谙此道。他知道，无论是宏观叙事的全景式报告文学，还是大场景的电视片解说词，写作上遇到的最大障碍莫过于材料的组合和结构的设计。优秀的艺术作品达到的最高理想目标，就是材料组合的逻辑性和思想性达到有序有机的高度统一。同样都是写抗洪救灾，为什么不能做到"一鱼两吃"呢？

盛夏的北京，酷热难耐。坐在"远望楼"昏黄的台灯下，张胜友与浓咖啡做伴，脑海中远望的却是躁动不安的地球，远望的是"人类生存的发展史就是一部与自然灾害作斗争的历史",远望的是那暴雨追着洪水无情卷走庄稼人希望之梦的南中国大片洪涝地区……于是,他的心像冲破闸门的洪水一样澎湃,他的笔触如中流击水一泻千里。

——天摇着雨,雨摇着地,豪雨如注,一片泽国……

——农民们心痛呀,他们说:"三年奔温饱,五年奔小康,一场大水全冲光……"

——水也滔滔,情也滔滔……我们的人民,我们的军队,我们的干部,共同筑起一道钢铁长城,挽狂澜于既倒……

——中国有一整部关于水的历史——爱民乎? 害民乎? 治水与否成为一杆检验的标尺……

于是,在张胜友的笔下,人们看到了总参谋部彻夜不息的灯光,看到了汛情如军情那般惊心动魄的场景,看到了中南海运筹帷幄决胜千里的战胜洪魔的人间绝唱。

夜深人静,咖啡喝了一杯又一杯。久而久之,张胜友就养成了一个自嘲为"不良的习惯":咖啡和香烟一样,成为他写作时须臾也离不开的伴侣。经过 21 个昼夜的奋战,张胜友同步完成了电视纪录片文学脚本《力挽狂澜——1991 年抗洪交响曲》和报告文学《力挽狂澜——中国抗击 1991 特大洪灾纪实》。1991 年 9 月 14 日,报告文学在《光明日报》用了整整一块半版刊出;电视纪录片也在同年 10 月由中央电视台隆重播出,反响强烈。作品还获得 1991 年全国抗洪救灾作品征文特等奖。

《力挽狂澜》"一鱼两吃"的成功,或许连张胜友自己也不曾想到,给他带来的不仅仅是鲜花和掌声,而且开启了他文学创作的另外一条道路。从此,张胜友大步跨入电视政论片创作的殿堂,站在了另一个新的起点上,向另一座高山奋力攀登。

四　"改革作家"

【关键词:改革】"我是中国改革开放这场伟大社会变革的见证者、记录者、参与者和直接受惠者。"

——张胜友

1992 年,张胜友到光明日报社工作已经整整十个年头。

十年,弹指一挥间。

十年前,在上海复旦大学读书的张胜友,刚刚知道世界上还有麦乳精之类的营养品;如果再往前推二十年,他和他的弟弟每逢周末总是哆哆嗦嗦伫立在村口,眼巴巴地期盼着在外乡执教的父亲早早归来,好用父亲一周节省下的一包糙米拌野菜熬粥充饥……是的,在那个特殊的年代,张胜友是不幸的,又是幸运的。他遭遇了一个时代隐退的痛苦,又领略了一个新时代崛起的喜悦。在"十年动乱"与改革开放两个时代之间,他注定要扮演一个"过渡者"的角色,并为此付出全部青春的代价。"可贵人生的可怕错位,使张胜友领受到生活的严峻与艰辛。不同寻常的人生印记,不能不引发他苦苦思索,促其走上求索之路,也为他日后从事文学创作积累了丰厚的社会阅历和生活素材。同时,艰苦的生活也给他以'苦其心志,劳其筋骨'的磨砺,培养他那不屈不挠的生存意识和大山般的稳重且坚强的性格,培养他那甘于寂寞、近乎宗教徒式的献身精神。更为重要的是,剧烈的社会变动的社会思潮和现实生活哺育着作者,激发起他空前的创作欲望和创作热情。"(苏浩峰语)

　　十年后,"身为下贱,心比天高"的张胜友,秉持"经世致用"的文学理想,已经成为时而豪勇地在寂寞大地上踽踽独行、时而在时代大潮推拥下狂飙突进的著名报告文学作家。他把写作的感觉比喻成"爬山"。其实,"张胜友的前半生中看得最多、接触最多的可算是山了。他也最崇拜大山,倾心于故乡那些披绿戴翠、雄姿万态的南方的群山。那些大山,是他所属的客家人刚勇顽强性格的对象化。在常年的观照中,他看到自己生命的投影。大山,以膜拜的姿态面对太阳,以满身的新绿迎接春天。当风暴来临,山绝不动摇,依旧傲然挺立。山把根须深扎入大地,而以无私的坦率,向着天空无限展开……一句话,大山的沉默、坚强、厚重给予了他生命启示,大山伟岸、雄浑和大无畏的英雄气概又给予了他在创作中铸造力量与气势的底气。"(苏浩峰语)

　　20世纪的最后这十年,是潮落潮起的十年,是大合大开的十年;是一代人在经历了狂热、痴迷、磨难、痛苦、困惑、希望、疲惫、抗争之后睁开灵魂的眼睛的十年;是在一

个旧秩序覆灭与新秩序诞生的空白地带悄悄地、异常迅猛
地、不可遏制地选择突破口的十年;是共和国的改革列车
在心理、思想与理论日臻成熟的轨道上奔驰穿过万重关山
的十年;是中国人的目光穿越历史的峰峦苦苦探寻他们脚
下的道路的十年;是中华民族从苦难中警醒,开拓创新走
向富强、昌盛、民主、文明的必由之路的十年⋯⋯

　　这十年的中国和世界,从一开始就很不太平。刚刚经
历了"八九"政治风波的中国,许多事情尚未理顺头绪,接
连又遭遇苏联解体、东欧剧变,偌大的一个社会主义大家
庭,顷刻间不战自溃,红旗纷纷落地。严峻的事实发人深
思:今后世界向何处去? 社会主义命运将会如何? 中国今
后怎么走? 面对这些纷繁驳杂前所未有的世界性的历史
难题,各式各样的人物都相继登场,给出了自己的答案。
举什么旗? 走什么路? 彼时的中国,正处在社会主义改革
开放、社会主义现代化道路与模式探索不进则退的临界点
上,历史正处在选择前进方向的十字路口上。在严峻的国
际国内形势面前,敢不敢迎接世纪挑战,能不能把握历史
机遇,会不会坚定地走中国特色社会主义道路,都需要中
国共产党做出明确而有力的回答。人民在关注着北京,世
界在关注着中国。

　　1991 年底的某一天,中宣部副部长翟泰丰直接把电
话打到了张胜友的办公室。自从《力挽狂澜》在中央电视
台播出后,翟泰丰就记住了这位叫张胜友的《光明日报》
记者。高级经济师出身、曾业余从事过戏剧剧本创作的部

长,再次给张胜友出了一个大题目——创作四集电视政论片《十年潮》,以电视影像为媒介,从历史和现实的双重视角,立体、全面、宏观地回顾改革开放十年来共和国的新探索、新变化、新面貌、新成就。

来到翟泰丰的办公室,让张胜友没有想到的是,部长为这部政论片创作已思谋良久,表示将安排中央体改委的有关部门和中国社科院的有关专家,组建一个写作参谋班子,全程提供相关资讯以保障他的创作。

听翟泰丰这么介绍,张胜友心有不悦,说:"翟部长,我可以提一个要求吗?"

"可以呀,有什么要求,你尽管说。"

"不要写作班子,我愿意一个人来完成!"

"你不懂经济呀,我们请社科院的经济学家帮助你。"

"不要。"

个性倔强的张胜友所提的这个大胆要求,确实让翟泰丰没有想到。这位比张胜友整整大15岁、在张胜友还没出生就已经投身革命经历过解放战争炮火洗礼的花甲老人,将信将疑地望着他,半天才说道:"你写完以后可请这些专家看,如果有外行的地方还可以改。"

"写作是充满个性的艺术劳动。"张胜友胸有成竹地解释说,"翟部长,在政治上,我听你的;在艺术上,你尊重我。电视是综合艺术,有文字、画面、音乐等等,专家们千万不要断章取义,最后要看整体效果……"

"好!"听张胜友这么一说,善解人意又具开明作风的翟泰丰心里有底了,当即爽快地答应了,充分给了他创作的自主权。

　　没有金刚钻,哪敢揽瓷器活?已过不惑之年的张胜友,既不是不知天高地厚的轻狂少年,更没有了自命不凡的夜郎自大。他有的只有自信。但其中的甘苦却难以为外人所道。人人都说作家是脑力劳动者。其实,作家"爬格子"就是"爬山",也是一项巨大的体力劳动,那不仅仅是思想的激情碰撞,也是身体的辛劳疲累,其肉体和精神所承担的巨大负荷难以用语言表述。之所以接受《十年潮》的创作任务,应该说张胜友已等待了许久许久,他发自内心地说:"作为一个记者、一个作家,我虽然不能站到改革开放第一线去冲锋陷阵,但我可以用手中的笔为改革呐喊助阵,扫除障碍。我相信,任何一个有良知的知识分子,都会找到适合自己的方式来推动中华民族的进步和发展的。"

　　在《光明日报》工作十年来,张胜友每年都要跑去深圳四五趟。那个时候,在他眼里,深圳特区就是一个大工地。原本一个小小的渔村,突然从四面八方涌进来几十万建设大军,四处尘土飞扬,昼夜机器轰鸣,他向朋友借上一辆自行车转几圈,就把整个特区转遍了。但是,站在这片改革的热土上,凭着记者的敏锐,他很快就捕捉到改革开放前沿的社会脉搏和人民群众最热烈的心跳,也彻底地领悟了邓小平推行改革开放政策的时代精髓。悲苦的少年时代,挣扎的青年时代,张胜友早早地咀嚼了生活的苦涩。

生活是最好的老师。毫无疑问,对以劳苦大众为主体的中华民族那份深挚的爱,始终熔铸在他作品的字里行间。正如评论者所言:"在民族苦难与个人不幸的喂养下,他的精神内力茁壮成长。早年坎坷的人生体验和曲折的心路历程,在他心灵悄然沉淀为历史意识和民族意识,敦促他登上高台纵观历史发展的轨迹,去追寻富强的中国和公平的社会;引领他一如既往地面向太阳歌唱,把光明带给人们而把阴影留在自己身后,引领他执着地高擎火炬,奋不顾身地与改革同行……这种民族意识和历史意识的共振共鸣,构成张胜友创作的精神指向,使他坚守着自己的社会理想和艺术取景的'趋赴性'——凡是推动社会进步和民族振兴的人和事,他的心就像熊熊燃烧的火焰,充溢着热情;反之,他的笔一如冰冷的剑戟,放射寒光,展示利刃。"

多年奔波在中国改革开放前沿的生活积淀,使张胜友胸有成竹。他把自己关进招待所,整整一个月时间里,他像一个建筑设计师,夜以继日地查阅大量资料,为《十年潮》设计最佳的蓝图。历史和现实,就像两条平行的铁轨,把张胜友思绪的列车牵引到改革开放的纵深处,又把他从遥远的过往拉回到逼真的现实,再开足马力奔向更加遥远的未来——"这是一个久远而深邃的梦。人类自从步入文明时代的第一天起,世界各民族就共同执着地追求昌盛、繁荣、民主、自由、发达、富强。"读书破万卷,下笔如有神。张胜友一下笔,就把改革开放置顶于人类文明史和中华民族伟大复兴的历史高度上，为受众推开了厚重的历史之门，让人们倾听金戈铁马的呼啸，从陈胜吴广到李自成，从林则徐到孙中山再到毛泽东，随后在邓小平畅游北戴河的画面中聆听邓小平苍劲铿锵的警言："中国不走社会主义道路，不改革开放，就死路一条！"《十年潮》就是以这种激扬奋力的大口气、粗犷雄伟的大形象和汹涌澎湃的思想大潮流，惊涛拍岸，滚滚奔腾而来……

　　《十年潮》分为"历史的选择""农村新崛起""艰难的起飞"和"走向新世纪"四组大版块，分别阐述邓小平理论的形成、农村率先破冰、开启城市改革和实施对外开放。张胜友"以时间为序，从纵向写人民要求变革，揭示中国改革开放的历史必然性；又以空间转换为线索，从横向写国际形势，表现出处于世界新格局中的中国只有改革开放才有出路的总趋势"，艺术地体现了邓小平改革开放的整体思路。他在文稿中还首次罕见地引用美国作家的话语，把邓小平形象地比喻为"永远打不倒的小个子"。整个作品以纵横交错的网络式结构，引导人们从改革开放十年的历史中，观照一个民族的走向。谈及《十年潮》的写作，张胜友坦诚地说："我的电视政论片写作，深受苏晓康、王鲁湘《河殇》的启发，在艺术架构和表达技巧上这确实是一个范本。我非常认同《河殇》这样一种表现社会转型期的新颖的艺术形式，能非常强烈地表达一种思想、一种理念、一种意境、一种内在的逻辑力量。解说词和影视画面互为补充，表达非常自由开阔，有冲击力、说服力。而且不是说

教的,有丰富的细节,大量的资料和人物故事,可以生动展
示作者所要传递的思想与理念。"

　　1992年2月,两万多字的《十年潮》文学脚本,张胜友
一气呵成。完稿后,张胜友立即把稿件誊清交给翟泰丰。
中宣部有关领导和专家审读后,非常满意,刚巧邓小平老
人家从南方视察返京,立即呈送邓办审阅。后又一细想,
小平同志已经是88岁高龄的老人了,让老人家看这两万
多字的文稿显然不妥,于是,又决定邀请著名话剧表演艺
术家张家声担任配音解说,制作成录音带。张家声拿到文
稿,认认真真地准备了一个星期,十分动感情地给张胜友
打来电话,只说了一句话:"张胜友,在配这部电视片解说
词的时候,我的感觉就是,我似乎在向世界宣告中国改革
宣言!"很快,由张家声配音的《十年潮》磁带一并呈送上
去了。半个月后,邓小平办公室给中宣部回复说:很好,很
及时,很必要,较准确全面反映了小平同志的改革开放
思想。

　　"文章合为时而著,歌诗合为事而作。"得到了邓小平
老人家的首肯,上上下下都非常高兴。于是,翟泰丰副部
长亲自牵头指挥,立即启动《十年潮》的拍摄工作,中央电
视台选派导演傅思组成精干的拍摄团队,日夜加班快速推
进,按照张胜友既有的文本很快剪辑完成了四集电视政论
片《十年潮》。

　　1992年春天的中国,涌动着一股春潮——

　　3月26日,《深圳特区报》在头版头条位置发表了该

报副总编辑陈锡添撰写的长篇通讯《东方风来满眼春》；随后，《羊城晚报》《文汇报》《光明日报》《北京日报》等报刊陆续转发了这篇通讯；3 月 30 日，新华社也全文播发了这篇文章，《人民日报》立即全文刊发。《东方风来满眼春》传递的信息激荡人心，震撼世界，成为新闻界在思想解放运动中的一个标志性事件。

5 月 25 日至 28 日，《光明日报》每天以一个整版的篇幅刊登《十年潮》解说词，同名电视政论片则由中央电视台在黄金时间——每天紧接在"新闻联播"节目之后播出（当年还没开办《焦点访谈》节目）。

《十年潮》一经播出，立即在读者和观众中引起巨大反响：许多读者致信《光明日报》，他们白天看报纸刊登的解说词，晚上对照着报纸收看电视；全国各地观众来信雪片般飞来，纷纷要求重播，于是，第一轮播完一周之后，中央电视台即安排每天中午、下午和晚上分三次重播，以满足广大观众的需求。

外电也给予极大的关注，评述这是中国为改革开放发出的第二波呐喊，为改革开放擂鼓助阵。

《十年潮》如此强烈的反响，确实超乎大家的预想。中央电视台遵照中宣部领导的意见，精心录制了一盒《十年潮》录像带，送给邓小平。不久，邓办秘书打来电话，传达了邓小平老人家观看《十年潮》后的指示精神说：这么多年了，在宣传改革开放、反映改革开放方面，我还没有看到这么好的电视片。

邓小平的指示精神传达到光明日报社,报社领导十分高兴。时任《光明日报》副总编辑的徐光春,当即提议授予张胜友总编辑特别奖,得到了总编辑张常海的赞同。几十年过去了,张胜友谈及这个奖还十分幽默地说:"当时感到非常光荣,总编辑特别奖啊!"再问及这个"总编辑特别奖"的实质内容,张胜友笑答:就是颁发了一张奖状和100元奖金。据说,一开始准备奖励200元的,后来总编辑权衡再三,大笔一挥还是减去了100元。

再回到1992年的5月,正当《十年潮》在中央电视台热播之际,张胜友却突然生病了,高烧达39℃。偏偏在这个时候,深圳市委宣传部给光明日报社打来电话,邀请张胜友马上去深圳撰写邓小平"南巡"的电视政论片。报社领导据实告之:张胜友生病了。不久,有关部门又给报社打来电话,直接点名抽调张胜友,并且叮嘱说:深圳的医疗条件不会比北京差,马上把作者送到深圳,时间很紧。后来才知晓,这是中央安排的重大宣传项目,这部片子将作为党的十四大献礼片,此前已有两部关于"南巡"的纪录片样片,报送中央有关领导和邓小平办公室审核,均没有得到满意的答复,而此时距党的十四大召开仅剩下四个月时间了。

几乎是重现去年抗洪抢险斗争时突击完成《力挽狂澜》电视片的情景。任务紧迫,刻不容缓,发着39℃高烧的张胜友,在光明日报总编辑张常海和他秘书白建国两人的陪同下,当天即飞赴深圳,入住小平同志"南巡"时住过的深圳迎宾馆。恰好当晚深圳有精彩文艺演出活动,香港影视歌星汪明荃、肥肥和内地刘欢、韦唯、毛阿敏等大腕歌星悉数到场,张胜友因留下检查病体而没能前往,至今仍觉留下一丝遗憾。

张胜友回忆当时的写作感受:"确实太疲惫了,那感觉就是在爬山、爬高峰。"因为发高烧,血压又低到50—80毫米汞柱,医生说你这是疲劳过度,也没别的更好的办法,就嘱咐他注意多休息,每天喝一点红葡萄酒和红糖水可帮助提升血压。张胜友说:"哪能休息呀?深圳市委宣传部的同志把小平同志南巡的所有原始资料,还有关于深圳特区的新闻报道、报告文学、影视资料全部送来宾馆,在我的床头架起一个垫子和播放器设备。我躺在床上整整看了五天,看完后,马上找深圳市委领导和市委宣传部领导交流我的创作思路。"

五天不停的阅读和思考,张胜友读懂了邓小平"南方谈话"的历史启示和现实意义:88岁的老人不辞辛劳毅然决然"南巡",目的就是针对人们思想中普遍存在的疑虑,重申深化改革、扩大开放、加快发展的必要性和重要性,并从中国实际出发,站在时代的高度,深刻地总结了十多年改革开放的经验教训,在一系列重大的理论和实践问题上,将建设中国特色社会主义理论与实践大大地向前推进了一步。邓小平深刻思索中国改革开放的前途命运,标志着邓小平理论的最终成熟和形成,也标志着中国改革开放第二波浪潮的蓬勃兴起。

古人云："龙文百斛鼎,笔力可独扛。"张胜友不紧不慢地娓娓道来:"一共有三条线,第一条线是小平思想,小平两次南巡,第一次南巡是1984年,在深圳特区改革最艰难的时候,小平同志出现在深圳街头,给深圳以巨大的鼓励,并写下题词:深圳的发展和经验证明,我们建立经济特区的政策是正确的。再就是1992年南巡,小平已是88岁高龄的老人了,在中国掀起第二轮改革开放的高潮,吹响号角。所以,这个片子要始终贯彻小平同志改革开放的思想,这是统领全片的第一条线。第二条线,深圳的改革开放取得非常多的成就、非常多的全国第一,但是我们不是写深圳改革开放的大事记,而是要理出一条主线,主线就是:深圳在探索由计划经济体制向市场经济体制转轨过程中,为全国做出了表率,提供了成功的经验。第三条主线,深圳是中国改革开放的试验田,是共和国改革的长子,是中国改革的排头兵,它要辐射全国,推进全国的改革开放,同时它的改革开放又是在世界第三次经济浪潮、在产业结构调整的大背景下面闯出了自己的一条路。这三条线要互为铺陈有机结合起来。"

听了张胜友的思路,深圳方面十分赞成。于是,张胜友立马投入写作。他说:"我在迎宾馆用了20天的时间写完大型政论片《历史的抉择》的解说词脚本,这20天里,我除了下楼吃饭,没有走出宾馆大门半步,完稿后,当天下午我就飞回北京了。中央新闻纪录电影制片厂整合各部门骨干力量,由一位副厂长带队、周东元为总导演,马上赶到深圳去拍摄这部电影政论片,深圳电视台全力配合。我记得当时力量不够,还调用了珠江电影制片厂的部分力量。"

《历史的抉择》时长 90 分钟。在太阳与大海的壮阔拥抱中拉开了序幕:"每一波潮汐/都孕育着一场生命的大躁动/每一轮日出/都完成了一次历史的大跨越……"整部片子的拍摄是以张胜友的解说词的逻辑关联和情绪流向作为画面和音响、音乐的核心结构依据的。片子由中央新闻纪录电影制品厂、光明日报社和深圳市新闻影视制作中心联合摄制,很快就拍摄完毕。随后,中宣部直接将其送到邓小平家里去审片。参加审片的人员有李瑞环、丁关根、李铁映、杨白冰等负责中央宣传文化工作的领导同志。一个半小时的纪录片播放完后,邓小平说:大家看怎么样,我看不错嘛,我看很好嘛。接着,大家都说了各自的意见。邓小平接着又说:我们说了也不算嘛,听听代表们的意见,看他们怎么说。于是,又把《历史的抉择》送到"十四大"会场,请"十四大"全体代表观看。完全可以想象得到,《历史的抉择》在"十四大"代表中引起了强烈反响,更加坚定了全党坚持改革开放、走中国特色社会主义道路的信心,再次吹响了新一轮改革开放的进军号角。中央政治局委员、广东省委书记谢非在观看了《历史的抉择》后,专门看望了深圳市的代表,对深圳及时组织拍摄该片给予了高度评价。

1992 年 10 月 25 日至 26 日,《光明日报》以两个整版篇幅全文刊发《历史的抉择》解说词文本,同名电影政论片在中央电视台播映。随后,由中国电影发行放映公司发行的大量电影拷贝发至全国各地、各大军区、各军兵种,外交部也买了很多拷贝送往驻外使领馆。张胜友回忆说,《历史的抉择》播映前夕,还发生了一个有趣的小插曲:10月8日晚上,北京长安街头突然竖立起一块大型电影广告宣传画《历史的抉择》,这是深圳市委宣传部副部长吴松营苦心孤诣的宣传创意,立即成为京城一大风景,人民群众纷纷来到广告牌下照相留念,中外许多媒体也纷纷前往这块广告牌下进行现场新闻采访、拍摄,轰动一时。这时,中央有关部门打电话到光明日报社,询问是谁批准的,要求立即拆除;不过,只是虚惊一场,很快最高层又来了电话,认为不必拆除。张胜友说:"这个宣传画,在我们光明日报社的大门口也高高地悬挂了好长时间,现在回想起来,心里还挺嘚瑟的呢。"

　　无论是当记者还是当作家,张胜友一直选择"改革"作为自己关注和写作的主旋律,以至于被评论界称誉为"改革作家"。对此,他颇为得意地说,他是讴歌改革开放最热忱、最持久、最自觉、最勇往直前、义无反顾的作家之一。事实确实如此,无论是以旁观者的身份追踪、实录、见证改革,还是作为领导者置身于改革的风口浪尖,张胜友都是一位身体力行、勤奋多产的作家。他励志忘生,只顾玩命地写,好心的朋友都劝他歇歇,他笑着说:"累是累坏,但乐在其中呀。处于大变革时代的中国作家是幸运的。改革开放是一场充满挑战性的社会运动,每天都有一些意想不到的事情发生。我又适应了影视政论片这种借助于现代传媒手段、受众面广的写作形式,所以乐此不疲。"他以惊人的毅力日夜趱行,博采深掘,不断向读者和观众奉献一幅幅开阔恢弘、色彩斑斓的改革画卷和社会生活图景。历史与现实的关系,中国与世界的关系,党内与党外关系,宏观与微观的关系,张胜友用他的思想之剑,构建起一个巨大的文学坐标系。张胜友就游刃有余地把控着这个坐标系的原点,提纲挈领,上下千年,四面八方,气势如虹,一以贯之地把他的电视政论片写作在诗、思、史的宏大叙事上发挥到了极致,从而形成了他大视野、大架构、大场景、大口气、大力气、大才气的文学格局。

"世间富贵应无分,身后文章合有名。"作为一名以笔为利器为改革大潮推波助澜的著名作家,张胜友对中国改革和中华民族复兴情有独钟。他是为之说了真话,出了大力,尽了责任,做出了实绩,也为之付出了真情和代价的一名正直有为的作家。这些年来,他始终以先领时代风骚、勇立潮头唱大风的勇气和魄力,先后完成了《海南:中国大特区》《石狮启示录》《让浦东告诉世界》《2000奥运:光荣与梦想》《风从大海来》《风帆起珠江》《闽商》《百年潮·中国梦》《闽西:红色记忆》等40多部电影、电视政论片,有的受到党和国家领导人的高度评价,有的成为中国改革开放30周年的献礼片,有的荣获影视片类的中国政府最高奖(星光奖),有的被《新华文摘》等权威期刊转载并入选大学和中学的语文教材,成为这一类型创作的最重要的代表性作家之一,可以毫不夸张地说也是贡献最大、成就最高的一个,"改革作家"的美誉可谓实至名归。

"如果给我一个舞台,不管这个舞台大小,我都会把我的改革理念付诸实施。"这是张胜友一以贯之秉持的价值理念。他说,政论片有点类似封建社会科举考试的那个策论——你怎么来理解国家和治理国家? 也像现代政治家们的施政演说。政论片需要有思想,有历史感,有厚重感,有文化内涵,有哲理意识,有诗化语言,还要有精美的画面,对于表现中国当下的社会转型,是一种很贴切的全新的便捷的艺术形式。张胜友说:"改革开放 30 多年,我们国家在市场化、工业化、城市化和国际化方面,走过了西方发达国家一两百年、甚至三百年的历史进程,同样也会积聚起西方发达国家在他们的发展过程中、需要两三百年时间去消化的大量社会矛盾,所以我们自然需要大的调整。如今我们有了较厚实的经济基础,如果调整得好,我们继续往前发展是没有问题的。平时我一直在思考这些问题,我写政论片的时候,不是以中央的文件、中央的精神为唯一,我要把自己的所思所想也融进去。"这就是一个作家的家国情怀,他用手中的笔为祖国改革开放的伟大事业做出了独特的贡献。

从《十年潮》到《百年潮·中国梦》,大题材创作像峻岭,张胜友勇敢攀登;大题材创作像大海,张胜友敢涉深海。道路由来曲折,征途自古艰难。张胜友的创作道路并非一直平坦没有坎坷,也并非沿途都是鲜花和掌声,其间也有汗水、泪水甚至血水。对他十分了解并理解的好友苏浩峰先生感叹说:"曾几何时,张胜友的写作遭遇如同他笔下的改革历程一样好事多磨,改革题材因其敏感而显得格外脆弱。那一阵子,他的作品时常招来非议,创作之外耗费的心血往往超过创作本身。可是,不管遇到什么风浪,他都没有改变创作初衷。他的作品,始终鸣响着对国家和人民深切关怀之音,鸣响着不以一己小小悲欢为喜乐的放达之声。悲世不悲己,成为张胜友思想行为及其作品思想内容的一个显著特点。"

五　官商之问

【关键词:性格】别人都说我很冒险,说我很激进,说我很大胆,其实我是一个很谨小慎微的人。我做任何事情都要先锁定一个目标,然后我会详细地论证、思考要实现这个目标有几种途径,在每一种途径里面会遭遇什么风险,我的能力够不够、我的现有条件能不能排除这些风险?如果出现大的风险,我没有办法规避和防范的时候,我就会毫不犹疑地放弃。我在设定目标的时候会比较高,但我不会幻想抓着自己的头发能飞离地球,懂得要脚踏实地、一步一个脚印走下去。

——张胜友

当集记者、编辑、报告文学作家、电视政论片撰稿人和出版家、中国作协书记处书记等头衔于一身的这个人,突然出现在你的面前,你绝对不会相信,这位个头不高、外表木讷、其貌不扬,被人们戏称为"农民企业家""土老帽"的人,就是传说中的张胜友。

奇人异相,一语中的。"三十年前,张胜友以饱含忧患意识、富有批判锋芒的报告文学作品在中国文坛崭露头角;二十年前,他又以极具思辨性和前瞻性的影视政论作品,再度饮誉文坛";这是"一位以报告文学和影视政论片创作独树一帜的作家,一位在文化体制改革领域闯出新路的践行者,一位享有'改革作家'美誉的时代弄潮儿"。的确,在新中国改革开放30年的文坛上,张胜友是一个绕不开的名字。

1993年12月,张胜友离开了新闻记者的职业岗位,进入另一个全新的岗位——就任光明日报出版社总编辑。这也是一次临危受命。当时光明日报出版社因为经营不善,滞销书堆满了库房,负债累累。于是,他开始探索出版业改革。改革的理念在哪里?张胜友说:"就是来源于我在《光明日报》当记者时长期奔波在改革开放的最前沿阵地,实际上我见证了中国从改革启动到改革深入、突破重重难关的整个历史进程。我也目睹了很多企业的兴衰成败过程,自己对中国的社会变革也有了很多思考,所以我到光明日报出版社时,感觉给了我一个舞台,我要把自己的改革理念付诸实践。"

通过一年多时间大刀阔斧的改革,成效十分明显,令

报社领导和所有同行吃惊的是:光明日报出版社不仅还清
了360万元的外债,装修了出版社的办公楼,买了汽车,给
职工发放了比较优厚的奖金,还给光明日报社上缴了80
万元的利润。张胜友小试牛刀,即被知情者惊呼为"出版
界的一匹黑马"。

　　1995年9月,中宣部拟调张胜友出任作家出版社社
长兼总编辑。光明日报出版社的同志们舍不得他走,就找
到刚从光明日报总编辑升任中宣部副部长的徐光春说项,
被徐部长告之以大局为重,还是让张胜友到作家出版社走
马上任了。其时,作家出版社双效不佳、经营陷入困境。
如果从社会效益方面来讲,作为国家级的文学出版社,它
出版的图书从未得过国家图书奖、中国图书奖、"五个一
工程"奖、茅盾文学奖等重要奖项;从经济效益方面来说,
一个老字号的大型出版社,年发行总码洋也才1200万元。
然而,到2004年9月,已升任中国作家协会党组成员、书
记处书记的张胜友,正式辞去作家出版社社长之时,他的
《离任经济责任审计报告》表明:作家出版社在张胜友主
政九年期间,获奖图书达100多种,年图书发行总码洋由
1200万元飙升至1.8亿元,增长15倍;国有资产年平均
增长率31.15%,所有者权益(净资产)年均增长率
39.55%,主营业务收入(图书销售)年均增长率67.60%;
结论为"很好地完成了管理体制改革,将政策导向与市场
竞争进行有机结合,取得良好的社会效益和经济效益,促
进了出版社的健康有序发展",九年共计向国家上缴税利

近 9000 万元。

中国有句老话："男儿事业须自奇。"你说，张胜友是不是一个奇人？随即，中外媒体（包括报纸、刊物、电视）对张胜友进行了"轰炸式"报道，中国出版界的"风云人物""传奇人物""出版大鳄"等赞誉声不绝于耳，就连美国《纽约时报》都称他为"引发中国出版业革命第一人"！即使按照西方现代商业社会的流行理念，十年上山下乡的知青农民生活，十年光明日报的记者生涯，这样的背景和资历，毫不足以证明张胜友具有商业才能或受过相应训练，然而他不负众望，从一个记者、作家的角色成功转型为出版家。张胜友是如何成功的？一时间，全国 500 多家出版社就有 300 多家趋之若鹜，前来向张胜友取经。

张胜友的秘笈到底在哪里呢？

1995 年 9 月，张胜友是穿着一件已经穿了十年的白色的确良白衬衣、光脚蹬着一双塑料凉鞋，走进朝阳区农展馆南里 10 号中国文联大楼的。在位于第四层的作家出版社办公地，他看到每个编辑室摆了四、五张桌子，拥挤得容不下一张让客人坐下的凳子。许多赫赫有名的编辑到单位打一下上班卡，不愿呆在烟雾缭绕的办公室就溜之大吉了。再一看发行和财务，他上任当月的图书发行码洋仅 39 万元。包含众多高级知识分子在内的七八十名员工，平均月工资才 500 余元，最低的才 380 元，大大低于同行业的收入水平。比他在光明日报工作的收入要低很多，甚至还比不上他远在福建龙岩的早年同事们的工薪。

怎么办？

张胜友不慌不忙，他首先买来一张行军床，放在自己十余平方米的社长办公室，然后把自己关在办公室里。整整两天，他将中宣部、新闻出版署所有的文件、法律、法规、条例、政策等，仔仔细细地看了一遍，搞清楚哪些是黄线，哪些是红线，有多大的空间？空间虽然不大，但还是足够你充分地施展、腾挪的。随后，他分别又找出版社各方面的人员进行谈话，了解业务、人员和思想情况，摸清底牌。

在做好充分的调查研究之后，张胜友决定召开全社编辑和员工会议。有人私下嘀咕，这新官上任还不知放哪"三把火"呢？有人笑着议论，看你怎么踢出"头三脚"？会议开始了，大家都静静地等待张胜友发表"施政演说"。

这是张胜友第一次和全社员工见面。他开门见山地说："作家出版社的改革怎么搞？坚持正确出版导向，坚持社会效益第一，这是大前提。在这个大前提下，就是两句话：怎么来钱怎么干，大钱小钱都要赚！"张胜友说的后两句话立即引发轩然大波，不久即被许多媒体争相引用，但"两个坚持"的"大前提"却被人为"删除"了，为此还有人向中央告状，这是后话。但张胜友不理那一套，循着自己的改革思路继续宣布："第一，从下个月开始，全社人员工资过千；第二，从明天开始，取消打卡上班制度。"张胜友还宣布，自己绝不开没有实质内容的会议，如果在开会时讲了空话、套话、官话、大话，与会人员随时可以离会；对于问题，自己也绝不说"研究研究"之类的废话，只说行与不行和不行的原因。

听新来的张社长这么一通说,在场的编辑和员工们一下子都怔住了,都忘记了鼓掌,只有那位每月拿300多元的打字员怯怯地问了一声:"也包括我吗?"

张胜友断然回答:"你下月起就拿一千块。"

直到这时,在场的编辑和员工们才忽然醒悟过来,哗啦啦地鼓起掌来。

事后,张胜友也为自己捏把汗,这是破釜沉舟、背水一战啊!

有人不解,说张胜友是一个胆大妄为的人。其实,他之前已在心中反复进行过"沙盘推演":左算右算,前算后算。

张胜友如是说:"改革应该尽快让群众得到实惠,我还没有实施改革就先让群众得到实惠,万一我的效益上不去,我的钱哪里来? 这就像赌博、就像玩命。但我心里像明镜似的,如果每个人的潜能都释放出来,产生的价值远不是千元所能估算的呀。"

以事业单位当时的现实和巨大惯性,张胜友的胆识由此可见一斑。然而张胜友并不是一个简单激进的冒险主义分子。他说:"我做什么事情,都会先对风险和机遇进行评估,如果出现大的风险,我没有办法规避和防范的时候,我就会毫不犹疑地放弃。在运作过程中尽量防止风险,提升成功的概率。条件是可以创造的。我绝不打无准备之仗。"

　　与许许多多的中国改革者不同,张胜友在证明自己在市场上精打细算的才能的同时,保持着一种非凡的政治才干和平衡能力。从某种程度上来说,他团结了一切可以团结的人,并使之按照他的既定目标前进;而在这个过程中,他与激进的改革者不同,他又表现出了更多的非市场经济的温情与自省。有人将这称之为一种"世故"或曰"政治智慧"。商场如战场。对于张胜友这样的转型中的"官与商"来说,他要保持自己的位置和权力,同时实现自己的抱负和理想,经济与政治这两张牌,他都不能出错,而这两张牌的规则和打法却不尽相同。

　　张胜友的过人之处,正在于他在"打牌"的时候,兼顾了左右。而这对于中国条件下立志有所作为的改革者来说,的确是成功的必要条件。他无比清醒地认识到,他每天所面临的管理和生产过程与纯粹的物质生产部门很不一样,"我从业的是意识形态部门,产品是图书出版物。意识形态的政策性、政治性都很强,而且是非常敏感的,是一票否决的,是绝不允许产生失误的。一家出版社出了一千部哪怕是一万部好书,突然出了一本有问题的坏书,可能社长要下台,出版社要停业整顿。另外,以往出版社是国家长期包养的事业单位,完成国家交给的任务,所有的费用由国家财政支付,从来没有进入过市场。在这一领域内,市场的意识是非常薄弱的,谈不上什么经营。"而经过十多年在改革开放报道最前沿的新闻记者生涯的历练,他认识到国家意识形态部门管理的严重滞后,"我来的时候，刚开始试行事业单位实行企业化管理，也希望走向市场。我很想变成一个实现者。"

尽管张胜友有着足够的心理准备，然而，局面的困难还是远远超出了他的预想，而他所引用的鲁迅先生的一句话则成了最好的注解。鲁迅说，在中国，想要搬动一张桌子都是要流血的。而张胜友的能量和过人之处在于，他在不流血的情况下，完成了体制内的利益重组与变革。"改革实际上是一个对立统一的系统工程，不断打破旧有平衡，建立起新的平衡。你要非常准确地掌握尺度和分寸，这有一个承受能力的问题。我们经常会谈到群众对改革的承受能力和改革的阵痛。打个比方说旧房改造，你让群众搬到郊区住半年、一年，他会支持改革，如果你让他到郊区去住上五年，他会说 NO，我就住这个旧房子好了，这就是群众对改革的承受能力，你要掌握好这个尺度。改革要让群众参与，要让群众尽快分享到改革成果，使群众成为一个改革参与者、推动者，而不是阻力。"只是一些业务层面上的改革，张胜友认为是远远不够的，要改革一个单位，最重要的是改革整个集体的思想和精神面貌，而这一切需要从小事入手……

上任第一周，遇到义务献血，作家出版社每年分配给两个名额的指标，因为前两年都没有完成，累积到了六个指标。"这么大的出版社找不到六个献血的人？"张胜友很奇怪。他问办公室主任："如果我们给予很高的补贴呢？"办公室主任说还是不行。久居底层的张胜友很快就

明白了事情的症结所在,当天下午,他亲自召开全社大会:
"献血是公民应尽的义务,在这个问题上,我们同政府之
间没有讨价还价的余地。现在我宣布:男 55 岁以下、女
50 岁以下,领导干部和共产党员排在前面。散会!"短短
几句话引来热烈的掌声。张胜友是咬着牙说出这些话的,
他当年 47 岁,而且正患胃出血。第二天,连体弱有病一头
白发的常务副总编辑王文平也参加了献血(当然,因体检
不合格被医院打回来了)。从此,献血再也不是作家出版
社的老大难题,立马超额完成了任务。

　　紧接着,张胜友快刀斩乱麻,解决了多年久拖未决的
分房问题。因为分房问题,作家出版社有写信告状的、有
打电话要挟的……曾经闹得沸反盈天,可房子也一直没法
分下去。听说张胜友上任后就要分房,上级领导连连警告
他"不要乱来"。但在底层工作多年的张胜友,"非常了解
老百姓在想什么,有些人说我激进,其实激进的前提,是对
老百姓的充分理解和信任"。

　　看准了的事情,就必须大胆去干。张胜友先发放了住
房申请表下去,然后召开全社职工分房大会,他说:"我是
正局级,完全有资格申请四居室,也就是两套两居室,但
是,我不能一来就跟群众争抢房子,我今天放弃自己分房
的要求,一平方米也不要,所以我认为自己有资格担任分
房领导小组组长。同时,凡提出分房要求的社委会成员一
律不进入分房领导小组。"接下来是制定分房条例,在旧
分房条例的基础上,一条条提意见,每个人都有发言的权

利,说得有理,条例就改正,这样先后讨论了两个多小时,最后反复问好几遍,都没有任何人还能提出反对意见的时候,张胜友郑重宣布:"这个全体职工共同制定的分房条例像宪法一样神圣,这就是我们这次分房的依据。"

那真是一个让人难忘的星期六,通过"死抠"条例,所有住房终于分了下去。星期一张榜公布公开征询意见,星期三一锤定音,不到一周时间,一个从制定条例、修改条例到执行条例的过程宣告完成。竟然没有一个人提出反对意见或告状、上访。

作为作家出版社社长、正局级干部,张胜友不能轻易开除任何一个员工,他必须衡量和计算好每一处人际关系,而且绝对不能翻船落马;而作为自负盈亏的出版社法定代表人,他又必须绞尽脑汁,在市场上谋求利益与利润的最大化。他不同于他的国外同行,他当然有中国特色的资源与优势,但是条条框框和限制更多,而前进路上的陷阱则无处不在。"我有一种强烈的意识,我想把我的很多理想、改革理念付诸实践,并且已经做了很充分的准备。当初的改革举措是非常激烈的,当你要推进改革的时候,你是要大刀阔斧的,但是我又非常注意国情。我不能让庸者下,但是我要让能者上,这就是中国特色。"

在让改革的群众尝到变革的甜头而成为改革推动的利益主体的同时,张胜友马上开始打破旧的平台,构建新的平台。而他的聪明之处,在于游戏规则的设计。"我是双向选择,优化组合。原来的编辑部主任,我继续让你当编辑部主任,你也可以竖起一杆旗,你可以任意选择编辑,编辑也可以选择你。业绩不好,没有编辑选择你的时候,你就自然会让贤。我就非常顺利地推动了改革的进程,既实现了我的目的,又没有激化矛盾。最后有几个编辑被优化下来,如果改革要彻底一点,尾数淘汰是可以的。但是我不这么干,我引进足球赛事的甲A甲B制,前三名先进,后三名成立一个综合编辑室,甲B队。奖金肯定少了,但是我也没有让你下岗呀。你压力就很大,明年你业绩上去了,又可以从甲B出来。这就叫引进竞争机制,又不激化矛盾。"但是恰恰是这一项改革,引来了铺天盖地的上访和告状,最后,张胜友在中国作协的三位主要领导面前立下"军令状":一、只要三权(人事权、经营权、财务权)在握;二、一年内保证社会效益和经济效益翻番;三、年底全社职工对我背对背信任投票,如果信任票达不到三分之二以上,我自动辞职下台。

　　没有任何背景的张胜友大刀阔斧地推进当时看来相当激进的改革,他知道,想"扳倒"自己的人肯定不少,因此,如果自己还想做一番事业,自己的政治操守绝对不能出任何问题,尤其是不能出一星半点经济问题。多年后,当他听到朱镕基总理引用"公生明,廉生威"的话的时候,觉得"于我心有戚戚焉"。

　　新闻出版行业是文化企业,也是国家的意识形态部门,其改革面临的风险与一般的经济企业不同。"为什么我们国家进行了二十多年的改革,文化、新闻、出版这一块滞后呢？那就是风险太大。它不是一个纯粹的经济问题，首先是一个政治问题。社会效益是出版社的底线，是生命线。出了问题，其他一切都免谈。我要首先守住社会效益，这是第一；第二，我们又实行企业化管理，企业的最高宗旨是追求企业利润的最大化。这个思路我是很明确的。实际上我很快修订成：改革的总体思路是追求社会效益的最优化与经济效益的最大化。我们一定要保证正确的舆论导向。我要让大家意识到，无论是社会效益还是经济效益最终都要通过市场这只无形的'手'才能实现，实际上我要强化编辑的市场意识。一个领导者，怎么体现公平？第一个是竞争的公平，要让员工站在同一起跑线上；第二，我给每个编辑记三个卡片，分别是成本卡片、销售卡片、利润卡片，这也是体现公平的原则。"

所有变革最核心的问题就是利益的再分配。在给每本书建立了成本、销售、利润三张卡片，并且编辑发行人员奖金不封顶，甚至美编的设计费用都按毛利的 1.5% 计提之后，收入最高的编辑叫袁敏，一年奖金曾高达 80 多万元，而张胜友自己的奖金一年也不过三四万元。有记者问他："许多编辑的收入都比你高，你心里又怎么平衡？"张胜友回答说："戴一顶'乌纱帽'，就要有所选择，你是选择轰轰烈烈干一番事业，还是选择利益。如果选择干事业，你就不能太在意物质利益。尤其是我这样平民出身的官员，一旦在经济上"栽筋斗"，就很难再做事情了。我刻意要求自己，就是要让'人说不出话来'，我自己不多拿钱，拿钱少的编辑心里也平衡一些。"

事实证明,他选择了一条明智的道路,上任仅一个月,作家出版社的月图书发行码洋从 39 万元跃升至 276 万元,一年后发行码洋即从 1200 万元达到 3859 万元,五年后则达到 1.7 亿元,经济总量相当于原来的 14 倍,甚至曾经有一个月份控制中国畅销书市场的 2/3 份额,作家出版社一跃成为"大鳄"。上任第三年,张胜友就用作家出版社自有资金,解决了所有职工的商品住房问题。他说:"我从头到尾都知道自己想要什么,以及通过怎样的途径去实现。我这么多年对作家出版社的付出很多、很多,几乎把所有的聪明才智、所有的知识积累都奉献给了作家出版社的改革,我把它视作生命。很多改革者因为抢先享受了改革带来的物质成果,往往被守旧者用暗箭射下马。对我来说最需要的是改革事业的不断推进,而我的成就感和幸福感全部在此。我不会因为去抢先享受改革带来的物质成果,而授人以柄使改革半途夭折。"

在完善内部体制、机制及相关规章制度建设之后,张胜友尤其注重作家出版社的品牌建设。每年一次的春季图书订货会上,作家出版社都打出一个响亮的口号:"作家出版社精品书连连得奖,作家出版社畅销书年年火爆!"在张胜友看来,优秀出版社的品牌主要包括两个方面:一个是社会形象品牌,一个是市场效益品牌。为什么要打造品牌意识呢? 他说:"有一年我在海尔采访,正是张瑞敏砸冰箱的时候,实际上,那些冰箱也就是有一些螺丝没拧紧等小毛病，但他就是带头砸了，所有员工都流着眼泪砸。我从那里得到的感悟是一个企业品牌最重要。我在出版社也反复强调这个观点。刚到出版社的时候发现买卖书号的情况严重，我立即展开全社自查活动。编辑、编辑室主任等层层自查，只要是查出买卖书号、变相买卖书号、超范围出书等违规现象的，一律停止运作，终止出版合同。为此，我们赔出去20多万元违约金，而那时社里经济条件其实是很困难的。这叫'壮士断腕'啊！"

1996年，作家出版社推出了一本非常畅销的引进版图书，由白冰责编的《马语者》。在购买这部欧洲爱情小说的中国独家版权时，对方提出要求发行量应该是5万—7万册左右。最终，这部《马语者》实际发行了23万册。当作家出版社把这个结果如实告知对方时，那位版权公司的老板非常吃惊地问张胜友："你为什么要告诉我你们发行了23万册呢？许多出版社印了10万册，却告诉我们只印了5万册，印了5万册就告诉我们只印了3万册。"张胜友听了，非常生气地告诉对方："你太小看我了！你以为我是摆地摊的，我是堂堂国家级出版社的老总，我是做大事业的！"

事后，张胜友借此现身说法，教育作家出版社全体职工："如果哪个编辑瞒了印数，那么好像表面上你为出版社节约了几万块钱的版税，但我第一个反应就立马把你开了，你侵害了我们出版社的声誉！我们是做品牌的，是做大品牌的！我的品牌是第一位的，我的职业道

德是第一位的,我的企业信誉是第一位的,所以我们是
绝不隐瞒印数的!"这就是张胜友的商业理念、市场理念
和经营理念。再比如作家王安忆的《长恨歌》,当时在张
胜友就任之前就跟出版社签了合同书,当时签约是以一
次性买断的方式支付稿酬的。后来,《长恨歌》营销得非
常成功,不仅成了畅销书,还得了茅盾文学奖,累计发行
达26万册。这时,张胜友亲自打电话通知王安忆,主动
要求重新签订合同,稿酬支付改成版税制,让作家拿到
她应该拿到的那部分稿酬。为此,张胜友告诉出版社的
编辑:"我们出版社与作家的关系是双赢的关系,如果套
用商场上的俗语,作家就是我们出版社的衣食父母,我
们不能侵害作家的利益。我们这些举动是为了取信于
作家,最终结果就是,全国很多作家闻风而来,主动找到
我们,把好书交给我们出版。"

　　为了增加稿源、扩大作者队伍,张胜友再出奇招:每年
春节,回家过年的编辑在回来的时候只要能带回当地作家
的书稿来,回家的机票就可以作为公务出差报销。而他自
己,每年春节虽然也带回一大堆书稿,其中不乏获奖书和
畅销书,但他从来不报销自己的机票(坚持只按探亲假标
准报销火车票)。张胜友先后搬过三次家,可作家出版社
的办公室主任连他家在哪都不知道。张胜友说,这样就省
去了很多麻烦。曾有个体书商送所谓的"审稿费"到他办
公室,他拉开办公室门,让同事都进来,来人只好溜走。
"绝对没有白送钱给你的,事实证明,被我拒绝的钱后面,

都是各种各样可能损害出版社利益的要求。"

从上任之初遭遇上访、告状不断,到1999年"三讲"时由全体员工无记名投票进行测评,正在中央党校中青班学习的张胜友,其得票的满意率竟然达到了100%。时任中共中央党校常务副校长的郑必坚感到非常振奋,认为这是群众对改革满意度的体现。作家出版社成功的改革实践,立即引起高层的重视。国务院政策研究室最早派人前来调研,之后给中央写了内参,认为作家出版社的改革坚持正确出版导向,社会效益和经济效益双丰收的成功经验值得肯定。紧接着,新华社也派记者前来调研,写了《动态清样》内参,并编发了新华社通稿。最后,中央政策研究室政治组一位副组长亲自带队前来调研,写了大内参。之后,中央有关领导当面听取了张胜友的汇报。张胜友说:"我心里很清楚,我在作家出版社的改革,一点问题都不能出,一定要在坚持正确出版导向的基础上出经济效益,否则,就会全盘皆输。我搞改革有两个关键词:'管住'与'搞活'!'管住'就是管住出版导向,加强规范化、制度化管理;'搞活'就是要'以人为本',搞好干部人事制度改革和分配制度改革,最大限度地释放每个个体的潜能。"

2003年12月22日,经中共中央宣传部和中国作家协会党组批准,由张胜友领衔挂帅,新成立的中国作家出版集团在中国现代文学馆举行挂牌仪式。从此,中国作家协会所属的作家出版社和《文艺报》《人民文学》《诗刊》

《民族文学》《中国作家》《小说选刊》《长篇小说选刊》《作家文摘》《中国校园文学》《环球企业家》以及中国作家网站,12家曾经在中国文坛的不同时期不同领域独领风骚的文化单位,高举中国文学精神大旗,组成强大的文化方阵,强强联盟,集团冲锋。张胜友担任集团管理委员会主任兼党委书记。集团宣布的第一项重大改革举措,就是面向社会公开招聘《文艺报》两名副总编辑和一名经营副总编辑;《民族文学》两名副主编;作家出版社一名副社长、两名副总编辑;《小说选刊》一名副主编。一下子向全社会公开招聘九名司局级领导干部,在新闻出版界造成了巨大的轰动效应。实践已经证明,张胜友的改革思路是颇具前瞻性的。

在中国作家出版集团挂牌成立大会上,张胜友即席发表了这样的致辞:"当国家拉开了文化体制改革的大幕,我们自告奋勇登台表演,能否演得精彩,能否博得掌声,也就是能否在集团运作中创立一种新体制和新机制,无疑是摆在我们面前的难得的机遇和无可回避的严峻挑战。"

张胜友明确要求作家出版集团的全体职工:我们要让这样一种新体制和新机制畅行,既能确保正确舆论导向、确保社会效益第一,又能有机促成社会效益与经济效益相统一;既能遵循文学艺术的创作规律,又能适应文化事业与文化产业的发展要求;既能让集团每一位员工充分释放自身能量、实现自身价值,又能提升集团的整体优势,不断解放和发展文学生产力。概而言之,我们要真正将中国作家出版集团做强做大,以期最终实现多出精品、多出人才、繁荣和发展社会主义文学事业的目标。

张胜友的致辞掷地有声:责任感与使命感告诉我们,从今往后,我们只能脚踏实地,不尚浮华;埋头苦干,不赶时髦;务求实效,不慕虚名;把握机遇,不避风险;开拓创新,不因循守旧……如是,我们开创了新局面,工作上了新台阶,真正做出了一些实绩,才有资格说:我们无愧于今天隆重而简朴的成立挂牌仪式,无愧于在座的领导、朋友们的关心、支持与厚爱,无愧于新世纪的中国文学事业,无愧于复兴中华民族的大变革时代!

从一个农村小裁缝到"改革作家",从一介书生到电视政论片创作首屈一指的大家,从一名新闻记者到"引领中国出版业改革第一人"——张胜友从"纸上谈兵"、把在纸面上设计的改革方案及自己文学作品中的改革理念付诸改革实践,跃身改革舞台实际操演,并以不俗的改革实绩检验改革成效,因而获得"新中国60年百名优秀出版人物"和"2010年当代中国十大杰出人物"称号,写下了当代中国知识分子无愧于这个大变革时代的人生传奇。

但,张胜友不是传说。

六 爬山的云

【关键词:梦想】我这个人也经常突发奇想,因为我写

作的时候头脑里经常会出现画面。我就想如果从一开始
我选择做导演,我也许会做得很好。其实我现在也会有点
怀才不遇的遗憾,如果我年龄真的能减去 10 岁,又给予我
一个更大的舞台,比如一个西部城市,我一定会努力把它
建设得非常和谐并且富足。我也会非常地注意民本主义,
关注老百姓的衣食住行。当然,想归想,做不做得到又是
另外一回事了。

——张胜友

　　老骥伏枥,志在千里。转眼将近古稀之年的张胜友,
走起路来体力已大不如前,从背后看上去甚至有些佝偻
了。但他每天都还伏在书房的电脑前默默耕耘。眼下,张
胜友又衔命正呕心沥血创作一部政策把握、宏观把控、艺
术处理都极具挑战性的大型电视政论片。他停不下脚步,
仍然在文学的高原上向更高的高峰攀登、攀登……
　　张胜友降生人世时,在中学任语文老师的父亲给他取
名"胜友",源于唐代文学家、大诗人王勃的《滕王阁序》,
其中有"十旬休假,胜友如云"句。
　　胜友如云。呵,张胜友就是一朵爬山的云。
　　山高人为峰!
　　"但有路可上,更高人也行。"回顾风风雨雨的人生历
程,这位来自闽西山区的赤子深有感慨地道出了他的心灵
体验:"其实改革和文学创作就跟爬山一样。我喜欢用爬
山作比喻,爬山就一定要爬上山顶,但是我知道爬山是靠

一步一步爬上去的，所以，我会把爬上山顶的理想分散到脚下每一步的努力上……"

2015 年 11 月 22 日 23：32 于平安里弃疾斋

（原载《中国作家·纪实》2016 年第 2 期）

客家汉子的真性情

——记作家张胜友

董茂慧

　　猴年初的一个周末，我惊讶地收到台东阿国表哥发来的照片：表哥与前往南台湾疗养的胜友老师的合影（还有两包土楼烟）。看着照片上微笑的两个人，觉得非常神奇：一位是出身内地的政论巨片大家；一位是台湾成长的国军退役高级军官；不论年纪上的差距，彼此的思想文化应该是隔着鸿沟吧！这样的两个人却在初春的丽日下一见如故相谈甚欢。阿国告诉我："胜友老师很健谈，对台湾政治分析很深入，足够了解、观察入微。聊得非常愉快，临别送了我土楼烟。"紧接着加了一句："见面就把哥当老乡对待，哥还是第一次有人叫我'老乡'，真激动！"看着一米九多、已届不惑之年的阿国为"老乡"的称呼在视频里雀跃，突然就想起去年和胜友老师的一次长谈。

　　胜友老师问我："《客家三赋》你最喜欢哪篇？"我脱口

道:"土楼宣言"。"为什么?""直觉,就是最喜欢这篇!"他掏出手机,找到《土楼宣言》逐段逐句地讲解文章的构思:"傍溪涧涓涓森列,依山崖步步登高,闻书声琅琅飘落,有农家怡乐陶陶。你看这段有山有水,层次依山崖从高到低,有溪流涓涓、书声琅琅,景观从自然到农家视听交叉出现。我们闽西环境优美、祖训耕读传家……"说到动情处,手叩大腿打节拍两人齐声诵读。一声隔着海峡的"老乡"令我顿悟缘何《客家三赋》有如史诗般伟岸壮丽,尤以《土楼宣言》最甚!那是他对家乡和先人的尊崇膜拜,一颗波澜万丈的心得到激纵的释放,喷涌宣泄出所有的情感:故土、家人、伙伴、恩师……还有他"先生风范"的父亲和"细瘦的手、细瘦的腿、晃悠着细瘦的身子"的弟弟!

一

2014 年 6 月,央视五集电视政论片《百年潮·中国梦》热播后,胜友老师应邀回到龙岩参加《百年潮·中国梦》研讨会。会上,胜友老师略带得意地讲述了创作过程中的小插曲:"送到中央党史办审核的时候,'从大革命失败后的南昌暴动、秋收起义、广州起义到古田会议创立建党建军路线'这句话他们就古田会议提出原来没有这样的说法,我有理有据和他们辩了半天,当然我最后争赢了!我是闽西人,在这样的机会面前怎么能忘记自己的家乡,哈哈哈哈"。讲着浓重乡音普通话的他笑得很开心略带些许狡黠,溯源恋乡的赤子性情展露无遗。无论过去还是现在,福建还是北京,陪伴胜友老师是不变的"土楼"烟,用力吸取坚忍卓绝、刚强弘毅的血统与遗传,喷吐弥漫重伦理、好学问、隆师道的文化气质和优者的遗业与涵儒。

　　每次回到家乡,胜友老师的身边总围着成堆的到访官员及本土作家,一谈就到夜深人静。疲倦了就半躺在沙发上眯着眼睛,依旧真诚地答复大家,宽厚地对许多名不见经传的本土作家有求必应,写评论写序言开讲座。吴尔芬老师在他的《我的文人老乡》中感叹:"且不说张胜友在文学上的辉煌成就,也不说他当上了部级的大官。我只说张胜友的为人,在闽西那是有口皆碑的。只要看一看他给多少无名小卒的作品写过序(比如我的《雕版》),只要看一看闽西有多少书是在作家出版社出的,就知道他对故乡的人有多关照。可以说到了有求必应的程度。张惟帮助过、培养过张胜友几年,张胜友却用几十年的悠悠时光来回报张惟。我们可以对张胜友的作品说三道四,但对他的为人,没人敢说一个不字。"

　　杨葵是胜友老师在作家出版社的社长助理,他在回忆录《发生在文联大楼里的故事》里描述他们第一次见面:"张胜友粗暴地否决了我的建议,我心有不服,开始争执起来。老张态度非常强硬,在我嗓门越来越大的同时,他也在不自觉间说话越来越粗暴,我们俩吵得不亦乐乎。最后他索性置我于不顾,宣布散会。"这样的初识导致的结局:"老张对我也格外重用,一级级飞快提拔,直至最后成

了他的助手(社长助理)"。有理,粗暴地吵得不亦乐乎;
有才,格外重用提拔成助手,客家汉子的真性情在胜友老
师身上从没因为身份、地位、成就改变过,那么真实地、活
生生地刻在他"木讷"的笑容里,支持他"拼老命地写"
下去。

二

　　说起胜友老师的过往,总会提到走村串户的"小裁
缝",然后一句:"经过思考,张胜友决定卖掉缝纫机。"我
没有经历过那个不可思议的年代,胜友老师的早期作品
《记忆》却深深地震撼了我的心灵:"我们的手都像芦苇秆
子那般细瘦,我们的腿也像芦苇秆子那般细瘦,连我们的
身子也都像芦苇秆子那般细瘦。我们携着细瘦的手,迈着
细瘦的腿,晃悠着细瘦的身子,蹒跚地渐次渐远地走向村
口,去迎候将归尚未归的父亲……"令我长时期沉浸在一
种浓浓悲怆的氛围中。我所不能想象的是,在如此恶劣贫
乏的条件和环境下,年轻的胜友老师怎么有如此大的魄力
卖掉了这部倾家荡产买来、寄托了全家糊口希望的缝纫
机,只为奔一个当时完全看不到希望的所谓作家梦想呢?
我们是个含蓄又深情的民族,特别是农村,感情习惯用物
质来互相表达,比如那部举债买来的缝纫机、比如父母饿
着从牙缝里省下的一把米;比如日子好过后给父亲买的全
自动剃须刀、比如气喘吁吁扛回家的两筐桔子。孝顺如
他,当初用了怎样的勇气和毅力白天田头艰辛劳作、晚上

挑灯夜读写作,还要面对父亲沧桑的脸和母亲无奈的埋怨。以至再后来看到胜友老师无数雷霆作风和卓绝之能已然不再诧异,一个少年在饥饿线上挣扎、尚不能解决生存困顿时,就拥有了为自己梦想放手一搏的魄力,羽翼丰满后还有什么能拦住他高飞的翅膀?

胜友老师在接受记者采访时说过:"现在你有广泛的选择,你可以选择题材,你可以关注社会热点,也可以追溯历史逸闻,还可以描摹风花雪月,没有人限制你,当然作品最后由社会检验,公众检验。"无论早期选择人生道路,还是日后选择写作发展方向,胜友老师始终没有盲目地跟着时尚的潮流奔跑,他从种种狂热或亢奋、低迷或颓废的趋势里剥离出来,冷静执着地前行在自己选定的道路上。"自古良才多磨难",母亲的眼泪没有拦住他、临时工的身份没有拦住他、应该"等于 3 的 y"没有拦住他,他站在了时代的潮头,以俯瞰全局的高度成就排山倒海的魄力,最后书写成专属于他的精神旗帜和强大魅力。

世人皆熟知胜友老师成就的辉煌:从《十年潮》《历史的抉择》《闽商》《风帆起珠江》到《百年潮·中国梦》等,却还有一批鸿篇巨制锁在深闺无人识:《世纪风》《历史大跨越》等。其中《历史大跨越》共 12 集,后期制作都已经全部完成,因"敏感"无法播出。把所有激情投注于工作,视作品为生命的胜友老师对此回答了三个字:"没办法",转身便又忙碌开了。苏浩峰赞道:"不管遇到什么风浪,他都没有改变创作初衷。他的作品,始终鸣响着对人民深切关怀之音,鸣响着不以一己小小悲欢为喜乐的放达之声。悲世不悲己,成为张胜友思想行为及其作品思想内容的一个显著特点。"

"持志如心痛。一心在痛上,岂有工夫说闲话、管闲事?"有人为胜友老师在龙岩屡屡因为"家庭出身不好"而被蛮横拒绝抱不平,他依旧用了三个字概括:"过去了"。走过了太多磨难和波折的胜友老师从未在不满和抱怨中沉迷过,曾经一年到头在田里辛劳耕耘,晴天一身泥,雨天一身水,换不来温饱的他满足于"好歹有房住、有饭吃、能编写刊物、能写作",生活锻造的豁达和魄力成为登天的梯,促就胜友老师不为创作之外的干扰而止步,海一般的浩瀚胸襟拥有巨大的融合力,中国传统文化的英雄情怀、建功立业在他身上彰显出无穷的胆魄。这些品质的练就在胜友老师日后成为"引领中国出版业改革第一人"的种种雷厉风行的所作所为中都有迹可循:查出违规现象一律停止合同,赔付违约金20多万元的"壮士断腕"多像当年卖掉的那部缝纫机;"有房住、有饭吃、能做想做的事"的物质需求,让属下的编辑一年最高奖金拿80多万的时候,自己却乐呵呵地只领着四五万奖金,甘于只作"逐梦人"。

"这是一种理性的力量,理性是一个民族最伟大的心理张力!"——2010年,当代中国十大杰出人物张胜友颁奖词如是说;"我从头到尾都知道自己想要什么,以及通过怎样的途径去实现"——胜友老师如是说!

三

　　新春伊始,我啃读着关于胜友老师的诸多评论文章,指着其中一句对同事小琴惊叹:"'张胜友与胡平于 1984 年下半年的 7、8、9 月推出了《迢迢征途难——赵燕侠纪事》《你展示时代,展示自己》《从泥土里站起来的人——余守春纪事》《摇撼中国窗的飓风——记陈天生和他的伙伴们》4 篇报告文学,共 12 余万字。'天哪,三个月写 12 万字,我这辈子都可能写不到 12 万字!",小琴鄙视地瞄了我一眼回答:"人家这叫真本事,不然为什么他在北京当领导,你在小地方和我一起老实上班!"我大笑,确实如此。有怎样的努力和付出,就有怎样的得到和收获。不敢评论胜友老师作品的意义和高度,只看胜友老师作品之盛,便可想见他这一生为此倾注的心血。

　　"把一副沉重的枷锁背负在肩上,一边不堪重负,一边又心甘情愿地在真理的沼泽地里爬行。"所有人仰望着胜友老师的成就惊叹时,他说他在"爬行",不是奔跑、不是驰骋,不是纵横!在文学的圣殿里,他摘取了无数闪亮的珍宝,却依旧保持着卑微的姿态,怀着敬畏的心继续做那朵"爬山的云"。《道德经》曰:"善为士者,不武;善战者,不怒;善胜敌者,不与;善用人者,为之下。是谓不争之德,是谓用人之力,是谓配天古之极",这是真正的强者的姿态。

　　大学毕业尚未到光明日报社报到,报告文学作品获奖通知书已捷足先登;胜友老师首接任务,找了个非常正当的理由拒绝了老记者的带领,一周结束采访独立完成通讯稿,光明日报以大号字做通栏标题在头版发表;完成第二篇通讯《一包就灵——改革带来了希望》就引起文化部部长的注意,成为光明日报的"大笔杆子"。这样的辉煌只是胜友老师的开始,他以笔为剑如文人进谏,以宏大的视野和独特的视角,牢牢把握改革的脉动,洞察时代观察社会,从饱含忧患意识、富于批判锋芒的报告文学到极具思辨性和前瞻性的影视政论巨片,始终站立在社会洪流的潮头,奔涌着正气,用火热的文字灼痛着人心,传递出汪洋之势的正能量,在空灵美的艺术享受中铸起昂然挺立的精神大厦。

　　探寻胜友老师创作之路,没有任何侥幸之处。创作《十年潮》时,他拒绝了组织写作班子的建议:"政治上你们把关,艺术上请尊重我的创作追求",把自己关在招待所,超人般地工作一个月后交稿,没有真本事做基础的自信,如何有胆独扛大鼎? 保持着作家对文学性的坚守,又创新文学样式,形成当代文学评论界绕不过去的"张胜友现象"。我常常叹服于胜友老师政论片强大的艺术感染力,音画组合汇聚起骤烈的冲击力,能在不知不觉中把心灵里被俗世尘封的激情唤醒。迫近真切的现实感,看起来不文学更政治,却是文学必须面对的坚硬现实。

　　20多天,带病的胜友老师完成了《历史的抉择》;1991年夏至1994年,三年半的时间里,他进入了创作的井喷期,共完成了 15 部电影、电视报告文学作品……"我这么玩命地写,自讨苦吃,既不是受名利的驱使,也不是受金钱的诱惑,而好像是一种生命本能的运动,我觉得这就是我的活法。不管遇到什么风浪,我都没有改变自己的初衷,也不能想象还会改变自己的创作初衷。我把自己的这种创作状态,归结为一个作家进入了自觉的创作期"。正是这种"自觉"的创作状态所迸发出的巨大能量,实现了胜友老师的终身成就,一直处于创作或事业的巅峰,没有谷底没有低潮。

四

"其文如其为人,故汪洋澹泊,有一唱三叹之声",不论一切事,先论一个人,作品的好坏最终取决于作品背后所站立的那个人。胜友老师是与共和国一起成长的作家,经历了这个国家的一切苦难、悲伤、焦虑、挣扎、奋起,他用生命感受并思考,用创作高歌且热舞。没有悲天悯人,絮絮叨叨地哀叹时世之艰难,而是投身在转型期的时代苍穹之下,上承中华传统文化之精粹,直击纷繁的人情世态和社会状貌,力求从人文、哲学角度去昭示"兴国之魂、强国之魄"的民族同心力与生命力。

细读《百年潮·中国梦》的五个章节:"寻梦""道路""精神""力量""筑梦",胜友老师的人生道路正是我们这个民族的心路历程的缩影。一个用放大镜都在地图上找不到的小裁缝卖掉缝纫机的"梦想觉醒";编写刊物的临时工、复旦大学的高才生、光明日报、作家出版社的"追梦之旅";锻造出站在时代的潮头、悲世不悲己的"逐梦精神";繁星满天的鸿篇巨制,把笔和生命完完全全地交给改革事业的"铸梦力量";最后用准确的论述、鲜明的立场、生动的文化向世人传播聪明睿智、贤圣仁义中华基因的"筑梦天下"。

客家祖训曰:"干国家事,读圣贤书",土楼方方圆圆间,那个对月盟誓细瘦少年的梦想在飞翔,那个真性情、真魄力、真本事的客家真汉子的梦想在飞翔。

张胜友文学馆里书声琅琅飘落,又是一代逐梦人!

（原载 2018 年第 4 期《作家》第 77 页至 79 页）

代后记

董茂慧

2018 年初夏，恩师张胜友把散文《我的书房》发给我，还接通视频举着手机绕书房转圈，让我看他满满一屋的书。我仔细帮胜友老师进行文字和版面的校对，"出散文集吧"这个念头突然就冒了出来，我在微信上给胜友老师留言。老师迅速回复："我正有此意，不过工作量比较大，你还得帮我！""好！"2016 年以来，我开始帮忙老师做文字输入、校对以及排版工作，已经习惯。

接下来的时间，胜友老师开始把文章陆陆续续发给我，我按写作时间进行整理合并，从 1977 年 12 月的《闽西石榴红》慢慢整理到 2015 年 3 月的《土楼宣言》，再到 2018 年 9 月的《大海的召唤（新时代之光）》。我一边整理一边读，有疑问或不明白就和胜友老师电话或者语音，除了争论，更多的是老师结合具体问题详细讲解他的创作构思、语言结构和文章布局……深知老师体力较弱，能在网络上找报刊电子版本的,我尽量下载;年代久远无法查找的,老师就自己找电子版发给我;还有几篇是让老师拍照给我,我再一个字一个字重新打好后发给老师核对。

书,慢慢完整起来,老师说:"董啊,整理好的书稿发给我看看。"没一会儿,我接到了老师电话:"书稿看起来有些乱啊,不能按时间顺序来排,再认真想想应该怎么分类分章节比较好。你提个意见我也想想。"那天的电话打了一个多小时,从整体到细节,直到老师的手机没电。第二天,老师把书的目录编辑好后发给我:序(我的书房)、岁月留痕(闽西石榴红……)、故土言说(故乡的街市……)、天涯步履(武夷山水情……)、时代经纬(沉睡的民族已醒来……)。我按老师排列好的目录,逐步将几十篇文章进行调整,书稿基本成形。

看到重新整理后的书稿,老师笑了:"非常好! 你还有什么意见,提提。"我一乐:"没意见,就怕你又有新文要添加!"果然,没多久又新增了《大海的召唤(新时代之光)》。当天,老师在视频里说:"把丁晓平的《一朵爬山的云》作为附录添加进去吧。传记,这篇写得最深入和具体,还有你的评论《客家汉子的真性情》放在丁晓平的后面吧。知我心者董茂慧也!"手机这头的我,红了眼圈。

2018 年 11 月 5 日,被巨大恐惧笼罩的我度过了无眠之夜;第二日清晨,在前往福州学习的动车上接到了恩师离世的噩耗,独自在动车上痛哭,脑海里反复出现他留给我的话:好好学习,机会难得啊!

　　陷入巨大悲伤中的我,几天后想起关于这本书稿,老师没有来及得给我留下任何叮嘱。我联系了简彪老师,说明情况并将书稿发给他,委托他全权处理。

　　生前历历慈祥貌,耳畔时时肺腑音。唯盼书稿早日面世,以悼恩师张胜友!

　　　　　　　　　　　　　　2019 年 12 月,泣于汀

跋

胜友因病于 2018 年 11 月 6 日 0 时 10 分在北京逝世，享年 70 岁。胜友，这样一个属于文学的名字，他病逝那天的消息，全国各大主流媒体、网站和微博、微信等社交平台纷纷登载。作为家属，我们感谢各大媒体与广大读者对他的关注与热爱。

胜友病重期间及去世后，党和国家有关领导人、中央和国家机关有关部门负责同志等以各种方式表示关心、慰问和深切哀悼。作为家属，我们深表感恩。

胜友就读于复旦大学中文系 77 级，先后工作于光明日报社、中国作家协会等单位，并被聘任为中央文史研究馆馆员。他的母校老师、同学、校友和工作单位同仁对他的关心支持和送别，作为家属，我们深表感恩。

胜友是一个客家人，他出生于福建省龙岩市永定区高陂镇北山村。家乡各级各界友好人士对他的关心支持和送别，作为家属，我们深表感恩。

　　如果说张惟老师是胜友文学领域的伯乐,那么中宣部原副部长翟泰丰便是胜友在事业上取得赫赫成就的引路人。翟泰丰副部长慧眼识珠,知人善任,他既支持胜友在重大题材的作品创作,又引导胜友走上改革开放的光辉大道,让他走在文学出版界改革第一线,成为改革开放的领潮人。在当代的大变革中,在实现民族伟大复兴的道路上,胜友始终艰苦奋斗,文武兼程,施展才华,彰显抱负,不负重任,不负时代,不负人生,成为出版界改革开放专家、带头人。

　　胜友的挚友、原文化部部长王蒙受桂晓风同志的微信感言启发,为胜友的遗体告别仪式撰写挽联:"不负时代,不负人生,不负怀抱;留得业绩,留得贡献,留得深情"。这是对胜友一生的高度评价,作为家属,我们深表感激。

　　胜友在重病期间,仍然伏案疾书,日夜趱行与生命赛跑,作为家属的我们因为担忧而加以劝阻。现在看来,他把毕生的精力奉献给社会,奉献给文学事业,值!

　　胜友是一个感恩时代、乐观生活的斗士。他拥有崇高的文学理想与家国情怀,他刻苦拼搏,睿智务实,他的一生丰富多彩。作为家属,我们内心深处为他给社会留下宝贵的精神财富而感到自豪。

　　感恩各级领导的亲切关怀,感恩亲朋好友的无私厚爱,感恩伟大的时代。作为家属,我们将牢记胜友的嘱托,积极乐观地生活下去,继承遗愿,奋力担当,为推动社会主义文化繁荣兴盛作出应有贡献。

　　胜友虽然离开了我们,但他那坚定、倔犟、妙笔生辉的可亲可敬的形象,永远活在我们心中。

　　谨以此书,纪念夫君胜友。

　　　　　　　　　　　　　　　　　　　李泓橙

　　　　　　　　　　　　　　　　2021 年 4 月 6 日